L'Abbaye des cent péchés

La Saga du Codex Millenarius

Du même auteur
aux Éditions Michel Lafon :

Le marchand de livres maudits, 2013
La bibliothèque perdue de l'alchimiste, 2014
Le labyrinthe du bout du monde, 2015

Marcello Simoni

L'Abbaye des cent péchés

La Saga du Codex Millenarius

Traduit de l'italien
par Serge Filippini

Michel LAFON

Titre original :
L'abbazia dei cento peccati, di Marcello Simoni

118, avenue Achille-Peretti – CS 70024
92521 Neuilly-sur-Seine Cedex

www.michel-lafon.com

À Giorgia
qui a bien voulu me suivre
sur les sentiers de cette aventure

L'Abbaye des cent péchés

(avril 1333 – avril 1347)

L'orgueil éloigne de Dieu ;
l'envie, de son prochain,
et la colère, de soi-même.

Hugues de Saint-Victor,
De quinque septenis, II.

En l'année du Seigneur 1345, vers la fin du mois de mars, Saturne, Jupiter et Mars entrèrent en conjonction entre les 15e et 17e degrés du Verseau. Il en résulta un événement astronomique qui enflamma les cœurs et les esprits des savants. S'il n'est pas facile d'établir dans quelle mesure les mouvements des corps célestes ont influé sur les actions humaines, il est avéré que les années suivantes virent l'Europe livrée à la guerre, à la famine et à la peste. L'Occident chrétien tout entier devint le théâtre d'une danse macabre qui réveilla la peur de l'Apocalypse.

Cependant ces fléaux n'éteignirent aucunement la soif de vérité, de beauté et de grands idéaux. C'est lors de cette époque terrible, en effet, qu'une abbaye surgie non loin de la mer donna naissance à l'un des courants picturaux parmi les plus fascinants et les plus mystérieux du Moyen Âge. Voici l'histoire des hommes et des femmes qui ont pris part à son accomplissement.

Prologue

Forêt de Ferrare, près les faubourgs de San Giorgi
Le 12 avril 1333

Les trois hommes se rencontrèrent en grand secret après le coucher du soleil. Deux arrivèrent ensemble à cheval. Ils avaient suivi le Pô et failli se perdre dans un labyrinthe de vallées et de marécages, et patientaient à présent sous les arbres en tendant l'oreille au moindre bruit venu des ténèbres. Ils se ressemblaient par les traits de leur visage, la pâle carnation de leur peau et la même chevelure fauve : une étroite parenté les unissait. Le plus âgé, toutefois, était doté d'un regard si profond qu'on l'aurait remarqué même dans le feu de la bataille. L'un et l'autre portaient une armure aux plaques finement ciselées, ce qui attestait d'un haut lignage, tout comme les harnais de leurs montures.

Puis arriva le troisième, à cheval également. Il était revêtu d'une cape pourpre et coiffé du chapeau de cardinal, mais les gants de fer qui emprisonnaient les rênes laissaient entrevoir, sous l'habit, une cotte de mailles. « Votre Majesté, Votre Altesse, dit-il en s'arrêtant sous le feuillage d'un grand orme. C'est un honneur.

– Vous daignez enfin ! » s'exclama le plus jeune.

Tous deux s'étaient exprimés dans un français parfait.

Le jeune homme n'avait pas encore dix-sept ans ; son visage trahissait l'ardeur d'un tempérament impétueux : « Un instant encore, Monseigneur, et vous ne nous auriez pas trouvés ! »

L'homme qui se tenait à son côté, d'un geste, lui ordonna de se calmer. « Soyez indulgent avec mon fils, Éminence. Il a de nombreux dons, mais pas celui de freiner ses pensées.

– Eh bien, il faudra qu'il apprenne ! répliqua le cardinal d'un air entendu. En tout cas, ce soir.

– Ainsi vous l'avez trouvé ? » voulut savoir l'homme le plus âgé.

Il parlait maintenant un ton plus bas. Le cardinal acquiesça de la tête. « Il était en route pour Ferrare. Mes soldats l'ont capturé près du mur d'enceinte en préparant le siège. Un coup de chance.

– En somme, vous ne nous aurez pas convoqués pour rien ! exulta le jeune homme. Et dites-moi, Éminence, a-t-il… A-t-il parlé ?

– En doutez-vous ? »

Sans un mot de plus, le cardinal leur fit signe de le suivre et pénétra au trot à l'intérieur de la forêt. Après avoir franchi les ombres enchevêtrées peuplées de chouettes et autres animaux nocturnes, ils parvinrent à une clairière. Là, ils trouvèrent des écuyers et des machines de guerre destinées à un siège. Au centre du terrain, éclairé par des torches, un homme entièrement nu était couché dans l'herbe. Les trois arrivants s'approchèrent pour mieux l'observer. C'était un moine, à en juger par sa large tonsure. Il gisait à terre dans une attitude rien moins que naturelle car son corps épousait la forme d'un « X ». Des cordes attachées à ses bras et à ses jambes le liaient à quatre chevaux. Les bêtes ne bougeaient pas et les cordes étaient relâchées. Mais le visage du malheureux était défiguré par une indicible souffrance. Il avait les épaules, les coudes et les genoux gonflés et tuméfiés : on lui avait infligé l'écartèlement bien au-delà du supportable.

Le cardinal mit pied à terre et s'accroupit à côté du moine. « Padre Facio di Malaspina, en fuite depuis trois ans. » Ce n'est pas au supplicié qu'il s'adressait, mais aux deux hommes en armes qui l'avaient suivi. Il ôta son chapeau, découvrant une épaisse chevelure grise, et se passa la main sur le visage. Il souriait. « En fuite pour cacher une chose aussi rare que précieuse. Mais qu'il n'avait pas sur lui au moment de sa capture. »

Sur ces mots, le moine fut saisi d'un violent tremblement. Il lâcha un cri chargé de haine : « Soyez maudit ! » Il fit mine de se relever mais ni ses tendons ni ses muscles n'étaient plus en état de le soutenir. « Soyez maudit ! Vous et tous les chiens d'Avignon ! » siffla-t-il. Et il referma les paupières, à bout de forces.

« Je ne comprends pas, intervint l'homme le plus âgé, tout en échangeant un regard avec son fils. S'il n'avait rien sur lui…

– Il l'a caché, expliqua le cardinal. Dans une église, près d'ici. » Il se remit debout, chassa de son habit quelques brindilles. « J'ai envoyé des hommes de confiance le trouver. C'est pourquoi j'étais en retard. Ils devraient déjà être de retour. »

En effet, peu après, cinq ombres encapuchonnées apparurent en lisière du camp, sous la clarté de la lune. Ils portaient des cuirasses cloutées et de larges manteaux noirs. Au centre, le plus grand d'entre eux serrait contre sa poitrine une sorte d'écrin. Il s'agenouilla au pied du prélat et le lui tendit, sans un mot.

Le cardinal considéra un instant le coffret d'un air presque craintif ; puis, cédant à l'impatience, l'ouvrit. Il y avait trois objets à l'intérieur.

« Dominus meus et Deus meus », murmura-t-il d'une voix tremblante. Il se signa. Et, d'un geste très révérencieux, il présenta le coffret ouvert aux deux gentilshommes.

Observant leur réaction, le cardinal vit leur ébahissement. Qu'avaient-ils à dire maintenant ? Comme rien ne sortait de leurs lèvres, il décida que le moment d'émotion n'avait que trop duré. Il prit la parole lui-même : « Je garderai la coupe, et la pointe de la lance sera confiée à la garde du prince, déclara-t-il en pesant chaque mot de son propos. Et quant à vous, Majesté... » Il sortit de l'écrin le troisième objet pour l'examiner à la lumière d'un flambeau. C'était un petit rouleau de parchemin.

Voyant cela, son interlocuteur surmonta sa surprise et lui arracha l'objet des mains. « Ceci me revient ! dit-il d'un air de défi. Et le secret qui va avec ! »

Le cardinal parut vouloir protester, mais il se mordit les lèvres, résigné. « Ainsi soit-il, Majesté, déclara-t-il d'un ton mielleux. Il sera à vous. Jusqu'à ce que nous décidions d'en révéler l'existence... »

Mais l'homme objecta, circonspect : « Cependant, Éminence... pardonnez mon audace. Mais si entre-temps il vous arrivait quelque chose de fâcheux, ou s'il vous était impossible de nous retrouver, comment pourrais-je démontrer l'authenticité de ce document ? »

Le cardinal émit un soupir. « Vous avez raison. Sans mon témoignage, il pourrait être considéré comme un faux. Laissez-moi réfléchir. » Il étudia le petit rouleau en gardant le silence, puis hocha la tête. Ayant ôté le gant de fer de sa main droite, il retira un anneau qu'il avait au doigt. « Accompagnez-le de ceci, comme gage de ma parole. » Il lui tendit l'anneau. « Mais prenez garde. Ne le montrez à quiconque avant que l'heure soit venue.

– L'heure qui nous verra réunis à nouveau, dit l'homme en prenant l'anneau. Par-devant le pape. »

Le prélat lui répondit avec un sourire complice : « L'heure qui verra votre fils être couronné empereur. »

*
*   *

Les trois hommes abandonnèrent au centre de la clairière le supplicié nu et tremblant.

Le padre Facio di Malaspina vivait encore.

PREMIÈRE PARTIE

La pierre de l'exil

– 1 –

Les Hauts de Crécy
Le 26 août 1346

Maynard refit ce rêve. Trois chevaliers en armes lancés au galop dans une charge furieuse. Ils ne ressemblaient en rien à des mortels ordinaires. Leur tête disparaissait entièrement sous de flamboyantes auréoles, chacune d'une couleur différente. La première était blanche, la deuxième, rouge, et la troisième, dorée. Ils franchissaient les ténèbres en serrant dans leur poing de mystérieux trophées, et leur chevelure qui dansait au vent semblait une queue de comète.

Avant de rouvrir les yeux, il vit ces images se superposer à des souvenirs récents. L'espace d'une minute, il suivit la charge des trois chevaliers dans la foule des combattants : le triomphe de la violence et de la mort. Puis les flèches anglaises sifflèrent. Son cheval poussa un hennissement d'effroi, il y eut un craquement… Il se réveilla en sursaut.

Il était face contre terre, de la boue plein la bouche. Il faisait noir. La pluie frappait sa cuirasse d'un bruit sourd, monotone, qui le poussa à vouloir se lever. Mais il avait les jambes entravées et la terreur s'empara de lui. Quelque chose de lourd lui pesait sur le dos. Dans un élan de désespoir, il déplia le bras gauche – le seul qu'il pût remuer – en quête d'un appui. Il n'y voyait rien. Il sentit pourtant que sa main gantée de fer avait saisi un cordage. Il assura sa prise et commença de se traîner en avant. C'était difficile. Son armure le paralysait, empêchait ses mouvements ; il put néanmoins, en rampant dans la boue, libérer aussi son bras droit.

Il songea alors à retirer son heaume. Il porta les doigts à sa nuque et tracassa la courroie de sa cotte jusqu'à ce qu'elle se relâche. Il ôta son heaume, non sans se griffer la figure. Et il vit surgir, dans la clarté grise du soir, l'objet auquel il s'était cramponné : la bride d'un cheval mort.

Il était coincé sous un amoncellement de corps, chacun dans sa coque de métal. C'était tout ce qu'il restait de ses frères d'armes, comme il les appelait voilà peu de temps encore. Le spectacle macabre s'étendait sur tout le champ de bataille, à perte de vue, jusqu'au pied de la colline. Des cavaliers, des fantassins, des arbalétriers anéantis par un immense coup de faux dévastateur : tous gisaient dans le silence, sur cette terre sillonnée de ruisseaux écarlates.

Maynard parvint à surmonter l'horreur, mais pas la honte que lui inspirait la vue de tant de valeureux compagnons livrés aux corbeaux. Saisi de rage, il se projeta en avant pour se libérer de la masse écrasante. Puis il se mit sur le flanc, et respira à pleins poumons. La pluie sur son visage lui procura un sentiment de pureté. Il sentit renaître en lui le souvenir de sa sœur Eudeline, cloîtrée pour fuir la perversité de leur père. Eudeline : un nom lumineux. Comme il aurait voulu la revoir ! La serrer dans ses bras. De ce geste dépendaient peut-être son propre salut et celui du monde.

Une douleur soudaine à la jambe gauche lui fit porter son attention sur son genou. Une flèche y était enfoncée. C'est alors qu'il se souvint : touché pendant la charge, il était tombé de son cheval et la mêlée l'avait submergé. Il se pliait en avant pour étudier la blessure quand une ombre menaçante l'obligea à lever d'instinct la main droite. Il retint un poignet juste avant d'être frappé par une miséricorde, la longue et fine dague qui sert à donner le coup de grâce. Un fantassin anglais le dominait. Avec une vive torsion du buste, Maynard arracha une pointe de lance fichée en terre et la lui planta sous la mâchoire.

L'homme tomba, agonisant. Maynard reprit son souffle.

Il fallait partir. Se servant de sa jambe droite comme d'un levier, il se remit debout, mais glissa dans la boue. Bien que trop faible pour marcher, il se jura de ne pas rester là, quitte à ramper comme un ver. Il savait quelle direction prendre. Si l'armée française n'était pas défaite, les troupes d'Édouard III et du Prince Noir devaient occuper les villages du Nord et la route qui longeait la rive ouest de la Mave. Il n'avait d'autre possibilité que de marcher vers l'est et d'atteindre l'ancienne voie romaine qui menait à Amiens. Ensuite, il prendrait vers le sud. L'entreprise était difficile pour un homme qui ne tenait pas sur ses jambes. Mais cela valait toujours mieux que d'attendre la mort en ces lieux.

Il se traîna sur le sol en s'agrippant à tout ce qui se présentait, corps déchiquetés, armes plantées dans la boue, buissons rabougris… Tout ce qui lui permettait d'avancer était bon. Toutefois, l'horrible fatigue le força soudain à s'arrêter. Adossé à la roue d'un chariot à moitié détruit, il décrocha ses spalières et ses coudières. Ainsi il pourrait remuer librement les bras. Il parvint enfin à glisser la main sous son genou. Il pouvait maintenant inspecter la blessure. La flèche était profondément enfoncée. Le simple fait de l'effleurer déclenchait des spasmes lancinants. Seul, il n'arriverait pas à l'extraire.

Quand il sentit ses forces lui revenir, il se remit en route. Il pensait s'être assez reposé pour pouvoir marcher en boitant, cependant il ne se releva pas pour autant. Le fantassin anglais qui l'avait agressé ne devait pas être le seul à rôder dans les parages. Beaucoup d'autres chacals s'acharnaient sûrement à détrousser les cadavres. Mieux valait se traîner dans la boue, sous la couche de neige.

Il avait couvert la moitié du parcours quand il dut s'arrêter à nouveau. Son bras, gonflé, lui faisait mal. Il songea à se libérer d'autres morceaux d'armure, afin d'alléger le fardeau, mais presque toutes les boucles qui fixaient les plaques de fer se trouvaient derrière les épaules. C'est à peine s'il pouvait atteindre l'omoplate. Il se coucha à terre, exténué, et pria le Seigneur de lui rendre ses forces.

La réponse ne vint pas du Seigneur. Ce qu'il entendit fut un gémissement d'agonie.

Maynard s'aperçut qu'il était appuyé sur le corps d'un homme encore en vie. Il s'écarta brusquement. Cet homme, écroulé à terre dans une position grotesque, gisait au milieu des cadavres. Une barbe flamboyante entourait ses traits nordiques. Les plaques de sa cuirasse étaient ciselées. Il s'obstinait à garder la main droite sur la garde de son épée ; et sa main gauche se cramponnait à la crinière d'un cheval criblé de flèches, comme s'il voulait l'éperonner pour se lancer à la charge. Mais le malheureux guerrier était déjà vaincu par le plus impitoyable des ennemis. Sous les plaques de fer qui couvraient sa poitrine, les chairs étaient déchirées. On apercevait la blancheur de l'os. L'enchevêtrement des viscères évoquait un étendard effiloché. L'heure de ce soldat était venue. Pourtant, Maynard n'eut pas le cœur de passer son chemin.

L'homme devinait-il ses pensées ? Lâchant son épée, il tendit le bras et murmura : « Jang… »

Maynard l'observait. Il observa ses iris bleus qui virevoltaient désespérément en tous sens. L'agonisant ne pouvait plus fixer son regard sur quoi que ce soit. « C'est votre nom ?

– Jang de Blannen, répéta l'homme plus fermement. Maudit soit celui qui m'a trahi. » Il cracha du sang, en proie à des spasmes.

Un instant, Maynard crut l'avoir perdu. Puis il le vit s'essuyer le menton d'une main tremblante et lâcher un soupir. Maynard n'en croyait pas ses oreilles. Il avait déjà entendu prononcer ce nom, comme presque tous ceux qui avaient pris part aux combats de Crécy. Jang de Blannen ! Le roi Jean Ier de Bohême ! Un guerrier qui comptait parmi les alliés les plus précieux du souverain français. Il avait absolument voulu participer à la charge, quand bien même l'issue de l'affrontement était déjà fixée. Il avait tenu à défier la terrible formation carrée d'archers anglais. « Donc, vous êtes…

– Et vous, chevalier ? le coupa Jang en se cramponnant à la vie de toutes ses forces. Dites-moi votre nom…

– Maynard de Rocheblanche, pour vous servir.

– C'est un service, en effet, que j'ai l'intention de vous demander. »

Maynard fit une grimace désolée. « Dieu m'est témoin que si je pouvais vous emmener avec moi… » Il eut un geste vers les côtes blessées de Jang. « Mais je crains que vous ne soyez pas en état de vous déplacer, noble seigneur…

– Je ne souhaite pas être sauvé. Je veux seulement que le secret soit gardé…

– Quel secret ? »

Jang de Blannen fixa son regard sur celui de Maynard, donnant presque l'impression d'avoir recouvré la vue. Avec une lenteur extrême, il tira de son gant de fer un objet.

C'était un petit rouleau de parchemin passé dans un anneau. Le roi de Bohême le tendit à Rocheblanche.

« Emportez-le… Cachez-le… Ne le montrez à quiconque… À quiconque ! Jamais… Pas même à mon fils.

– Mon seigneur, ayez la bonté de m'expliquer… »

Jang de Blannen courba le buste, assailli de douleur. Il résista en serrant les dents. Sa barbe épaisse s'imprégna de sang. « Rappelez-vous ! J'ai été trahi par quelqu'un qui le convoitait… » Il fut pris d'une violente quinte de toux. Puis, d'un signe, il pria Maynard d'attendre, comme prêt à mourir. « Il m'a rendu aveugle avec un poison, ce maudit… Peu avant mon départ pour la bataille…

– Dites-moi, Majesté ! Dites-moi son nom ! »

La vie du malheureux souverain était parvenue à son terme. Il posa la nuque sur le lit de cadavres où il gisait et leva les yeux vers le ciel de plomb. « Jurez, chevalier… » Sa voix devenait quasi imperceptible. « Jurez de m'obéir, je vous en prie… Avant que l'âme n'abandonne mon corps… »

Maynard chancelait. Il aurait voulu se soustraire à cette obligation, et jeter au loin le rouleau de parchemin. Sans savoir pourquoi, il eut le pressentiment de commettre une terrible erreur, de prendre une décision qu'il regretterait à jamais. Cependant il ne put ignorer l'appel du devoir. Il avait devant lui un souverain mourant, un homme qui en appelait à son honneur. Et il n'est rien comme l'honneur, dans les moments obscurs, pour rendre les humains semblables à des anges.

Maynard de Rocheblanche jura de garder le secret, à l'instant où Jang de Blannen rendit son dernier soupir.

– 2 –

La pluie se transforma en une averse noire, épaisse. Maynard, sous peine de se noyer dans la boue, dut abandonner en hâte le cadavre de Jang de Blannen pour gagner un abri sur une éminence. Les ténèbres avaient dévoré le champ de bataille si vite qu'il avait perdu tous ses repères, mais il redoutait de perdre connaissance et de se réveiller au milieu des ennemis, c'est pourquoi il ne voulait plus s'arrêter. Après avoir caché sous son plastron de fer le rouleau de parchemin et l'anneau, il rampa vers ce qu'il espérait être un chemin sûr. Presque certain d'aller vers l'est, il s'imposait d'avancer en ligne droite. Sa jambe gauche tressaillait de douleur et le ralentissait. Elle l'entrava surtout quand il fut obligé d'enjamber le talus d'un fossé. Puis il fallut avancer sur un tapis d'herbe détrempée. Et enfin sous les arbres. Le théâtre de la bataille était loin désormais. Il continua jusqu'au moment où ses mains se posèrent sur une dalle de pierre sertie dans l'ornière d'un chemin. Il avait atteint la voie romaine. Vaincu par l'épuisement, il s'évanouit.

Il fut réveillé par un bercement monotone. Il se trouvait sur un chariot bâché. Une silhouette emmitouflée était assise à côté de lui. Sa vue se brouilla ; et il glissa de nouveau dans les ténèbres.

Quand il reprit connaissance, la voix de Jang de Blannen lui retentit à l'oreille. Il faisait jour, le chariot était à l'arrêt. Maynard essaya de se lever, mais un élancement au genou le contraignit à rester couché sur le dos. Il décida de se traîner prudemment jusqu'au bord de la plate-forme. Là, il pourrait s'asseoir et regarder dehors. La pluie avait cessé. Deux personnes enveloppées de leurs manteaux levèrent les yeux vers lui. Une femme et un garçon. Ils étaient accroupis près d'un feu, sur le talus, au bord de la route. La femme remuait quelque chose dans un chaudron.

Maynard n'eut pas le temps de prononcer un mot qu'un homme surgit et lui tendit une gourde. Maynard remercia d'un signe de tête et but. Il était sans force, il avait des vertiges. Dans sa jambe engourdie, la douleur était insupportable.

« Soyez béni, messire, dit l'homme. Si mon fils n'avait pas ouvert l'œil, et le bon, vous seriez resté sous la pluie.

– Je vous dois la vie. »

Le chevalier lui rendit sa gourde, et en profita pour l'étudier mieux. C'était un homme chauve et trapu, vêtu d'une esclavine verte. Maynard le jugea trop soigné pour un paysan ou pour un simple artisan. « Je m'appelle Maynard de Rocheblanche. Merci pour votre bonté. Vous n'aurez pas affaire à un ingrat.

– Jérôme Bataille », répondit l'homme. Et, désignant les autres : « Ma femme, Marie. Et Nicolas, mon fils. Nous venons de Bruges et allons à Paris. Chemin faisant, nous avons appris que des armées s'affrontaient. Cette nouvelle nous a poussés à rouler même de nuit, histoire de ne pas nous retrouver au milieu.

– Vous feriez bien de continuer plus loin vers le sud, et vite ! conseilla Maynard, les sourcils froncés. J'ai participé à ces combats. Et croyez-moi, la région grouillera bientôt d'Anglais. »

Le jeune Nicolas fixait sur lui un regard admiratif. « Dites, messire, êtes-vous un chevalier du roi de France ?

– Oui. Et contraint d'implorer votre aide, répondit Maynard en frappant du poing son armure. J'ai besoin que vous m'aidiez à ôter toute cette ferraille. » Il leur montra la flèche enfoncée dans son genou. « À retirer ça aussi. »

Jérôme marqua une brève hésitation, puis il hocha la tête et grimpa sur la plate-forme avec son fils. En suivant les indications de Maynard, il commença par détacher l'arme d'estoc du baudrier. Il dénoua la ceinture à laquelle pendait un poignard. Il libéra une à une les plaques qui composaient la cuirasse. Il délivra d'abord les bras, puis le thorax. En retirant le plastron, il déclencha une pluie de boue incrustée, à laquelle se mêla le petit rouleau qui avait appartenu au roi de Bohême.

Le chevalier, d'un signe, les pria d'attendre. Il récupéra le parchemin et le nettoya. Il était sale, mais point abîmé. Et c'était la même chose pour la bague qui le retenait – une bague en or massif. Maynard la fit tourner entre ses doigts, et vit que le chaton était gravé d'un blason religieux.

Au centre du motif, un lion d'argent campait sur un champ d'émail rouge. La maison était difficile à établir. Mais le chapeau de cardinal en haut et la cordelière à houppes sur les côtés prouvaient que l'objet avait appartenu à un prince de l'Église.

Rocheblanche les rangea. Il pria ses sauveurs de l'aider à se défaire également de la partie inférieure de l'armure. Il avait hâte de constater les dégâts que sa blessure avait infligés à sa jambe. Il demanda pendant l'opération : « Dites-moi, maître Jérôme, de quoi donc vivez-vous ?

– De tapisserie, messire. »

L'homme étudiait les boucles qu'il lui restait à dénouer. « Je souhaite, ajouta-t-il, que mon fils prenne la suite, mais dans une ville plus riche que celle d'où nous venons. » Il s'interrompit brusquement, puis s'exclama, le doigt pointé vers la flèche enfoncée dans la chair. « Sacrebleu ! Vous êtes touché exactement à la jointure du cuissard et de la jambière ! Quelle malchance !

– Beaucoup de mes compagnons ont connu pire, répliqua Maynard, amer. Allez-y doucement. Ma jambe me fait mal.

– Je ne vous avais pas encore entendu vous plaindre », railla le tapissier.

À peine délivré de son armure, le chevalier s'autorisa un soupir de soulagement. Il portait sous les plaques de fer un pourpoint et des braies crasseux, mais quelle importance ? Le fait de pouvoir bouger sans être prisonnier de cette cuirasse lui procurait une sensation de légèreté presque agréable.

Jérôme se pencha sur la blessure. Il consulta son fils avant de dire à voix basse : « Je ne puis rien faire de plus, je regrette. Essayer d'extraire cette flèche, ce serait risquer d'aggraver encore les choses…

– N'ayez crainte. Je vous guiderai. » Maynard avait souvent vu soigner ce genre de blessures. Avec l'aide de deux assistants, il ne doutait pas de réussir à la soigner. Il dégaina son poignard et s'en servit pour découper ses culottes à hauteur du genou, découvrant une jambe rouge et tuméfiée. Le simple fait de la regarder augmentait la douleur. Les chairs étaient plus violettes que rouges, du reste. La gangrène risquait de s'y mettre. Il continua en s'efforçant de cacher ses inquiétudes : « Vous allez suivre mes indications. À mon signal, il faudra extraire la flèche d'un geste vif. Ensuite, vous nettoierez la plaie avec du vin et du vinaigre. Puis… » Il tendit le poignard à Nicolas. « Ceci pour cautériser.

– Ne vaudrait-il pas mieux aller chercher de l'aide ? hésita le tapissier. Les soldats d'Édouard III ne doivent pas être loin. Il y aura bien parmi eux un chirurgien capable de s'occuper de vous. »

Entendant ces mots, le chevalier fut saisi d'un espoir. Allait-il retrouver ses compagnons ? Philippe VI s'était sûrement replié au sud, à Fontaine, à Amiens. Sans doute avait-il cherché à mettre à l'abri ce qui restait de son armée afin d'organiser la contre-offensive. Rocheblanche voulait essayer de le rejoindre. Mais cette blessure ne pouvait attendre.

« Un jour de plus, et je risque de perdre ma jambe… Je n'ai plus assez de forces pour me soigner tout seul. » Plissant le front avec une expression presque menaçante, il ajouta : « C'est pourquoi il faut que vous m'aidiez. Tout de suite. »

Un instant plus tard, tout était prêt. La femme de Jérôme prépara une jatte de vinaigre et des bandes de tissu pour le pansement. Nicolas, pendant ce temps, avait mis le poignard sur les braises.

Le chevalier fit venir le père et le fils. « Si j'étais touché à la cuisse, ou au mollet, leur dit-il, je vous prierais de pousser la flèche jusqu'à ce qu'elle sorte de l'autre côté. Il n'y aurait plus qu'à tirer dessus pour l'enlever... Hélas ! Nous ne pourrons pas procéder ainsi. La pointe a touché l'os. Il n'y a qu'une seule solution : l'arracher. »

Nicolas fit mine d'intervenir, puis se tut. Maynard continuait : « L'arracher d'un seul effort, sans hésiter. Je vais souffrir. Les chairs vont se déchirer. Mais vous ne devrez pas vous laisser distraire de votre tâche. Après, il faudra nettoyer. »

Jérôme n'était pas convaincu. Il exerça avec ses doigts une pression autour de la flèche. « Alors, dit-il, ne perdons pas de temps. » Il était moite de sueur. Il tremblait. À croire que c'était de sa propre jambe qu'il fallait extraire cette maudite flèche !

« Un instant, reprit le chevalier. Avant tout, je me vois contraint de vous demander un autre service. Je le fais maintenant, au cas où la douleur me ferait perdre connaissance.

– Nous vous écoutons, messire.

– Si, chemin faisant, vous venez à tomber sur l'armée française, alors, je vous prie, accompagnez-moi auprès de mes frères d'armes. »

Le tapissier le fixait d'un œil perplexe. « Ce ne serait pas mettre ma famille en danger ?

– Au contraire. Comme je vous l'ai dit, vous en seriez récompensés.

– Très bien. »

Maynard les exhorta : « Et maintenant, courage ! Faites-le ! »

Jérôme vérifia que Nicolas tenait la jambe bien solidement. Lui-même assura sa prise. D'un mouvement sec, il arracha la flèche.

Maynard fit un bond en avant, les yeux écarquillés. Un cri terrifiant lui permit de laisser libre cours à la souffrance, la colère, la peur et l'humiliation – ce hurlement déchira la nuit. Puis le combattant s'abattit sur le dos, le front trempé de sueur. Et tandis qu'il luttait contre la souffrance, les chiffons imprégnés de vinaigre commencèrent de brûler la plaie.

La voix du garçon lui parvint : « La flèche… Elle est intacte… » Puis celle de Jérôme : « Essuie le sang…

– Voilà le couteau…

– Tiens-le bien !

– Vas-y ! Vas-y ! »

Les braises grésillèrent et le fer cautérisa les chairs.

Maynard hurla encore.

Telle une dague, un éclat de rire brutal lui transperça la mémoire. La souffrance, à nouveau. Et enfin une vision : son père se jetant sur Eudeline.

*

* *

C'est la fureur qui le ramena à la conscience.

Émergeant de sa torpeur, Maynard considéra les morceaux d'armure. Un souvenir accablant lui revint. Des cavaliers bardés de fer en train de charger des fantassins que protégeaient de simples cottes de mailles. Il se sentit lâche.

Mais le chariot roulait, lui semblait-il. Nicolas marchait sur le côté.

« Comment vous sentez-vous, messire ? » lui demanda le garçon. Il apportait une écuelle. Rocheblanche la prit, puis la reposa sans y avoir goûté. Il avait l'impression que sa jambe avait encore gonflé. Même la douleur se faisait plus forte. « Je survivrai », dit-il en leur adressant un signe de gratitude.

Nicolas suivit le regard du chevalier sur son armure. « Je vous l'ai nettoyée, dit-il.

– Tu es bon, dit le chevalier en massant son bras meurtri. Je suis resté évanoui longtemps ?

– Une demi-journée. Après vous avoir soigné, nous avons repris notre voyage sans attendre. »

Maynard hocha la tête. Il ne savait que dire de plus. Il ne se sentait pas bien, et cela ne venait pas seulement de sa blessure, ni de ses mésaventures récentes. Cela venait de son âme. Il avait rêvé de son père.

Nicolas indiqua l'écuelle. « De la soupe de seigle, dit-il. C'est ma mère qui l'a faite. Ça vous aidera à reprendre des forces. »

Le chevalier allait refuser quand il entendit Jérôme crier à l'avant du chariot : « Un camp militaire ! Messire, réveillez-vous ! On les a trouvés ! »

– 3 –

Le campement des combattants de Crécy se ramassait autour d'une vieille église visible de la route. Pas de fossé, nulle palissade : toute sa défense se résumait à une poignée de sentinelles.

Maynard attendit que le chariot soit à l'arrêt, puis pria Nicolas de l'aider à descendre. Il était forcé de se cramponner à son bras et de se maintenir en équilibre sur sa seule jambe droite, ce qui ne l'empêchait pas de se sentir revigoré. Il se tenait enfin debout ! Il pouvait regarder autrui du haut de sa stature. Jérôme, qui surveillait du coin de l'œil les mouvements du chevalier, quitta son siège et confia les rênes à sa femme. Il se hâtait de rejoindre Maynard quand deux soldats l'arrêtèrent.

« N'importunez pas ce brave homme ! leur lança Maynard aussitôt. Venez m'aider, plutôt ! »

L'un des écuyers accourut à sa rencontre et le prit par le col : « Qui êtes-vous, pour oser vous exprimer avec un tel front ? »

Maynard se dégagea d'un geste indifférent : « La réponse, vous la trouverez dans le sang et la boue qui souillent mes vêtements. Je suis chevalier de Sa Majesté et seigneur de Rocheblanche. J'exige d'être accueilli dans ce campement et d'y retrouver mes compagnons *milites*.

– Pardonnez ma réaction, s'obstina la sentinelle, mais vu l'état de votre équipage, on vous prendrait pour un manant.

– Nicolas ! s'impatienta le chevalier. Montrez donc mon épée à cet âne bâté. Faites-lui voir la garde, avec l'écusson de ma famille. »

Le jeune homme obéit. L'instant d'après, le soldat dut se rendre à l'évidence et s'incliner bien bas en bredouillant : « Faites excuse, votre seigneurie. Je ne pouvais savoir… »

Maynard ne daigna pas lui accorder davantage d'attention. Il préféra se tourner vers le tapissier, maintenant qu'on voulait bien le laisser tranquille : « Maître Jérôme, ici nos routes se séparent. Toutefois, avant de vous congédier, je vous demanderai de m'apporter de quoi écrire.

– J'ai un calame et de l'encre, répondit l'homme sans comprendre la raison de cette requête. Mais je n'ai d'autre parchemin que la vachette sur laquelle je fais mes comptes…

– Je n'en demande pas tant. Un bout de tissu fera l'affaire. »

Le tapissier n'y comprenait rien. Il remonta dans le chariot, fouilla dans ses affaires et revint avec un bout de toile de chanvre tissée assez épais pour qu'on puisse écrire dessus. Rocheblanche prit la toile, trempa le calame dans l'encre et traça quelques lignes au bas desquelles il apposa sa signature. « Ainsi ma dette est soldée, dit-il en la rendant au tapissier. J'espère que ça suffira. »

L'homme prit connaissance de ce qui était écrit. « Je ne comprends pas… »

Maynard semblait s'amuser. « Vous ne disiez pas que vous alliez à Paris ?

– Si, c'est la vérité.

– Eh bien ! Trouver à se loger du côté de la Cité coûte beaucoup de peine et encore plus d'argent. C'est pourquoi je me permets de vous recommander à mon oncle, le révérend Antoine Tempier, prieur de Saint-Denis. Vous irez le voir et lui montrerez ce morceau de chanvre. Soyez sûr qu'il vous procurera de quoi vous installer, vivre et exercer votre métier.

– Messire, c'est trop de générosité…

– Ce n'est rien, comparée à la vôtre. Un autre, à votre place, m'aurait laissé périr au bord de la route, sous la pluie. Vous, vous avez pris soin de moi, vous m'avez sauvé d'une mort certaine. Recevez mes respects, et mon amitié. » Il lui mit la main à l'épaule : « Si quelque jour, par un malencontreux hasard, vous et votre famille deviez tomber dans la gêne, sachez que vous pourrez compter sur moi. »

D'un signe, Maynard donna congé au tapissier. Puis il se tourna vers la plus jeune des deux sentinelles et lui lança d'un ton sévère : « Votre bras ! Que je puisse marcher droit. » Il ajouta à l'intention de l'impertinent qui avait osé le prendre par le col : « Quant à vous, allez au chariot chercher les morceaux de mon armure. Transportez-les dans un logement. Et prenez garde que ce soit un logement confortable, si vous ne voulez pas tâter de la cravache ! »

Le chariot de Jérôme Bataille était déjà loin quand Maynard eut enfin le loisir de s'étendre sur une couche. Il avait trouvé à habiter sous une tente, près de l'église. L'endroit était digne, à l'abri des regards. Il réclama une cuvette d'eau à un tout jeune valet, et lui ordonna de l'aider à se laver. Il prit ensuite une pièce dans l'escarcelle de sa ceinture et la lui jeta en disant : « Trouve-moi de quoi manger, et des habits en bon état. »

Le gamin attrapa la pièce au vol, acquiesça, s'inclina et quitta la tente.

En l'absence du valet, Rocheblanche s'occupa de sa blessure. Il la nettoya avec un chiffon humide. Il humecta aussi les contours de la cautérisation, afin de se procurer un peu de soulagement. La plaie était moins gonflée, mais toujours aussi douloureuse. Cependant il n'avait pas à se plaindre, il s'estimait même heureux d'être sorti presque indemne de cet enfer. Il avait vu tomber autour de lui tant de valeureux guerriers ! C'était à se demander s'il avait survécu par pure chance ou en obéissance à un dessein précis. En définitive, c'était grâce à lui, et à nul autre, que le secret du roi de Bohême n'avait pas disparu dans la bataille. Et voilà qui nourrissait son inquiétude. Jang de Blannen ne s'était pas limité à lui confier la garde d'un objet, il lui avait révélé l'existence d'une trahison, laquelle était peut-être née dans le sein même de l'armée royale. Maynard, à présent, s'interrogeait. Devait-il parler de la chose au souverain, en dépit de son serment ?

C'est alors que le valet revint avec un pourpoint à manches longues et des culottes d'excellente facture. Maynard s'était attendu à des effets plus modestes. Il ne cacha pas sa surprise. « Où as-tu trouvé ça ? »

Le gamin haussa les épaules. « Je les ai volés », avoua-t-il avec un petit sourire. Et il déposa à côté du lit une assiette de terre cuite emplie de brouet.

Le chevalier s'habilla sans autre commentaire. Il avait beau s'être reposé, il se sentait faible encore. Il tremblait de fièvre et l'appétit lui manquait. Il se força à ingurgiter la soupe ordinaire dans l'espoir d'être bientôt remis. Finalement, il prit une autre pièce dans sa bourse et la montra au jeune valet. « Si tu réponds à ma question, elle est à toi. » Il fit tourner la piécette entre ses doigts. « Sa Majesté est présente dans ce camp. Vrai ?

– Vrai, messire. Il s'est établi dans l'église en ruine.

– Sais-tu s'il a déjà convoqué un conseil de guerre ?

– Je n'en ai aucune idée.

– Alors tâche de le savoir, dit le chevalier. Autre chose : essaie de savoir aussi si Sa Majesté accorde des audiences. Va ! »

Le valet parti, Maynard put se consacrer à une autre question importante. Il prit le petit rouleau de parchemin que Jang lui avait confié, et le glissa dans l'anneau cardinalice. « *Ne le montrez à quiconque... Pas même à mon fils*... Il en ira ainsi », songea le chevalier. Mais il voulait aussi savoir quel mystère avait valu à Jean Ier de Bohême d'être victime d'une trahison.

Le rouleau était si minuscule qu'il pouvait se cacher facilement derrière une main. Un court texte en latin y était inscrit.

Missam ut molam ab angelo in mare
est Lapis exilii situ in Monte floris
nostra salute clausus in vetusta crypta
sub cælo historiis mire depicto
a meridie Sancti Sauini in villa Cerisii

Son front se plissait d'incompréhension. Ce n'était pas le sens des mots qui lui échappait, mais les idées auxquelles le texte faisait allusion. On eût dit une énigme, semblable à celles que les moines copistes laissaient quelquefois dans les marges des volumes. Il traduisit à voix basse en essayant de saisir un sens :

Comme la meule jetée par l'ange dans la mer
et la pierre de l'exil sise sur le mont des Fleurs
pour notre salut celée en une crypte ancienne
sous un ciel de récits admirablement peints
au sud de San Savinio en la Villa Cerisio

Le seul indice qui fût compréhensible se rattachait au dernier vers, et c'était cette allusion à la célèbre église Saint-Savin, non loin de Poitiers, à proximité d'un lieu connu de longue date, la Villa Cerisio. Le texte évoquait aussi un mystérieux *Lapis exilii*, une « pierre d'exil » cachée dans une crypte « pour notre salut », autrement dit pour celui du genre humain. La meule et l'ange, le ciel peint : tout cela était en revanche bien mystérieux. Mais la principale énigme, celle dont la résolution pouvait permettre une interprétation correcte du texte, se trouvait dans les mots : *in Monte floris.* « Sur le mont des Fleurs. » Une éminence, sans doute. Une montagne. Une colline. Là devait se trouver la *vetusta crypta* et, celée à l'intérieur, la « pierre d'exil ». Le chevalier n'avait aucune idée du mystérieux trésor qui pouvait s'y cacher. Quoi qu'il en soit, Jang de Blannen lui avait fait jurer de ne montrer le parchemin à personne. Donc il n'en parlerait pas, même au roi Philippe VI.

Une silhouette se découpa dans l'entrée. C'était le valet. Maynard roula hâtivement le parchemin, qu'il cacha derrière son dos, avec la bague.

Le valet affichait un petit sourire de satisfaction. « Le roi accorde des audiences, dit-il dès qu'il eut reçu la permission de parler. Et il n'a convoqué aucun conseil de guerre.

– Quand a-t-il l'intention de le faire ?

– On l'ignore, messire.

– Tu es sûr d'avoir bien compris ? »

Le garçon opina du chef. « Je tiens l'information d'un serviteur attaché à la suite royale. »

Maynard médita ce qu'il venait d'entendre. « Aide-moi vite à me lever, dit-il en tendant la main.

– Messire, vous devriez vous reposer. Vous n'avez pas bonne mine.

– Je me reposerai après. Pour l'heure, je dois m'entretenir avec Sa Majesté sur un point assez délicat. »

– 4 –

Dans la sacristie de l'église abandonnée, deux hommes discutaient sous la clarté d'une fenêtre bifore. Le plus grand était le roi Philippe VI de Valois. Il portait son armure par-dessus une tunique aux couleurs de la France : bleue avec des fleurs de lys dorées. D'après ses gestes, il était près de céder à la colère. En revanche, le noble avec lequel il s'entretenait semblait plus calme ; il était revêtu d'une chasuble élégante et sombre qui rehaussait la carnation claire de sa peau et ses cheveux roux. Maynard avait déjà vu cet homme. Mais où ? Peu importait. Son souci premier, à la minute présente, était de garder une attitude digne en présence du souverain. Raison pour laquelle il avait refusé de venir en s'appuyant sur le valet. Il avait préféré user d'un bâton. Marcher droit, cela dit, n'avait pas été simple ! Surtout une fois arrivé à l'église, quand il avait fallu affronter les marches.

Voyant que le monarque était engagé dans un débat, il pensa se retirer et revenir plus tard. Mais il s'aperçut qu'on l'avait reconnu. « Votre Majesté, dit-il en s'inclinant, gêné. Je demande une audience.

– Rocheblanche, dit le Valois en le priant d'avancer, nous vous pensions tombé au champ d'honneur.

– Je suis vivant, beau sire, et c'est miracle. »

Le monarque l'étudia des pieds à la tête. « Qu'est-ce qui vous amène, avec cette jambe blessée ?

– Une mauvaise nouvelle. Mais je vois que vous êtes occupé. Je ne voudrais pas être importun…

– Ne vous tourmentez pas, déclara Philippe IV en montrant l'homme à son côté. Voici le noble Karel, comte de Luxembourg. Le fils du roi de Bohême. Exprimez-vous devant lui sans gêne aucune. »

Maynard scruta attentivement le visage du comte aux cheveux fauves, et recula d'un pas. *« Pas même à mon fils »*, avait insisté Jang de Blannen. Karel de Luxembourg avait l'allure et les traits de son père, en moins orgueilleux cependant, en moins beau aussi. Le nez était trop grand, les pommettes trop saillantes, et le front présentait un début de calvitie. Maynard se méfia également des yeux bleus exorbités. Mais le roi menaçait maintenant de prendre ombrage de ces hésitations :

« Eh bien, Rocheblanche ? De quelle nouvelle êtes-vous porteur ? »

Le chevalier ne quittait pas le prince Karel du regard. Un malaise, soudain, s'était emparé de lui. Il poursuivit néanmoins : « Jean de Bohême est mort. » Sur ces mots, il baissa la tête en signe de deuil.

Philippe VI croisa les bras. « En êtes-vous sûr, messire ? On nous a dit qu'il était tombé aux mains des Anglais.

– Absolument sûr, hélas ! dit Maynard. J'ai vu son corps martyrisé sur le champ de bataille. »

Karel intervint sans laisser paraître la moindre émotion : « Était-ce un cadavre ? »

À cette question, le chevalier ne répondit pas tout de suite. Son sentiment était que le prince s'éloignait lentement du rayon de lumière, comme pour se cacher. « Pas encore un cadavre, Votre Altesse.

– Lui avez-vous parlé ? »

Le ton de la question alerta Maynard, qui décida de mentir : « Très peu. À peine ai-je eu le temps de recommander son âme à Dieu.

– Vraiment ? reprit Karel dont la figure à présent disparaissait dans l'ombre. Mon noble père cachait de multiples secrets. Il est étrange qu'il ne vous en ait confié aucun, alors qu'il allait périr. »

Rocheblanche eut un haussement d'épaules. Certes, il brûlait d'envie de répéter ici ce que Jang de Bladden lui avait dit, mais un pressentiment lui imposait le silence. Qui sait s'il n'avait pas devant lui l'artisan de la conspiration ?

Le prince appuya son menton sur son poing, plissa le front et reprit d'un ton méditatif : « Donc, vous dites qu'il est mort en priant. Tel un homme ordinaire.

– Tel un valeureux guerrier, rectifia Maynard en se tournant vers le roi de France, soucieux de mettre un terme à ces insinuations. Un soldat courageux sur lequel nous devrions tous prendre exemple.

– Faites-vous allusion à notre retraite ? répliqua le Valois, touché au vif.

– Je faisais allusion à une leçon de courage, Majesté, et à rien d'autre.

– Le courage est une chose, enchaîna le monarque, et l'intelligence stratégique en est une autre. Je crois que Karel de Luxembourg, ici présent, voudra bien admettre que son noble père s'est sacrifié en vue d'un exploit stupide.

– Non pas en vue d'un exploit ! s'emporta Maynard, redoutant de voir s'affaiblir les valeurs dans lesquelles il avait grandi. Mais pour pousser ses hommes à lancer la charge ! »

Philippe VI secouait la tête : « Il les a emmenés au massacre alors que les dés étaient jetés. Il a exposé la cavalerie aux archers d'Édouard III… »

L'indignation arracha au Valois un cri : « Savez-vous combien d'hommes ont péri, Rocheblanche ? Plus de quatre mille ! Quatre mille chevaliers ! Vos pairs ! Les Anglais ont décimé notre noblesse ! »

Maynard baissa les yeux, plus respectueux de ses compagnons morts que de cette fureur royale. Il admit entre ses dents : « Il est vrai que nous avons sous-estimé les archers. Mais la prochaine fois…

– Il n'y aura pas de prochaine fois ! l'interrompit Philippe. En tout cas, pas dans l'avenir immédiat. »

Cette remarque frappa le chevalier de stupeur : « Allez-vous attendre qu'Édouard et le prince Noir marchent sur Paris ?

– Leur destination n'est pas Paris. C'est Calais.

– Les laisserez-vous en faire le siège ?

– Nous n'avons pas le choix. »

Maynard ressentit une déception profonde. Sa critique ne visait pas la stratégie du roi, mais la légèreté avec laquelle il lui imposait le silence. « S'il en est ainsi, beau sire, alors nous aurons perdu à Crécy bien davantage qu'une bataille.

– Rocheblanche ! s'exclama le Valois. Monsieur votre père ne se serait jamais autorisé pareille insolence ! »

« Mon père était une bête », songea le chevalier. Avant de répondre, il coula un regard vers un candélabre rouillé derrière lequel il crut distinguer une silhouette noire qui se glissait dans l'ombre. L'instant d'après, la silhouette avait disparu. Maynard pensa aviser le monarque de cette présence, mais il se ravisa. Il en avait trop vu, et n'avait que trop parlé. « Excusez-moi, dit-il, feignant un regret. Je n'avais nullement l'intention de vous manquer de respect. J'ai souhaité exprimer mon avis, voilà tout.

– Un avis non sollicité, dit Philippe, nullement apaisé. Ne croyez pas que vous vous en tirerez comme ça, messire ! »

C'est alors que Karel de Luxembourg intervint d'un ton conciliant : « Beau sire, votre chevalier a peut-être besoin de repos. » Il vint devant Maynard et continua d'une voix mielleuse : « Ne voyez-vous pas comme il est pâle ? Sa témérité et sa jambe blessée lui auront altéré l'entendement.

– Néanmoins, dit le monarque, l'insolence doit être punie.

– Faites une exception en mon nom, insista le prince. Cet homme est venu avec des nouvelles de mon père. De sombres nouvelles, hélas ! Mais qui n'en font pas moins de moi son débiteur. »

Le silence s'installa pendant une minute, puis le Valois approuva du chef. « Rocheblanche, remerciez le noble Karel pour sa générosité. » Puis il ajouta, impatient : « Nous vous donnons congé, et l'ordre de regagner vos terres dès que vous serez rétabli. Ne vous avisez plus de manquer de respect à votre souverain. »

Maynard, en appui sur son bâton, esquissa une révérence. Relevant les yeux, il surprit le ricanement de Karel et se rendit compte que ce dernier l'avait observé d'un œil soupçonneux, comme un inquisiteur.

Maynard comprit qu'il avait échoué à tromper cet homme.

Et qu'il venait de se faire un puissant ennemi.

– 5 –

Regagner la sortie ne fut pas une mince entreprise. Maynard n'avait pas seulement de la peine à marcher, il devait supporter ce poids désormais. Il était sûr que Karel de Luxembourg avait pris sa défense pour se l'attacher par un lien de complicité – une complicité entre ennemis. Dans quelle mesure Karel était-il impliqué dans la mort de Jang ? Il l'ignorait. Mais il voyait bien qu'il allait devoir rester sur ses gardes avec cet homme. Il le soupçonnait de n'avoir pas été dupe de son mensonge ; tôt ou tard, Karel s'emploierait à percer à jour ce qu'il essayait de lui cacher.

Il s'arrêta à mi-chemin de la grand nef, comme pour prendre conseil auprès du crucifix qui dominait l'autel. Il l'observa. La croix, un bois sculpté, brillait sous une fenêtre sans vitrail. Le Christ pendu à ses clous était maigre, noueux. Ses grands yeux étaient dessinés en forme de goutte. Le chevalier ouvrit les lèvres pour lui adresser une prière, mais Jésus le fascinait tellement qu'il ne put accueillir la moindre pensée. La souffrance dans le corps, la souffrance dans l'esprit. Ces yeux-là ne disaient rien d'autre. On aurait dit qu'ils tentaient de le protéger, lui, Maynard, de l'envelopper dans une auréole de paix. Le chevalier les scruta sans céder à l'émotion, tandis que l'envahissaient les remords. Il avait brisé tant de vies ! Il recula bientôt d'un pas vers l'arc de l'entrée, et l'enchantement se dissipa. De nouveau il était seul, face à un mystère immense.

Dehors, il avait descendu la moitié des marches quand un homme en armes courut à sa rencontre pour lui offrir son aide. Maynard refusa sans aménité. Puis il s'excusa, désolé, car il venait de reconnaître un visage ami. « Robert de Vermandois ! s'exclama-t-il. Vous êtes donc sain et sauf ! Quelle joie de vous revoir !

– Et moi donc, Rocheblanche ! » Brun, de constitution herculéenne, Robert était un baron picard tombé en disgrâce, mais dont ni l'orgueil ni le sens de l'honneur ne pouvaient fléchir. « Hier, dans la bataille, j'ai craint pour votre sort.

– J'ai risqué beaucoup, je l'admets.

– Au moins, vous ne vous serez pas couvert de honte, dit le gentilhomme, tristement. Je me battais sur le front ouest, parmi des hordes de fantassins. C'est alors que j'ai reçu l'ordre de massacrer nos propres mercenaires ! On craignait qu'ils ne battent en retraite.

– Les arbalétriers, vous voulez dire ? »

Maynard, tout en parlant, boitait en direction de sa tente, suivi de Robert qui s'exclama : « Oui ! Le régiment génois. »

Le chevalier, d'un signe, montra qu'il avait compris. Il s'abstint de relever. Philippe IV avait recruté quinze mille arbalétriers génois pour appuyer sa cavalerie, mais quoi d'étonnant si ces pauvres diables s'étaient révélés de piètres combattants ? Parvenus à Crécy après une marche de plus de sept lieues, ils avaient reçu l'ordre de passer à l'attaque sans prendre le moindre repos. La voix de Vermandois attira de nouveau l'attention de Maynard : « Vous m'avez l'air préoccupé, Rocheblanche. De mauvaises nouvelles ? »

Maynard, qui préférait éviter le sujet, répondit simplement : « J'aurais souhaité m'entretenir seul à seul avec Sa Majesté, mais l'occasion ne s'est pas présentée. »

Le baron picard haussa les épaules. « Depuis notre déroute, le Valois passe tout son temps à discuter avec ce Karel de Luxembourg. »

La pointe de mépris piqua la curiosité du chevalier : « Vous le connaissez ?

– Moins que son père. Karel est un ambigu. Toujours entouré de prêtres et de religieux quasi fanatiques. Je n'en sais pas plus. Sinon que c'est un lâche.

– Comment ça ?

– Tout le monde sait qu'hier il a fui la bataille avant que les choses ne deviennent sérieuses. »

Maynard hocha la tête. L'information le confirmait dans ses soupçons. Ce n'était certes pas une preuve de trahison, mais le fait d'avoir abandonné son père sur le champ de bataille ne plaidait pas en faveur du noble Karel. Un élancement dans le genou obligea Maynard à s'arrêter. Il pria le baron de l'attendre. Il vit qu'il avait dépassé sa tente et atteint la limite du camp, le quartier réservé aux soldats de rang inférieur et aux chevaux.

« Je vous ai fait marcher plus que nécessaire, s'excusa Robert en montrant les écuries. Mais j'ai besoin d'un nouveau destrier. Et puisque nous avons sauvé à Crécy plus de chevaux que d'hommes, je souhaiterais profiter de vos bons conseils.

– Ne vous justifiez pas, mon ami. » Au mépris de la douleur, Rocheblanche continua d'avancer en ligne droite, aidé de son bâton. « Je suis ravi de saisir l'occasion. Moi aussi, je me retrouve à pied ! » La vérité, c'est qu'il se sentait de plus en plus faible. Il aurait dû s'accorder du repos. Mais il ne supportait pas d'être traité comme un infirme.

Le gardien des écuries accepta la pièce que les deux amis lui donnèrent avant de faire le tri parmi tous ces chevaux privés de maître. Ils ne recherchaient pas seulement des bêtes saines et robustes, mais des montures dotées du bon tempérament. Il arrivait qu'un affrontement violent prive le cheval de courage, et le danger était alors susceptible de le pousser à réagir bizarrement. Maynard connaissait bien ce risque. Il évalua les bêtes avec attention : la prunelle des yeux, la tête, les sabots. Il finit par arrêter son choix sur un frison de fière allure, et sur une jument assez robuste pour porter la charge de l'armure. Vermandois, quant à lui, opta pour un élégant cheval blanc.

Après avoir récupéré des selles et des harnachements, ils s'éloignèrent en tenant les chevaux par la bride. Le Picard, satisfait de son choix, invita Rocheblanche : « Venez sous ma tente. Le gredin qui me sert de valet a réussi à se procurer de l'eau-de-vie. Et Dieu sait que j'ai en horreur de boire seul ! Rocheblanche, vous m'entendez ? »

Maynard ne put prononcer autre chose qu'une plainte inarticulée. Sa vue se brouillait. Il avait l'impression d'errer dans une blancheur aveuglante. Soudain, il fut incapable de distinguer le sol sur lequel il marchait. Saisi de panique, il se cramponna à la bride du frison. Mais, sans force, il s'écroula.

*

*   *

Le morceau de tissu mouillé lui glissait du front. Promptement, une main le remit en place.

« Ne vous avais-je pas dit, messire, que vous aviez mauvaise mine ? »

Maynard se réveilla dans ses quartiers et en fut soulagé. Il avait le feu à la tête et la jambe terriblement gonflée. Il voulut se lever mais le valet, d'une pression sur le thorax, l'obligea à rester couché. Le chevalier n'eut même pas la force de résister. Il y avait aussi cette forte angoisse qui s'était emparée de lui. D'abord, il en ignora la cause. Puis il se souvint de son rêve : le Crucifié dans la vieille église, ses yeux fendus, grands ouverts dans les orbites noires d'où s'échappaient de gros vers. Tel fut son dégoût qu'il voulut fuir. Mais la main, une fois encore, le retint. Le garçon expliqua :

« C'est le seigneur de Vermandois qui vous a transporté ici. Vous aviez perdu connaissance. Il vous portait à bras, comme on porte une femme. »

Le chevalier essaya de dire quelque chose mais il avait la gorge desséchée. Il esquissa un sourire, puis murmura : « J'imagine… la promenade… »

Le garçon souriait, et le chevalier, distrait des horribles visions, se laissa glisser à nouveau dans le sommeil. Dans la paix.

*
* *

Il lui fallut une semaine pour se rétablir. Il dut rester couché et attendre de récupérer des forces. Des voix lui parvenaient du dehors : celles des soldats sur le départ, toujours plus nombreux. Philippe VI avait décidé de suspendre les opérations. La nouvelle s'était aussitôt répandue, et avait poussé les guerriers de haut rang à quitter le camp pour rentrer dans leurs foyers. Mais Sa Majesté, elle, hésitait encore à partir. Elle occupait toujours l'église en ruine où l'entourait un petit groupe de fidèles. Maynard avait demandé au valet de lui indiquer leurs noms, et appris que Karel de Luxembourg était toujours là. Il n'avait pu en apprendre davantage sur lui. Une rumeur voulait qu'il fût attendu de toute urgence à Cologne. Pourtant, lui non plus ne bougeait pas.

Durant la semaine, Vermandois se fit assidu. Il refusait de lever le camp avant d'avoir vu de ses yeux Maynard remis sur pied. C'est dans ce but, d'ailleurs, qu'il avait confié le sort de son ami aux mains d'un chirurgien, lequel avait procuré au blessé des onguents curatifs, et même une modeste quantité d'opium pour l'aider à endurer ses douleurs à la jambe. Mais s'il recherchait la compagnie de Maynard, c'était surtout pour qu'ils s'abîment ensemble dans de longues parties d'échecs, pour siroter de l'eau-de-vie et discuter avec lui à bâtons rompus. Le chevalier ne tarda pas à se convaincre que l'amélioration de sa santé n'était pas due aux seuls médicaments, mais aussi à la présence à ses côtés de cet homme rude et fier. En effet, ce compagnon l'aidait à guérir son esprit.

Depuis qu'il avait quitté la sacristie, il couvait une puissante amertume. L'indifférence du Valois pour le sort de Calais l'avait mis face à quelque chose de plus désagréable qu'une simple réaction humaine. Sous les propos du roi se cachait une triste vérité que beaucoup préféraient taire. L'ère de la chevalerie n'était plus. Elle se voyait supplantée par une façon plus évoluée de faire la guerre, selon laquelle la valeur des combattants ne comptait pour rien ; ce qui importait, c'était d'exterminer l'ennemi. Entre deux mouvements sur l'échiquier, le chevalier discutait ce point avec Robert, et se plaignait de vivre une époque où se perdaient l'honneur et le courage. En même temps, Maynard n'était pas naïf. Il savait parfaitement que les nobles gestes ne vivaient plus que dans les chansons du même nom, ces légendes des saints guerriers récités lors des tournois. Il n'était pas non plus hypocrite. Il jugeait ignobles les stratégies d'Édouard III, autant que les violences dont s'étaient rendus coupables nombre de soldats français. Pourtant, au fond de lui-même, il gardait la foi. La foi en ces idéaux qui avaient nourri son enfance. Cette foi piétinée jadis par son propre père, aujourd'hui par son souverain.

Et puis un autre tourment l'empêchait de trouver la paix : le texte inscrit sur le petit parchemin. Il profitait du moindre instant de solitude pour l'étudier. Il caressait l'espoir d'en percer le sens profond. Il s'y penchait surtout après le coucher du soleil, à la lumière d'une bougie, quand les mauvais pressentiments l'empêchaient de trouver le sommeil.

C'est ainsi qu'une nuit, après une énième tentative, il comprit que le premier vers de l'énigme éveillait en lui quelque chose de profondément familier. L'ange, la meule, la mer… Ces mots, ne les avait-il pas déjà entendus ? Si. Il en était sûr. Mais où ? Quand ? Il n'arrivait pas à se le rappeler. Pris de frustration, il repoussa le parchemin afin d'observer l'écusson qui figurait sur la bague en or. Karel de Luxembourg impliqué dans ces sinistres événements… Était-ce possible ? *« Toujours entouré de prêtres »*, avait dit Robert de Vermandois.

De prêtres… et de cardinaux.

« Que faites-vous, messire ? »

Maynard souleva la bougie. Le valet se détacha de l'ombre.

« Ça ne te regarde pas ! » s'exclama le chevalier qui s'en voulait de s'être laissé surprendre.

« Et ce magnifique anneau ? » insista le jeune homme en montrant l'objet qui scintillait dans la pénombre. « Il est à vous ? Je n'en ai jamais vu d'aussi beau…

– Mêle-toi de tes affaires », répliqua Maynard, toujours plus bourru.

Le valet fit demi-tour et gagna la sortie en jouant les offensés. « Si c'est ainsi, je ne vous parlerai pas de l'homme en noir.

– Quel homme en noir ? »

Il le rappela.

« Celui qui rôdait autour de votre tente il n'y a pas longtemps. Dès qu'il m'a vu, il a filé.

– Tu saurais le décrire ? demanda Maynard en fronçant les sourcils.

– Il faisait trop sombre. On ne voyait pas son visage. Il portait un manteau noir et un capuchon rabattu jusqu'au menton. Tout ce que j'ai remarqué, c'est qu'il n'était pas grand. Et qu'il devait être assez jeune car il n'avait pas de barbe. »

– 6 –

« Il faut partir », dit Vermandois. D'un coup de pied, il repoussa un chat pelé qui s'approchait en ronronnant.

Maynard approuva de la tête. Il s'était levé dès l'aube pour charger les plaques de son armure sur la jument. Il avait peu dormi, aussi mit-il à profit la fraîcheur matutinale pour se réveiller et repousser ses inquiétudes. Depuis que le valet lui avait parlé de cet individu en manteau noir, toutes ses pensées le ramenaient à la silhouette cachée dans l'ombre de la sacristie. Il redoutait un guet-apens. Mais autre chose aussi l'empêchait de rester en place. S'il n'avait toujours pas percé l'énigme du *Lapis exilii*, il se rappelait maintenant où il avait entendu prononcer les mots du premier vers inscrit sur le parchemin. C'était arrivé sous une arche de pierre, devant un livre ouvert sur un lutrin… À Reims, au couvent où était cloîtrée sa sœur Eudeline. « Je suis bientôt prêt, dit-il à son compagnon en lui donnant une tape sur l'épaule.

– Vous avez eu tôt fait de récupérer, répondit le Picard, ravi de voir Maynard recouvrer son agilité. Et c'est une bonne chose, mon ami. Ainsi nous pourrons nous mettre en route avec la suite de Sa Majesté.

– Quel honneur ! » dit le chevalier, sarcastique.

Il s'assura que le frison était convenablement sellé. Il boitait toujours, cependant il pouvait se passer de bâton.

Vermandois émit un grognement. « L'honneur de celui qui se sauve la queue entre les jambes, dit-il en s'approchant du frison noir dont il ébouriffa la crinière. Vous irez directement à Paris ? »

Maynard ne répondit pas tout de suite. Il serrait les courroies de ses étriers. « J'irai avec la suite jusqu'au comté de Beauvais. Puis je prendrai en direction du levant.

– Et de Reims, j'imagine, où les vôtres vous attendent.

– Un être très cher, du moins. »

Le Picard plissa les yeux. « Un long voyage, quoi qu'il en soit. Alors que vous vous remettez à peine.

– Je ne tiens pas à me faire prendre en charge, dit le chevalier qui avait saisi l'allusion. Je vous suis déjà fort reconnaissant. »

Robert de Vermandois essaya de cacher son embarras. « En vérité, mon ami, je profiterais de votre compagnie pour jouir d'un peu d'hospitalité. Comme vous le savez, je n'ai ni terre ni famille auprès de qui retourner. »

Maynard épia l'expression du Picard. Il comprenait ce que lui coûtait un tel aveu. Le baron descendait d'une lignée assez ancienne pour être en mesure de revendiquer des origines quasi légendaires, mais il était demeuré veuf après que ses beaux-parents avaient eu gaspillé ses biens. Privé de ses terres et ressources, il disait vivre reclus dans un château, en attendant de se lancer dans des aventures guerrières. « Je n'ai pas l'intention de rester dans ma demeure, reprit Maynard, conciliant. Et ce sera un privilège de vous avoir à mes côtés. »

Tout en parlant ainsi, il acheva ses préparatifs en attachant à l'arçon de sa selle une longue épée de taille.

Il l'avait récupérée dans le camp. Elle remplacerait celle qu'il avait perdue dans les combats. Quant à son autre épée, celle d'estoc, la plus lourde, il la fixa à sa ceinture. Il ne lui restait plus qu'à prendre congé et à se mettre en quête du valet. Il le connaissait à peine, il ne savait même pas son nom, mais il avait de la gratitude pour lui, et il entendait la lui manifester en le sauvant de la misère. Il allait l'emmener avec lui. Il ferait de lui un palefrenier, ou un aide de camp. Cependant il ne le trouva nulle part dans le camp. Où était-il passé ? En tout cas, Maynard ne put lui faire la proposition qu'il lui avait réservée.

Résigné à partir sans le garçon, il finit de préparer son voyage en songeant à son propre domaine, aux rares biens hérités de son père et de sa sœur, la seule autre survivante de la famille. Un an et plus qu'il ne l'avait vue ! Ses soucis s'apaisèrent à la simple idée de la serrer bientôt dans ses bras.

*
* *

Rasséréné, il se mit en route avec Vermandois. Ils voyagèrent dans la suite du roi, en compagnie de nobles de haut rang et de religieux. C'était un privilège dont il se serait bien passé, mais marcher avec une importante compagnie pouvait dissuader les sbires les plus audacieux d'Édouard III, et permettre d'éviter les embuscades.

Cette société se déplaçait essentiellement à cheval. Armes et armures étaient portées par les mules et autres bêtes. Il y avait aussi les chariots, mais on les réservait au transport des hautes personnalités.

Ils prirent droit vers le sud. Ils virent des villages dont les habitants avaient fui l'avancée anglaise.

Maynard montait son frison en ménageant la paresse de sa jument et le caractère fougueux de Robert qui ne ratait pas une occasion de se vanter. Sous son caractère rugueux, le Picard laissait transparaître la frustration de l'aristocrate qui voit disparaître le monde qui avait été le berceau de toute sa vie – ou de ce qu'il croyait être sa vie. Le chevalier partageait ce sentiment, sans être tombé lui-même dans une telle condition. Lui, au moins, avait encore des raisons de se battre. Il avait l'amour d'Eudeline, et ce serment d'honneur prêté à Jang de Blannen.

Le matin du deuxième jour, Maynard vit arriver à sa hauteur un grand chariot couvert d'un auvent. Un rideau s'écarta. Karel de Luxembourg montra sa figure. Il ne dit pas un mot, il se contenta de fixer Maynard des yeux. Puis il le salua d'un geste accompagné d'un sourire hostile. Le chevalier répondit de la même façon, sans montrer de crainte, mais il demeura sur ses gardes jusqu'à ce que le rideau retombe, et que le chariot s'éloigne dans un claquement de rênes.

Vermandois, jaloux de n'avoir pas été gratifié des mêmes attentions, eut ce commentaire : « Je ne sais pourquoi, mais je suis prêt à parier qu'entre le prince et vous, ce n'est pas le grand amour. »

Maynard hocha la tête, comme s'il ne se souciait pas de cette remarque. « C'est votre impression, messire », dit-il en trottant comme si de rien n'était. Le Picard insista : « Vous avez sans doute raison, Rocheblanche. Toutefois, le jour où cette impression deviendra une menace, j'espère que vous aurez à vos côtés un compagnon assez valide pour vous prêter main-forte. »

Le chevalier s'abstint de répliquer. Puis vint le moment de bifurquer vers l'est. Alors Robert et lui prirent congé du Valois, et ils s'engagèrent sur la route qui devait ramener Maynard chez lui. Comme toujours quand il revenait dans ces parages, il éprouva une fascination profonde. Cette route était la route du roi, celle qui menait directement à Reims, ville dont la cathédrale mystique avait couronné les souverains de France.

*
* *

Le bruit le réveilla en sursaut mais il ne fit pas le moindre geste.

Il ouvrit les yeux. Couché près du feu éteint, il sentit le froid de la terre au contact de ses membres. La nuit avait imprégné ses vêtements d'humidité. Après deux jours de route, Maynard et Vermandois avaient dressé leur camp à la belle étoile. Alors qu'ils récupéraient des forces, ils avaient glissé dans le sommeil. Reims n'était plus très loin désormais.

Ce bruit, encore. Plus proche, cette fois. Le chevalier, prudent, déplaça son regard. Il s'était endormi sans lâcher son poignard. Le jour n'était pas encore levé, mais la voûte céleste déversait une lumière argentée sur la clairière et les taillis alentour. Maynard aperçut une silhouette noire se découper au-dessus de lui.

Pris d'effroi, il voulut bondir sur ses pieds, mais sa jambe blessée le trahit et il s'écroula à terre. La silhouette se ramassa sur elle-même et s'avança brusquement. C'était une forme élancée. Maynard vit briller une courte lame. Il roula sur le côté, parant le coup juste à temps. Il répliqua en brandissant son poignard, qui crissa en rencontrant la lame ennemie.

Il entendit un cri de guerre. Vermandois ! Le chevalier jeta un coup d'œil en arrière : le Picard affrontait lui aussi un adversaire armé, en faisant tournoyer sa hache. Maynard continua de se défendre. Brisant la distance qui le séparait de son agresseur, il se mit en garde, le poignard pointé en avant, tout le poids de son corps en appui sur sa bonne jambe. Qui étaient ces visiteurs nocturnes ? Il n'en avait aucune idée. Il était sûr en tout cas de ne pas avoir affaire à de simples voleurs. Cependant l'heure n'était pas à se poser des questions. Et quand un nouvel assaut jaillit des ténèbres, il ne se laissa pas prendre au dépourvu. Il se plia en deux pour esquiver l'attaque. Franchissant les défenses de l'adversaire, il le frappa durement. La silhouette cachée sous le manteau accusa le choc. Elle se recroquevilla, avant d'aller heurter un tronc d'arbre.

Rocheblanche était prêt à donner le coup décisif quand le cri de Robert l'arrêta. Il se tourna à temps pour le voir vaciller, frappé à la tête. Vermandois chancela sans tomber. D'un mouvement inattendu, il toucha le genou de son adversaire et l'expédia à terre.

Le chevalier, pensant qu'il était hors de danger, se jeta sur son rival encore étourdi. Il voulut lui transpercer la gorge, mais s'arrêta au dernier moment. La clarté de la lune avait fini par s'infiltrer sous les bords du capuchon noir, et ce que découvrit Maynard le fit reculer.

Le visage d'une femme.

La fougue du duel fut aussitôt oubliée. Maynard était fasciné. Qui était-elle ? Quelle raison la poussait à s'en prendre à lui ? « Pourquoi m'attaquez-vous ? » demanda-t-il, menaçant.

Les lèvres de la femme s'ouvrirent sur un grognement cruel. « Votre valet a parlé », dit-elle d'une voix rauque, sèche comme un vent d'hiver. Elle ajouta : « Nous savons tout… Nous savons qu'il est en votre possession ! »

Maynard était pétrifié. Quel sens fallait-il donner à ces mots ?

« Le parchemin avec l'anneau ! expliqua la femme, presque déçue de rencontrer pareille innocence. Le parchemin que vous gardez avec un soin si jaloux ! »

Un souvenir brilla dans les pensées du chevalier : le valet l'avait surpris sous la tente, en train d'admirer la bague. Cet épisode n'était peut-être pas le fruit du hasard. Ou bien le garçon s'était confié à quelqu'un, puis l'information était parvenue aux oreilles de la mauvaise personne… Une personne liée à Karel de Luxembourg ! Maynard ignorait ce qui s'était passé, mais il se rappelait l'attitude du prince, cette façon qu'il avait eue d'écarter le rideau du chariot, de lui adresser un sourire venimeux. Ce geste était en train de prendre un sens précis. Il voulait dire : « Méfiez-vous car j'ai percé vos manigances à jour. »

Le chevalier s'écria : « Le garçon ! Que lui avez-vous fait ?

– Il avait de l'affection pour vous. » L'inconnue souriait, angélique et cruelle. « Il ne voulait pas continuer de vous espionner. Il a choisi de mourir. » Et, profitant d'une hésitation de son adversaire, elle le frappa au genou gauche.

Rocheblanche s'effondra. Mais avant de toucher terre, il attrapa le manteau de la femme pour l'entraîner avec lui en criant : « C'est vous qui étiez dans la sacristie ! » Il lui prit le poignet, l'empêchant de lui crever un œil. « Avouez ! Vous êtes aux ordres du prince Karel !

– Et alors ? siffla-t-elle en le dominant de son corps gracile. Donnez-moi le parchemin ou je vous tue !

– Jamais ! »

Maynard voulut lui expédier un coup au ventre mais rencontra la résistance d'une armure cloutée.

La femme recula. L'espace d'un instant, elle parut vouloir continuer à se battre. Puis ses yeux se fixèrent sur l'homme abattu par Vermandois. Dès lors elle hésita entre fureur et indécision. Le baron picard marchait sur elle d'un pas chancelant en brandissant sa hache, prêt à frapper.

L'inconnue au manteau noir regarda Maynard une dernière fois, comme pour le défier, ou le séduire. Puis elle s'enfuit et se perdit dans l'ombre des taillis.

Le chevalier fut tenté de la prendre en chasse, mais Robert se trouvait dans une situation désespérée, comme il s'en aperçut tout de suite. « Mon ami… » murmura-t-il en le voyant s'effondrer dans l'herbe. Maynard s'agenouilla au-dessus de lui et le crut condamné. Pourtant il respirait encore ! Il lui prit la tête sur ses genoux. Cette tête qui avait reçu un coup violent et qui dégoulinait de sang à cause d'une vilaine plaie sous la tempe droite.

Maynard déchira un morceau de tissu. Il fallait faire un pansement, arrêter l'hémorragie. Il savait pourtant que cela ne suffirait pas. « Je ne vous abandonnerai pas », lui dit-il à l'oreille. Et ces mots semblaient destinés à le rassurer lui-même. Il n'obtint d'autre réponse qu'un grognement étouffé.

L'aube commençait d'éclairer les taillis aux confins de la clairière. Encore sous le coup de cette agression, le chevalier avait besoin de réfléchir. Mais il n'y avait pas de temps à perdre. Il sella les montures et installa son compagnon mourant sur le cheval blanc, attaché à l'arçon et aux étriers. Il savait où l'emmener. Avant midi, il l'aurait confié à des mains expertes. Toutefois, il ne pouvait enfourcher lui-même le frison et partir sans un regard pour le sicaire mort dans l'affrontement.

L'homme gisait sur le dos, le thorax ouvert d'un coup de hache. Il portait un manteau noir et une armure à clous, comme la femme. Maynard fut stupéfait de voir que la boucle de sa ceinture reproduisait un écusson montrant un lion d'argent sur un champ rouge.

Maynard observa l'objet attentivement. Il voulait être sûr de ne pas faire erreur. Cependant il dut accepter l'évidence : la même figure ornait le chaton de la bague…

Maynard de Rocheblanche venait de comprendre : l'intrigue dans laquelle il était pris avait des ramifications bien plus complexes qu'il n'aurait pu l'imaginer. Karel de Luxembourg n'était sûrement pas le seul à avoir voulu la mort de Jang de Blannen. Et peut-être n'était-il même pas le plus dangereux de la bande. Il ne pouvait plus être question de se montrer naïf, songea le chevalier. Il avait le sentiment d'être surveillé par un œil immense, l'œil d'un individu cruel qui n'aurait de cesse de le retrouver où qu'il se trouve.

Maynard observa une dernière fois le bois où la femme s'était enfuie. Puis, pour dominer son angoisse, il éperonna son cheval et marcha vers l'est en suivant la route sinueuse, dans la lumière d'un nouveau jour.

– 7 –

Reims, couvent Sainte-Balsamie

La religieuse fit glisser ses doigts sur le crâne de l'homme blessé sans connaissance, et exerça une légère pression autour de l'hématome, un peu au-dessus de la tempe. Sœur Eudeline, qui observait en silence, attendait anxieusement une réaction. Elle pensait en même temps à l'autre homme, celui qui attendait à l'extérieur du valetudinarium, la salle réservée aux malades. Ce second soldat lui avait dit en arrivant : « Occupe-toi d'abord de mon compagnon d'armes. Après, nous parlerons. » Eudeline s'était pliée à cet ordre, alors même qu'une pareille attitude l'agaçait. Son frère surgissait après deux ans d'absence ou presque, et il ne se donnait même pas la peine de lui serrer les mains, encore moins de prononcer un mot aimable ! Dieu sait pourtant qu'elle en aurait eu besoin ! La clôture lui avait apporté la paix et la sagesse, mais elle l'avait arrachée aussi à des instants de bonheur partagé avec Maynard et leur mère. Ces souvenirs ne la quittaient plus, même après des heures de prière, quand tout disparaissait dans la clarté enfumée des cierges. Cependant Eudeline n'aurait quitté son couvent pour rien au monde. Entre ces murs, elle avait trouvé le salut. Non seulement celui de son âme, mais celui de la raison.

La sœur infirmière souleva la chair de l'hématome. « Révérende mère, je crois que nous avons là une fracture.

– Une fracture grave ? » demanda Eudeline en revenant à la réalité. Elle se rapprocha. Robert de Vermandois, couché sur une longue planche, était en proie à un affreux délire.

La réponse de la guérisseuse fut d'inviter Eudeline à observer elle-même la contusion gonflée, violacée. « Je crains qu'un éclat d'os n'exerce une pression sur le cerveau. » Après avoir marqué une brève hésitation, elle mit la main sur deux ouvrages posés sur la table, à côté d'elle, comme s'ils confirmaient sa thèse.

Ces codex n'avaient pas de secret pour Eudeline. L'un était un exemplaire de la *Pratica chirurgiæ*, un traité écrit par Rogerio Frugardi et l'autre, *La Chirurgie* d'Henri de Mondeville. Elle s'y était plongée voilà des années pour acquérir des notions d'art médical. Mais ces lectures lui avaient à tout jamais fait horreur. Ces ouvrages s'ouvraient à présent sur des illustrations du crâne humain. Eudeline en eut un haut-le-cœur. « Vous pensez qu'il sera nécessaire…

– Si j'ai vu juste, alors il faudra inciser la peau et l'os, dit la nonne résolument. Et j'aurai besoin d'aide. Peut-être que sœur Marie…

– Sœur Marie est vieille, dit Eudeline en secouant la tête. Sa main tremble.

– Qui, alors ? »

La révérende mère fit un effort de réflexion. Qui était à la hauteur de la besogne ? Elle ne voyait personne. Le gros de la communauté se composait de jeunes sœurs. On ne pouvait se fier à elles. Elles étaient trop impressionnables. Impossible, pour elles, d'assister à une intervention qui s'annonçait sanglante. La solution consistait à s'adresser aux sœurs plus âgées, mais elles étaient jalouses de l'infirmière, quand elles ne s'opposaient pas ouvertement à ses méthodes et à ses soins.

Eudeline n'avait pas le choix. « Je vous assisterai moi-même, dit-elle. Expliquez-moi. »

*

* *

Maynard avait des remords.

Il voyait bien qu'il l'avait déçue. Il n'avait même pas été capable de la saluer avec courtoisie. Il avait beau essayer de se forcer, il ne supportait pas de la voir en habit de nonne : ce spectacle lui pétrifiait le cœur. Il avait tellement voyagé ! Il avait presque fini par croire cette sensation oubliée. Or il l'avait retrouvée aussitôt. Entrer au couvent avait représenté pour Eudeline un choix nécessaire, le seul possible. Mais aujourd'hui, quelle raison avait-elle de se cacher encore ? Elle avait survécu à l'enfer, conquis le droit de vivre sereinement, loin de toute peur. Et quant à lui, il était prêt à tout pour qu'elle recouvre la liberté. Pour la voir sourire à nouveau.

« Je la ramènerai à la raison », se dit-il en passant devant l'entrée du valetudinarium. Mais la priorité, c'était de sauver la vie de Vermandois. La décision de le confier aux religieuses de Sainte-Balsamie n'avait pas reposé seulement sur le simple désir de revoir sa sœur. Il avait entendu dire que le couvent abritait la meilleure guérisseuse de Reims et espérait que les rumeurs correspondraient à la vérité. La blessure du Picard devait être soignée avec grande attention, c'est pourquoi Maynard avait préféré rester à l'écart. Pour le moment, mieux valait la laisser s'occuper de Robert. Inutile de la tourmenter avec des états d'âme. Maynard tuait l'attente en déambulant sous le promenoir, préoccupé par l'embuscade de la précédente nuit.

Il avait commis une erreur en évaluant mal la situation. Les assassins mandatés pour le tuer n'obéissaient pas aux ordres de Karel de Luxembourg. Un autre prélat était en cause : le cardinal associé à la bague dont Jang de Blannen lui avait confié la garde. Rocheblanche, dans son incapacité à établir des liens entre tous les acteurs du complot, se rabattit sur l'hypothèse d'une alliance entre le prince et le mystérieux prélat. Il s'agissait d'un complot dont il ne pouvait encore mesurer les rapports de force, mais qui se donnait pour but de résoudre l'énigme du *Lapis exilii*. Laquelle énigme lui demeurait un mystère, à part le nom d'un lieu où faire étape lors d'un prochain voyage.

Il repensa au premier vers du parchemin. *Comme la meule jetée par l'ange dans la mer...* Ces mots, il les avait déjà entendus ici, dans ce couvent. Il en était sûr. Il se rappela le pupitre où reposait le grand codex enluminé. Il se souvint aussi de sa sœur prononçant les mots de sa voix tremblante.

Il redoutait de plus en plus l'heure de lui parler.

*
* *

La sœur infirmière incisa la périphérie de l'hématome, déposa le bistouri dans une coupe en céramique et attendit qu'Eudeline finisse de recueillir dans un bassin le trop-plein de sang. C'était un liquide noir, grumeleux. Dès que l'hémorragie fut endiguée, la sœur souleva la peau et nettoya la plaie à l'aide d'une gaze imprégnée de vinaigre. La révérende mère suivait chacun de ses gestes avec un sentiment mêlé d'effroi et d'admiration.

Elle observa l'expression du patient endormi. Le front ridé du malheureux était attaché par des sangles qui lui déformaient la figure en une grimace grotesque.

« Faites attention à ce qui va suivre, dit la sœur infirmière sans cesser d'essuyer la plaie, car ce sera bientôt à vous. »

La partie découpée du crâne était maintenant bien visible. De même que la fracture de l'os. Un minuscule éclat triangulaire s'en était détaché pour aller s'enfoncer dans la matière grise. La sœur essaya de l'extraire en se servant d'une pince métallique. Elle fit plusieurs tentatives, en vain. « Vous voyez ? expliqua-t-elle en s'essuyant le front avec le dos de sa main. Cet éclat menace de lui perforer la cervelle. Cependant, je ne puis l'extraire avec cette pince. Il est trop profondément enfoncé.

– Comment allez-vous faire ? »

La sœur infirmière ne répondit pas tout de suite. Elle commença par examiner à nouveau la fracture. Puis elle hocha la tête. « Je vais devoir inciser encore. Puis procéder à l'ablation du morceau d'os qui se trouve à côté, pour faire de la place. »

C'était exactement ce qu'Eudeline avait redouté. Elle objecta : « Pour ce malheureux, ce sera un supplice. »

La nonne secouait la tête et caressait le front de son patient. « Je lui ai administré un mélange d'opium et de mandragore. C'est une potion puissante. Elle le tiendra endormi jusqu'à ce soir. Mais je n'exclus pas qu'il puisse s'agiter. Alors il faudra bien le tenir. En attendant, vous vous occuperez d'essuyer le flegme qui dégouttera du cerveau. » Elle regarda Eudeline droit dans les yeux : « Vous y arriverez ? »

La révérende mère avait beau savoir que cette petite provocation n'avait d'autre but que de stimuler son courage, elle se sentit piquée dans son orgueil. Tournant ses pensées vers la Madone et sainte Balsamie, elle les pria de lui accorder la présence d'esprit nécessaire. Puis elle dit en jetant à la guérisseuse un regard qui était presque un défi : « Et vous, ma sœur ?

– Je ne vous mentirai pas. C'est ma première intervention de ce genre. Cependant j'ai assisté pendant des années un *medicus* très habile en ces matières.

– Vous êtes sûre d'avoir bien appris ?

– C'était mon père », dit la nonne avec un triste sourire. Et elle se détourna de son patient pour aller fouiller un rayonnage. Elle en revint avec une petite chignole pareille à celles dont on se servait pour allumer le feu, mais en plus élaborée, et équipée d'une fine pointe de métal. Avant de s'en servir, elle étudia la fracture à nouveau, afin de bien positionner l'instrument sur l'os. Puis, de la main gauche, elle en attrapa solidement la poignée. Elle prit la baguette de la main droite. « Tenez-le bien, dit-elle une dernière fois, et n'oubliez pas d'essuyer les humeurs. »

Le premier forage fut le plus difficile. Eudeline fut obligée de retenir la tête de Vermandois qui tremblait sous l'action de la chignole. En même temps, elle se tenait prête à essuyer avec de la gaze les fluides susceptibles de jaillir.

La sœur œuvrait, imperturbable. Elle perça sept fois les bords de la fracture. Il en résulta une zone en forme de demi-lune. Elle reposa l'instrument et se saisit d'un petit scalpel. À l'aide d'un marteau minuscule, et au prix d'infinies précautions, elle entreprit d'entailler les arcades osseuses séparant les perforations. C'est alors que l'agitation s'empara de Vermandois. Il menaçait de se réveiller. Eudeline le tenait fermement, et tentait de l'apaiser par de douces paroles.

Dès que l'homme fut calmé, l'infirmière travailla au scalpel jusqu'à ce que le demi-cercle osseux fût tout entier séparé de la calotte crânienne. Elle s'essuya le front, puis observa le résultat. « Vous pouvez lâcher la tête du patient, dit-elle d'une voix où perçait la nervosité. Et donnez-moi la pince. »

Eudeline obéit. Elle regarda la sœur écarter l'os incisé avec la pointe de son scalpel, puis le saisir avec la pince. Chacun de ses gestes était prudent, méticuleux ; aucun ne trahissait la moindre hésitation. Une fois de plus, la révérende mère l'admira. Au point d'en oublier presque que la supérieure, c'était elle.

L'os incisé finit dans un récipient. Et l'attention de la nonne se reporta sur l'éclat osseux enfoncé dans les tissus de matière grise. Eudeline, anxieuse, observa le mouvement de la pince. Elle songea au métal froid pénétrant le corps palpitant, profanant l'œuvre de Dieu, pour ainsi dire. Enfin elle vit la pince ressortir avec une lenteur extrême, serrant entre ses branches l'écharde minuscule, blanchâtre, à laquelle s'accrochaient le sang et le mucus.

L'infirmière soupira. Elle était satisfaite. « Il ne reste plus qu'à le panser », déclara-t-elle. Bien qu'épuisée, elle adressa à Eudeline un sourire de gratitude.

– 8 –

Il arrive que l'homme ne puisse se hisser à la hauteur de certaines épreuves, si impatient soit-il de les affronter. Maynard eut l'occasion de mûrir cette vérité dès qu'il se trouva en tête à tête avec sa sœur. La nuit tombait quand il la vit sortir du valetudinarium. On sonnait les vêpres. Il était incapable de mettre des mots sur aucune des pensées qui l'avaient assailli. C'est alors qu'il se souvint de Vermandois.

L'inquiétude devait transpirer sur son visage car Eudeline ne lui laissa pas le temps de formuler la question : « Il est hors de danger », dit-elle.

Mais le chevalier ne put éprouver de soulagement. Il continuait de fixer des yeux le visage de marbre qu'elle lui présentait. Ce visage qui était encore celui d'une enfant, et trahissait pourtant une volonté inhabituelle chez une femme de vingt ans. L'espace d'une minute, il fut tenté de s'incliner respectueusement, comme si elle fût l'aînée et lui, le cadet. Mais il se cramponna aux sentiments qui l'avaient poussé à partir à sa recherche. « Je te remercie, dit-il.

– Ce n'est pas moi qu'il faut remercier, mais la science de notre infirmière. »

Il perçut une répugnance voilée, mais approuva. « Quand sera-t-il sur pied ? »

Les traits d'Eudeline s'assombrirent. Elle fit la moue, pieusement. « Pour le moment, je ne sais même pas s'il reprendra jamais conscience…

– Mais tu viens de dire que…

– Ton compagnon d'armes a survécu. Mais à quel prix ? Je ne saurais le dire. Le mieux est de te préparer au pire. L'homme que tu as connu, tu ne le reverras peut-être plus. »

Le chevalier détourna les yeux. « Quelle dureté, ma chère sœur.

– Elle est involontaire, répliqua l'abbesse.

– Je reconnais à peine celle que j'ai eu soin de mettre à l'abri derrière ces murs.

– De la jeune fille que tu as connue, il reste peu de chose. »

Il voulut lui prendre la main : « Pourtant, la jeune femme se devine encore sous le voile que tu portes.

– Une jeune femme pour qui la chair est morte, dit-elle en retirant sa main.

– Eudeline…

– *Sœur* Eudeline. »

Fièrement, elle redressa le menton. « Je suis une religieuse, à présent. Une mère supérieure. Et ma vocation…

– Quelle vocation ? la coupa-t-il, incapable de contenir son ressentiment. Par Dieu, ma chère sœur ! Tu fuis le monde !

– Pas de blasphème ! »

Mais le chevalier poursuivit : « Il est mort, Eudeline. Mort ! Il a fini de te tourmenter ! C'est fini à jamais ! » Ces mots, il les avait prononcés mille fois, et ils lui procuraient toujours un sentiment libérateur. Il ignorait en quel lieu précis reposaient les cendres de leur père, il savait seulement qu'elles étaient quelque part sur les côtes andalouses, cette région occupée depuis peu par les chrétiens de la *Reconquista.* C'en était presque risible puisque Gaspard de Rocheblanche était tout ce qu'on voulait, sauf un partisan de la guerre sainte. Néanmoins, la venue de l'âge, ou la peur de l'enfer, l'avait poussé à vouloir racheter sa vie de pécheur. Après avoir attendu en vain que le pape se décide à lever en Orient une nouvelle croisade, il s'était dépêché d'aller faire le siège d'Algésiras à l'automne 1342. Et c'est là qu'il était tombé sous l'écusson doré d'un cavalier sarrasin. Parti à sa recherche, Maynard n'avait trouvé au bout du voyage qu'une ville ravagée par la guerre. Il avait enquêté. À la fin, il était tombé sur des restes…

Et les larmes versées ce jour-là continuaient de lui brûler le visage, preuve que sa haine durerait à jamais.

Mais nulle haine ne brillait dans les yeux d'Eudeline. On y voyait seulement de la peur.

« Tu penses vraiment que c'est fini ? » Elle mit les mains sur sa poitrine, et serra les poings avec une grimace de dégoût. « Tu sais pourtant ce qu'il m'a fait ! Tu sais jusqu'où il… » Elle se tut. Elle se retenait de pleurer. Une froide clarté éclaira son regard. « Non. Peut-être que tu ne comprends pas… »

Il lui opposa une expression dédaigneuse. « Ainsi, tu veux m'offenser !

– Tu trouves que c'est le moment de faire le fier ? répliqua-t-elle en s'essuyant les joues. Ce couvent, c'est mon seul îlot de paix, le seul endroit où je peux agir comme s'il n'était rien arrivé, le seul refuge où je me sente protégée, respectée. »

Maynard vit qu'il l'avait blessée. Mais était-il responsable de tous ces remords ? Dans la réaction de sa sœur, il percevait un malaise profond, enraciné dans l'âme. Il ouvrit les bras pour exprimer sa propre contrariété.

Puis, maladroitement, il s'agenouilla. « S'il te plaît, ne te méprends pas. Je sais que je t'ai négligée. Mais crois-moi, je ne désire qu'une chose : ton bonheur. Et je doute que tu le trouves ici.

– Tu te trompes, encore une fois. Ici, je suis heureuse. Non pas de ce bonheur dont je rêvais jadis, je t'en donne acte. Mais j'apprécie les dons de la vie contemplative. » Elle leva les yeux vers une fenêtre, comme si elle voulait prendre son envol. « D'ailleurs, comment pourrais-je retourner dans le monde ? Dès qu'apparaît un homme, c'est *lui* que je revois. »

Son frère, demeuré à genoux, parvint à lui prendre la main. « Oublie-le, il est mort. »

Pour la première fois, la révérende mère sourit. D'un triste sourire pareil à une fenêtre sur une mer battue de vents noirs. « Il n'est pas mort. Il continue de vivre en moi, dit-elle avec une sorte de douceur. Je regrette de t'avoir offensé. Mais la vérité, c'est que tu ne peux comprendre profondément ma douleur. À cette époque, tu étais allé te faire faire chevalier à Paris. Le désespoir qui régnait chez nous, tu n'en avais pas idée. À ton retour, tu t'es trouvé devant le fait accompli. Notre mère assassinée, moi violée... »

Comme une flamme jaillit dans les braises, Maynard fut la proie d'un mépris féroce. « Et moi... je t'ai transportée ici, pour te protéger de ce mal...

– Le mal est demeuré, mon ami », murmura Eudeline en lui caressant les cheveux.

Il aurait voulu répondre mais elle lui imposa le silence. Pour apaiser sa colère, elle prit entre ses doigts ses mèches rebelles. Elle retrouvait sa tendresse d'autrefois. « Ta jambe, dit-elle enfin... J'ai vu que tu boitais...

– Rien de grave », répondit le chevalier en minimisant sa blessure. L'espace d'un instant, il crut avoir à nouveau devant lui l'Eudeline de jadis, celle qu'il avait tant aimée. Puis lui revint en mémoire la seconde raison de sa présence en ces lieux. Il écarta la main d'Eudeline et se leva. « À présent, écoute. Je dois te parler d'autre chose. C'est important.

– Pas maintenant. » La révérende mère leva les yeux vers le haut. D'un signe, elle montra les cloches qui appelaient les sœurs à la prière. « Les vêpres », expliqua-t-elle.

*

* *

Quand ils reprirent leur discussion, la nuit était tombée.

Maynard, pour occuper le temps des vêpres, avait rendu visite à Robert. Il manqua défaillir à la vue de l'audacieux guerrier gisant inconscient, un pansement autour du crâne. Puis il songea que Vermandois se serait moqué de lui, l'aurait traité de femmelette.

C'est Eudeline qui était venue le chercher. La prière avait dû la fortifier. Ses traits ne présentaient plus la moindre trace de chagrin et de résignation. Avant de parler, elle jeta un regard de pitié au patient. Puis elle entraîna son frère hors du valetudinarium. Ils empruntèrent le promenoir obscur qui menait au couvent. « Alors, cette question importante ? »

Il hocha la tête. Il avait longuement réfléchi à la façon d'aborder le problème. Jang de Blannen et l'énigme du *Lapis exilii*… Il ne souhaitait pas influencer Eudeline en lui imposant ses propres hypothèses. Le mieux n'était-il pas de présenter les choses le plus simplement possible ? Il se contenta de lui montrer le parchemin et l'anneau.

La révérende mère l'interrogea des yeux. Puis, cédant à la curiosité, elle concentra son attention sur les objets, qu'elle présenta à la lumière d'une torche fixée au mur. Elle examina d'abord l'anneau. Après l'avoir fait tourner entre ses doigts, elle le rendit à son frère. « J'ignore à qui il appartient », dit-elle. Elle passa ensuite au parchemin. Elle lut attentivement le texte en latin, en murmurant les phrases. Et elle le lui rendit aussi. « Eh bien ! Où l'as-tu trouvé ?

– Avant de te répondre, je voudrais savoir ce que tu en penses. »

Eudeline se tut. Elle fixait Maynard. Ce n'était plus la sœur complaisante qu'il avait devant lui, mais la mère supérieure fâchée de voir qu'on lui désobéissait. « C'est un texte obscur, commença-t-elle. Je crois comprendre qu'il fait allusion à un objet dont je n'ai jamais entendu parler : une "pierre d'exil". À mon avis, il doit s'agir d'une relique, d'un fragment de grande importance. Quoi qu'il en soit, il est caché dans une crypte, apparemment. Près d'un certain "mont des Fleurs". » Le regard de l'abbesse trahissait une vive curiosité. « Un simple coup d'œil, reprit-elle, ne suffit pas à se faire une idée. Je vais peut-être demander conseil à…

– N'en parle à personne ! l'interrompit Maynard. C'est un secret. Un secret très dangereux. »

La religieuse resta un moment silencieuse. Attendait-elle d'autres précisions ? Elle finit par hausser les épaules. « Dans ce cas, dit-elle, le seul passage qui me dise quelque chose, c'est celui qui se rapporte à l'église Saint-Savin.

– J'étais parvenu à la même conclusion. Toutefois, je pense que tu peux m'aider à résoudre une autre partie de l'énigme. » Il s'approcha d'elle et lui montra de nouveau le premier vers inscrit sur le parchemin. « Il contient des mots familiers, dit-il. Si je ne me trompe, je crois bien les avoir entendus dans ta bouche, une fois au moins, ici même, dans ce couvent. »

Elle le regardait plus attentivement encore, l'air de songer à quelque chose qui lui avait échappé jusqu'ici. « La meule jetée par l'ange dans la mer…

– Oui, ma chère sœur.

– Tu ne te trompes pas. » Sous le crépitement de la torche, la voix de l'abbesse se fit murmure. « C'est une allusion à l'Apocalypse de Jean. »

– 9 –

Maynard suivait Eudeline dans les couloirs du couvent. Il s'efforçait de brider son imagination. Cette évocation de l'Apocalypse avait fait naître dans ses pensées d'inquiétants scénarios. Il en venait à redouter que le rêve des deux chevaliers ne soit rien d'autre qu'un funeste présage. Toutefois, il avait décidé de ne pas en parler à sa sœur. En tout cas, pas tout de suite. Avant d'évoquer Jang de Blannen, l'hypothèse du complot et l'attaque de cette nuit, il tenait à jeter quelque lumière sur tout ce mystère. Ils traversèrent le cloître et d'innombrables salles.

L'église Sainte-Balsamie était immense. Vieille de moins de deux cents ans, elle avait eu tôt fait de prospérer et de s'agrandir. Elle possédait des dortoirs pour l'accueil des voyageurs, et le valetudinarium. Une grande partie des fonds investis dans sa construction provenait des Rocheblanche, et c'est ce qui avait permis à Eudeline de s'élever à la charge d'abbesse après la mort de l'ancienne supérieure. Toutefois, la jeune religieuse ne devait pas seulement à sa noble naissance d'avoir conquis ce rang. Son intelligence et son autorité l'avaient rendue apte au commandement. La règle avait beau exiger qu'une abbesse ait dépassé les trente ans,

Eudeline avait été élue à l'unanimité. Son frère, informé après coup, en était demeuré interdit. Il se rappelait la nuit pluvieuse au cours de laquelle il avait conduit sa sœur derrière ces murs. Il n'avait pas imaginé alors qu'elle nourrissait en son sein le désir de vouer sa vie au Seigneur, encore moins l'ambition de régner sur une communauté de nonnes. Le couvent était supposé lui offrir un refuge provisoire, le temps que Maynard règle les comptes avec leur père. Et puis tout lui avait filé entre les doigts. Le déshonneur avait poussé Eudeline à se cacher dans une prison dont l'étendue dépassait de loin l'enceinte du monastère – une prison assez grande pour retenir captive une âme blessée.

Ayant franchi l'obscurité des arcades, ils parvinrent à un portail en bois. La révérende mère fit apparaître un trousseau de clefs. Elle manœuvra la serrure en disant : « Le livre que tu cherches est ici. Avec beaucoup d'autres. »

Maynard se rappelait avoir déjà visité ces lieux. La pièce était étroite, voûtée, meublée seulement d'un coffre à manuscrits appelé *armarium*, d'un chandelier à trois branches et, au centre, d'un pupitre.

Eudeline alluma une chandelle. Elle disparut un instant dans l'ombre, puis revint avec un gros volume. « C'est un évangéliaire, annonça-t-elle en déposant le livre sur le pupitre. Il rassemble les quatre Évangiles et l'Apocalypse de l'apôtre Jean. Tu te souviens, à présent ? Il vient du *scriptorium* qui se trouve dans l'abbaye de Fulda. Je te l'ai déjà montré la dernière fois que tu es venu. »

Il confirma d'un geste vague. Ce livre lui était familier, certes ; pourtant il n'en avait pas gardé un souvenir précis. Fasciné par les doigts fuselés de sa sœur feuilletant les pages, il ne vit pas qu'elle avait relevé les yeux.

Elle reprit d'une voix inquiète : « Jusqu'ici, je n'ai rien dit. Mais je ne suis pas naïve. Tu débarques au couvent avec un ami blessé, tu réclames de l'aide et tu exiges le silence de ma part. À quoi cherches-tu à échapper, mon frère ? »

Maynard dissimula sa réponse derrière un haussement d'épaules. « S'il advenait que l'on te pose des questions, contente-toi de dire que Robert et moi avons survécu à une bataille féroce.

– Je savais que tu avais suivi le roi et pris part à un important conflit, confia-t-elle en plissant le front. Les bruits arrivés jusqu'ici m'ont fait craindre le pire…

– J'ai vécu l'enfer, ma chère sœur. Nous avons voulu contrer l'avance des Anglais. Tout ça pour capituler à Crécy.

– Donc, Édouard III avance, en conclut-elle d'un ton amer.

– Il avance. Mais pas en direction de nos terres. Il veut la Bretagne et la Flandre.

– Et Sa Majesté ?

– Sa Majesté fait retraite sur Paris, répondit Maynard en baissant les yeux. C'est le déshonneur. »

Ils se turent un instant et leurs mots s'évanouirent. Quand l'abbesse reprit la parole, elle s'exprima une octave plus haut, d'une voix où perçait le doute : « Mais ton compagnon n'a pas été blessé à Crécy, n'est-ce pas ? Vu son état, il n'aurait pas survécu à un si long voyage. »

Son frère fut forcé d'approuver. « C'est arrivé la nuit dernière. On nous a attaqués.

– Vous aviez les Anglais à vos trousses ?

– Pas les Anglais. Deux hommes de main. »

Eudeline était de plus en plus inquiète. Ses doigts s'accrochèrent au rebord du pupitre.

Maynard lui présenta le petit parchemin. « Ils cherchaient ceci. Mais j'ai juré d'en protéger le secret.

– C'est au nom de ce serment que tu me laisses dans l'ignorance ? Sache que si tu espères bénéficier de mon aide, il faudra m'en dire plus…

– Je t'en dirai plus. Tu as ma parole. Mais d'abord, tâchons de comprendre le lien entre le premier vers de l'énigme et ce passage de l'Apocalypse dont tu dis te souvenir. Tu veux bien ?

– D'accord. »

Elle recommença de feuilleter l'évangéliaire, en s'interrompant de temps en temps pour essayer de trouver les références permettant de s'orienter dans la lecture. C'était un texte dense, partagé en deux colonnes, orné de lettrines dorées.

La recherche se prolongea. Quand enfin elle trouva, l'abbesse murmura un *miserere,* fit un signe de croix et soupira : « Ma mémoire ne m'avait pas trompée, mon frère. Les mots que tu m'as entendue prononcer sont extraits d'un des passages les plus terribles de l'Apocalypse : la chute de Babylone, la ville du péché et de la corruption. Selon cette prophétie, tous les rois et les marchands de la terre gémiront devant ses ruines. Et quant à ceux qui auront fui par la mer, ils verront brûler la ville.

– Tu es sûre de ce que tu avances ? demanda Maynard. Je ne saisis pas le rapport avec l'énigme du parchemin… »

Eudeline tourna la page et lui montra une superbe miniature : un ange soulevant une pierre en forme de cercle. « Les mots que tu cherches, dit-elle, viennent tout de suite après. » Elle lut en effet :

Et sustulit unus angelus fortis lapidem quasi molarem magnum et misit in mare dicens : « Impetu sic mittetur Babylon magna illa civitas et ultra iam non invenietur. »

À Paris, le chevalier avait appris non seulement l'art de la guerre, mais aussi la langue latine. Il traduisit à voix haute l'Apocalypse, chapitre XVIII, verset 21 : « Alors un ange puissant prit une pierre semblable à une grande meule à blé et la jeta dans la mer en disant : "C'est ainsi que la grande ville de Babylone sera précipitée avec violence et on ne la reverra plus jamais." » Il se répéta la phrase mentalement, en s'efforçant de comprendre le lien qui la rattachait au *Lapis exilii.* Mais il n'y parvint pas. « Ce sont bien les mots que je t'ai entendue prononcer, reconnut-il. Je t'en donne acte. Mais après les avoir écoutés de nouveau, je doute qu'ils puissent se rapporter à l'énigme.

– Moi, je suis persuadée du contraire. L'allusion à l'ange qui jette la pierre dans la mer est tellement inhabituelle ! Il n'existe pas d'autre source possible.

– Donc ? »

Avant de s'expliquer plus avant, la révérende mère se pencha une dernière fois sur l'évangéliaire. « Je n'en suis pas absolument sûre, mais je pense que la citation de l'Apocalypse sert à faire comprendre la vraie nature du *Lapis exilii.* Non de façon explicite, mais *par signification*, au moyen d'un jeu de mots.

– Tu veux dire qu'il y a une énigme dans l'énigme ?

– Oui. Une clef de lecture. Peut-être un indice. »

Maynard étudia la miniature de l'ange soulevant la pierre circulaire. Mais il n'en tira rien d'autre qu'un surcroît de frustration. « Un indice, peut-être, dit-il. Mais trop vague, malheureusement…

– Il faudrait le montrer à un savant, suggéra l'abbesse.

– Je t'ai déjà avertie ! s'exclama Maynard, le visage grave. Personne ne doit savoir. »

Elle s'irrita :

« Tu me crois vraiment incapable de juger à qui je peux me fier ?

– Ne te méprends pas sur le sens de mon propos, ma chère sœur. Je sais ton discernement. Mais cette affaire demeure encore obscure. Et j'ai déjà commis une fois l'erreur de me fier à la mauvaise personne.

– C'est donc à nous qu'il reviendra de résoudre l'énigme…

– À moi, à moi seul. Il faut me promettre de ne pas t'en mêler. Je ne voudrais pas t'exposer à un risque. »

L'abbesse l'observait, les yeux mi-clos, sans lâcher le pupitre. « À t'entendre, dit-elle, ta décision est prise. »

Maynard confirma d'un hochement de tête résolu. « Je partirai pour le haut Poitou dès que possible. J'irai à l'abbaye Saint-Savin. Je chercherai ce mont des Fleurs, quoi qu'il puisse être. Et dis-toi bien que je ne connaîtrai pas de paix tant que je n'aurai pas déniché cette crypte du *Lapis exilii.*

– C'est sûrement risqué. Tu en as conscience ?

– J'ai prêté serment, ma chère sœur.

– Tu as juré de protéger un secret, pas de le violer. »

Le chevalier fut piqué au vif. Eudeline avait raison. Mais les motivations qui étaient les siennes, il ne pouvait les exprimer. C'est à peine s'il les comprenait lui-même. Sa seule certitude, c'était le besoin d'entreprendre ce voyage. Il essaya de se justifier : « Comment protéger une chose que je ne connais pas ? »

L'abbesse réagit avec une bienveillance presque maternelle : « Je crois deviner que tes exigences sont fort impérieuses, mon cher frère.

– C'est vrai, admit-il en se mettant à arpenter la pièce. Mais je ne peux rien te révéler pour le moment. »

Eudeline se mordit la lèvre. Elle préférait garder pour elle des mots peut-être trop brutaux. « Je ne te retiendrai pas, dit-elle. Mais j'exige la vérité sur ce parchemin. Tu me l'as promise…

– Et tu l'auras, n'en doute pas. »

Le chevalier se planta devant elle et la fixa des yeux en affichant un faible sourire. « À condition que tu prennes soin de Robert et des nôtres.

– Eh bien ! mon frère. Je t'écoute. »

– 10 –

Avignon, Livrée du Lion
Le 1er octobre

Le cardinal appuya sa nuque sur le bord du vaste bassin, laissa son corps se relaxer dans l'eau chaude et vit les fresques du plafond pâlir derrière le voile de vapeur. Les cloches de Saint-Agricol avaient fait naître une inquiétude en lui. Ayant atteint sa soixante-sixième année, il avait en horreur tout ce qui rappelait la fuite du temps, y compris l'appel à la messe des mâtines. Ce n'était pas que la vigueur lui fît défaut ! Il avait encore une santé de jeune homme. Il était capable de chevaucher longtemps et de combler tous ses appétits. Même son acuité intellectuelle n'avait pas diminué. Avec l'expérience, elle était même devenue plus vive, plus efficace. Mais son angoisse la plus secrète, rien ne pouvait l'apaiser.

Vieillir dans l'ombre, oublié de tous.

Un homme ordinaire n'aurait pu comprendre sa colère. Toutefois il n'y avait presque rien d'ordinaire en lui. En tant que fils du Saint-Père, il avait bénéficié d'une ascension rapide, reçu en privilège la robe cardinalice, une charge d'ambassadeur et la croisade contre les gibelins d'Italie. Il avait eu son heure de gloire. À une époque, un mot de lui suffisait à rompre l'équilibre des puissances. C'était le temps des batailles et des anathèmes. Mais une cuisante défaite l'avait forcé à se replier en Avignon alors même que Jean XXII rendait son dernier souffle, accablé par cet échec.

Dès lors, le cardinal s'était établi de nouveau dans l'administration de la curie. Et même s'il endurait d'incessantes humiliations, il n'avait jamais cessé d'attiser le feu sous les cendres. Jusqu'à ce que les événements tournent de nouveau à son avantage.

Treize années s'étaient écoulées depuis cette fameuse nuit dans la forêt de Ferrare, et il n'avait jamais cessé de la maudire. Il n'aurait pas dû passer un accord avec Jang de Blannen, ni partager avec lui et son fils le trésor le plus précieux de la chrétienté. Il est vrai qu'il ne pouvait imaginer, à l'époque, ce que le sort lui réservait. À présent que Jean de Bohême était tombé au champ de bataille, nul ne l'arrêterait plus. Il rentrerait en possession de la pointe de lance et du rouleau de parchemin qui révélait l'endroit où était caché le *Lapis exilii*. Et quand il aurait remis la main sur cette relique inestimable, il aurait le monde à ses pieds.

Cependant, l'entreprise se révélait plus compliquée que prévu. Le message que lui avait apporté l'informateur était on ne peut plus clair. À la suite d'un imprévisible concours de circonstances, le rouleau était tombé dans de mauvaises mains : un chevalier qui ne savait peut-être rien du fardeau dont il s'était chargé, mais qui était assez audacieux pour survivre à un guet-apens nocturne. Pour le moment, tout ce que savait le cardinal, c'est qu'il avait affaire à un homme de la lignée des Rocheblanche, héritier de quelques terres du côté de Reims.

Un bruit de pas le détourna de ses réflexions. Une silhouette se profilait dans les volutes de vapeur. Le prélat, sous l'effet de la curiosité, sortit de l'eau la moitié de son buste et étendit les jambes sur toute la longueur du bassin. Une jeune fille. Sa toilette était négligée et elle allait tête nue : de longues boucles brunes tombaient sur ses épaules. Elle était suivie du camérier, qui s'était arrêté au seuil de la pièce et attendait les ordres.

« Eh bien ? » lança le cardinal.

La jeune fille s'avança et murmura sans laisser au domestique le temps de dire un mot : « Avez-vous oublié, éminence ? Vous m'avez consenti une audience. »

Le cardinal plissa les yeux. Sa vue avait baissé. Il hésita devant cette jeune femme à l'expression licencieuse. Puis il la reconnut et lui retourna son sourire : « Ah ! Maintenant, je me souviens. Vous souhaitiez être admise à l'abbaye de Castelnau, et devenir clarisse. »

Elle confirma d'une révérence qui lui permit d'exposer son généreux décolleté. Elle semblait sûre de sa beauté, mais il y avait en elle une ingénuité propre à exciter les appétits du prélat.

« Ce que je ne me rappelle pas, c'est votre nom.

– Aleydis, pour vous servir. »

D'un signe, il l'invita à s'approcher. « Pour devenir novice, il faut verser une dot consistante. Le savez-vous ?

– Je viens d'une famille modeste, répliqua-t-elle pour sa défense. Je ne possède rien, sinon ma dévotion. »

Le cardinal n'en doutait pas une seconde. Beaucoup de jeunes femmes regardaient le cloître comme la seule façon d'échapper à la misère. En même temps, l'Église ne pouvait ouvrir ses portes à tous ceux qui étaient dans le besoin, sous peine d'être assaillie par des hordes de gueux. Mais s'il avait accepté de recevoir cette fille, ce n'était pas pour s'étendre sur ces subtilités. Il l'interrogea sur le ton de la confidence : « Votre dévotion, dites-vous... Êtes-vous sincère ? »

Nouvelle révérence, accompagnée cette fois d'une moue malicieuse. « Je m'en remets à votre jugement, éminence.

– Permettez-moi de m'en assurer, reprit le cardinal en congédiant le camérier d'un signe. Sur-le-champ. »

Quand elle fut près de lui, il vit combien elle était jeune. Quatorze ans, seize tout au plus. Il lui tendit son anneau à baiser – cet anneau dont le blason s'ornait d'un lion. Il lui caressa le visage. Il laissa ses doigts glisser vers le décolleté, et l'élargit. Aleydis eut un léger mouvement de recul, mais elle le laissa faire.

Le prélat perçut cette hésitation, qui éveilla son désir. « Entrez dans l'eau. »

La jeune fille hésita encore. Elle pesait le pour et le contre. Enfin, après un haussement d'épaules, elle délaça son vêtement. Gênée, elle entra dans le bassin.

« Une authentique novice », songea Son Éminence. Il murmura : « Confiez-vous à moi. » Il la prit par les hanches et la fit asseoir à califourchon sur lui. De nouveau il perçut quelque timidité. Attiré par une envie soudaine, il la fit brusquement se tourner vers le bord du bassin, et lâcha la bride à sa concupiscence. Aleydis poussa un petit cri de surprise, puis un autre, plus fort.

Le cardinal, pour qu'elle reste tranquille, lui mit la main sur la nuque. « Je suis encore dans la vigueur de mon âge ! pensa-t-il. Il me reste du temps pour faire ce que je veux ! Du temps pour accomplir ma mission... »

Tout à coup, il perçut une présence. Il reprit ses esprits. Il vit d'abord la peau violacée de la future clarisse, puis la porte entrebâillée. Une silhouette hésitait dans l'ombre du seuil. Le cardinal, ayant deviné à qui elle appartenait, négligea de se donner une contenance et lança, essoufflé : « Venez donc, Marcus ! »

L'homme était de grande taille et de complexion massive. Il était entièrement vêtu de noir. Il s'inclina dignement et dit : « Votre Grâce, j'ai des nouvelles de Rocheblanche.

– Vous l'avez capturé ? s'enflamma le prélat.

– Pas encore.

– Alors j'espère que vous m'apportez des informations utiles.

– Peut-être, Votre Grâce. Il n'est pas le dernier de sa lignée, comme nous l'avions cru.

– Il a des parents vivants ? »

Le dénommé Marcus ne répondit pas tout de suite. Il commença par afficher un sourire cruel. Puis susurra : « Il a une sœur. »

Le cardinal était tout sourire.

Et Aleydis sentit qu'il lui pressait la nuque avec une avidité encore plus forte.

– 11 –

En France occidentale
Au début du mois d'octobre

Il savait qu'elle était à ses trousses.

Maynard ne s'était battu avec elle qu'une seule fois, mais il savait qu'elle ne renoncerait pas à lui arracher le rouleau de parchemin. Il l'imaginait cachée dans l'épaisseur de la forêt, en train de l'espionner et de préparer son prochain guet-apens. Raison pour laquelle il s'était dépêché de quitter dès que possible le couvent Sainte-Balsamie. Il voulait éloigner cette femme d'Eudeline, même si pour cela il devait se retrouver à sa merci. Puisqu'il voulait se rendre à l'église de Saint-Savin et résoudre l'énigme du *Lapis exilii*, il était obligé de se tenir sur ses gardes.

À Paris, il évita la voie la plus rapide, celle qui allait vers le sud-ouest en direction de Tours. Son idée était de rallier le Poitou en suivant un itinéraire plus fréquenté. Ainsi il se mêlerait aux caravanes de pèlerins, aux étrangers et aux campements de fortune. Au risque de voyager quelques jours de plus, il bifurqua donc vers le sud-est en direction de Vézelay, avec les pèlerins et les marchands en route pour Lyon. Dès qu'il fut au pied des collines bourguignonnes, il éperonna le frison en se tournant vers l'ouest, ses terres verdoyantes et ses chemins sinueux. Il voyageait léger, enveloppé comme à son habitude dans un manteau noir à capuche qui dissimulait son visage et ses armes.

Il se doutait bien qu'il ne sèmerait pas sa poursuivante aussi facilement, mais il espérait du moins l'égarer, et la pousser à commettre une erreur. Cela dit, elle le fascinait. Une part de lui souhaitait la revoir, se mesurer à elle, affronter l'impétueuse guerrière. En même temps, il redoutait cette rencontre. Comment s'imaginer tuant une femme ?

Il voyagea presque deux semaines sans qu'elle se manifestât. Il traversa forêts et villages avec une prudence de chaque instant, sans flairer le moindre danger. « Étrange », se disait-il. Avait-elle renoncé ? Était-elle suffisamment patiente, assez rusée pour demeurer inaperçue ?

Maynard penchait pour la seconde hypothèse. Il vivait dans l'attente de se retrouver face à elle. Il espérait que ce serait pour très bientôt. Il ne tenait pas à conduire son ennemie au *Lapis exilii* même s'il commençait à se dire que c'était exactement ce qu'elle voulait. Finalement, alors qu'il n'était plus très loin de sa destination, il se résolut à lui tendre un piège.

Au lieu de se rendre à l'église Saint-Savin, comme prévu, il emprunta une voie antique qui reliait Poitiers et Bouges. Il s'y engagea au trot, droit vers l'est, et se mit en quête du bon endroit. Il passa une auberge, puis traversa quelques masures formant un hameau. Il s'arrêta devant un monastère qui s'était dressé soudain au bord de la route. Ayant inspecté les alentours, il jugea que c'était le lieu idéal pour amener l'adversaire à se découvrir.

Il laissa le frison aux écuries et demanda aux moines de lui offrir l'hospitalité en se faisant passer pour un pèlerin en quête de repos et de prière. Il déboursa une petite somme qui lui garantissait un mois de gîte et de couvert. Et il s'établit dans une cellule touchant le cloître. Le monastère abritait quatre *fratres* seulement. Tous étaient âgés, et de tempérament introverti. Autrement dit, il serait tranquille. Mais l'attente n'en serait que plus angoissante.

Elle devint quasi insupportable au bout d'une semaine d'inactivité. Rocheblanche, pour tromper l'attente, se mit à assister aux laudes, à sexte et aux vêpres. Ce n'était pas que la patience lui fît défaut, mais il n'en pouvait plus de vivre en la seule compagnie de ses propres pensées. Il ne cessait de ruminer sa rencontre avec Eudeline. *Je ne te retiendrai pas.* Elle l'avait blessé en lui permettant de taire la vérité. Une vérité liée à un lourd péché.

Cela faisait quatre ans, désormais, que Maynard portait ce fardeau. Depuis son retour d'Algésiras, il n'avait avoué à quiconque la faute dont il s'était souillé. Au début, il avait cru pouvoir l'expier en participant à cette guerre contre les Anglais. Mais après la défaite de Crécy, il s'était jugé stupide. Souffrances et déceptions l'avaient amené à comprendre que les actes d'héroïsme ne pouvaient rien contre les remords. C'est à une entreprise plus grande qu'il lui fallait se vouer ! Il le savait à présent. Or l'occasion s'était présentée au cours des heures les plus tragiques de son existence, alors qu'il gisait dans la boue près de Jang de Blannen. La quête du *Lapis exilii* le conduirait-elle vers la lumière et la paix intérieure ?

Il attendait. Il marchait entre les ombres du cloître. Il fuyait ses angoisses. Les nuits, dans cet ermitage, étaient si longues et si calmes qu'elles étaient néfastes à son sommeil. Il était alors obligé d'aller puiser quelque réconfort dans l'air tiède de l'automne. Sans y trouver nul repos, toutefois. Là aussi, il se trouvait en proie à un cauchemar : la charge indomptable des trois chevaliers. Elle se produisait sous les étoiles, dans ce carré, entre ces colonnades, et le frappait d'une étrange inquiétude.

Pour ainsi dire, il ne fut pas étonné de la voir.

Elle était là, sous une arche du cloître, retenant fermement un des moines, et le menaçant d'un poignard. Elle portait les mêmes habits que lors de leur précédente rencontre, avec cette différence qu'elle opérait maintenant à visage découvert, en exposant aussi une longue chevelure plus noire que les plumes d'un corbeau.

Maynard frissonna d'excitation, dégaina et brandit vers elle son épée d'estoc. « Vous m'avez trouvé, finalement. »

Sur le visage de la femme apparut un sourire sans pitié. « Vous pensiez peut-être pouvoir m'échapper ?

– Au contraire. Je vous attendais. »

Elle recula, comme effrayée par cette réponse. « Donnez-moi ce que je veux, sinon… » Elle pressa la lame contre la gorge de l'otage.

« Vous osez menacer un ministre de Dieu ? »

En disant ces mots, le chevalier alla saisir de sa main libre une torche accrochée à un pilier. Il la lança contre l'arche de briques au-dessus de son adversaire.

Les braises tournoyèrent, suivies des battements d'ailes d'une nuée d'oiseaux. D'instinct, la femme voulut se protéger des dizaines de colombes qui prenaient leur envol dans la nuit. Quand elle comprit qu'elle avait été jouée, le moine s'était enfui et Rocheblanche se tenait devant elle, prêt à frapper. Elle esquiva rapidement et sortit une dague.

Le chevalier, pour percer les défenses de son adversaire, enchaîna une série de tailles et de fentes. Cependant il fut contraint de céder du terrain et de se replier vers le milieu du cloître. Il ôta son manteau, l'enroula autour de son bras droit et en agita les bords pour dérouter l'ennemie. En même temps, il attaquait de nouveau, la forçant à reculer.

« Messire ! dit-elle d'une voix chantante. Vous vous battez ou vous me faites danser ? »

Vexé, Maynard poussa un grognement. Son rival eût-il été un homme, il l'aurait traité avec moins d'égards ! Or il ne pouvait détacher les yeux de ce gracieux visage.

Devina-t-elle les pensées qui le visitaient ? Sans doute, car elle continua de le provoquer : « Donnez-moi le parchemin, et je vous consentirai un baiser ! » Elle éclata d'un rire vulgaire et ajouta : « Après quoi, je vous embrocherai !

– Taisez-vous ! cria Maynard en attaquant. Ou plutôt, dites-moi qui vous envoie…

– Quel prétentieux ! cria-t-elle à son tour dans le crissement des lames. Vous parlez haut mais vous hésitez à frapper l'ennemi ! »

Un ennemi, certes, mais féminin ! Maynard para une série de dangereuses ripostes. « Répondez ! » Il bondit sur elle et l'obligea à croiser le fer à nouveau. « Qui se cache sous le blason du lion ? »

Elle n'arrivait plus à le repousser. Courbant l'échine en arrière, elle répondit : « Le seul homme que je craigne ! »

Il l'accula contre un pilier et soutint son regard. « Renoncez à le servir et je vous protégerai contre lui », lança-t-il.

Pour toute réponse, il obtint un éclat de rire plus froid qu'un rayon de lune. « Pauvre innocent ! » Elle eut un mouvement félin qui lui permit de se dégager. Elle se baissa, se mit à genoux et tenta de surprendre le chevalier d'un coup de poignard.

Maynard esquiva et répliqua. Il ne pouvait plus s'arrêter. Il la frappa au côté.

Elle cracha du sang, s'écroula et finit assise au pied de la colonne. Dans une dernière bouffée d'orgueil, elle écarta les cheveux de son visage et leva vers le chevalier un regard admiratif. Allait-elle le complimenter ? « Il est plus fort que vous », dit-elle à voix basse. La souffrance déformait son sourire. « Il est entré dans votre vie ! Et tant que vous ne lui aurez pas rendu l'objet qu'il convoite… »

Le chevalier attendit une conclusion qui ne vint jamais. Il resta à contempler cette femme jusqu'à l'aube, la main sur le cœur. Puis le glas du monastère retentit.

Jamais encore Maynard n'avait vu femme aussi belle.

– 12 –

Reims, Porte de Mars
Le 21 octobre

Le grand chariot couvert roulait sans arrêt depuis deux jours. Le cardinal, ayant fait un saut à la Cité, avait donné l'ordre de repartir aussitôt pour Reims. Il était pressé. Il avait besoin de réunir des informations sur la lignée des Rocheblanche. Il était particulièrement intéressé par ce qui se disait sur cette sœur Eudeline, par l'accession rapide de cette femme à la dignité d'abbesse, et par la disparition prématurée de son père, un noble à la vie ô combien dissolue. Le cardinal se demandait si tout cela était en rapport avec les racontars qui lui étaient parvenus – lui qui certes en avait vu d'autres en matière de scandale. Même s'il n'aimait guère se trouver d'accord avec Pétrarque, il ne pouvait nier venir d'un lieu où la débauche régnait en maître. Et Avignon, de ce point de vue, n'avait rien à envier à Rome : la ville était déjà qualifiée de nouvelle Babylone.

Le prélat n'avait sûrement pas quitté sa bien-aimée *Livrée du Lion* pour prêter foi à des bobards et des histoires d'inceste. Il entendait bien s'emparer du *Lapis exilii.* Il lui fallait donc le parchemin qui disait où aller le chercher. Retrouver la trace de Rocheblanche : tel était l'objectif. Partir pour Reims, c'était peut-être se montrer excessif, puisqu'il avait déjà lancé ses meilleurs agents aux trousses de cet homme. Mais la mission était si importante ! Il refusait de laisser quoi que ce soit au hasard.

De plus, on pouvait se demander si Maynard était encore en possession du parchemin. Qui sait s'il ne l'avait pas caché dans quelque lieu secret ? Ou s'il n'en avait pas révélé le contenu à une personne de confiance… On ne pouvait jamais savoir, et Maynard s'était rendu au couvent Sainte-Balsamie. C'était suspect, pour le moins. En tout cas, on pouvait imaginer qu'Eudeline était informée à présent de certains détails de cette affaire compliquée.

« Vous devrez gagner sa confiance, dit-il subitement. Il vous faudra devenir sa confidente. »

La jeune fille qui se trouvait à son côté sursauta et releva la tête. Elle dit en écartant une mèche de son visage : « Pardon, Éminence. Je m'étais assoupie…

– L'abbesse de Sainte-Balsamie. Il faudra entrer dans ses grâces, c'est nécessaire. »

Aleydis écrasa un bâillement. « Je le ferai, n'ayez crainte.

– C'est vous qui aurez beaucoup à craindre, en cas d'échec. »

Ce changement de ton inquiéta la fille : « Je ne laisserai pas passer l'occasion offerte par Votre Éminence. » Elle était au service du cardinal depuis moins d'un mois, mais elle avait appris à le connaître. Ne le pratiquait-elle pas dans le secret de l'alcôve ? Fine observatrice, elle avait repéré les aspects les plus saillants de sa personnalité : la vanité, l'ambition, un penchant pour la luxure et la brutalité. De sorte qu'elle était parfaitement en mesure de le seconder et de lui complaire. « Grâce à vous, on me fera nonne et je serai sauvée de la misère.

– Nonne, oui. Mais pas clarisse. Le couvent Sainte-Balsamie accueille une communauté de bénédictines. Vous connaissez la différence ?

– Bien sûr. Les premières observent la règle de sainte Claire, laquelle s'inspire de saint François. Alors que les secondes observent la règle de saint Benoît.

– En substance, expliqua le prélat, elles se distinguent ainsi : les unes ont une vocation de pauvreté, et les autres, de connaissance. » Il attendit qu'elle approuve d'un hochement de tête, puis ajouta : « Une chose toutefois me préoccupe : votre caractère orgueilleux.

– Je saurai me contenir, Votre Grâce.

– Vous devrez vous montrer humble et obéissante. Il faudra apprendre à écouter sans répondre. C'est le seul moyen de gagner la confiance de l'abbesse.

– Écouter sans répondre, répéta la jeune femme en jetant un coup d'œil dehors, par la petite ouverture de l'habitacle. Vous ne serez pas déçu. »

Cette suffisance irrita le cardinal, qui fronça les sourcils. Il n'avait pas encore confié Aleydis à la communauté Sainte-Balsamie qu'il commençait déjà à regretter sa décision. Pourtant, quand il avait médité l'idée d'y infiltrer une novice, cette fille-là lui avait paru un choix naturel. Elle était jeune et rusée, elle savait se donner des airs innocents. Elle pourrait espionner sœur Eudeline sans éveiller de soupçons. Mais il redoutait à présent qu'elle ne soit trahie par une assurance excessive. Il posa la main sur le genou d'Aleydis et la regarda droit dans les yeux. « Je voudrais que vous compreniez bien l'importance de la mission qui vous est confiée. » Sa prise se fit plus forte. Il l'attira contre lui. « J'aurais bien essayé de m'y introduire moi-même, dans ce couvent, mais c'eût été courir le risque d'être reconnu. Et puis certains lieux sont interdits aux hommes. » Il songea qu'il existait une alternative : enlever l'abbesse et la questionner sous la torture. Mais pour le moment, il préférait ne pas user de violence. « Vous comprenez pourquoi vous m'êtes si précieuse ? Vous serez mes yeux et mes oreilles. Il faudra m'informer de tout. Je séjournerai à Reims, près de Saint-Rémi, un autre couvent. J'y attendrai vos comptes rendus. »

Elle le rassura : « Vous n'en avez que trop dit, Éminence. »

Les mains du cardinal glissaient sur les cuisses de la jeune personne. Il les écarta. « Dans ce cas, n'oubliez jamais la règle la plus importante. »

Elle encourageait les gestes du prélat. « Laquelle ?

– Ne jamais prononcer mon nom devant quiconque, pour aucune raison. » Il se frayait un chemin dans les plis du vêtement. « Ou je vous jure sur Dieu que vous connaîtrez l'enfer. »

– 13 –

Reims, couvent Sainte-Balsamie

Sœur Eudeline avait coutume de se lever avant l'aube. Dans l'arc temporel qui unissait l'aurore et les laudes, elle gérait ses affaires familiales. Tout était consigné dans un volumineux grand-livre en parchemin. Elle prêtait une attention particulière aux rentes venues des propriétés foncières et aux dépenses à consentir pour qu'elles restent productives. Elle se vouait à cette tâche depuis la mort de son père. À ce moment-là, son oncle, le révérend Antoine Tempier, estimait avoir trop de charges pour pouvoir se consacrer à ce travail supplémentaire. Eudeline venait d'entrer au couvent. Ayant un fort désir d'échapper au cauchemar de ses souvenirs, elle avait cherché refuge dans une besogne qui réclamait de l'application et de la régularité. Et elle s'y était attelée de bon gré.

Au début, elle ne savait comment s'orienter dans les piles de documents qui définissaient les notions de propriété, de fermage ou de terres cultivables. Sans parler des *corvées* et des juridictions diverses et variées. L'entreprise semblait au-dessus de ses capacités intellectuelles. Puis, avec l'aide d'une supérieure âgée, elle avait appris à classer toutes les possessions en fonction de leur valeur. Elle tenait le compte des jachères et des extensions foncières. Il lui avait suffi de quelques mois à peine pour régner sur nombre de terres qu'elle n'avait jamais vues de ses yeux. Et pour découvrir les plaisirs procurés par l'exercice du pouvoir.

Cependant, tout habile qu'elle était, elle demeurait une moinesse. Elle ne pouvait s'absenter du couvent pour aller s'occuper personnellement de ses affaires. Elle était obligée de confier à des *missi* la surveillance de ses propriétés, de son cheptel, de ses récoltes et de ses serfs. Elle les consultait chaque mois, écoutait leurs rapports et les chargeait de veiller à tout. Mais la comptabilité et les règlements relevaient d'elle et d'elle seule. Elle ne permettait à quiconque de toucher à l'argent. Sa fortune était gardée dans une chambre secrète à laquelle nul n'avait accès.

Ce jour-là, elle avait peu de travail. Elle se contenta d'enregistrer à la clarté d'une lanterne les rentes d'une vigne poussant sur les rives de la Vesle. Elle s'aperçut qu'elles avaient diminué de moitié par rapport à l'année précédente. Rien d'étonnant, songea-t-elle. Il en allait de même dans tout le royaume. Les hivers étaient de plus en plus rigoureux et les récoltes s'en ressentaient. On redoutait une disette comparable à celles des années 1338 et 1343. Certains en attribuaient la cause à un alignement défavorable de trois planètes.

Cette explication laissait la révérende mère sceptique. Elle savait que les corps célestes respectaient la volonté de Dieu, même si elle doutait que les hommes fussent capables d'en interpréter les signes. Autrement dit, il ne restait plus qu'à prier.

Ayant refermé le grand-livre sur l'écritoire, elle se leva en soupirant. La journée s'annonçait bien remplie. Mais avant de se dédier aux besognes quotidiennes, elle souhaitait visiter le camarade de Maynard. On lui avait rapporté que l'état du blessé allait s'améliorant, même si le patient demeurait confus. Un miracle, quand on songeait à l'intervention subie !

Elle quitta avec la lanterne sa *domus particularis* – ses appartements privés – et fit quelques pas dehors, à l'abri sous une couverture de laine. Le ciel était obscurci par un manteau de nuages si épais que même la lune était invisible.

Eudeline longea le jardin et l'abside. Elle emprunta le promenoir jusqu'au valetudinarium, où elle commença par chercher l'infirmière. Ne l'ayant pas trouvée, elle se rendit toute seule au chevet du patient. Robert de Vermandois dormait. Elle l'observa.

Il s'était métamorphosé depuis la dernière fois qu'elle l'avait vu. Il avait encore la figure blême, sa tête était toujours entourée d'un pansement, mais l'expression de son visage s'était modifiée. Les sourcils à présent au repos lui donnaient un air de douceur que renforçaient ses lèvres closes – elles ne se tordaient plus en une grimace de douleur.

Eudeline fut surprise de découvrir une pareille harmonie dans l'apparence d'un homme qu'elle avait d'abord perçu comme brutal et grossier. Il montrait soudain des traits de noblesse à même de produire, peut-être, un aimable sourire, et de rassurer une femme. Elle en conçut une satisfaction. Mais ce sentiment s'évanouit soudain.

Robert avait ouvert les yeux.

L'espace d'un court instant, la révérende mère s'égara dans les iris verts et pacifiques du blessé, sans comprendre d'où venait le frémissement qui la faisait trembler. Une étrange euphorie s'emparait d'elle. Pour un peu, elle en aurait rougi. « Méfie-toi », se dit-elle. Et quand elle prit conscience de ce qui lui arrivait, elle s'y opposa de toutes ses forces et se raidit.

Elle sursauta en entendant des pas.

« Que se passe-t-il ? » demanda-t-elle en se retournant.

Une sœur se détacha de l'ombre et, plutôt que de répondre, considéra l'abbesse d'un air déconcerté. « Ai-je l'air à ce point bouleversée ? » se demanda Eudeline. Puis elle dit pour se donner une contenance : « Eh bien ! Parlez !

– Un message, répondit la sœur. Votre vénérable présence est requise à l'abbaye Saint-Rémi.

– Pour quel motif ?

– L'arrivée d'une novice. »

Irritée, la révérende mère fit la moue. Elle n'avait été informée de rien ! Elle pria la sœur de l'accompagner dehors. Au seuil de la pièce, elle se tourna vers le patient.

Vermandois avait refermé les yeux. Il dormait profondément.

Mais son regard l'avait pénétrée.

*

*   *

Sœur Eudeline ne quittait jamais le couvent de bon cœur, elle n'aimait guère aller *dans le monde*. L'agitation de la foule l'insupportait. C'était un tel chaos ! Elle en attrapait des migraines. Elle détestait les cris, surtout quand ils étaient vulgaires et stridents. Et puis elle avait les hommes en horreur, tous les hommes : tous avaient sur la figure quelque chose qui lui rappelait son père. Le seul à faire exception, c'était son frère. Et Vermandois, maintenant. Elle était bouleversée par la brève émotion ressentie en présence du blessé.

Elle gagna d'un pas vif le couvent Saint-Rémi, en ayant garde de souiller son vêtement dans la rue boueuse. Comment pouvait-on vivre au contact d'une telle saleté ? Elle ne le comprenait pas. Elle savait pourtant que Reims, pour une bonne part, était une vraie porcherie. Le seul quartier florissant était celui de la cathédrale. Partout ailleurs, c'était affreux.

Et le faubourg Saint-Rémi ne faisait pas exception à cette règle ! Un temps, il avait servi pour donner asile à des centaines de familles de cuisiniers, de boulangers et d'artisans au service de l'abbaye. Cependant quand elle en traversa la place orientale, l'abbesse se rendit compte qu'il ne restait pas grand-chose de la célèbre foire du mois d'octobre. Quelques boutiques seulement subsistaient, avec de misérables étals adossés aux ruines de la vieille enceinte. Mais l'abbaye était toujours là – une des plus florissantes de France.

Un mugissement la ramena brusquement à la réalité : un chariot tiré par des bœufs se précipitait dans sa direction. Le cocher hurla. L'abbesse, vivement, lui céda le passage. Dans ce mouvement, elle heurta un passant, perdit l'équilibre et tomba. Réduite au silence par la panique, elle vit se rapprocher dangereusement les sabots des bêtes piétinant la boue. Elle s'imagina déjà écrasée, piétinée dans la fange. C'est alors qu'on lui porta secours.

Soudainement, elle respirait. Elle regarda le chariot s'éloigner. Elle avait peine à croire qu'elle s'en était sortie indemne. En se tournant pour remercier le bon Samaritain de son geste, elle fut stupéfaite de se trouver face à un homme d'aspect exotique. Il portait un long vêtement écarlate, sa peau était sombre et ses yeux soulignés d'un trait de khôl *kajal*. Il se contenta de s'incliner. Puis il fila comme un chat dans une ruelle.

Cette rencontre insolite troubla Eudeline, mais elle finit par se remettre en route.

Elle arriva bientôt à l'escalier de l'abbaye Saint-Rémi. Elle y entra. Dans le narthex, face à la grand-nef, elle marqua une hésitation. La nef était longue de cent vingt pas, haute de vingt coudées. Eudeline ne pouvait l'admirer sans éprouver un enchantement. Elle se rappelait sa première visite en ces lieux, quand elle était enfant. Sa mère alors l'accompagnait. Comme ce jour-là, elle se dirigea vers la statue de saint Rémi, à qui elle adressa une prière murmurée : « Donne-moi la force, donne-moi le courage, amen. »

Puis elle détourna le regard et vit approcher deux personnes. L'une d'elles était un individu massif vêtu d'un de ces grands manteaux dont se couvraient parfois les brigands pour dissimuler leurs armes ; l'autre était une jeune femme habillée avec élégance et sobriété.

L'homme ôta son chapeau et fit une révérence : « La révérende mère de Sainte-Balsamie, je présume. »

Eudeline confirma et retourna le salut. « Puis-je savoir à qui j'ai l'honneur de parler ? » demanda-t-elle d'un ton détaché.

« Mon nom est Marcus. Il faudra vous en satisfaire car mon patron demande qu'il lui soit permis de demeurer anonyme. »

L'abbesse observa cet homme avec grande attention. Il lui fit une impression désagréable. « Messire, vous moquez-vous de moi ? Vous me convoquez comme si j'étais une souillon, et vous m'imposez la volonté d'un autre ?

– Je n'avais nullement l'intention de vous offenser, Révérende Mère, répondit Marcus d'une voix mielleuse. Si c'est le cas, l'offense se trouvera promptement effacée par le véritable objet de notre rencontre. »

Eudeline croisa les bras. « Je vous écoute.

– Comme expliqué dans le message qui vous fut remis, je viens avec une jeune fille d'une dévotion admirable. » Tout en parlant, il montrait la personne qui attendait à son côté. « Une pauvre orpheline que mon seigneur apprécierait de pouvoir vous confier. »

Eudeline considéra la fille. Elle avait beaucoup de grâce. Et elle n'était manifestement pas à son aise. L'abbesse demanda en adoucissant son regard : « Comment vous nommez-vous, pucelle ?

– Aleydis, répondit la fille en s'inclinant.

– Parlez-moi de votre vocation. Dites ce qui vous pousse à franchir le pas. »

Aleydis eut un haussement d'épaules. « Depuis que je suis seule au monde, je ne désire rien tant que prendre le voile. » Elle marqua une hésitation, puis ajouta après avoir effleuré sa lèvre inférieure : « Durant toutes ces années, je n'ai eu d'autre consolation que la prière. Je souhaite continuer dans cette voie. Afin de me sentir plus proche de Dieu.

– Je regrette que vous ayez perdu votre famille, enchaîna Eudeline. Cependant, si je voulais vous accueillir dans mon couvent, sachez que j'aurais l'obligation de vous demander une dot.

– N'en doutez pas, intervint Marcus, mon patron est disposé à verser une somme conséquente. L'équivalent de mille florins d'or. »

Eudeline en resta interdite. Mille florins d'or. Les revenus annuels d'un monastère de moyenne importance. Eût-elle possédé une telle somme, elle savait déjà comment l'employer. Le dortoir réclamait des travaux d'agrandissement et le toit du couvent devait être réparé. D'un autre côté, il lui déplaisait d'accepter de l'argent des étrangers. « C'est un chiffre considérable, dit-elle. Néanmoins, je souhaiterais connaître le nom du donateur. »

L'homme eut un geste vague. « Si votre intention est de lui faire la morale…

– C'est mon intention. L'éthique chrétienne m'interdit d'accepter de l'argent de la main des étrangleurs, des maîtres chanteurs et des voleurs.

– Rien de tel, je vous le garantis. La somme que j'ai mentionnée sera prise sur les revenus et fermages de l'Église. Êtes-vous rassurée sur l'origine de cette richesse et sur la personne qui en dispose ? Mon patron ne souhaite pas tirer orgueil de ses actes de charité. D'où son choix de rester dans l'ombre, quitte à paraître discourtois.

– Non seulement discourtois, mais fort étrange. »

L'abbesse glissa un regard vers Aleydis. La fille lui en apprendrait peut-être davantage, mais le moment était mal choisi pour la questionner. Eudeline soupira : « Il semble donc que je devrai laisser ma curiosité de côté. »

Marcus approuvait du chef. Il tint à préciser toutefois : « Une seule condition, la dernière. La pucelle Aleydis devra venir ici, dans cette abbaye, une fois par semaine, afin d'y rencontrer son confesseur.

– Je n'en vois pas la raison, messire, objecta Eudeline. Nous avons ce qu'il faut au couvent en matière de confesse. »

L'homme écarta les bras en un geste d'impuissance. « Je me borne à exprimer les requêtes de mon patron, Révérende Mère. Il ne m'appartient pas d'en modifier les termes. »

L'abbesse le scruta d'un œil circonspect. Elle pesait le pour et le contre. Une novice et mille florins représentaient une aubaine pour Sainte-Balsamie, mais tant de mystère la contrariait. « Eh bien ! soupira-t-elle. C'est d'accord. Mais seulement pour la durée du noviciat.

Au-delà de cette période, elle ne pourra plus sortir du couvent. Même pour être entendue en confession.

– Très bien », conclut Marcus.

Sur ces mots, il lui confia le sort d'Aleydis avec un sourire condescendant, comme s'il la laissait entre les mains d'une maquerelle.

– 14 –

« Vous savez qu'il faudra vous faire accepter. » Sœur Eudeline évitait le regard perplexe d'Aleydis. Elle se concentrait sur les flaques de boue qui trempaient la rue. Elle avait déjà crotté son vêtement, et, quand elle levait les yeux vers le ciel, elle se demandait si elle n'allait pas arriver au couvent toute mouillée. Mais il est vrai que sa contrariété cédait devant l'envie de veiller sur cette enfant. Elle ignorait quel lien unissait la petite à son mystérieux protecteur, et à cet intrigant de Marcus, mais elle percevait chez elle quelque chose de bon. La pauvre était devenue orpheline très jeune. Elle semblait avoir souffert de la misère. Rien que pour cela, elle méritait d'être réconfortée. L'abbesse inclinait à lui adresser de gentilles paroles. En même temps, il lui était interdit de l'encourager.

« Qu'est-ce à dire, très Révérende Mère ? »

Eudeline, en guise de réponse, cita la première épître de l'apôtre Jean : « Éprouvez les esprits pour vous assurer qu'ils viennent bien de Dieu. » Elle ajouta : « Et ne m'appelez pas « très Révérende Mère », je vous prie. « Mère » suffit largement.

– Avez-vous l'intention de m'éprouver ? »

L'abbesse confirma d'un signe. Ce n'était pas de son fait à elle : la règle de saint Benoît l'exigeait. « Vous devez savoir que fort peu sont élus à la vie monastique, même si les appelés sont nombreux.

– Je croyais qu'il suffisait de verser une dot, fit la jeune fille, déçue.

– Ne soyez pas choquée, la réprimanda Eudeline. Les biens patrimoniaux sont nécessaires à la vie d'un couvent et de sa communauté. Les nonnes ne peuvent pas mendier, n'est-ce pas ? Mais grand Dieu ! Ce n'est pas la richesse qui fait la vocation. Vos florins d'or, je n'y toucherai pas tant que vous ne serez pas professe. Tant que vous n'aurez pas prononcé les vœux…

– Si ce que vous dites est vrai, alors comment avez-vous pu devenir supérieure aussi jeune ? »

La révérende mère se tourna brusquement vers elle, pleine de colère et d'embarras : « Et voilà que vous vous montrez impertinente ! C'est vous qui parlez ainsi ! Vous dont on ne sait rien, pour ainsi dire ! »

Aleydis s'arrêta au milieu de la rue. « Pardonnez-moi, ma Mère, dit-elle en s'inclinant. J'espère n'avoir pas été à ce point insolente, que vous changerez d'avis pour mon noviciat…

– Novice, vous ne l'êtes pas encore », répliqua Eudeline.

Le visage de la fille fut visité par l'ombre d'une inquiétude. « Voulez-vous dire que je ne serai pas admise au couvent ? »

La révérende mère la fixa des yeux et observa le silence. Elle cherchait à dominer sa colère. Cela ne lui ressemblait pas de réagir avec brusquerie, même piquée au vif. Mais les événements des derniers jours avaient mis sa résistance à l'épreuve. Elle laissa échapper un long soupir. Puis, recouvrant une conduite impassible : « Pour le moment, vous vous établirez dans l'hôtellerie.

Mais je vous promets que vous n'y resterez pas sans rien faire. »

*
*   *

Elles finirent le trajet en courant, ou presque, pour éviter une soudaine averse.

Aleydis suivit l'abbesse jusqu'à l'entrée. Il fallut attendre la sœur portière, une femme très âgée qui ensuite conduisit la nouvelle à une habitation de bois située en périphérie du monastère. L'intérieur se composait d'une pièce unique meublée d'une dizaine de lits de paille, et d'une table au centre. Face à l'entrée, contre un mur noirci par la fumée, se dressait une cheminée au feu éteint.

Aleydis était là depuis peu quand un valet frappa à la porte, entra et disposa sur la table des hardes de toile, plusieurs chandelles de suif et une cruche d'eau. Il s'approcha aussi de l'âtre, pour y déposer des bûches.

Le temps qu'il allume le feu, la vieille portière s'adressa à la nouvelle en ces termes : « Vous aurez à manger deux fois par jour. Mais vous n'avez pas le droit de vous rendre au réfectoire. Vous mangerez ici, toute seule. D'autre part, vous êtes tenue d'assister aux offices sacrés. Vous pourrez vous asseoir sur les bancs du fond. Mais il ne faudra adresser la parole à personne ! » La vieille bouche desséchée esquissa un maigre rictus : « Soyez patiente. Obéissez. Vous en serez récompensée. Je n'ai rien à ajouter. À part que la révérende mère vous rendra visite pour vous dire vos besognes. »

Aleydis, qui avait mille questions à poser, se contenta d'approuver.

La portière lui adressa un nouveau rictus, puis ordonna au valet de l'accompagner dehors. Tous deux s'éloignèrent sous la pluie.

Dès qu'elle fut seule, la jeune fille s'approcha du feu et se sécha les cheveux avec un linge. Le voyage l'avait épuisée. Et elle était déçue par cet accueil. Elle ne voyait absolument pas comment elle allait pouvoir accomplir sa mission. Le cardinal ne lui avait jamais dit qu'elle serait recluse dans une pièce aussi lugubre en attendant d'être jugée apte à la vie monacale ! Il ne lui avait pas dit non plus qu'il était si difficile d'accéder au noviciat. Il n'avait fait que lui donner des conseils sur la conduite à adopter, non sans la menacer d'être punie en cas d'échec. En somme, il ne lui avait tenu que des propos inutiles.

Elle se recroquevilla sur un des lits de paille, près de la cheminée. Elle ferma les yeux et tâcha de rassembler son courage. « Qu'il aille au diable ! » songea-t-elle. Peu importe le temps qu'elle aurait à passer ici, et les épreuves qui l'attendaient. Ça ne pouvait être pire que sa vie d'avant. Née dans un cabaret encore plus misérable que cette salle, elle y avait grandi en essayant de fuir les attentions de son père et les coups de sa mère. Elle avait enduré la faim, la saleté et les rigueurs de l'hiver. Rien que d'y penser, elle en avait la nausée. C'était autrement plus dur que la règle stupide de saint Benoît !

Du reste, cette abbesse, que savait-elle ? Aleydis s'en était mordu la langue, mais elle n'avait pu s'empêcher de lâcher cette remarque : *Comment avez-vous fait pour devenir supérieure aussi jeune ?* On voyait au premier regard que sœur Eudeline venait d'un milieu favorisé. Ces petites mains blanches ! Ces traits angéliques ! C'est facile de parler d'humilité quand on n'a jamais dû raccommoder soi-même son vêtement ! « Non ! songea encore la jeune fille. Elles ne me briseront pas ! »

Elle serra les poings et se tint immobile, recroquevillée dans la paille tiède. Elle pensait à la récompense promise par le cardinal : « Exécutez mes ordres et je vous ferai abbesse. » Aleydis refusait de retourner à la misère. À aucun prix ! Elle n'en voulait plus ! Ses membres se relâchèrent sous l'effet de la fatigue. Elle glissa lentement dans le sommeil.

Quand elle se réveilla, la révérende mère était à son chevet avec une soupe fumante. « Votre déjeuner, dit-elle en posant le bol sur la table. Buvez-la tant qu'elle est chaude. »

La jeune fille quitta le lit. Des fétus de paille s'accrochaient à son dos. « Pardonnez-moi, ma mère. J'ai peur de m'être endormie pendant ma prière. »

Sœur Eudeline hocha la tête. « Je vous ai dressé une liste de tâches.

– Je serai heureuse de vous obéir.

– Vous ferez différentes choses en rapport avec la vie du couvent, mais vous ne serez pas sous ma férule. À partir de maintenant, ma volonté est que vous obéissiez aux ordres de la sœur infirmière…

– Sans vouloir vous contredire… »

Aleydis redoutait d'avoir à s'occuper de quelque infirme. « … Je crains de n'être pas à la hauteur », poursuivit-elle. Eudeline, d'un signe, la fit taire. « Engagement, charité, constance. Rien d'autre ne sera exigé de vous. Vous devrez prendre l'habitude de vous réveiller avant le point du jour, et de faire passer vos propres besoins au second plan. Vous vous adapterez au passage des heures grâce à la cloche des offices. »

*

*   *

Les jours suivants, Aleydis se plia aux règles de la clôture et s'acquitta de toutes les besognes qui lui furent confiées par la sœur infirmière. Contrairement à ce qu'elle redoutait, il ne lui fut pas demandé de soigner des malades. En revanche, elle devait se charger des tâches les plus humbles et les plus fatigantes ordinairement accomplies dans les familles. La plupart du temps, elle était au jardin – l'*hortus* – ou dans l'herboristerie – l'*herbaria* – où elle se baissait pour arracher les mauvaises herbes, rempoter des plantes ou sarcler la terre. Elle avait ordre aussi de faire le ménage dans le valetudinarium, d'y ranger les livres, les instruments médicaux, et même les herbes sèches qui servaient aux préparations et se conservaient dans des vases de verre, à l'abri d'une remise appelée *annarium pigmentariorum.* Elle s'obligeait à suivre assidûment les messes. Après les vêpres, elle se retirait dans l'hôtellerie. Elle y dînait solitairement. Puis elle s'écroulait de fatigue sur son lit de paille. Le lendemain, il ne lui restait plus qu'à attendre les ordres. Jamais on ne lui disait merci. Elle n'avait droit à aucun compliment.

Quels sacrifices exigeaient l'obéissance et le silence ! Elle ne l'aurait pas imaginé. Elle souffrait de ne pouvoir échanger un seul mot avec personne. Également de se sentir constamment observée et jugée. En outre, quand elle se trouvait avec ses consœurs, elle craignait de n'avoir pas la conduite adéquate, de passer pour une sotte, voire tout simplement de marcher d'une façon inconvenante. Cependant elle s'imposait de tenir bon. Elle finirait bien par voir sa patience récompensée !

C'est ce qui arriva le quatrième jour, alors qu'elle récurait le parterre du valetudinarium avec une serpillière trempée de vinaigre. La sœur infirmière l'avait laissée seule, appelée dehors par quelque travail. Soudain, la révérende mère entra.

Aleydis, à genoux dans un coin de la pièce, continua de frotter le sol en évitant de se faire remarquer. Mais elle était curieuse de savoir ce que l'abbesse venait faire en ces lieux, aussi l'espionna-t-elle du coin de l'œil. Elle la vit traverser la salle pour aller s'asseoir au chevet du seul patient qui fût présent, un homme à la tête bandée, profondément endormi.

La jeune fille ignorait le nom de ce malade, mais elle tira ses propres conclusions. Il était de complexion robuste. Des vêtements militaires reposaient au pied de son lit. La place d'un soldat blessé était-elle dans un couvent ? Voilà bien une information susceptible d'intéresser le cardinal…

Mais ce qu'il advint ensuite excita encore plus sa curiosité.

Sœur Eudeline ne fit rien de spécial. Elle se contenta de fixer le blessé d'un regard intense. Et ce n'était pas la miséricorde qui se lisait sur le visage de la révérende mère, encore moins la compassion devant un être souffrant. Aleydis ne pouvait être sûre de rien, mais une intuition lui soufflait qu'elle était le témoin de quelque chose d'intime.

Ce sentiment ne dura qu'un bref instant. Puis l'abbesse se leva. Comme elle se retournait, elle s'aperçut de la présence d'Aleydis. Elle vint à elle.

La jeune fille esquissa un signe d'excuse et se prépara à subir des reproches. Ce ne fut pas le cas. Ce qu'elle lut dans les yeux de la mère supérieure, ce fut seulement de l'inquiétude. Une inquiétude que ne suffisait pas à expliquer la vue d'une nonnette.

Aleydis resta à genoux sur le dallage, dominée par le regard de la mère supérieure. Elle n'avait pas lâché sa serpillière. Elle ne savait à quoi s'attendre.

« Montrez vos mains », ordonna Eudeline.

La fille hésita. Avait-elle bien entendu ? La révérende mère eut un geste d'impatience. Aleydis obéit, non sans un pincement de honte. Elle avait les doigts gonflés, couverts d'égratignures à cause de toutes ses besognes.

La révérende mère étudia les mains de la jeune fille, et les effleura. Elle inspecta aussi son travail en promenant son regard sur le parterre. Enfin, de façon inattendue, elle produisit un sourire de satisfaction et eut ces mots : « Votre séjour à l'hôtellerie est terminé. Je vous accepte comme novice. »

– 15 –

Fief du haut Poitou
Fin du mois d'octobre

Ayant survécu à l'attaque, Maynard reprit son voyage vers l'abbaye de Saint-Savin. Il était partagé. D'un côté, il s'en voulait d'avoir tué cette femme ; de l'autre, il se sentait profondément libéré à l'idée de ne plus l'avoir à ses trousses. Cependant toutes ses émotions étaient dominées par son obsession à résoudre le mystère. Ce serait bientôt chose faite.

Il pénétra dans un petit quartier fermé par une enceinte et éperonna le frison en direction de la flèche de l'église qui surmontait de très haut un ensemble de taudis. Comment allait-il débuter les recherches ? Il l'ignorait encore. Si le parchemin de Jang mentionnait Saint-Savin, c'était seulement comme une étape pour atteindre le « mont des Fleurs », le lieu où se trouvait le *Lapis exilii.* Pour être sûr qu'il n'y avait pas erreur, il relut le passage concerné :

est Lapis exilii situ in Monte floris
[…]
a meridie Sancti Sauini in villa Cerisii

Au sud de Saint-Savin… Il se répéta la phrase mentalement. Parvenir à destination impliquait de prendre vers le sud. Mais le texte était muet sur la distance qu'il restait à couvrir. D'autre part, quelque chose disait à Maynard qu'il n'était plus très loin. Il avait l'espoir que les gens l'aideraient à trouver la bonne route. Au trot, il s'approcha de l'église et tâcha de récolter des informations.

Il interrogea un menuisier, puis un marchand de peaux et enfin un pèlerin. Aucun d'eux n'avait jamais entendu parler de ce *Monte Floris.*

Déçu, le chevalier descendit de sa monture devant l'église. Il ne s'estimait pas vaincu. En général, les moines étaient mieux informés que le *vulgum pecus.* Ils sauraient bien éclairer sa lanterne.

Le premier frère auquel il s'adressa était le portier. Il ne savait pas où était le mont des Fleurs. Mais il se montra accommodant : « Entrez donc. Notre prieur est un grand connaisseur de la région. Avec l'aide de Dieu, il saura peut-être vous dire quelle route prendre. »

Le chevalier confia le frison à un palefrenier et suivit le religieux.

C'était une église que Maynard n'avait encore jamais visitée. Il était curieux d'en admirer les fresques : elles rendaient l'établissement célèbre dans toute la chrétienté. Dès qu'il se fut acclimaté à la pénombre, il en eut le souffle coupé. La nef, le chœur et les chapelles latérales étaient couverts de peintures aux couleurs éclatantes. Il s'agissait essentiellement de scènes empruntées à la *Biblia pauperum* – la « Bible des pauvres » – relatant des épisodes de l'Ancien Testament. Mais également d'autres motifs que le chevalier ne sut interpréter au premier coup d'œil.

Le portier le conduisit près de l'autel. Maynard, qui ne pouvait détacher les yeux de ces merveilles, faillit heurter un vieux prélat qui sortait de l'espace délimité par le jubé. Leurs regards se croisèrent. Maynard s'inclina. Puis il mentit : « Je suis un pèlerin, et je viens de Bourgogne. Je suis à la recherche d'un mont des Fleurs. J'ignore où le trouver, mais à en croire certaines indications qui m'ont été fournies, il devrait se situer au sud, pas loin d'ici. »

Le prieur, appuyé contre l'entrée du jubé, hésitait. Il finit par répondre : « Quiconque vous a informé, messire, se sera trompé ou vous aura menti. Du moins ne vous êtes-vous pas perdu.

– Je pense être au bon endroit, rétorqua le faux pèlerin qui repensait aux mots de l'énigme. Si ces murs sont consacrés à saint Savin, et édifiés sur un terrain connu jadis comme la *villa Cerisii*, nous ne devrions pas être loin de la montagne que je cherche.

– Pourtant, insista le vieil homme, je puis vous assurer qu'aucun mont des Fleurs ne se dresse au sud de Saint-Savin. Tout ce que vous trouverez, c'est un… » Il marqua une pause, fronça les sourcils. « Mais dites-moi, messire, êtes-vous bien sûr de ce que vous recherchez ? »

Maynard vit briller le regard de son interlocuteur. « Que voulez-vous dire ?

– Eh bien ! médita le prieur, la mémoire me revient, tout à coup. Je ne me suis pas rappelé ce nom tout de suite car vos propos m'ont égaré. Vous parliez d'un mont, d'une montagne…

– Pardonnez-moi. *Le mons Floris :* j'ai pensé à une éminence… De quoi d'autre pourrait-il s'agir ?

– *Mons Floris…* Mont-Fleur… » Le vieil homme méditait toujours. Il s'exclama soudain : « Oui ! C'est bien ça !

Si je ne m'abuse, ce que vous cherchez n'est pas une montagne, mais un monastère. »

Le chevalier sursauta. « En êtes-vous sûr ? » Question inutile : il savait déjà que le prieur disait vrai. Si le *mons Floris* était vraiment un monastère, alors l'allusion à une *crypte* prenait tout son sens.

« Absolument, répondit le prélat. Le monastère de Mont-Fleur se dresse au milieu des collines, loin des routes et des itinéraires de passage. Les pèlerins l'évitent. C'est en effet un couvent très pauvre, entouré de forêts. Mais en allant vers le sud, vous ne pourrez le manquer : vous le verrez après deux jours de cheval. »

*

* *

Il en fut ainsi. Rocheblanche prit la direction indiquée. Ayant chevauché tout un jour et toute une nuit, il parvint à une forêt d'apparence impénétrable. Serré dans son manteau pour résister au froid, il se glissa sous les arbres en brandissant un flambeau et en forçant sa monture à rester calme. Des buissons s'échappaient des bruits furtifs qui ne l'effrayaient pas. Ayant vu la mort en face, il lui suffisait d'avoir une épée au côté pour se sentir en sécurité. Et il avait d'autres soucis en tête.

Tout en ignorant absolument ce qu'il trouverait au bout du chemin, il nourrissait un espoir secret, celui de voir s'ouvrir à Mont-Fleur un nouveau chapitre de son existence. Qu'il soit meilleur ou pire que les autres, peu lui importait. L'essentiel, c'était de se délivrer des fantômes du passé, des souffrances, du besoin de vengeance. Il songea à Eudeline. Il se promit de lui écrire dès que serait percé à jour le mystère du *Lapis exilii*. Il détestait le silence qui s'était abattu entre eux, il entendait bien y remédier. Mais d'abord, comprendre la nature du destin vers lequel il marchait !

Traversant les ténèbres de ces maquis oubliés de Dieu, il crut revoir l'ange de l'Apocalypse jetant sa grosse meule dans la mer ; c'était un ange immense dont les ailes se déployaient dans le ciel venteux. Maynard se maudit lui-même. Depuis qu'il avait réentendu la prophétie de saint Jean, il ne pouvait se défaire d'un doute affreux : Jang de Blannen avait peut-être gardé le secret sur le *Lapis exilii* de peur que celui-ci ne déclenche, une fois mis à jour, le funeste oracle. Si tel était le cas, alors Maynard était en train de commettre une affreuse erreur. Et s'il avait été choisi pour accomplir la volonté divine ?

Un hurlement déchira le silence.

Rocheblanche s'aperçut brusquement que son épée ne suffisait pas à lui assurer une protection complète. Quand bien même il avait déjà perçu le souffle de la mort. Quand bien même il ne manquait pas de bravoure. Ce n'était pas le guet-apens qu'il redoutait. Ni la douleur des crocs acérés lui déchiquetant les membres. Ce qui lui inspirait de la peur, c'était que tout finisse alors qu'il était à deux doigts de la vérité, alors que le poids du remords continuait d'alourdir son cœur.

Il talonna son cheval et le lança au galop sur un sentier à peine visible courant entre les arbres torturés. À la vue des ombres longilignes qui bondissaient entre les buissons, il pensait : « C'est le diable ! Il vient me prendre ! »

Les sabots du frison pris de frénésie dévoraient le chemin. Maynard, cramponné à ses rênes, se pencha en avant et pria le Seigneur de ne pas heurter une branche cachée dans la nuit. Le flambeau éclairait devant lui quelques pas de terrain à peine, découvrant une étendue de feuilles mortes et de sol que déformaient les grosses racines des arbres.

Le chevalier continua d'avancer dans un vertige d'images et de sons. Il ne cessait d'agiter le flambeau pour surprendre les corps agiles comme des éclairs. Et le sentier, bientôt, s'élargit. Une lumière apparut dans le lointain, au-delà d'une végétation emmêlée.

Il donna encore de l'éperon. Les loups lui grondaient aux oreilles. Quelque chose effleura son talon : il ne se donna pas la peine de se retourner. La lumière, là-bas, grandissait. Il n'y avait plus de sentier : c'était une route, maintenant. Devant lui, à une centaine de pas, se découvrait une esplanade et, peut-être, une muraille.

Il dut se pencher brusquement de côté pour éviter un tronc qui se précipita devant lui. C'est ainsi qu'il découvrit la horde famélique qui lui courait après. Il se dressa rapidement dans ses étriers, concentré sur un seul objectif : sauver sa vie.

Un grand feu brûlait. Le chevalier s'en approchait quand il constata que les fauves avaient renoncé à le poursuivre. Rassuré, il continua au galop. Le grand feu avait été allumé par des sentinelles. Une seule chose comptait désormais : l'imposante silhouette noire qui se découpait au-dessus de lui au milieu des buissons.

Épuisé, il remercia le ciel : il avait pu rejoindre sain et sauf le monastère de Mont-Fleur.

– 16 –

Mont-Fleur n'avait rien d'un pauvre monastère ! L'enceinte qui le protégeait avait des allures de rempart. Au-delà, se dressait un ensemble de tours et de flèches plus proches du donjon que du clocher. La vaste entrée qui en offrait le seul accès était fermée par une grille de bois et de fer. Attendant que cette grille se soulève, Maynard demanda la permission de se tenir près du feu. Il avait besoin de sentir s'éloigner le froid et le cauchemar des loups. Les sentinelles lui firent un accueil aimable. On lui donna une couverture et du vin chaud. Cependant personne ne se soucia de savoir d'où il venait, ni ce qu'il venait chercher dans cet ermitage. De son côté, il garda la même discrétion. Il avait besoin de reprendre des forces.

Aux premières lueurs, il put enfin franchir le mur. Sa quête arrivait à son terme. Devait-il être satisfait ou inquiet ? Une part de lui-même souhaitait revenir en arrière et oublier toute cette affaire, mais la curiosité le tenaillait. Du reste, ce n'était pas seulement le *Lapis exilii* qui l'intéressait. Il souhaitait découvrir aussi la source du complot contre le roi de Bohême. Tout ce qu'il savait, pour l'heure, c'est que des hommes cachés dans l'ombre aspiraient à connaître le secret de

Mont-Fleur. Des hommes de pouvoir. Qui étaient-ils ? Maynard l'ignorait, mais rien ne pouvait l'empêcher d'enquêter sur leurs intentions. Si nécessaire, il irait jusqu'à affronter leurs représailles.

Sitôt l'enceinte franchie, il comprit qu'il ne pénétrait pas dans un lieu ordinaire. Les abbayes abritaient souvent sous leurs murs des quartiers habités : en leur offrant protection, elles s'enrichissaient. Mais Mont-Fleur ressemblait plutôt à un ermitage habité seulement par des moines. Sur l'allée étroite qui entourait le monastère ne donnaient guère que des écuries et des enclos pour les bêtes. Rocheblanche avait déjà noté précédemment que les sentinelles auxquelles il avait eu affaire n'étaient pas vraiment des soldats, mais bien plutôt des convers fidèles à leur communauté.

Il continua à pied, en tenant son cheval par la bride. Il parvint devant la façade de l'église. Elle avait beau être solide, elle n'avait pas traversé les siècles sans subir des restaurations, même si la lunette, au-dessus de l'entrée, était assez ancienne pour dater du premier édifice. Elle figurait la bouche monstrueuse du *Gorgoneion* dévorant les damnés. « Étrange », songea le chevalier. Ce refuge dédié à la paix obligeait ses membres à passer sous un symbole effrayant !

Ayant attaché le frison à une barrière, il pénétra dans le monastère et la fascination le saisit. La nef était immense. Bâtie selon des canons désormais passés de mode, elle s'ornait néanmoins de l'imagerie la plus élégante et la plus compliquée qu'il eût jamais vue. Par comparaison, Saint-Savin semblait l'œuvre d'un apprenti sans expérience. Les panneaux représentaient des scènes bibliques classées en trois catégories. La partie supérieure était consacrée à l'Ancien Testament – de la naissance d'Adam au règne de David. La partie médiane évoquait le Nouveau Testament, avec la vie et la résurrection de Jésus. Jusque-là, se dit Maynard, rien de spécial, à part le talent sans égal des auteurs de ces fresques. La véritable originalité de l'œuvre se trouvait dans la partie inférieure, celle dédiée à l'Apocalypse de Jean. Maynard, pétrifié, observa une procession criarde à laquelle participaient des monstres, des anges, des démons et des créatures bizarres qui défilaient sans interruption entre la porte des sept sceaux et le temps des moissons.

Quelle merveille ! Qui donc avait réalisé un pareil chef-d'œuvre ? Une intuition fulgurante traversa l'esprit de Maynard. Lui revint en mémoire le passage central copié sur le parchemin de Jang.

est Lapis exilii situ in Monte floris
nostra salute clausus in vetusta crypta
sub cælo historiis mire depicto

Enfin il comprenait ! Si les deux premiers vers affirmaient que la « pierre d'exil » se trouvait à Mont-Fleur, dans une vieille crypte, le troisième – *sous un ciel de récits admirablement peints* – était une allusion limpide à la nef du monastère avec ses fresques inspirées par l'Ancien et le Nouveau Testament.

« Je suis au bon endroit. » Telle fut la conclusion de Maynard. Mais l'inquiétude, à nouveau, s'empara de lui. Comment ne pas voir dans ces mots un avertissement voilé ? On eût dit que l'auteur de l'énigme, en écrivant *« nostra salute »* – pour la sauvegarde du genre humain –, avait voulu faire allusion à un piège relié au *Lapis exilii*…

Ne sachant que penser, Maynard chercha une explication dans les peintures. Il fit courir son regard sur les murs. Il cherchait l'ange avec la meule. Il ne le trouva pas tout de suite car son attention fut attirée par un groupe de trois chevaliers montant des chevaux de différentes couleurs. Chaque homme avait la tête entourée d'une auréole ; la première était blanche, la deuxième, rouge, et la troisième, dorée. Maynard eut l'impression d'entrer dans un cauchemar.

Il dut s'appuyer contre un pilier. Il n'arrivait pas à le croire. Ces chevaliers étaient ceux qui lui étaient apparus en rêve. Ils avaient aussi les mêmes trophées ! Une couronne, une épée, une balance... Maynard les étudia plus attentivement. La fresque annonçait la venue d'un quatrième chevalier, un être affreux, squelettique, montant un cheval verdâtre...

Une voix retentit derrière lui : « Des symboles. »

Il se retourna brusquement, en essayant de maîtriser son effroi. Entre les bancs, circulait un vieillard décharné à longue barbe d'argent. Ses cheveux, d'argent aussi, lui retombaient en vagues sur les épaules. Il s'approchait à petits pas, en s'aidant d'un bâton.

« Présage de vérité », répliqua Maynard.

Le vieillard eut un léger sourire : « La vérité se rend manifeste à travers un jeu de miroirs, annonça-t-il. Il n'est pas facile de la distinguer.

– Ces mots sont dignes d'un docteur de l'Église.

– Macrobe les a prononcés, avoua l'inconnu en haussant les épaules. En des temps fort lointains. »

Il s'approchait toujours. Quand il fut près du chevalier, il ajouta :

« À propos de manifestation de la vérité, j'apprécierais de savoir à qui je m'adresse.

– À un humble pèlerin, mon père.

– Voilà bien longtemps que je n'en ai vu. Le dernier, c'était il y a plus de quinze ans. Il n'a pas laissé un très bon souvenir. »

Rocheblanche baissa les yeux en signe de respect. Quelque chose lui disait qu'il se trouvait en présence d'une personne peu ordinaire. Non seulement du fait d'une taille bien supérieure à la normale, mais aussi à cause de l'autorité aimable qui émanait de lui. La voix de son interlocuteur, surtout, une voix pleine de sagesse et de persuasion, alimentait l'intuition de Maynard, qui reprit : « J'espère qu'un homme en quête d'illuminations vous paraîtra moins désagréable.

– Et votre nom, messire ? demanda le moine en le perçant d'un œil curieux.

– Maynard de Rocheblanche, répondit le chevalier qui n'eut pas le cœur de mentir.

– Bien plus qu'un simple pèlerin, donc, si j'en juge par vos éperons, et par la ceinture que j'aperçois sous ce long manteau.

– Puis-je connaître à mon tour le nom d'un observateur aussi avisé ? demanda le gentilhomme.

– Je suis l'abbé Manessier, gardien et guide de ces lieux, par la grâce de Dieu. »

Maynard effectua une révérence compliquée et finit un genou en terre : « Je souhaite être accueilli dans votre monastère, mon père.

– Pour quelle raison ?

– Je viens d'y faire allusion. Je suis en quête d'illuminations. »

Le vieillard l'invita à se relever.

« Trop de lumière peut rendre aveugle, messire.

– J'y suis prêt, insista le chevalier. J'ai suivi une piste jusqu'ici. Je sais que vous possédez une crypte. Je sais aussi qu'elle abrite un grand secret. Je veux savoir, je vous en prie. Il faut m'aider… »

Une telle ferveur avait de quoi mettre le père Manessier dans l'embarras. Il recula d'un pas pour réfléchir. « Peut-on savoir de quoi vous parlez, exactement ? »

Rocheblanche fit un peu attendre sa réponse. Il sortit de son escarcelle le petit rouleau de parchemin. « À ceci. Au *Lapis exilii.* » Il tendit l'objet à Manessier. Mais il savait déjà qu'il venait de commettre une impardonnable erreur.

L'abbé écarquillait les yeux et pointait sur lui son bâton. « Gardes ! » cria-t-il d'une voix aiguë. « Accourez ! Promptement ! »

– 17 –

Reims, couvent Sainte-Balsamie
Le 29 octobre

Ponctuel, Marcus se présenta à l'échéance de la première semaine.

Ayant arrêté son cheval bai à l'entrée du couvent, il n'eut pas besoin de déranger la sœur portière car l'abbesse l'attendait déjà, en compagnie d'Aleydis qu'elle tenait par l'épaule.

Le soldat salua sans daigner mettre pied à terre. Il décrocha de sa selle une sacoche qu'il tendit à Eudeline avec ces mots : « Les mille florins d'or. La dot. Comme convenu avec mon patron. »

L'abbesse hochait la tête et gardait une expression impassible. « J'aurai soin de vous faire adresser un document attestant l'entrée d'Aleydis dans notre couvent.

– Vous me le remettrez en mains propres à notre prochaine rencontre. » Marcus eut un rictus mielleux. « Dans l'immédiat, si vous permettez… »

Il tendait déjà la main vers la jeune fille, mais Eudeline la retint : « Je persiste à ne pas voir l'intérêt d'autoriser une novice à s'éloigner pour une simple confession…

– Tels sont *nos accords*, Madame. »

La révérende mère consentit de mauvaise grâce. Elle détestait l'idée de confier une de ses protégées, même pour peu de temps, à un individu aussi perfide. Ce n'est pas sans amertume qu'elle vit Aleydis se hisser sur la monture avec l'aide de l'homme. Il la fit asseoir devant lui d'une façon lascive qui donna la nausée à Eudeline. Était-ce provocation de la part de cet homme ? Elle fit comme si de rien n'était, se contentant d'adresser à Aleydis ses dernières recommandations.

Puis le cheval bai s'éloigna au trot, et l'abbesse, ayant détourné les yeux, rentra à l'intérieur.

*

* *

Le cardinal était nerveux : Aleydis s'en rendit compte immédiatement.

Il attendait sur un banc de marbre, sous une fenêtre bifore, dans la plus grande salle de l'abbaye Saint-Rémi. L'endroit était séparé de l'église. Les moines avaient interdiction formelle d'y pénétrer quand le prélat s'y trouvait. Il invita la jeune fille à s'asseoir auprès de lui :

« Je vous en prie, ma chère. Alors ça y est, vous êtes novice.

– Grâce à votre Éminence. Mais ça n'a pas été facile.

– Les sœurs vous ont mise à l'épreuve ?

– Elles m'ont réservé un accueil sévère, inhospitalier. Elles voulaient s'assurer de ma sincérité. »

Le cardinal hochait la tête. « Et la jeune abbesse ? »

Les mots trahissaient une pointe de méchanceté. Aleydis se sentit jalouse d'Eudeline qu'elle regardait comme une personne fascinante. Marcus devait avoir parlé d'elle à Son Éminence avec force détails. Aleydis répondit seulement : « Il ne m'a pas encore été possible de pénétrer ses secrets.

– Voilà qui est décevant, dit le cardinal, sombrement.

– À l'exception d'un seul.

– Lequel ?

– Tous les jours, elle rend visite à un blessé soigné au valetudinarium. Un soldat. Peut-être un chevalier, si j'en crois les vêtements qui reposent près de sa couche. Sa présence dans un couvent de femmes me semble pour le moins étrange.

– C'est peut-être le compagnon de Rocheblanche, médita le prélat en plissant les yeux. Qu'avez-vous pu apprendre à son sujet ?

– Rien, Monseigneur. »

La colère s'empara du cardinal. « Cela veut-il dire que vous n'avez pas enquêté ? Vous n'avez donc pas fouillé ses affaires ? »

La novice s'écarta. « Il m'est interdit de… »

La gifle fut si violente qu'elle l'expédia à terre. Aleydis, pour se relever, se mit à quatre pattes, étourdie et aveuglée de douleur. Cela ne s'était encore jamais produit. Jamais encore il ne l'avait frappée. Elle rampa jusqu'à lui. Ses lèvres tremblaient. Elle aurait voulu s'expliquer mais il la prit par les cheveux, la souleva du sol et la traîna jusqu'à l'autre bout de la salle. « Truie imbécile ! murmura-t-il. Vous croyez que j'ai déboursé mille florins pour vous faire plaisir ? Ou peut-être que ça m'amuse de vous attendre et de vous recevoir en grand secret entre ces quatre murs ? » Il la poussa brutalement contre une table et l'obligea à lui présenter son dos. « Maintenant, vous allez voir !

– Votre Éminence ! pleura Aleydis. Je vous jure que je n'ai rien pu faire… Je vous promets…

– Silence ! » Il brandissait une de ces cravaches dont usaient les professeurs pour punir leurs élèves.

La jeune fille essaya de se dégager mais le cardinal l'immobilisa de force. Il lui retroussa la jupe jusqu'au-dessus des reins. Au premier coup, elle sursauta, mais sans ressentir une véritable douleur. Les coups suivants, en revanche, finirent par lui arracher une supplication : « Assez ! »

Le prélat n'en continuait pas moins de frapper, insensible aux implorations. Son visage se tordait en une grimace obscène. Au bout d'un temps, il s'estima satisfait. Il jeta la cravache au loin et se pencha en avant pour chuchoter à l'oreille de la malheureuse : « Que cela vous serve de leçon. » Tout en parlant, il l'obligeait à écarter les jambes. « Et puisque vous ne m'avez pas été utile, je me rembourserai d'une autre façon. »

– 18 –

Monastère Mont-Fleur

Deux hommes l'immobilisèrent, un troisième lui prit son épée d'estoc et sa dague. Maynard ne leur opposa aucune résistance. Il se laissa emmener dans un local attenant au monastère, puis dans une salle voûtée où il obéit de la même façon quand on le fit asseoir sur une solide chaise en bois, avant de lui ligoter les pieds et les mains.

Dès qu'il fut seul, il laissa échapper un petit rire. En d'autres circonstances, il se serait défendu à coups d'épée. Mais être audacieux, c'était aussi savoir se contenir. Il l'avait appris de sa mère d'abord, puis de son maître d'armes, Bastien des Baux, au cours des plus belles années de sa vie, quand il s'initiait à l'art du duel en vue d'accomplir de glorieuses prouesses. Lesquelles, cependant, n'étaient jamais venues. Le monde de la guerre et des intrigues l'avait déçu. On y affrontait une réalité dont s'accommodaient trop bien les infâmes de l'espèce de son père. Maynard n'y avait nourri que colère et frustration. Jusqu'à sa rencontre avec Jang de Blannen au fond des ténèbres. Là, il avait trouvé un but : découvrir la vérité, combattre le mal.

De l'audace ! Cette maxime lui avait été transmise dès l'enfance. Or l'heure était venue. Si être retenu captif dans un couvent pouvait l'aider à dissiper les brouillards entourant ce mystère, alors il ne se déroberait pas à l'épreuve.

Il revint à la réalité quand le père Manessier entra. L'abbé referma la porte et se planta devant le prisonnier. Il prit appui sur une table jonchée de documents, éclairée par la lumière tombant d'une meurtrière. Un pli vertical lui barrait le front, il fronçait ses sourcils argentés, son expression était sévère, menaçante. Il présenta au captif le petit rouleau de parchemin. « Qui vous a donné ça ?

– Un homme qui achevait sa vie sur un champ de bataille.

– Vous allez devoir être plus précis.

– Je n'en vois pas la raison, dit Maynard en tirant sur ses liens. Auriez-vous la bonté de m'expliquer ce qui se passe…

– Vous êtes en possession d'un tel document et vous jouez les ignorants !

– Il n'est pas dans mes habitudes de dissimuler.

– Admettons que vous soyez sincère. Alors pourquoi être venu ici ? »

Le chevalier eut un sourire amer : « C'est compliqué…

– Plus que vous ne le pensez ! répliqua l'abbé, mystérieusement. Fort bien, parlez-moi de cet homme, si tant est qu'il existe.

– Je regrette. J'ai juré de garder le secret. »

Le père Manessier soupira. Rester calme exigeait de sa part un effort. « Ce secret que vous entendez si bien défendre, il vient d'ici ! Comprenez-vous ? » Sa voix trahissait la peur. « L'énigme que vous avez eu le front de me montrer a été écrite entre ces murs, et elle y est restée protégée pendant plus d'un siècle ! Jusqu'à ce qu'on nous la vole, il y a quinze ans. »

Maynard se rappela un bout de leur dernière conversation. « Le pèlerin ? demanda-t-il.

– Êtes-vous son complice ?

– J'ignore de quoi vous voulez parler.

– Allons donc ! »

Comment lever le malentendu ? Quelle preuve apporter de sa bonne foi ? Le chevalier ne voyait pas du tout où menait cet interrogatoire. Il tenta de s'expliquer : « La personne qui m'a confié ce document était un noble de haut rang. Je ne sais comment il était arrivé entre ses mains.

– Admettons que ce soit vrai, dit Manessier avec un regard qui, pour la première fois, trahissait quelque curiosité. Il ne vous en a rien dit ?

– Il n'en a pas eu le temps. La mort l'emportait. »

L'abbé réfléchit en silence. Il s'approcha du prisonnier. « Pourquoi taire le nom d'un homme qui n'est plus ? »

Rocheblanche scrutait les yeux gris du vieux sage penché vers lui. Il y lut de l'angoisse, des questions et peut-être de la peur. « Un pacte d'honneur me condamne au silence, répondit-il.

– L'honneur… On le confond souvent avec l'orgueil.

– Pour moi, c'est de rédemption qu'il s'agit.

– Expliquez-vous. »

Il ne fut pas facile à Maynard de mettre des mots sur ses tourments, mais il était trop tard pour faire marche arrière. « La rédemption concerne les mauvaises actions de mon père, et un grave péché que j'ai commis. » Il baissa la tête. Quelle naïveté dans ce propos ! « Je suis venu jusqu'ici avec l'illusion de pouvoir expier.

– Ce n'est pas en satisfaisant votre *curiositas* que vous pourrez faire amende honorable, le prévint Manessier.

– Ce n'est pas la curiosité qui a enflammé mon esprit. En tout cas, pas seulement. C'est mon désir de faire justice, de marquer mon respect envers un homme. »

L'abbé se caressait la barbe, toujours plus attentif. « L'homme, je suppose, à qui vous avez fait serment de garder le silence.

– Oui. Il a été trahi à cause du *Lapis exilii* – cette "pierre d'exil" dont je ne sais rien. »

Manessier blêmit. « Ai-je bien compris ? dit-il. D'autres personnes sont au courant du secret ? »

Maynard hocha la tête. « J'ignorais jusqu'à quel point, ce qui ne les a pas empêchés de vouloir m'assassiner. »

L'abbé se mit à arpenter la pièce à petits pas nerveux. « Donc, il est possible qu'ils vous aient suivi... Que Dieu nous garde !

– N'ayez crainte. Je suis resté prudent. »

Le religieux n'arrivait pas à s'apaiser. « Qui cela peut-il être ? ne cessait-il de marmonner. Qui cela peut-il être ?

– L'anneau », dit le chevalier, espérant convaincre Manessier de sa bonne foi. « Prenez l'anneau dans mon escarcelle. »

Le vieillard l'interrogea du regard. Il fouilla l'escarcelle et en tira le bijou en or poli. « Vous le reconnaissez ? demanda le prisonnier plein d'espoir. On me l'a confié avec le parchemin. Il porte le blason de ceux qui ont essayé de me tuer.

– Un blason de cardinal, conclut le père Manessier en étudiant le chaton de la bague à la lumière de la fenêtre. Inconnu, hélas. »

Rocheblanche s'écria : « Tôt ou tard, je découvrirai son propriétaire !

– Pourquoi vous donner tant de peine ? » demanda l'abbé, toujours plus curieux, en reposant l'anneau sur la table.

Le chevalier repensait à Jang de Blannen. Il tentait de faire revivre le sentiment indéfini et brûlant qui l'avait saisi lors de leur rencontre. Une phrase, soudain, jaillit de sa gorge : « *Mielz voeill murir que bunte nus seit retraite* » – ces mots venus de la *Chanson de Roland* et qui voulaient dire : « La mort, plutôt que l'infâme retraite. » Maynard ajouta en relevant la tête avec une ardeur recouvrée : « Vous comprenez, maintenant ? Cet homme est tombé au champ de bataille avec une vraie bravoure. Son geste est peut-être le plus héroïque de sa vie. Il mérite bien plus que ma loyauté. »

Manessier semblait admiratif. « Les mots d'un homme qui consacre toute sa vie à un but…

– Dites à une vocation, rectifia Maynard avec une grimace de défi. Une vocation rare, je l'admets. Cependant j'ai prêté l'oreille à votre appel.

– C'est louable de votre part. Je n'en ai pas moins besoin de connaître la raison pour laquelle ce rouleau de parchemin vous fut confié. »

Nul mystère sur ce point, réfléchit le chevalier. Il pouvait se tromper, mais il lui sembla percevoir un changement dans l'attitude de son geôlier. Il choisit de se montrer conciliant : « Ma mission consiste à le cacher aux yeux du monde entier. »

La réaction du père Manessier fut de se rapprocher de la table et d'y prendre un long stylet. « Il en sera ainsi.

– Le secret de Mont-Fleur est donc si terrible ? » demanda le chevalier en suivant avec angoisse les mouvements de la lame.

– Vous aurez votre réponse. Mais d'abord, il faudra me confesser vos péchés. »

Et, d'un geste aussi vif qu'inattendu, il coupa les liens qui retenaient Maynard prisonnier de sa chaise.

– 19 –

« Dieu m'est témoin ! Si j'ai décidé de me fier à vous, ce n'est sûrement pas pour me faire servir des réponses saugrenues ! » Le père Manessier s'exprimait d'un ton vif, en s'avançant dans la nef. Et tandis qu'il marchait à pas lents, en s'appuyant sur son bâton, il laissait courir son regard sur les images magnifiques offertes par les fresques. « Je me fie à vous à cause de votre caractère, poursuivit-il. Et de l'abnégation dont vous faites preuve pour atteindre votre but.

– Un homme sans idéal est chose bien misérable », dit Maynard, qui marchait à ses côtés en restant sur ses gardes. Quelques minutes auparavant, il se croyait condamné ! Et voilà qu'il avait hâte, à présent, de découvrir ce que lui réservait la suite.

L'abbé observait fièrement les fresques. « Elles ont plus de trois siècles d'âge, expliqua-t-il. Elles sont de la main d'un maître talentueux dont le nom, hélas, s'est perdu dans l'oubli. » Il s'arrêta devant une représentation et expliqua en désignant la partie basse : « Les voici, ces cavaliers qui semblent vous effrayer tellement.

– Ne me dites pas que vous m'avez amené ici dans le seul but de me les montrer.

– Pour être tout à fait honnête, j'ai pensé que ce lieu était le mieux choisi pour entendre vos péchés. » Le vieillard, une main sur l'épaule de Maynard, pointa son bâton vers l'image : « Les Cavaliers de l'Apocalypse ! déclara-t-il d'une voix tonnante qui fit sursauter un petit groupe de moines réunis près de l'abside. Nul ne sait véritablement le sens qu'il convient de donner aux trois premiers, surtout à celui qui a l'auréole blanche. Sa couronne et son cheval blanc peuvent sous-entendre un retour à la pureté, voire au Christ. En revanche, le deuxième, avec l'épée et le cheval rouge, incarne la cruelle puissance du massacre. Et le troisième enfin, avec son auréole dorée, son coursier noir et cette balance qu'il brandit d'un air menaçant, fait allusion aux famines ou aux persécutions occultes.

– Je crois l'avoir vu en rêve, dit Rocheblanche d'une voix où perçait l'inquiétude.

– Les rêves sont de mystérieux messagers, mais tous ne cachent pas un piège. » Il étreignit l'épaule du chevalier, comme pour le réconforter. « Même quand il s'agit des hérauts de l'Apocalypse. »

Maynard était perplexe. « Vous n'en percevez pas la force menaçante ? » demanda-t-il.

Les lèvres du religieux se séparèrent et formèrent un sourire énigmatique. « Récemment, le Seigneur m'a inspiré à ce sujet.

– J'apprécierais de connaître vos théories.

– Pas tant que vous ne m'aurez pas confessé vos fautes. »

Le chevalier fut déstabilisé. L'espace d'un instant, il craignit d'être victime d'un nouveau malentendu. En effet, la discussion avec l'abbé avait été beaucoup trop brève pour que naisse une authentique relation de confiance. Autre hypothèse : le vieux Manessier avait perdu la raison à force de vivre retiré du monde.

Cependant une sensation ambiguë amena Maynard à se méfier.

« Mes malheurs personnels vous intéressent donc à ce point ? argua-t-il prudemment avant de se radoucir. N'ayez crainte, je vous dirai tout. Mais je dois d'abord m'assurer que je ne suis pas dans l'erreur. » Le religieux lâcha l'épaule de Maynard et croisa les bras. « Or donc, faites-moi la grâce de me dire qui vous êtes. »

Rocheblanche se tourna vers les fresques et se perdit dans cette tour de Babel d'images et de symboles. « Je suis un homme qui n'a pas su pardonner à son père », répondit-il d'instinct. L'abbé se rembrunit. D'un signe, il invita Maynard à le suivre. Le chevalier répéta le nom de sa famille, et il se résigna à évoquer son père, Gaspar, un homme fruste, ami des excès, qui prenait plaisir à humilier son prochain. Maynard l'avait toujours méprisé. Il feignait de lui montrer du respect. Toutefois il ne le croyait pas capable de faire du mal à sa famille. C'est pourquoi il avait quitté la maison pour aller finir sa formation de chevalier. Il avait vingt ans. Il ne se doutait pas que l'enfer pouvait entrer dans la vie des mortels de la façon la plus perverse, la plus cruelle. Il n'imaginait pas non plus que les liens du sang puissent se métamorphoser en rivières de poix. Cette pensée souleva dans ses viscères un flot de bile. « À mon retour à Reims, poursuivit-il, j'ai trouvé ma sœur rencognée dans le coin le plus obscur de la demeure. Lorsque j'ai voulu la réconforter, elle a fui comme un animal frappé d'épouvante. Elle criait que c'était *lui !* Qu'il l'avait *humiliée*. Dieu me pardonne : je n'ai pas compris tout de suite. Mon esprit refusait d'accepter. Ça ne pouvait être vrai ! Je ne voulais pas que ce soit vrai… J'ai supplié ma sœur de s'apaiser et de tout me dire. Elle ne voulait pas venir dans mes bras et cette attitude me blessait.

À la fin, il a bien fallu me rendre à l'évidence. Notre père l'avait violentée. » Manessier baissa lentement la tête, comme sous le poids d'un sombre fardeau. « Comprenez-vous ? » reprit Maynard qui revivait ces heures douloureuses. « J'étais bouleversé par le triste aveu de ma pauvre sœur blessée, effrayée ! Et puis… Et puis notre mère… » Maynard s'essuya le visage. Un tremblement soudain s'empara de son corps. Il revoyait sa mère, cette femme dont ils avaient hérité l'audace et la fierté. Elle avait osé prendre la défense de sa fille. « Alors ce chien, ce bâtard, l'a tuée d'un coup de poignard ! »

Il marqua une pause. Il se perdait dans le labyrinthe de sa mémoire. Mais la colère allait se dissipant. Elle se diluait dans des sentiments plus amers, plus sombres. « Lui, il s'était enfui », dit-il. Il jeta autour de lui des regards vengeurs, comme s'il continuait de chercher son père parmi les ombres furtives des moines qui circulaient entre les colonnes. « Sous le coup du remords, reprit-il. Ou par peur de ma vengeance. Peu importe. J'ai découvert qu'il était parti pour l'Espagne. Je me suis lancé à ses trousses. J'étais possédé par le besoin de faire couler son sang… Ce qui subsistait de sa personne, je l'ai trouvé à Algésiras la Mauresque, une ville vaincue par le siège. »

Manessier fit entendre une voix hésitante : « Vous voulez dire que vous avez trouvé… son cadavre ? »

Rocheblanche hochait la tête. Il n'avait jamais dit à personne ce qui s'était vraiment passé ce jour-là. Pas même à Eudeline. Trop de remords et trop de rage troublaient le souvenir d'une place accablée de soleil et de poussière, couverte de décombres, où gisaient des dizaines de moribonds. Maynard avait retrouvé son père devant la mosquée abandonnée, corps blessé, martyrisé, où s'acharnaient les mouches. « C'est lui qui m'a reconnu d'abord. Il m'a appelé par mon nom. Il a imploré mon pardon. Je n'ai pas eu besoin de demander quoi que ce soit. Il m'a dit qu'il se repentait, qu'il avait agi inspiré par le diable… Il m'a imploré aussi de lui sauver la vie. » Maynard repensait à la façon dont il avait regardé fixement son père en cet instant, le poignard à la main, déchiré entre le besoin de vengeance et le désir de le voir souffrir son martyre à jamais. *Tue-le !* Mille fois, il s'était répété cet ordre ! Mais il prenait trop de plaisir à le voir ainsi tourmenté. Ce sentiment de satisfaction était trop fort : il ne pouvait y mettre un terme. « Je l'ai laissé. Je l'ai laissé rendre seul son dernier soupir. »

Quand Maynard acheva son discours, il avait toujours les yeux fixés sur les trois cavaliers de la fresque. Il considéra le quatrième héraut, l'être squelettique chevauchant une monture verdâtre. Mort était son nom. Derrière lui, venait l'enfer.

L'abbé attendit patiemment de voir s'effacer les traces de ressentiment et de cruauté sur le visage du chevalier. « Votre colère naît d'un refus, dit-il enfin. Vous ne voulez pas accepter d'être un homme bon. Tel est votre péché : vous refusez d'admettre que vous avez déjà pardonné à votre père. » Il empêcha Maynard de répliquer : « Je ne pense pas que vous soyez vraiment torturé par l'idée d'avoir échoué à vous venger. Ce qui vous torture, c'est la tragédie qui a frappé les vôtres. »

Le chevalier haussa les épaules, comme si le propos de l'abbé l'indifférait. « Que pouvez-vous savoir, vous, de blessures aussi profondes ? » demanda-t-il. Mais c'est presque en souriant qu'il revint aux raisons de sa présence en ces lieux : « J'ai été fidèle à ma parole. À vous maintenant de respecter la vôtre.

– Vous avez raison. » Manessier déplaça le poids de son corps sur le bâton, puis s'assit sur un banc. « Même si la solution du mystère dépendra moins de mes révélations que de ce que vous serez disposé à accomplir.

– Je vous ai ouvert mon cœur, révérend père. J'estime avoir mérité une réponse plus claire.

– Vous l'aurez. » Avant de poursuivre, l'abbé chassa d'un regard sévère un moine trop curieux qui rôdait en tendant l'oreille. Dès qu'ils furent seuls à nouveau, il frappa le sol avec son bâton et reprit : « Comme vous l'avez deviné, le *Lapis exilii* repose dans la crypte, sous nos pieds. C'est un trésor à ce point sacré et précieux que n'importe quel homme de foi – le fait fût-il porté à sa connaissance – serait capable de tout sacrifier pour l'admirer. Avez-vous seulement idée de ce qu'il adviendrait si son existence était révélée à l'humanité ?

– Je puis l'imaginer, soupira Rocheblanche que ces atermoiements irritaient. Mais la question est de savoir si vous consentez à me laisser entrer dans la crypte.

– Un jour, peut-être. Mais il faudra le mériter…

– J'ai réussi à parvenir ici sans aide aucune ! s'exclama Maynard.

– En répondant à une banale devinette, persifla le vieillard. Ce que j'attends de vous, c'est tout autre chose. Pour la bonne raison que vous êtes la réponse à mes prières.

– Vous êtes fou, dit le chevalier, abasourdi.

– Vous croyez ? Vraiment ? » murmura le religieux avec un dédain qui frôlait l'affront. Mais il changea immédiatement d'attitude, se calma et répéta à voix basse : « Vous le croyez vraiment ? » Sans attendre la réponse, il ébaucha une humble révérence et fit mine de prendre la main de Maynard. « Veuillez m'excuser… Vous êtes la première occasion qui s'offre à moi de réparer une grave erreur, la première depuis tant d'années… »

Maynard, embarrassé, dégagea sa main. « J'ai déjà la charge d'une mission, dit-il. Une lourde mission, s'il m'est permis. Je dois découvrir les origines d'un complot et en punir les responsables.

– Si vous faites allusion à la mort de celui qui vous a remis le parchemin, sachez que les deux choses sont compatibles. Et même, je vous mettrai sur la bonne route. »

Nullement enclin à se laisser convaincre, le chevalier étudia Manessier et perçut dans son regard une obstination féroce doublée d'une supplique. Maynard ne comprenait toujours pas ce qu'on attendait de lui. Il reprit, conciliant : « Écouter n'est jamais inutile. Quand je saurai de quoi il s'agit, je déciderai si je dois ou non vous aider.

– Très bien, approuva le vieillard qui pourtant semblait contrarié. Avez-vous encore en tête ce que je vous ai dit à propos du larcin dont le monastère a eu à souffrir ?

– Ce pèlerin venu voilà plus de quinze ans ? Celui qui a volé le parchemin actuellement en ma possession ?

– Un moine, pour être précis. Il a demandé asile à Mont-Fleur. Il y est resté un mois. Il a su gagner ma confiance. Puis, usant de la ruse, il est parvenu à trouver la crypte du *Lapis exilii.* Il a dérobé un écrin contenant trois choses. Deux reliques inestimables et ce petit rouleau, précisément, où figure l'énigme. Je venais tout juste d'être nommé abbé. »

Maynard fit tout de suite le lien avec sa propre mésaventure. D'une façon ou d'une autre, l'auteur du larcin était en rapport avec Jang de Blannen, ou avec celui qui l'avait trahi. « En me lançant sur les traces de ce moine, dit-il, réfléchissant à voix haute, vous me permettriez de découvrir ce qui s'est passé...

– C'est exactement la faveur que je m'apprêtais à vous demander, approuva l'abbé en opinant vigoureusement du chef.

– Mais quel bénéfice pour vous ?

– En retrouvant cet homme, vous récupérez les deux reliques volées. Elles doivent absolument revenir à Mont-Fleur. Quand je pense qu'elles sont entre des mains scélérates, je me maudis mille fois pour ma naïveté !

– Si l'affaire est si importante, pourquoi avoir attendu jusqu'à ce jour ? Vous auriez pu envoyer quelqu'un d'autre…

– Vous croyez que je n'y ai pas pensé ? dit Manessier, consterné. Mais regardez autour de vous ! L'obligation qui m'est faite de garder le secret sur le *Lapis exilii* m'oblige à me reposer seulement sur des frères et des convers. Ce sont des gens pieux, pleins de bonne volonté, mais incapables de s'acquitter d'une pareille mission. Contrairement à vous, messire. Vous portez les armes, vous avez vu la guerre, vous connaissez le secret de Mont-Fleur… Ne me prenez pas pour un sot. Je sais bien que ce n'est pas un homme du commun qui s'abrite sous ce manteau…

– Allons, mon Père ! N'êtes-vous pas en train d'exagérer ? Retrouver la trace d'un simple moine ne me semble pas une tâche si ardue ! À condition qu'il soit encore de ce monde, évidemment.

– C'est plus dangereux que vous ne l'imaginez, dit l'abbé pour le mettre en garde. Son nom est Facio di Malaspina. Et il est bien de ce monde, n'en doutez pas.

– Comment le savez-vous ?

– J'ai entendu parler de lui pas plus tard que l'an dernier. C'était au chapitre général de l'ordre bénédictin. Des religieux venus d'Émilie ont prononcé son nom. Il se cacherait sur les rives du Pô. Où exactement ? Je l'ignore.

– C'est un indice », reconnut Maynard. Un plan, déjà, se formait dans ses pensées. Ce Facio di Malaspina le conduirait au sommet du complot tant redouté par Jang de Blannen. Dès lors, le blason cardinalice orné d'un lion pourrait livrer ses secrets. Il restait cependant un point à éclaircir : « Avant de vous offrir mes services, j'aurais besoin d'explications sur les deux reliques. »

Ce propos rassura Manessier, qui répondit aussitôt : « Pour le moment, il vous suffit de savoir qu'il s'agit d'une coupe et d'une pointe de lance. Des objets ordinaires aux yeux du vulgaire. Mais elles doivent *absolument* retrouver leur place. Le reste, vous l'apprendrez en temps utile, quand le voile se lèvera sur le mystère du *Lapis exilii.*

– Je suivrai vos indications, mon Père. Cependant, une chose encore… Pourquoi me faites-vous confiance ?

– Parce que c'est vous qui êtes venu, parce que vous étiez à ma recherche. »

*
* *

Avant de quitter Mont-Fleur, Maynard entendit de la bouche de Manessier la légende du *Lapis exilii.* L'histoire, qui avait plus de cent ans, s'était transmise d'abbaye en abbaye. Elle disait que l'inestimable objet avait été apporté dans ce monastère par un marchand de reliques, un nommé Ignatius venu d'Hispanie. Il avait décidé de le cacher dans ce coin perdu, de même que la coupe et le fer de lance. Il entendait les protéger de l'avidité et de l'appétit de pouvoir qui caractérisent le genre humain.

Le chevalier était fasciné. Il n'avait jamais imaginé que l'énigme du parchemin lui vaudrait de nouvelles épreuves, au lieu de l'illumination espérée. Mais n'était-ce pas au fond ce qu'il désirait ? Cette mission allait lui permettre de donner un sens à sa vie, de prouver sa valeur. Peut-être pas sur un champ de bataille ! Mais dans le monde.

C'est avec un regain d'espoir qu'il reprit possession de ses armes. Dès que le parcours fut arrêté, il se prépara à franchir la porte du monastère pour aller au-devant de la forêt, des loups et autres embûches. Il entendit quelqu'un l'interpeller : « Je vous dois une réponse ! » Il se retourna. Au milieu de la nef, le vieillard, droit comme un I, montrait les cavaliers de l'Apocalypse. « Si mon avis vous intéresse toujours ! »

Rocheblanche revint sur ses pas. « Et comment ! dit-il.

– Sachez qu'étant jeune, commença le vieux moine, j'aimais scruter les astres. Or, il y a un an, j'ai assisté à l'alignement de trois grands corps célestes dans le signe du Verseau : Jupiter, Mars et Saturne. C'était bien suffisant au Seigneur pour éclairer ma pauvre intelligence. Dans ces planètes, j'ai reconnu tout de suite les trois premiers cavaliers de l'Apocalypse. Trois hérauts galopant à travers les cieux. Ils se distinguaient par la couleur de leurs destriers : un blanc, un rouge, un noir. Vous me suivez, messire ? Mais je suis allé plus loin encore ! J'ai identifié aussi leurs symboles, comprenez-vous ? La couronne attachée à la majesté de l'étincelant Jupiter, l'épée de Mars le sanguinaire, et enfin la balance du sombre Saturne que les Anciens vénéraient aussi comme le dieu de l'agriculture. » Il écarquilla les yeux, comme s'il avait distingué quelque chose dans la nébulosité de la prophétie. « Ils sont déjà là, mon cher ami ! Vous les reconnaissez, maintenant ? La malgouvernance ! La guerre ! La famine ! Elles nous dominent, elles chevauchent en prenant la forme d'astres enflammés au-dessus de nos misérables destins ! »

Maynard était captivé. C'est alors qu'une pensée déchira l'enchevêtrement de crainte et d'émerveillement dans lequel il était pris. « Mais le quatrième cavalier, où est-il ? Où est la Mort ?

– Seulement si Dieu le veut, répondit le père Manessier en se signant. Et si l'homme le veut. »

– 20 –

Reims, couvent Sainte-Balsamie
Le 30 octobre, après le lever du jour

Des images morcelées et des éclats de voix tournoyaient dans une torpeur qui se répandait jusqu'à l'extrémité de ses membres. Il aurait voulu porter la main à sa tête pour calmer un soudain élancement de douleur, mais il paniqua : sa main restait immobile sous les couvertures. Il essaya l'autre main, sans plus de succès. Son corps inerte et froid gisait sur un grabat.

Il eut besoin de temps pour s'apercevoir qu'il avait les yeux ouverts. Il vit les poutres d'un plafond et des murs de brique. Presque tout était sombre et gris. Il s'efforça de se remémorer les événements récents. Où était-il ? Impossible de se rappeler. Il éprouvait seulement une vague et indéfinissable sensation de danger. Outre cette douleur à la tête.

Il était réveillé à présent. Il perçut un mouvement dans la pièce. Un réflexe le poussa à demander : « Qui va là ? » mais il ne put même pas articuler un son. Au désespoir, il essaya encore de bouger. Il réussit tout juste à soulever suffisamment la tête pour voir au-delà de ses pieds. Il distingua à grand-peine une silhouette penchée sur un tas de vêtements. De nouveau il ouvrit la bouche pour attirer l'attention sur lui, mais sans parvenir à produire davantage qu'un gémissement.

La silhouette se redressa brusquement. C'était une jeune femme aux cheveux bouclés. Elle lui rappela un autre visage féminin, plus sévère celui-là, et doté d'un regard noir qui vous écorchait. Un visage encadré d'une coiffe blanche et d'un voile qui lui retombait jusqu'aux yeux. Il tenta de se souvenir à qui il appartenait – en vain.

« Ne dites rien, implora la fille. Ne dites pas que vous m'avez vue… »

Il secoua doucement la tête, tenaillé par des douleurs crâniennes toujours plus aiguës. Et tandis qu'il abandonnait sa nuque sur le traversin, il vit la silhouette s'éloigner et disparaître dans un rectangle d'aveuglante lumière.

*
* *

Diriger un couvent exigeait beaucoup de temps et d'énergie. La charge de sœur Eudeline ne se limitait pas à faire respecter la discipline des religieuses, à répondre seulement à leurs besoins matériels et spirituels. Elle devait superviser l'économie de la communauté et s'assurer que la dîme lui était régulièrement versée. Certes, la loi ordonnait que les biens de Sainte-Balsamie soient gérés par un *procurator* de sexe masculin, mais l'abbesse était trop méfiante pour soumettre ses comptes à d'incessantes vérifications, et pour consulter chaque semaine le chapitre des sœurs les plus anciennes. C'est à elle, Eudeline, et à elle seule, qu'incombaient les décisions importantes, et le soin d'apposer sur les actes le sceau de l'établissement.

La fin de l'année approchait et toutes sortes de documents s'entassaient sur un pupitre qui croulait déjà sous les registres et les parchemins. Eudeline pouvait s'appuyer seulement sur l'aide de la chapelaine, une sœur à laquelle elle confiait, entre autres besognes, le tri des dossiers en fonction des priorités. Cette chapelaine s'appelait sœur Claire. Elle avait beau compter parmi les religieuses les plus intelligentes du couvent, il fallait la traiter avec patience car elle inclinait à rêvasser et à se laisser facilement distraire. Cependant l'abbesse faisait contre mauvaise fortune bon cœur : elle savait qu'elle ne pourrait disposer de meilleure collaboratrice.

Et elle était justement en train de lui faire des recommandations, au début d'une journée qui s'annonçait chargée, quand l'infirmière se présenta. La révérende mère s'interrompit au milieu d'une phrase :

« Qu'y a-t-il ?

– Robert de Vermandois, répondit la sœur infirmière. Il a repris connaissance. »

*

*   *

Le temps d'expliquer à sœur Claire ses tâches de la matinée, sœur Eudeline s'éloigna avec l'infirmière et elles s'enfoncèrent ensemble dans les corridors qui menaient au valetudinarium. « C'est un miracle ! répétait l'abbesse en soulevant sa robe pour ne pas trébucher. Mais vous êtes bien sûre, cette fois, que…

– Il est réveillé depuis un moment déjà. J'ai même pu le faire manger. Jusqu'ici, il ne montrait aucun signe de conscience. Mais là, il parle pour de bon…

– Que dit-il ?

– Vous le saurez bientôt. »

Eudeline vit tout de suite que quelque chose avait changé chez le patient. Et presque aussitôt, elle se demanda avec un battement de cœur – chose rare, chez elle – s'il la trouvait belle, ou du moins plaisante à regarder. Ayant attendu que la sœur infirmière finisse de contrôler la dilatation des pupilles et l'état du pansement, elle l'interrogea : « Comment vous sentez-vous ? »

L'homme remua les lèvres et lâcha un soupir. « En vérité, pas très bien, dit-il dans un filet de voix. Je ne puis bouger. Ni me souvenir… »

Sœur Eudeline en eut le cœur serré. « Voulez-vous dire que…

– J'ignore qui je suis, Madame. » Vermandois était en état de choc, manifestement. Et il semblait résigné, tel un homme qui a longtemps médité sur son état. « Si vous aviez la charité de me dire mon nom, et la raison pour laquelle je me trouve dans cette condition, je vous en saurais gré. »

L'abbesse eut un mouvement de recul. Elle n'avait pu maîtriser son effroi. Tout à l'heure, apprenant que le patient allait mieux, elle avait caressé l'illusion de voir Robert recouvrer sa pleine conscience. Or elle devait se rendre à l'évidence : c'était un malade frappé de confusion mentale qui l'implorait en fixant sur elle ses yeux verts – des yeux fascinants. Jugeant ses propres pensées ridicules, elle tâcha de se dominer. L'heure n'était pas aux fantaisies futiles ! Il était urgent de délivrer ce malheureux de la paralysie et de l'amnésie.

« Ce que vous ressentez est normal, intervint la sœur infirmière, soucieuse d'apaiser les âmes. Vous n'avez pas survécu à une blessure légère. Il est probable que la mémoire vous reviendra lentement, en même temps que le mouvement.

– En êtes-vous bien certaine ? » s'inquiéta la révérende mère.

La religieuse haussa les épaules. « Je ne suis sûre de rien, mais si vous êtes en mesure de fournir un diagnostic plus précis, ne vous gênez pas… »

Eudeline fut tentée de lui faire rendre gorge pour cette impertinence, mais elle mit sa fierté de côté et s'adressa de nouveau au patient avec la plus grande douceur possible : « Vous vous appelez Robert de Vermandois. Vous êtes le compagnon d'armes de Maynard, mon noble frère. »

Robert plissa le front et fit un effort de mémoire. Eudeline forma le vœu de lui être utile et poursuivit : « Vous avez reçu une blessure à la tête. On vous a transporté dans ce couvent afin de…

– Ah ! hurla-t-il soudain, la figure déformée par une grimace de souffrance. La tête… Ma tête !

– Que lui arrive-t-il ? demanda Eudeline, bouleversée.

– Une crise, répondit la sœur infirmière. La blessure…

– Ne pouvez-vous rien faire pour calmer sa douleur ?

– Je lui administrerais bien de l'opium, mais nous n'en avons pas beaucoup…

– Faites-le ! explosa Eudeline que les cris de Robert torturaient. Nous nous refournirons !

– Dans ce cas, ma Mère, à vos ordres.

– Ne regardez à rien quand il s'agit de guérir cet homme », insista l'abbesse en coulant un regard vers la porte. Elle avait hâte de partir, tout à coup, à cause du malaise qui grandissait en elle, et prenait des proportions trop importantes. Mais Vermandois la retint :

« Madame ! Attendez… Votre visage… bredouilla-t-il d'une voix quasi éteinte. Je vous connais… N'est-il pas vrai ? Vous êtes venue à mon chevet… »

Sœur Eudeline n'avait pas imaginé qu'il prononcerait ces mots-là. Angoissée, rouge d'embarras, elle quitta la pièce en s'efforçant de rester digne. Puis, baissant la tête, elle traversa le long promenoir menant à la cour. Elle priait le Seigneur de l'aider à recouvrer ses esprits. Pourquoi était-elle à ce point troublée ? Elle ne comprenait pas. Bien sûr, elle avait caressé Robert des yeux ! N'était-il pas aimable ? Cependant qu'était-il d'autre qu'un inconnu ? La vérité est qu'il l'attirait, comme aucun homme ne l'avait attirée depuis que son père avait exercé sur elle des violences.

« Femme stupide ! » pensa-t-elle, perturbée par le souvenir de ce terrible jour.

Enragée contre elle-même, aveuglée par les larmes, elle s'engagea dans le couloir, heureuse à tout le moins de pouvoir donner libre cours à son tourment loin des regards indiscrets.

C'est alors qu'elle se trouva nez à nez avec Aleydis, qui lui demanda : « Quelque chose ne va pas, Révérende Mère ? » Eudeline avait l'habitude de cacher ses émotions. Vite, elle s'essuya le visage et reprit contenance. Elle réfléchissait déjà à détourner l'attention d'Aleydis en lui adressant un reproche, mais ce ne fut pas nécessaire. En effet, elle remarqua que les traits de la novice étaient meurtris. « Comment est-ce arrivé ? » demanda-t-elle, oubliant Vermandois.

Aleydis couvrit de sa main l'ecchymose qui ornait sa joue. « Un léger accident, répondit-elle, gênée. Rien de grave. »

L'abbesse hochait la tête. « Une compresse de romarin », dit-elle avant d'esquisser un salut et de reprendre son chemin.

Eût-elle été moins pressée de s'éloigner, elle aurait peut-être remarqué qu'une grosseur inhabituelle gonflait l'habit de la novice.

*
* *

Dès qu'elle fut seule, Aleydis se cacha dans l'ombre d'un renfoncement. En prenant garde de n'être pas vue, elle prit sous son habit la sacoche trouvée dans les affaires de Vermandois. C'était le seul objet susceptible de lui fournir des indices à même d'intéresser le cardinal. Elle avait tellement peur de se présenter à lui les mains vides qu'elle n'avait pas reculé devant ce larcin.

Certes, le patient s'était réveillé brusquement, mais personne n'avait rien remarqué. Et la révérende mère ne soupçonnait rien. D'ailleurs, elle avait montré un comportement bizarre. Jamais encore la novice ne l'avait vue à ce point troublée, le visage baigné de larmes. Quelles angoisses torturaient donc la supérieure ? Quels secrets brûlants habitaient ses pensées ?

Quoi qu'il en soit, Aleydis avait à faire. Marcus devait venir au couvent le lendemain, et elle avait intérêt à avoir sous la main des informations utiles.

Elle ouvrit la sacoche et la fouilla. Le cardinal avait été clair : il cherchait des renseignements sur le frère de la révérende mère et sur un mystérieux objet appelé *Lapis exilii*. Sans en être sûre, Aleydis en avait assez vu et entendu pour pouvoir affirmer que le blessé était un chevalier, tout comme Maynard de Rocheblanche. C'était probablement un de ses compagnons d'armes. Sinon, comment expliquer sa présence au couvent ? La sacoche allait peut-être en apporter la confirmation.

D'abord, la novice fut déçue. Elle ne trouva rien d'autre qu'un échiquier avec ses pièces en ivoire, une pierre à aiguiser, un briquet, un couteau et une bague gravée d'un sceau provenant sans doute de la lignée des Vermandois.

Puis ses doigts touchèrent au fond de la sacoche la surface d'un parchemin.

Elle prit la chose en frémissant. C'était une bande de la longueur d'un doigt. Peu de mots y étaient inscrits :

Mon ami, je vous confie aux soins de ma sœur, la révérende mère du couvent. Je dois partir. On me surveille. Une importante mission m'appelle. Je prie Dieu de vous revoir en bonne santé. M.

Peu de mots, certes ; mais il y avait là de quoi récompenser les efforts d'Aleydis.

Elle cacha le message dans une poche de son habit. La sacoche finit dans un vieux puits au fond du jardin où personne n'allait jamais puiser de l'eau. La novice courut car c'était l'heure de tierce. Elle était soulagée : demain, le cardinal ne la battrait pas.

– 21 –

Le long du Rhône

Maynard arrêta son cheval près d'un étang sous le couvert des arbres. Il mit pied à terre et se pencha sur son reflet. L'homme qui lui fit face était bien différent de celui qui avait survécu à Crécy. Ses longs cheveux et sa barbe en désordre lui donnaient l'air d'un ermite. Et il avait changé de vêtements : souhaitant voyager incognito, il avait demandé au père Manessier de lui donner une robe de moine. Il la portait sous son manteau, au lieu de sa tunique de chevalier.

Cet expédient s'était révélé providentiel car dès le lendemain du départ, lors d'une halte dans un village, il avait remarqué la présence de deux écuyers tout en noir. Il avait même pu distinguer la boucle de leurs ceintures : un écusson gravé à l'effigie du lion. Qui donc recherchaient-ils si ce n'était lui, Maynard de Rocheblanche ?

Il est plus fort que vous, lui avait dit la femme avant de mourir. Maynard repensait à cette phrase. Il s'interrogea sur l'anneau d'or caché dans son escarcelle. Même l'abbé de Mont-Fleur n'avait pu lui dire à qui appartenait cette bague. Mais à quoi bon résoudre ce dilemme ? Quelque chose lui disait que le mystérieux cardinal ne renoncerait jamais à lui faire la chasse. Maynard avait l'obligation de continuer de fuir jusqu'à retrouver la trace de ce père Facio di Malaspina. Alors seulement il pourrait en apprendre davantage, peut-être, sur la conspiration qui avait entraîné Jang de Blannen dans la mort.

L'habit de moine l'avait protégé. Les écuyers en noir ne l'avaient pas reconnu. Raison pour laquelle il décida de donner à son apparence un surcroît de réalisme.

Continuant à observer son reflet dans l'eau, il dégaina son poignard et entreprit de se couper les cheveux au-dessus des oreilles et du front. Quand il estima avoir obtenu un résultat acceptable, il coupa aussi les mèches au sommet de sa tête, et se rasa le crâne avec soin. Il avait maintenant la tonsure. S'étant effleuré la peau du bout des doigts, il s'estima satisfait. L'épée et le poignard bien dissimulés sous son manteau, on ne manquerait pas de le prendre pour un moine itinérant.

Il pouvait se remettre en selle.

Il se demanda ce que sa sœur aurait dit en le voyant accoutré ainsi. Il ne put s'empêcher de sourire. Dès qu'il serait parvenu à la prochaine auberge, il lui écrirait. Il la tiendrait informée de ses progrès, sans entrer dans les détails toutefois. Il devait à tout prix la protéger contre cette curiosité qui brillait dans ses yeux ; cette même curiosité qui le taraudait, du reste, depuis qu'il avait quitté Mont-Fleur.

Un cri de femme le fit sursauter. Il éperonna sa monture, qui s'élança au galop sous les arbres. Maynard atteignit la lisière d'un pré laissé en jachère. Sous une lumière de fin d'après-midi, trois hommes tourmentaient une fille.

Maynard sauta à terre. « Que se passe-t-il ? »

Un des trois se détourna brusquement. Il avait une figure de rapace. « Mêle-toi de tes affaires, l'abbé ! »

Nullement effrayé, Rocheblanche s'avança à grandes enjambées. Il n'avait pas affaire à de simples rustauds. Ils portaient la cuirasse et des armes. Des mercenaires, se dit-il. Et il s'écria : « Laissez-la ! » Cette intervention lui valut des ricanements.

La malheureuse voulut en profiter pour s'échapper en rampant dans l'herbe. Elle était sale, la boue collait à ses vêtements déchirés. Un des argousins la rattrapa par les cheveux et lui cracha dans l'oreille des propos obscènes.

Maynard sentit la rage lui gonfler la poitrine. Il se rappelait Eudeline recroquevillée dans le noir, dévorée par la peur et l'humiliation. Il se saisit du premier sbire et le jeta à terre. Un coup d'épaule expédia le second dans la boue. Le troisième l'attendait en brandissant son épée.

Le chevalier poussa un hurlement strident, dégaina son arme et attaqua d'une fente si énergique que son adversaire en tomba à genoux. Maynard ne put achever le travail : on le tenait par les épaules. Projetant la tête en arrière, il brisa le nez de celui qui l'agressait dans le dos. Il se retourna vivement. Le premier des trois, qui s'était relevé, fondait sur lui avec une lance. Maynard dévia la trajectoire de la lance et frappa l'homme à la tête avec le pommeau de son épée. Le sbire s'écroula, le crâne ouvert.

Maynard reprenait son souffle. Les trois mercenaires étaient à terre. Il s'approcha de celui qui était le plus près de la fille, et qui restait à genoux, comme pétrifié. Rocheblanche l'entendit bredouiller une supplique. Comment ignorer le masque de vulgarité qui lui déformait la figure ? C'était cette même expression qu'il avait vue mille fois sur le visage de son père. Pressé de la voir disparaître, il souleva son épée et la lui rabattit sur la tête. La joue était tranchée. Le sang jaillissait. Des dents tombèrent.

Le chevalier s'accroupit près de la jeune fille dont les traits étaient ceux d'une enfant, et dont les cheveux avaient la couleur du blé. Maigre, vêtue de guenilles, elle ne pouvait avoir plus de treize ans. Mais son regard était étrange. Les yeux n'étaient pas de la même couleur. L'un était bleu et l'autre, vert. « N'ayez pas peur, dit-il en essuyant les larmes sur le visage de la petite. Je vais vous ramener auprès de votre famille.

– Je n'ai pas de famille, dit-elle avec un réflexe de recul. Je n'ai plus personne…

– Comment vous appelez-vous ? demanda le chevalier, saisi de compassion.

– Isabeau, dit-elle, toujours sur ses gardes.

– Eh bien ! je répète. Vous n'avez rien à craindre de ma part.

– Ceux-là disaient pareil.

– Ils ne vous feront plus aucun mal. Quant à moi, je n'oserais…

– Vous êtes moine ? Pour de bon ? »

Plus que la peur, c'était la méfiance qui lui dictait ces mots. Elle semblait oublier déjà ses appréhensions. « Mon père disait qu'un moine ne va pas armé. » Le chevalier s'aperçut qu'il avait toujours son épée à la main. Il la remit au fourreau et répondit par un mensonge : « Mon ordre me consent cette faveur. Il accepte aussi que je porte secours aux miséreux, le cas échéant. » Il ouvrit son escarcelle et fit glisser quelques pièces dans la paume de la fille.

Mais elle refusa cette aumône. « Je ne suis pas une miséreuse, répliqua-t-elle avec mépris. Je suis comédienne. Comme mes parents. »

Voilà qui était surprenant. Il insista néanmoins : « Loin de moi l'intention de vous humilier. Je veux seulement vous venir en aide.

– Si c'est vrai, emmenez-moi avec vous. »

Maynard était stupéfait. Il avait le sentiment que ce regard insolite abritait quelque chose de très rare et précieux. Quelque chose qui ne se voyait pas souvent sur un champ de bataille, et qu'il ne se serait pas attendu à trouver chez une fille bien réelle, arrachée aux griffes de trois individus violents et sans scrupules. Car il n'avait aucun doute. C'était l'éclat du courage qui brillait dans ces iris. Pourtant il fit non de la tête :

« Je regrette. C'est impossible.

– Je m'occuperais de votre cheval. Je vous ferais à manger… »

Sombrement, Rocheblanche s'éloigna et prit le frison par les rênes. « Je marche au-devant d'un sort contraire », dit-il.

Mais à peine avait-il mis le pied à l'étrier que la fille était auprès de lui. Elle l'avait rejoint d'un bond. Elle lui attrapa la main. « Le sort contraire, dit-elle, je n'ai jamais rien connu d'autre. C'est comme ça depuis le jour de ma naissance. »

Rocheblanche ne put s'obstiner davantage dans son refus.

- 22 -

Reims, couvent Sainte-Balsamie
Le 30 novembre

Les premières neiges recouvraient les cours du couvent. Sœur Eudeline faisait le tour du jardin d'un pas solitaire, et le sol, sous ses pieds, bruissait doucement. Elle tentait d'apaiser ses angoisses. Deux années d'un climat trop rigoureux avaient compromis les récoltes. La famine frappait à la porte. Les mendiants commençaient de s'entasser à l'entrée de l'église, implorant le gîte et le couvert. Que faire ? Sainte-Balsamie se situait dans un village très pauvre dont les provisions suffisaient à peine à nourrir la communauté. Bien que connue pour avoir bénéficié d'une prospérité rapide, elle était loin d'égaler l'opulence de l'évêché, et même la modeste fortune de l'abbaye Saint-Rémi.

Toutefois, Eudeline n'ignorait pas que son plus grand souci était d'ordre personnel. Grâce à la sœur infirmière, qui la tenait informée des progrès de Vermandois, elle savait que la partie supérieure du corps recouvrait ses facultés. Mais les jambes demeuraient paralysées et la mémoire, défaillante. Il affirmait ne se souvenir de rien, et s'enfonçait chaque jour un peu plus dans le désespoir.

L'abbesse avait cessé de lui rendre visite. À la seule idée de se retrouver face à lui, elle sentait monter ce malaise qui l'avait poussée à fuir en larmes le valetudinarium. Mais se tenir loin de lui n'avait pas arrangé les choses. La nervosité la gagnait. Un rien l'exaspérait. Les sœurs la mettaient à bout de patience.

Quel nom fallait-il donner à son état ? Elle l'ignorait. Elle espérait seulement le voir s'améliorer.

Elle marchait sur le tapis neigeux. Un rouge-gorge se percha sur la branche d'un arbre nu. Bientôt le gel s'insinua sous le manteau de l'abbesse, qui dut se retirer dans ses appartements privés – son *domus particularis*. Un peu plus tard, elle rejoignit son pupitre, dans l'ombre du cloître. Sœur Claire, assise un peu plus loin, classait des papiers sous la chandelle.

Eudeline éprouva un bref soulagement : ses soucis allaient la laisser en paix quelques instants. À l'abri de ses registres et de ses encriers, elle se sentait de nouveau elle-même, une reine en son château. Du reste, les actes les plus urgents étaient déjà rédigés. Elle avait tout loisir de se pencher sur les documents de moindre importance amassés sur le côté gauche de sa table. C'est alors qu'en remuant des dossiers, elle aperçut une lettre qui dépassait sous la pile. Curieuse, elle la prit. Et ce fut pour laisser échapper aussitôt un cri de colère : « Sœur Claire ! Comment osez-vous… »

La sœur sursauta à son tour. Son parchemin lui échappa des mains. « Révérende Mère ? Je ne comprends pas…

– Cette lettre ! Voilà quatre jours qu'elle est en souffrance avec des documents de peu d'intérêt. Que fait-elle là ?

– Je pensais que…

– Vous n'avez pas lu le nom de l'expéditeur ?

– Pas vraiment… »

Eudeline la lui mit sous le nez. On eût dit qu'elle brandissait une arme. « Ceci est le nom de mon frère ! Vous ne voyez donc pas ? Comment avez-vous pu me cacher l'existence de ce courrier ? »

Sœur Claire baissa les yeux : « Je vous prie de m'excuser. Je ne sais comment j'ai pu commettre une telle erreur…

– Moi, je le sais ! siffla la révérende mère qui ne se dominait plus. Vous avez pu la commettre parce que vous êtes une incapable ! Une écervelée ! Vous ne faites attention à rien ! » Elle lui montra la porte. « Hors de ma vue ! Ou je vous… »

La religieuse la fixa un instant des yeux, terrorisée par ce que promettait la suite… Puis elle se couvrit la figure de ses mains et s'enfuit.

Debout au centre de la pièce, la révérende mère attendit que sa fureur s'apaise. Aussitôt calmée, elle se sentit comme un monstre. Elle avait exagéré ! La quantité de documents arrivés ces jours-ci expliquait à elle seule la faute de sœur Claire. Elle-même aurait pu la commettre. Et puis elle savait fort bien que la cause de sa réaction était ailleurs. Il ne lui restait plus qu'à se maudire pour sa faiblesse d'âme.

Elle retourna s'asseoir à son pupitre, brisa le sceau et ouvrit la lettre. Rien n'indiquait la provenance de ce courrier. Il n'y avait pas de date non plus. Mais elle avait hâte d'avoir des nouvelles de son frère.

Ma sœur chérie, j'écris ces lignes près d'une chaîne de montagnes au-delà de laquelle m'attend la vérité sur le mystérieux complot dont je t'ai parlé. Sache-le, j'ai déjà trouvé le lieu que désigne l'énigme, même si le Lapis exilii *demeure encore à l'abri de mes regards. Il me faut d'abord faire la preuve de ma valeur en remplissant une importante mission qui, espérons-le, fera de moi un homme meilleur, un homme capable de t'avouer des choses que je ne t'ai jamais dites.*

Ne crains pas pour mon sort. Je suis en bonne santé et cette aventure ne m'effraie pas. Voilà maintenant une semaine que je voyage avec une compagne fort singulière. Elle est très jeune et déjà seule au monde. Comme nous le serions nous-mêmes si nous n'étions unis par les liens d'une affection réciproque.

Dieu te bénisse.

Maynard

DEUXIÈME PARTIE

La règle de l'abbaye

– 23 –

Abbaye Sainte-Marie de Pomposa
Le 20 mars 1347

L'abbé observait attentivement l'abside et le Christ *Pantocrator* dans son médaillon, le Père et le Fils au cœur de la sphère céleste. Pour la énième fois, il se sentit pénétré d'amertume. Voilà plus de dix ans qu'il cherchait à revigorer sa foi ! Comment ne pas la comparer à cette peinture vieillie, décolorée ? Les formes n'avaient certes rien perdu de leur beauté. Les contours de l'image et le digne visage du Seigneur dominaient toujours la voûte, et continuaient d'inspirer l'idée de majesté divine. Mais des vives couleurs, il ne restait presque rien. Ni de cette élévation mystique que le père Andrea, étant jeune, avait ressentie dans la prière. Les grâces vécues dans l'impénétrable silence de l'ascèse n'étaient plus qu'un pâle souvenir. Il en allait de même avec le cycle dépeint sur les hauts murs de la grand-nef, cette succession d'épisodes bibliques où l'on eût cherché en vain les traits des prophètes, et plus encore les paysages de la Palestine et de l'Égypte : le salpêtre, peu à peu, rongeait tout.

Seules les fresques des deux petites nefs latérales échappaient à la dégradation. On pouvait les apercevoir en se tenant sous les arcades. Elles illustraient la vie des apôtres Pierre et Paul. L'éclat de ces gloires anciennes rappelait au père Andrea qu'il avait été jadis un moine fervent. Mais c'était trop peu pour un monastère qui s'était distingué entre mille jusqu'au siècle précédent ; trop peu pour honorer la mémoire des grands abbés qui s'étaient succédé en ces lieux.

Le révérend père Andrea aurait voulu voir revenir le temps de la splendeur. Quand les moines n'étaient pas obligés de chanter la messe devant des murs lépreux, tachetés de gris, privés de leurs figures sacrées, quand ils entraient dans le monastère de Pomposa en criant : *« Beati oculi qui vident ! »* Heureux les yeux qui voient.

C'est presque avec dédain qu'il se retourna. Un homme était entré derrière lui. Et cet homme à présent déambulait sans un mot ; il marchait sur la mosaïque et regardait en l'air en caressant son épaisse barbe noire.

L'abbé l'interrogea d'un ton impatient : « Eh bien ? Qu'en dites-vous ? »

L'homme haussa les épaules. Un sourire sceptique se dessina sur sa large figure. « Ma foi ! Je ne vous conseillerais pas de restaurer. » Sa voix était rauque. Il ne quittait pas des yeux les ornements de la grand-nef. Sigismond de'Bruni était son nom. Il exerçait depuis plus de vingt ans le métier de maître peintre. Partout en Romagne on faisait ses louanges, et c'est pourquoi Andrea s'était décidé à le convoquer.

« Voulez-vous dire que vous n'arriverez pas à récupérer la vieille fresque de la nef ?

– Oh ! On pourrait y arriver ! Cependant je répète : je vous le déconseille. Il faudrait repeindre à sec les parties abîmées, retoucher ce qui a tenu… C'est beaucoup de travail ! Ça ne vous coûterait pas moins qu'une œuvre nouvelle. »

L'abbé souleva un sourcil. « Si je comprends bien, vous vous offrez de réaliser une fresque neuve.

– Avec votre consentement, bien sûr.

– Je n'avais pas envisagé une intervention aussi importante, je vous l'avoue. L'idée de me séparer de ces merveilles…

– Avec tout le respect que je vous dois, Révérend Père, le style de l'ouvrage a vieilli. Il est démodé, oserais-je dire.

– Je le sais bien, soupira l'abbé, craignant de passer pour un ignorant. Mais la forme d'une image ne saurait se juger seulement de l'extérieur. Ce cycle décrit intégralement le salut du genre humain, de la naissance d'Adam à la résurrection du Christ. Vous estimez-vous à la hauteur ? Pensez-vous pouvoir faire aussi bien *ex novo* ?

– Au risque de paraître orgueilleux, la réponse est oui. »

Maître Sigismond était bien sûr de lui. Fallait-il y voir de l'insolence ? Il s'obstinait pourtant dans ses manières affables, comme un vendeur sur le marché. « Je sais apprécier, reprit-il, la manière d'un artisan doué d'un certain talent. Mais honnêtement, je suis sûr que vous seriez satisfait de mes services. J'ai exécuté des travaux bien plus complexes. Et vous pouvez me croire si je vous dis qu'avec le passage des jours les œuvres de jadis ne soutiennent pas la comparaison. » Pour mieux se faire comprendre, il montra à l'abbé le mur méridional et la frise qui surmontait la peinture. « Voyez, par exemple, cette Arche de Noé. Elle est plate, sans profondeur… » Il pointa le doigt vers la frise inférieure : « Même chose pour cette Annonciation. Les visages, les draperies, les ombres… Tout manque de relief. »

Le père Andrea ne cessait de hocher la tête. Il était loin d'être convaincu. Il était né à Fano, une ville où pullulaient les églises et les palais, mais c'est surtout à Padoue, Rimini et Ferrare qu'il s'était familiarisé avec les perfections picturales. Cet art excitait son intérêt depuis son noviciat. Les images, alors, l'avaient impressionné – celles des livres, celles des fresques, et même celles qui apparaissaient sur les vases en faïence. Tout en sachant que les murs de son abbaye avaient été peints dans un style archaïque, il leur était attaché par l'affection, au point de n'avoir jamais envisagé de les remplacer. « Je vais réfléchir ! » s'exclama-t-il, interrompant le flot de paroles qui s'écoulait des lèvres de l'artisan.

Mais Sigismond semblait un chien refusant de lâcher son os. « Je comprends votre point de vue », dit-il. Il orienta l'attention de l'abbé vers la partie supérieure de l'autel, et proposa : « En attendant votre réponse, je pourrais me charger des décorations de l'abside. Ainsi vous pourriez juger si je suis digne ou non d'effectuer les travaux de la nef. »

L'abbé étudiait le Pantocrator. C'était la scène la plus abîmée, aucun doute possible. Il ne la regardait jamais sans honte ni contrariété. Là encore, il se sentit coupable. Il eut envie de revenir aux temps de la rigueur spirituelle. L'heure n'était-elle pas venue de lancer enfin cette rénovation ? Ayant noué les mains dans son dos, il lança d'instinct : « L'idée ne me déplaît pas. Il faut refaire la décoration de l'abside. Je ne saurais accepter qu'elle continue de se dégrader. Cependant n'oubliez pas : le travail ne se limite pas à la lunette avec le Christ en gloire. Avez-vous remarqué la scène qui figure en dessous ? »

Le maître peintre était ravi de la tournure que prenaient les choses. Il concentra ses observations sur la partie inférieure de l'abside : le temps et l'humidité l'avaient horriblement défigurée. « Je distingue les restes de cinq personnages portant l'auréole, dit-il. Mais les couleurs sont effacées ! Pas moyen de les reconnaître. N'est-ce pas une procession de saints ?

– Saint Eustache, saint Vincent, saint Apollinaire, saint Vital et saint Sébastien, récita le père Andrea. Pomposa vénère ces martyrs. Leur portrait a été peint voilà des siècles, en style byzantin.

– Ils sont entièrement à refaire.

– Je possède un *legendarium* illustré. Ne pourrait-il vous aider ? »

Sigismond hocha la tête. « Si je comprends bien, nous sommes tombés d'accord.

– Nous n'avons fait qu'aborder le sujet. Il reste à éclaircir le déroulement des travaux. Et puis, nous n'avons pas parlé de votre rétribution.

– Ma foi, vous avez raison, dit l'artiste. Nous discuterons à partir des croquis auxquels j'ai l'intention de m'attaquer dès ce soir. »

L'abbé approuvait cette idée. Il s'apprêtait à le dire quand un serviteur entra dans l'église et gagna vivement la grand-nef en criant : « Révérend Père ! Venez vite dans la salle capitulaire !

– Que se passe-t-il ? voulut savoir Andrea en marchant à sa rencontre.

– Le père Facio ! Facio di Malaspina ! répondit le serviteur essoufflé. Il a convoqué le chapitre sans votre consentement ! »

L'abbé en eut l'estomac retourné. Ce Facio l'insupportait ! Non pas à cause de son misérable physique – il était difforme –, mais à cause des intrigues sournoises qu'il ourdissait sans cesse. Il semblait n'avoir d'autre but que de répandre la discorde au sein de l'abbaye. Qu'avait-il encore inventé ? Andrea priait déjà le

Seigneur de lui donner de la patience. Il en aurait besoin pour affronter ce démon devant la famille monastique au complet !

*

* *

Sigismond de'Bruni suivit des yeux l'abbé qui cheminait d'un pas vif sous les arcades de la petite nef méridionale, jusqu'à ce qu'il bifurque vers une sortie latérale. Des événements graves devaient exiger sa présence, sans doute. Les travaux étaient-ils déjà compromis ? Un programme de restauration aussi enthousiasmant ! C'était un chantier de plus grande envergure que tout ce qu'il lui avait été donné de réaliser à la pointe du pinceau.

Était-il puni pour avoir menti à l'abbé sur l'étendue de son expérience ? Il pria la Vierge de pardonner sa conduite. Avait-il eu le choix ? Une occasion aussi alléchante, qui l'aurait laissée passer ? Il avait besoin d'argent, et surtout d'offrir à sa famille une trêve, après un long épisode de privations et d'incessants voyages.

Pour se faire une idée plus précise de l'entreprise, il inspecta la nef et évalua les dimensions des murs à repeindre. À vue de nez, il fallait compter quinze déplacements d'échafaudage. Ce n'était pas si terrible, à vrai dire. Finalement, il ne s'était peut-être pas montré malhonnête avec l'abbé. Certes, il n'avait encore jamais réalisé de fresque aussi grande, mais il avait déjà peint des thèmes bibliques.

Cette fresque-là s'annonçait-elle comme la chance de sa vie ? Quand il se serait montré à la hauteur de la tâche, son œuvre éveillerait l'intérêt d'une nouvelle clientèle ! Il travaillerait pour des hommes d'un rang et d'une générosité supérieurs. Il ne put s'empêcher de se projeter dans l'avenir. Il se voyait déjà inaugurer l'atelier dont il rêvait depuis toujours.

Priant pour que tout se passe au mieux, il laissa son regard s'attarder un instant sur les fresques sublimes, puis se dirigea vers la grande porte.

Dehors, il écarta les pensées qui affolaient son esprit et se tourna vers l'admirable abbaye. Tout à l'heure, à son arrivée, il était si pressé de s'entretenir avec le révérend père qu'il n'avait pas pris le temps d'étudier le bâtiment. À présent, il avait tout loisir de le faire, dans la lumière déclinante du soir. L'édifice était majestueux, doté de solides murailles, orné de colonnes de marbre et de motifs en terre cuite. Simplicité et rigueur émanaient de toutes parts. Tels étaient les principes des moines qui, dès avant l'an Mil, s'étaient retirés en ces lieux pour adopter la règle de saint Benoît.

La façade regardait vers l'ouest, dressée sur une entrée composée de trois arches. Une Vierge en majesté dominait le portail. On découvrait au-dessus d'elle le chapiteau et le toit de la grand-nef.

Du côté nord, le campanile immense, de forme carrée, se découpait sur le ciel : neuf étages s'achevant là-haut par une flèche conique. Ses murs étaient percés de fenêtres toujours plus nombreuses à mesure qu'on s'élevait : les dernières étaient à quatre ouvertures. Une merveille, aux yeux du maître peintre, qui estima à plus de quarante mètres la hauteur de ce campanile – douze *pertiche*, pour l'exprimer selon l'unité de mesure bolognaise de son temps.

Du côté oriental, des bâtiments se pressaient autour d'un cloître où s'abritait depuis des siècles la vie silencieuse et secrète des moines.

C'est seulement alors que Sigismond prit pleinement la mesure des mots prononcés tout à l'heure par l'abbé

Andrea. *La forme d'une image ne saurait se juger seulement de l'extérieur.* Ce n'était pas tant la technique architecturale, ni même son style décoratif, qui faisait de cette église un monument de l'idéal monastique. C'était sa *forme* ! Autrement dit, la pensée fondamentale qui l'avait conçue. L'inspiration de ses artisans.

S'il voulait réaliser une œuvre picturale à ce point digne et vénérable, Sigismond devrait commencer par suivre cet enseignement précieux.

Toujours absorbé dans ses pensées, il se dirigea vers une roulotte arrêtée au bord du chemin, aux confins de la cour abbatiale.

À l'intérieur, l'attendaient sa femme et son fils.

*
* *

« Tu te moques de moi ! riait Sapia. Je ne suis pas si belle. »

Gualtiero, ignorant les protestations de sa mère, continua de faire son portrait. Il se servait d'un fusain de saule à pointe douce, en effaçant ses erreurs à l'aide d'une plume de poulet. Il s'arrêtait de temps à autre pour reculer d'un pas et étudier son œuvre sur le chevalet. Non sans regret, il songeait que la vraie beauté était trop fugace pour se laisser saisir. Cependant la flamme intérieure qui animait le sujet devait pouvoir se retrouver dans le dessin, pour peu que celui-ci fût exécuté avec art, avec cœur. Le jeune homme doutait de posséder un vrai talent, mais créer des images et des formes le rendait heureux.

Tourné vers sa mère, il essayait de saisir les détails du menton et du sourcil. Il la gronda gentiment : « Ne souris pas trop, tu vas me faire tromper. »

Sapia se tint bien droite au bord du lit, le dos en appui contre le bois. Elle ne riait plus. C'est la fierté, à présent, qui rayonnait sur son visage.

Gualtiero en fut embarrassé. Il s'était pris à ce jeu pour la distraire des fatigues d'un long voyage, et il se rendait compte que le résultat n'était pas si mauvais. Il reposa son fusain. À l'aide d'une plume d'argent, il souligna les grandes lignes du portrait. Il fallait procéder avec beaucoup de prudence, sous la lumière d'une simple ouverture aménagée dans la toile. La saison encore froide les obligeait à se tenir à l'intérieur de la roulotte, dans une pénombre où flottait l'odeur piquante des produits utilisés par le peintre.

C'était davantage qu'une simple roulotte, du reste. C'était leur maison. Gualtiero y était né, il y avait grandi. Il y avait vécu auprès de ses parents, au travers des hivers sans fin et des étés brûlants. Cette roulotte abritait aussi l'atelier de son père, Sigismond ; on y trouvait toutes sortes d'instruments, et de bien fascinants secrets.

Gualtiero connaissait à fond cet univers. Il n'eut pas besoin de réfléchir pour prendre sur une étagère des flacons de couleur. Il les disposa sur un escabeau, près du chevalet. Il tira d'un verre un petit pinceau en poil d'écureuil.

Il commença par étaler le rose, une détrempe à base de céruse et de cinabre. Il en recouvrit toute la surface du visage, sauf les yeux. Il ajouta à cette base une demi-once de vert et d'ocre brun. Cette teinte plus vive lui permettrait de reproduire le nez et les lèvres, d'estomper le front et les joues. Le garçon avait le trait rapide et sûr. Sans s'attarder pour le moment sur les détails, il adoucit la figure angélique en lui donnant davantage de profondeur.

Sapia ne disait rien. Il suffisait à Gualtiero de se sentir observé par elle pour éprouver une tendre émotion.

« Je peins mieux que mon père », songea-t-il en considérant fièrement son travail. Souvent il pensait à lui, surtout quand Sigismond était à l'ouvrage. Il savait que s'il ne lui arrivait pas encore à la cheville du point de vue de l'expérience, il était le plus habile des deux quand il s'agissait de donner à une figure humaine son expressivité et son naturel. De plus, il ambitionnait de renouveler la tradition. Et ce désir, ces dernières années, l'avait poussé plus d'une fois à s'opposer à son père.

Il lava son pinceau en chassant de ses pensées le souvenir de leur dernière querelle. Il plongea l'instrument dans l'ocre afin d'obtenir une belle couleur blonde pour la chevelure de sa mère. Il dut retoucher ensuite les tresses vaporeuses qui lui passaient par-dessus les oreilles. Il en arriva enfin aux yeux. Il teignit la pupille d'un glacis blanc, avant de lui donner une coloration noisette, avec des nuances de noir et de vert.

Il appliqua un dernier coup de pinceau sur les sourcils. Sapia était si enthousiaste qu'elle en battit des mains.

L'instant d'après, le rideau de la roulotte s'écartait. La tête bouclée de Sigismond apparut.

« Eh bien, père ? » demanda Gualtiero en reposant son pinceau.

L'homme enveloppa d'un regard réprobateur les flacons de couleur alignés sur l'escabeau. Du gaspillage, avait-il l'air de penser. Puis il souleva un sourcil et déplissa son front : « On va peut-être me confier un important chantier, annonça-t-il.

– La nef de l'abbaye ? demanda Sapia, radieuse.

– D'abord l'abside. Pour le reste, on verra.

– J'ai hâte de la voir », avoua le garçon, non sans quelque nervosité. On lui avait interdit d'être présent lors de la discussion avec l'abbé. Protester n'aurait servi à rien. Sigismond avait ses méthodes. Il tenait à prendre ses décisions tout seul, et continuait de traiter son fils comme un marmot incompétent.

Le père reprit les flacons de couleurs et les remit sur leur étagère. Il n'eut pas un regard pour le portrait. « Demain », dit-il en s'asseyant sur l'escabeau.

Gualtiero interrogea sa mère d'un regard et ne put s'empêcher d'exprimer sa frustration : « Alors je ne peux même pas aller y jeter un coup d'œil ?

– L'abbé doit encore me donner sa réponse, expliqua Sigismond d'un ton sévère. Je ne veux pas risquer de le contrarier.

– Et si j'allais y faire ma prière ? suggéra Gualtiero. J'en profiterais pour observer du coin de l'œil, et me faire une idée.

– Tu ferais mieux de me préparer des feuilles de papier chiffon ! »

Le père n'était pas loin de perdre patience. Il détestait être contredit publiquement, et plus encore dans le privé devant sa femme. « Allons ! reprit-il en élevant la voix. Obéis ! J'en ai besoin immédiatement pour esquisser le sujet qui occupera la voûte de l'abside. »

Gualtiero pensa que c'était un prétexte pour le faire taire. De nouveau, il regarda sa mère qui assistait à la scène en observant un silence résigné. « Du papier chiffon, tu en as déjà plus qu'il n'en faut ! reprit Gualtiero. Tout préparé, frotté à l'os et bien nettoyé ! » Il faillit conclure par une exclamation de colère, mais c'est la curiosité qui l'emporta : « De quel sujet s'agit-il ? »

Sigismond ne répondit pas tout de suite. Il jeta un regard au portrait, puis à sa femme. Il plissa les yeux avec une expression qui trahissait une pointe de jalousie. « Le Christ en majesté, répondit-il. À la manière byzantine. » Il avait dit ces mots d'un ton bourru, comme pour signifier au garçon de se mêler de ses affaires.

Mais le garçon ne se laissa pas intimider. « Et autour du Christ ? demanda-t-il.

– Rien. Le médaillon, c'est tout.

– La voûte ne risque pas de paraître un peu vide ?

– Tu prétends peut-être m'apprendre mon métier ? s'exclama le maître peintre en se frappant le genou. Le Pantocrator doit être représenté seul ! » Il faillit se relever d'un bond, puis se retint après avoir croisé le regard de Sapia. Toujours s'adressant à son fils, il enchaîna : « D'ailleurs comment oses-tu parler d'une chose que tu n'as pas vue ? »

Gualtiero secoua la tête. Il en avait assez d'être traité d'incapable. Il n'avait jamais eu l'intention de critiquer son père ! S'il avait soulevé ce problème, c'était seulement pour qu'ils échangent leurs opinions, pour montrer son envie d'aborder le sujet. Mais son point de vue n'était pas apprécié, manifestement. Il écarta la toile de la roulotte et fit mine de sortir. « Je me débrouillerai bien pour la voir !

– Assez ! dit Sigismond en le rattrapant par le bras. Écoute-moi…

– Ce que tu as à me dire ne m'intéresse pas ! » siffla le garçon en se dégageant d'un geste brusque.

Et c'est le cœur amer qu'il sortit dans la lumière grise de cette fin de mars.

– 24 –

Le père Andrea sortit de la petite nef latérale. Longeant rapidement le cloître, il se dirigea vers un vaste édifice qui reliait l'abside au réfectoire. Il leva les yeux vers le dernier étage et le *dormitorium* quasi désaffecté. Il lâcha un soupir de regret en songeant à l'époque lointaine où Pomposa abritait cent religieux en son sein. Mais il n'avait pas le temps de pleurer ces splendeurs enfuies. On l'attendait dans la salle du chapitre, au rez-de-chaussée de ce même bâtiment, dont il franchit le portique en ogive.

Facio di Malaspina ! Ce nom, jadis, avait inspiré du respect. Il y avait de cela vingt ans, pour être précis. Le pape annonçait une croisade contre les marquis d'Este qui régnaient sur Ferrare, la ville voisine. Facio aurait profité du désordre général pour se faire bombarder abbé de Pomposa ! Ensuite, il s'était approprié un privilège après l'autre, non sans autoriser les sbires payés par les Este à piller l'abbaye de ses biens. Ces événements étaient relatés dans les annales. On y trouvait même la bulle du pape condamnant ces méchantes gens – *nequissimi homini* – qui volaient les moines et leur monastère.

Facio ne tarda guère à être reconnu comme l'un des responsables de ces horreurs. Et sa charge lui fut retirée. Il échappa à l'excommunication mais resta longtemps en fuite. Puis, dès que les Este eurent renoué avec le Pontife, il revint à Pomposa. Andrea, qui venait d'être nommé prieur, n'avait pas trouvé le courage de chasser du monastère ce serpent visqueux doté d'influents amis, et dont l'ascendant s'exerçait sur nombre de confrères.

Il avait honte, à présent, de sa faiblesse.

Il ne lui restait plus qu'à récolter les fruits de ses erreurs.

C'est avec un sentiment de malaise qu'il poussa les battants de la salle capitulaire. Les moines avaient déjà pris place dans les stalles, sous les murs ornés de fresques admirables. Ils étaient presque tous là. Le regard de l'abbé se fixa sur le personnage difforme qui occupait le centre de la pièce.

Maigre, voûté, Facio di Malaspina écarquilla les yeux comme un exalté, et caressa du dos de la main sa barbe crasseuse. Il croisa sur sa poitrine ses bras démesurés, semblables aux pattes d'un insecte. Ses jambes, qui le portaient à peine, se pliaient d'une façon grotesque – on aurait dit qu'il n'était ni debout ni à genoux. C'est la torture, paraît-il, qui l'avait laissé dans cet état. Mais où était la vérité ? L'abbé s'interrogeait sur ce point. C'était peut-être la conséquence de son soutien aux Este : les prisons de l'évêque de Ferrare avaient une réputation abominable. En tout cas, Andrea n'avait aucune compassion pour ce corps martyrisé. Bien au contraire, il y voyait l'incarnation d'une âme mauvaise.

Ignorant délibérément cet adversaire, il se tourna vers les moines et tonna : « Que se passe-t-il, ici ? Je n'ai convoqué aucune assemblée ! »

La question rencontra un silence embarrassé. Puis, Facio prit la parole en adoptant un ton mielleux : « La réunion du chapitre est un devoir monacal, mon Père.

– Qui en doute ? répliqua Andrea, sévèrement. Mais elle n'est valide que si l'abbé la préside !

– Eh bien ! reprit le moine difforme avec un rictus, puisque vous êtes parmi nous…

– Croyez-vous pouvoir me manipuler ? lui jeta le révérend père avec une expression de dégoût. Aucun ordre du jour n'est fixé ! Il n'y a rien à discuter ! »

Facio fit sortir de sa coule son bras démesuré et s'écria, dédaigneux : « Entendez-vous, vénérables confrères ? Ne vous l'avais-je pas dit ? Les décisions se prennent dans notre dos ! Sans consultation !

– Prenez garde ! s'emporta l'abbé. Vous êtes au bord de l'insulte ! »

Le moine le transperça d'un regard démoniaque. « Niez-vous avoir consenti une audience à un maître peintre en vue de restaurer les décorations de l'abbaye ?

– Et quand bien même ? dit l'abbé, sans comprendre où l'autre voulait en venir. Il n'y a aucun secret. Mes volontés, sur ce point, sont connues de tous.

– Vous voulez donc jeter l'argent par les fenêtres ! Faire des dépenses superflues alors que notre couvent est en crise ! »

Le père Andrea fut contrarié – mais nullement surpris – de voir que plusieurs moines opinaient timidement à ces reproches. Il ne savait que trop bien où Facio voulait en venir. Ce serpent ne reculait devant aucun moyen pour se gagner des appuis. Et son objectif était de redevenir abbé de Pomposa. Il n'existait pour cela qu'une seule méthode : discréditer celui qui exerçait le pouvoir. « Des dépenses superflues, dites-vous ? se moqua le révérend père, fièrement dressé devant l'adversaire. J'approuverais votre opinion si le but de cette maison était d'amasser des gains. Vous semblez oublier que nous sommes un monastère ! » Ses reproches visaient aussi ses confrères : « Notre devoir premier n'est-il pas de louer le Seigneur ? Il n'a jamais été question de jeter l'argent par les fenêtres ! Il s'agit d'un premier pas pour retrouver des splendeurs anciennes.

– Vanité ! Orgueil ! s'écria l'accusateur Facio, comme s'il attaquait un sermon. Quand il s'est retiré dans le désert pour prier, saint Antoine s'est-il soucié de faire peindre des fresques aux murs de sa grotte ?

– Le véritable orgueil consisterait à se comparer à saint Antoine, répliqua l'abbé sans quitter des yeux l'auditoire. N'oubliez pas que nous sommes de pauvres pécheurs. Seul l'exemple des grands hommes doit guider notre foi ! » Espérant remuer l'une ou l'autre des âmes présentes, il indiqua la théorie de saints et de prophètes qui ornait leur propre salle. L'œuvre était splendide, peinte dans le style romagnol. Elle culminait dans une scène de crucifixion où des anges recueillaient le sang du Christ. « Tel est le noble but des images sacrées ! poursuivait Andrea. Nous les avons sous les yeux, elles furent peintes voilà plusieurs dizaines d'années sur ordre d'Henri, un sage abbé. Et vous voudriez m'empêcher de poursuivre son œuvre ? De quel droit ?

– Au temps d'Henri, le monastère ne croulait pas sous les dettes », fit observer Facio, qui, ayant de nouveau attiré l'attention sur lui, enchaîna : « Alors qu'aujourd'hui, et nul ici ne l'ignore, nous devons rembourser au siège apostolique l'équivalent de trois mille six cents florins d'or. »

Ce propos déclencha un bourdonnement qui alla crescendo. D'un geste, le père Andrea fit taire ce bruit. « Cette somme sera remboursée dès que possible, dit-il fermement. Les cardinaux attendront. Ils ne mourront pas de faim en Avignon. Il n'est pas de jour que je n'entende parler d'un nouvel embellissement effectué aux palais des Papes. » Les frères commençaient de l'approuver.

Mais Facio, lui, se montra plus fielleux encore : « Il n'en demeure pas moins que vous avez traité avec un artisan sans consulter le chapitre.

– Nous ne sommes convenus de rien, réfuta l'abbé pour que tout soit bien clair. C'était une rencontre préliminaire, rien de plus. J'ai demandé au peintre un avis sur l'état de nos fresques. Le sujet de son salaire n'a même pas été abordé. S'il s'avère que ces travaux sont nécessaires, je ne passerai aucune commande sans avoir consulté mes frères. » Il conclut en pointant sur son adversaire un doigt menaçant : « Quant à vous… Comment osez-vous convoquer un conseil sans m'en parler d'abord ?

– Croyez-vous que je l'aie convoqué de ma propre initiative ? se défendit le monstre difforme avec un rictus de défi. On m'a *prié* de le faire ! Ce sont mes vénérables confrères eux-mêmes qui m'ont invité à soulever des questions qui les tourmentaient. Aurais-je dû me soustraire à leur demande ? »

Andrea recula d'un pas. Il regarda autour de lui. Pour la première fois, il se sentit entouré d'ennemis. Ainsi, ils étaient allés jusqu'à contester son autorité… Non ! se dit-il. Ses moines n'étaient pas responsables de cette situation. En aucun cas. Il les connaissait trop bien. On les avait manipulés. C'était la seule explication possible. Cependant, faute de preuve, il ne pouvait punir le vrai coupable.

Réprimant une montée de colère, il s'obligea à raisonner comme un père soucieux d'éduquer ses enfants. « Puisque vous êtes tous responsables, reprit-il entre ses dents, alors vous serez tous punis. Trois jours de jeûne pour tout le monde. »

Cette décision souleva un tollé. L'abbé, ignorant la réaction de ses frères, tourna les talons et quitta la salle du chapitre.

Indigné, il jura que beaucoup de choses allaient devoir changer dans cette maison.

– 25 –

C’était la première fois que le père Andrea se trouvait devoir affronter un tel sentiment de rage impuissante. La colère naissait dans son ventre comme un cri en gestation. Il quitta la salle capitulaire en se retenant de laisser exploser sa fureur.

« L’infâme ! pensait-il. Il a gagné ! » Certes, Andrea avait su le réduire au silence mais l’heure était grave. Facio allait continuer d’exciter les moines contre lui. Et Andrea se sentait lui-même trop coupable pour pouvoir réfléchir lucidement. Sa foi s’était refroidie, et c’est comme si une ombre était tombée sur le monastère. Peu à peu, un relâchement s’était installé dans les habitudes et l’observance des règles bénédictines. Les religieux persévéraient dans une vie de piété, il n’y avait rien à leur reprocher sur ce point ; et cependant leur ardeur s’épuisait, de sorte qu’ils devenaient malléables comme l’argile. Le père Facio n’avait pas eu beaucoup de peine à les influencer, sans doute, lui qui était souillé par l’ignominie ! D’un autre côté, toutes ses remarques n’étaient pas fausses.

L’abbaye était accablée de dettes, en effet.

L’abbé ne pouvait en ignorer les conséquences, même s’il refusait d’attribuer le déclin spirituel aux restrictions économiques. À sa nomination, il avait formé le vœu de lancer une réforme qui ferait de Pomposa un lieu convoité par les pèlerins et les novices. Mais il avait dû faire face à une situation toujours plus précaire, à des hivers rigoureux, à un climat insalubre source de fièvres et de maladies.

Depuis des années, il était écrasé par son joug. Ce n'était pas l'énergie qui lui manquait, ni le dévouement. Mais ses rêves grandioses ne cessaient jamais de le hanter. Il était sûr que l'amour de Dieu s'exprimait dans la quête du beau : le chant, l'étude, les saintes images. Facio pouvait bien appeler ça de l'orgueil, l'abbé savait la noblesse de ses propres intentions. Et même si sa foi vacillait, il était prêt à se battre pour la défendre. En dépit des dettes et des dissidences.

Comme pour fuir ces pensées tempétueuses, il se réfugia dans l'église. Il avait besoin de calme. Tête basse, il pénétra dans la froidure de la nef, espérant y trouver ce recueillement qui naguère l'enveloppait comme les ailes d'un ange. Mais c'est dans un désert qu'il se retrouva à attendre complies.

C'est alors qu'un murmure lui parvint.

Il y avait dans le fond de la nef une ombre en manteau, une silhouette aux mains jointes qui faisait le tour de l'abside. Et qui parlait en hochant la tête, comme si elle s'entretenait avec quelqu'un. Sauf qu'elle était seule. L'abbé l'observa sans intervenir. L'ombre, tout à coup, parut fascinée par le Christ Pantocrator. Sans la moindre vergogne, elle grimpa sur l'autel !

« Arrêtez ! s'exclama Andrea. Comment osez-vous ? »

La silhouette sursauta. D'un bond, elle descendit de l'autel. Tout enveloppée dans son manteau, elle se mit à courir dans l'abside, en quête d'une issue par où s'enfuir. Elle essaya même d'ouvrir la porte de la sacristie, qui résista. Celle de la crypte aussi était fermée.

L'abbé prit dans une niche un gros candélabre et marcha vers l'intrus. Ce dernier chercha à rejoindre la grande entrée en se faufilant sous les ombres d'une nef latérale.

Mais le révérend parvint à lui bloquer le passage. « Arrêtez-vous ! » L'autre ne voulut rien entendre. L'abbé brandit son candélabre à deux mains et le fit tournoyer, au risque de perdre l'équilibre. Le fuyard esquiva le coup et tenta de filer. Mais un banc se mit en travers de son chemin et il roula à terre.

Étourdi, perturbé, Andrea tâcha de recouvrer son équilibre et fit plusieurs pas hésitants en direction de l'inconnu. Il voulait voir son visage ! Il l'attrapa par le manteau et constata alors que le manteau en question n'était rien d'autre qu'une couverture de méchante toile sous laquelle se cachait un jeune garçon aux cheveux sombres, ébouriffés.

« Peut-on savoir ce qui vous a pris ? cria l'abbé en le menaçant de son candélabre.

– Je vous demande pardon, bredouilla le gamin d'une voix implorante, en joignant les mains. Si j'ai grimpé sur l'autel, c'est juste pour mieux voir…

– Pour mieux voir quoi ?

– Les fresques. »

L'abbé changea d'expression. La colère cédait devant la curiosité. « Veuillez me faire la grâce de me dire qui vous êtes. »

Le garçon se releva. Il arrangea ses habits. « Je m'appelle Gualtiero, se présenta-t-il en s'inclinant. Je suis le fils de maître Sigismond de'Bruni…

– Le peintre… » L'abbé reposa à terre le candélabre et prit appui contre un pilier. L'incident l'avait épuisé. « Vous m'avez fait peur, avoua-t-il.

– Vous aussi, répliqua le garçon avec un geste d'excuse. Je me croyais seul. Quand je vous ai entendu crier… »

Le révérend souleva les sourcils, l'air de dire : « N'en parlons plus. » Et il reprit d'un ton bienveillant : « J'ignorais que Sigismond eût un fils.

– Rien d'étonnant. Je suis aussi son apprenti. Même si je l'ai déjà rattrapé pour le talent.

– Et qu'êtes-vous venu faire ici ?

– J'avais le désir de voir l'abside.

– Votre père ne vous en a donc pas fait une description ? »

Le garçon ne répondit pas tout de suite. Il se demandait maintenant à qui il avait affaire. « Pas vraiment, dit-il finalement en haussant les épaules. Il n'a même pas parlé des fresques de la grand-nef. Elles sont sublimes, bien qu'abîmées. » Il étudiait les murs dans la pénombre. Certaines images étaient visibles à la lueur des chandelles. Il les observa d'une façon particulière, tel un chasseur prudent qui veille à ne pas effrayer sa proie. « J'ai l'impression de les entendre bourdonner. »

Dans cette remarque, l'abbé reconnut chez le jeune garçon la sensation brûlante qui jadis l'arrachait au monde, lui, Andrea, et l'immergeait dans la contemplation. Elle se manifestait à nouveau ! Elle était là, dans l'expression stupéfaite d'un enfant qui semblait observer non avec les yeux, mais avec l'esprit. L'abbé pouvait presque percevoir ses pensées. Puis la flamme s'éteignit et tout redevint comme avant : sombre et désert. *« Beati oculi qui vident... »*, murmura Andrea d'un ton nostalgique.

Gualtiero se tourna vers lui sans comprendre.

L'abbé, d'un signe, lui laissa entendre que c'était sans importance. Puis il fut traversé par une idée fulgurante. Et si cette rencontre n'était pas le fruit du hasard ? Voilà des années qu'il n'avait pas éprouvé un tel enthousiasme. N'était-ce pas le Seigneur qui lui envoyait ce petit messager pour lui indiquer la voie ? Il se laissa envahir par l'émotion. Il demanda en montrant l'abside : « Et qu'en pensez-vous ? »

Le garçon s'absorba dans ses réflexions, puis répondit : « Je pense que l'espace est trop vide. » Il montrait les grands aplats de ciel entourant le médaillon du Christ : « Je le verrais mieux employé, si ça dépendait de moi.

– Vous dites qu'il ne suffira pas de repeindre le Pantocrator ?

– C'est mon modeste jugement. Toutefois, je ne puis rien décider…

– Mais si vous le pouviez ? » insista l'abbé en lui prenant le bras.

Gualtiero était désappointé. « Qui êtes-vous ? » interrogeaient ses yeux. Il se tourna vers l'abside envahie de ténèbres à présent. Il agita les mains, comme pour modeler des images. « J'y ajouterais une assemblée de saints, déclara-t-il. Une grande assemblée. Peut-être réunie autour de la Sainte Vierge… »

Il poursuivit sa description. L'abbé approuvait tout ce qu'il entendait. Il l'invitait même à plus de précision. Qu'il donne libre cours à sa fantaisie !

Pendant tout cet échange, l'abbé se plut à taire son nom et son état, à passer pour un simple moine.

Ils discutèrent longtemps motifs, couleurs et visions sacrées. Jusqu'à ce que la cloche de complies arrache le révérend à ce qu'il vivait comme un rêve éveillé. Après avoir donné congé à Gualtiero, il rendit grâces à Dieu.

– 26 –

Reims, appartements privés non loin de l'abbaye Saint-Rémi
Le 20 mars à la tombée du jour

Le cardinal, ayant caressé le dos nu d'Aleydis, exerça avec son pouce une pression au-dessus des fesses, au départ d'une zébrure rouge vif qui montait jusqu'au flanc. Avait-elle trop peur pour se rebeller ? Son Éminence se posait la question. N'avait-elle pas appris plutôt à puiser du plaisir dans la souffrance ? Il avait dû la punir encore. Non avec une cravache, cette fois, mais avec un nerf de bœuf.

C'était devenu une habitude qui allait bien au-delà du simple châtiment. Le cardinal avait *besoin* de la fouetter. Voilà trop longtemps qu'il était loin de sa *Livrée du Lion*, forcé de mener jour après jour un combat ennuyeux et frustrant. Les hommes qu'il avait lancés aux trousses de Rocheblanche étaient morts, ou bien ils avaient rebroussé chemin après avoir perdu sa trace. L'espoir de remettre rapidement la main sur la pierre d'exil était en train de s'évanouir.

Il ne s'était pas douté, en s'engageant dans cette entreprise, que l'attente serait si longue. À présent, ses dernières chances de succès reposaient entre les mains d'Aleydis. Certes, les comptes rendus de la jeune fille, au fil des mois, se faisaient de plus en plus précis, mais elle était toujours incapable de lui dire où se trouvait Maynard de Rocheblanche ! Elle s'entêtait à refuser les bases fondamentales du renseignement. Il ne suffisait pas d'espionner ! Il fallait savoir prendre des risques, manipuler les êtres, s'incruster dans leur vie. Dès leur première rencontre, le cardinal avait repéré chez elle un talent naturel pour ce genre de choses. En dépit de ses échecs, il continuait de croire que son jugement ne l'avait pas trompé. Non, songea-t-il, il n'avait pas fait le mauvais choix. Il fallait chercher la réponse du côté d'une influence inconnue qui inhibait le tempérament d'Aleydis et la détournait de son objectif, en dépit des punitions et des encouragements.

La patience du cardinal s'épuisait. Il ne lui restait plus que l'exaspération. Il voulait des résultats, et tout de suite. Des problèmes urgents réclamaient sa présence ailleurs. Reims l'insupportait !

Il se mit à la sermonner, presque avec gentillesse : « Si vous continuez de n'arriver à rien, alors je vous priverai de tout. Et vous retrouverez votre vie de misère en moins de temps qu'il n'en faut pour le dire. »

Elle se retourna sous les draps et lui adressa un regard obéissant, comme si elle cherchait à l'apitoyer et à lui plaire en même temps. « Je regrette d'avoir déçu Votre Grâce, dit-elle. Je fais tout mon possible. »

Cette réaction fit presque plaisir au cardinal. Telle était en définitive la femme hypocrite et menteuse sur laquelle il avait fondé ses attentes. Sa main glissa sur le jeune corps, remonta jusqu'au cou. « C'est faux, répliqua-t-il. Je sais que vous vous retenez. Et je me demande si ça ne vient pas de ces règles morales qu'on vous inculque au couvent. » Il lui tira doucement les cheveux et ajouta : « À moins que cette chère abbesse ne vous inspire quelque sympathie ?

– Non, non ! protesta Aleydis en poussant de petits cris affectés.

– Vous l'admirez, ne le niez pas. » Ce petit jeu irritait le cardinal, et en même temps l'excitait. « Vos yeux brillent quand vous prononcez son nom : Eudeline de Rocheblanche. Du reste, ça n'a rien d'étonnant. Elle représente un modèle pour vous… Cependant n'oubliez jamais d'où vient le confort dont vous jouissez en ce moment. Si votre sort dépendait de cette gracieuse abbesse, vous croupiriez encore dans les bas-fonds d'Avignon, à l'heure qu'il est ! Vous rappelez-vous les mille florins ? C'est tout ce que vous signifiez pour elle.

– Cependant, la révérende mère dit me trouver intelligente. » La phrase avait échappé à Aleydis qui ajouta : « Elle dit que je ferais une assistante efficace…

– Vous vous prenez pour quelqu'un de spécial ? dit le cardinal en refermant la main, telle une griffe, sur la nuque d'Aleydis. Ce ne sont pas les filles humbles et intelligentes qui manquent. Et beaucoup ne demandent qu'à finir leurs jours au couvent. Mais seules les nobles femmes accèdent à des charges prestigieuses, elles seules se conduisent comme de vraies dames. Avez-vous oublié ce que je vous ai promis ? Ne me décevez pas, si vous voulez que j'honore notre contrat. »

Le regard d'Aleydis se fit plus acéré. « Comment puis-je vous satisfaire ? demanda-t-elle.

– Vous le savez. Gagnez la confiance de Mère Eudeline et tâchez de pénétrer chez elle. Je ne doute pas que vous y trouverez les preuves dont j'ai besoin. Une lettre suffirait, du genre de celle que vous avez récupérée dans la sacoche de Vermandois, avec davantage de détails cependant.

– Les appartements de l'abbesse sont inaccessibles. En essayant d'y entrer, je risquerais…

– Le risque serait pour l'abbesse, répliqua le cardinal avec un rictus cruel. J'ai assez d'autorité pour faire accroire que son frère est un hérétique en fuite, et elle, sa complice. Eudeline perdrait sa charge de supérieure. » Il secoua une mèche de la jeune fille et scruta son visage. « Et dès lors, grâce à moi, vous pourriez lui succéder comme abbesse de Sainte-Balsamie. »

L'espace d'un instant, le regard d'Aleydis vacilla. Puis il brilla de l'éclat de l'ambition. « Je crois que j'ai peut-être une idée, Votre Grâce. »

Le cardinal quitta le lit en couvrant sa propre nudité d'un drap de lin. Il avait horreur de montrer son corps ratatiné, surtout à une jeune femme. Il prit une cruche de porcelaine et se servit un verre de vin. Il s'éloigna de l'alcôve. Il venait de se rappeler qu'une lettre urgente attendait sa réponse. Tout en cherchant la missive sur une table en chêne, son attention fut attirée par un coffret. Songeant à ce qu'il y avait à l'intérieur, il se sentit soulagé. « Maintenant, partez, dit-il d'une voix distante. Marcus vous attend pour vous reconduire à Sainte-Balsamie. »

Le cardinal laissa Aleydis se rhabiller sans lui prêter davantage d'attention. Il buvait son vin à petites gorgées, attendant d'être seul. Il entendit la fille se diriger vers la porte et devina qu'elle s'inclinait pour prendre congé. La porte grinça. Peu après, il perçut un hennissement.

C'est seulement alors qu'il céda à l'impatience. Il ouvrit l'écrin. Voilà des mois qu'il ne faisait plus ce geste, rendu soudain nécessaire par des inquiétudes de plus en plus fortes. Il avait grand besoin de se retremper l'esprit.

Dès qu'il la vit, il ressentit un bien-être physique.

Il hésitait à la toucher. Il craignait de commettre un sacrilège. Ses mains étaient impures. Ne venaient-elles pas de toucher le corps d'une femme ? Il les retint avec respect, se contentant de la contempler, captivé par les doux reflets courant sur le pied et les bords. Dès lors, il fut gagné par un sentiment mystique. Voire divin. Il avait toujours ressenti une certaine perplexité devant cette coupe d'un noir profond, minéral, dont l'ample forme évoquait, plutôt qu'un calice, ce vase grec nommé *kylix*. Du reste, elle n'apparaissait dans aucun livre sacré. Ni dans les évangiles canoniques. Ni dans celui de Nicodème. Ni enfin dans l'écrit religieux intitulé *Vindicta Salvatoris*. En ce qui concernait les autres sources, il préférait se méfier de Chrétien de Troyes comme de Robert de Boron, sans parler de la *Légende dorée* du frère Jacques de Voragine. Seul le mystérieux *Codex Millenarius* faisait allusion à la coupe.

D'un autre côté, le cardinal n'avait besoin ni de preuves ni d'aucun document écrit.

Il lui suffisait de la regarder pour s'assurer qu'elle était authentique.

Mais la coupe ne lui suffisait pas. Pour espérer atteindre son but, il devait récupérer la pointe de lance et découvrir la cachette du *Lapis exilii*.

L'enchaînement de ses réflexions l'amena à s'intéresser de nouveau à la lettre posée sur la table. Après un dernier coup d'œil à la coupe, il fit le signe de la croix, remisa l'écrin et se concentra sur le rouleau de parchemin avec son sceau déjà brisé. C'était un message du prince Karel de Luxembourg, un homme qu'il convenait désormais d'appeler « Sa Majesté ».

Ce descendant de Jang de Blannen avait été couronné roi de Bohême aussitôt après la mort de son père. Son pouvoir était bien peu consistant puisqu'il lui avait attiré le sobriquet de *Pfaffenkönig* – « Roi des prêtres ». L'appui d'une poignée de prélats, dont l'électeur de Mayence et le pape en personne, ne lui procurait pas assez de prestige pour lui permettre d'en imposer aux princes électeurs d'Allemagne regroupés autour de Louis de Bavière, l'empereur hérétique.

La lettre du noble Karel était pitoyable. Il implorait de l'aide et des conseils. Toutes choses que le cardinal, ces dernières années, ne lui avait pas ménagées. Il avait toujours eu soin de le protéger. Non parce qu'il adhérait à sa cause ! Mais pour mieux le surveiller. La vérité était qu'il n'avait pas l'intention de laisser partir la précieuse relique qui lui avait été confiée sous les murs de Ferrare. Et cette fois, il entendait bien la récupérer en échange de son soutien.

La pointe de lance non plus, il ne pouvait se permettre de la perdre. C'est ce qui était arrivé à l'énigme du *Lapis exilii*, quand on l'avait confiée à ce fou de Blannen !

*
*   *

Aussitôt en selle, la douleur d'Aleydis lui arracha une plainte qui ne pouvait échapper au sbire.

« On dirait que Son Excellence s'est montré plus vigoureux qu'à l'ordinaire », dit-il.

Elle répondit par l'indifférence. Il pouvait ricaner à sa guise. Ces provocations ne comptaient pas, à côté des efforts qu'elle avait dû fournir pour garder son sang-froid devant le cardinal. Qu'il était loin le temps où elle pensait le soumettre à son désir par le simple étalage de sa beauté ! Elle comprenait maintenant que cet homme puisait moins sa jouissance dans les plaisirs de la chair que dans l'asservissement de son prochain. Mais le fait de le savoir lui était d'une piètre utilité quand venait l'heure de souffrir ses vexations. Chaque fois qu'elle se présentait les mains vides, elle était humiliée et châtiée avec plus de rigueur. Tel était son sort depuis plus de quatre mois maintenant.

Jusqu'ici, elle avait souffert en silence. Elle acceptait les punitions. C'était le prix à payer pour échapper à la misère. Et puis la perspective de devenir abbesse avait son effet apaisant. Mais elle vivait maintenant dans la peur. À l'idée de ce qui l'attendait à sa prochaine visite, ses yeux s'emplirent de larmes.

Surtout, elle commençait à douter d'elle-même. Chaque fois qu'elle devait mentir, ou inventer une excuse, le remords s'abattait sur elle comme jamais auparavant. D'où venait cette métamorphose ? Elle était née dans la fange, dans la fange elle avait grandi. Toute sa vie elle avait volé et trompé, jusqu'à sa propre mère. C'était le prix de la survie. Elle n'en avait jamais nourri aucun scrupule. Ses fautes ne la chagrinaient pas. Mais voilà que tout avait changé après seulement quelques mois de piété, d'obéissance et de prière ; au point que sa vie d'autrefois semblait n'avoir pas existé.

Et le cardinal avait raison sur un autre point aussi. S'il est vrai qu'Aleydis, au début, avait jugé Mère Eudeline superficielle et hautaine, elle éprouvait aujourd'hui pour elle une quasi-vénération. Elle admirait son tempérament énergique, ses manières toujours franches et directes. Si le Seigneur lui en donnait le choix, alors c'est à cette femme qu'elle aurait voulu ressembler.

Mais le choix, elle ne l'avait pas. Elle allait devoir oublier ses scrupules envers l'abbesse et mener à bien sa mission. Satisfaire le cardinal était une absolue nécessité. Ou bien elle retournerait dans la fange. Or elle n'en voulait plus, de cette vie-là ! Elle n'en voulait plus maintenant qu'elle avait appris à se conduire dignement.

Maintenant qu'elle savait ce que voulait dire être traitée avec respect.

Tandis que l'abominable Marcus emmenait son cheval au trot dans les ruelles obscures de Reims, elle se mit à tisser son propre plan.

Elle n'avait pas menti à Son Éminence. Elle avait bien repéré un maillon faible dans la chaîne. En le rompant, elle pourrait entrer chez Eudeline.

Pour cela, il allait falloir duper et blesser.

Livrer sa chère abbesse à la diffamation.

– 27 –

Abbaye Sainte-Marie de Pomposa
Le 21 mars

À l'aube de ce nouveau jour, Gualtiero obtint de Sigismond la permission de l'accompagner chez l'abbé. Il soupçonnait sa mère d'y être pour quelque chose. Elle avait dû intervenir en sa faveur après la dispute de la veille. Ce n'était pas la première fois. Sapia savait la passion artistique de son fils, et combien il souffrait d'être exclu des décisions importantes. Cependant elle n'avait rien dit au garçon. Elle s'était contentée de lui adresser un sourire complice quand il était descendu de la roulotte.

Le garçon et son père traversèrent le pré humide qui les séparait de l'abbaye. Le brouillard se chargeait de senteurs saumâtres venues peut-être de la mer, ou de quelque marécage à proximité. Gualtiero était rassuré après son tête-à-tête avec l'abbé. L'homme se montrait curieux et c'était appréciable. Pourtant, le garçon n'avait pas très bien perçu les raisons d'un tel intérêt.

Sigismond, de son côté, semblait sûr de son fait. Il avait passé la nuit à travailler à la lueur des chandelles. Ses croquis de l'abside étaient prêts. Il portait les rouleaux sous son bras. Il n'avait pas voulu les montrer à son fils, ce qui ne faisait qu'exciter le garçon davantage. Si seulement son père lui demandait conseil ! Si seulement il lui accordait une marque de confiance !

Comme ils s'approchaient de la grande porte, Sigismond dit à son fils : « Quand nous serons devant Sa Paternité, tiens-toi en retrait, un pas en arrière. Et garde-toi de nous interrompre. Sous aucun prétexte ! »

Gualtiero hocha la tête et soupira. Il suivit Sigismond jusqu'à la façade aux trois arches.

L'abbé Andrea les attendait à l'entrée de la grand nef, le pastoral à la main.

Sigismond lui rendit les hommages en s'inclinant jusqu'à terre. Gualtiero, lui, en resta bouche bée. Ainsi, c'était avec le supérieur qu'il avait discuté la veille ! Gêné, il repensa à leur conversation. Pourvu qu'il n'ait rien dit d'inconvenant ! Si seulement il avait su à qui il avait affaire ! Il s'était conduit comme un imbécile… Mais comment deviner qu'il ne s'adressait pas à un moine ordinaire ?

Impassible, le révérend demanda à voir les dessins.

Sigismond déroula ses feuilles et dit fièrement : « Veuillez admirer ceci, Votre Grâce. J'ai apporté quelques améliorations à l'image du Pantocrator. Ses proportions seront plus grandes. L'ovale du médaillon sera plus harmonieux. Et pour la partie basse, j'ai prévu une théorie de saints du genre de celle que vous m'avez montrée. Tout est fait selon vos désirs. Avec davantage d'ombre et de clair-obscur, cependant. Afin de donner de la profondeur. »

Le père Andrea étudia rapidement le croquis, puis se tourna vers Gualtiero.

Le maître, contrarié, scrutait l'expression indéchiffrable de l'abbé sans cesser de montrer des dessins. « Eh bien, mon Révérend Père ? Quel est votre jugement ?

– Ils sont admirables, répondit l'abbé avec le plus grand sérieux. Toutefois, votre fils m'a proposé quelque chose de plus… stimulant. »

Le garçon ne sut s'il devait exulter ou redouter la réaction paternelle. Puis la figure de Sigismond prit une teinte violacée qui surprit l'abbé. Le maître peintre dit en froissant ses papiers : « Mon fils ? Mais comment… Mais quand…

– Hier soir, répondit Andrea sans se troubler. Après notre entretien. Il m'a proposé de peindre des saints de part et d'autre du Pantocrator. Afin de combler l'espace vide. Il a pensé aussi à des anges, ou à un chœur de bienheureux, pour la partie supérieure. »

Gualtiero sentit son cœur sombrer. Il n'avait rien proposé de tel ! S'il avait parlé d'une fresque pour l'abside, c'est parce qu'on avait excité son imagination. Il fit un pas en avant, décidé à lever ce malentendu, mais son père lui lança un regard brûlant de colère. Son expression n'était plus qu'un masque de la jalousie.

Sigismond s'adressa de nouveau à l'abbé : « Pardon, Votre Grâce, mais si j'ose me permettre, je crains que vous n'ayez pas prêté assez d'attention à mes croquis. » Il insistait, tout en s'efforçant de dominer sa colère : « Essayez de vous les représenter avec leurs vraies couleurs, avec les nuances de rouge et de bleu… Je suis sûr qu'alors…

– Je vous ai parfaitement compris, je vous l'assure, maître de'Bruni. *J'entends* que vous réalisiez les fresques de cette abbaye. Mais avec les images que votre fils a su me décrire avec tant d'enthousiasme. Je ne transigerai pas sur ce point car ma conviction est faite. »

L'artisan fut contraint de s'incliner. Il demanda douloureusement : « Et pour la partie inférieure de la lunette ? Que souhaitez-vous y voir représenté ? Encore des saints ? Je suppose que non. Ce serait répétitif.

– Gualtiero a évoqué les quatre évangélistes penchés sur leurs écritoires, inspirés par l'Esprit Saint.

– Je comprends, marmonna Sigismond.

– Vous avez tort de le prendre mal, le réprimanda le révérend. Votre fils est doué. Il a su me faire des suggestions en un rien de temps.

– J'en suis fort aise, dit le maître peintre.

– J'attendrai donc vos nouveaux croquis, conclut Andrea.

– Vous les aurez demain, promit Sigismond en roulant maladroitement ses feuilles.

– Je l'espère », conclut l'abbé.

Alors qu'il les raccompagnait, il jeta à Gualtiero un regard confiant. « Je souhaite les montrer à mes moines dès que possible. Pour approbation.

– Ce sera comme Votre Grâce voudra », répondit Sigismond.

Il offrit à l'abbé une dernière courbette pleine de raideur.

Le vénérable Andrea sortit avec eux devant la façade aux trois arches, où pointait un rayon de soleil. « Une dernière recommandation, dit-il. J'exige que Gualtiero vienne lui-même présenter les dessins à mes frères. Il les expliquera avec ses mots à lui. Il a su emporter mon adhésion, je ne doute pas qu'il saura faire naître un consensus dans la communauté de Pomposa. »

Le garçon savait que ces paroles étaient un coup de poignard dans l'orgueil de son père. L'espace d'un instant, il redouta une réaction violente, mais un événement inattendu les surprit tous les trois.

Un homme montant un frison chevauchait dans leur direction. Il portait la tunique sombre des bénédictins. Pourtant, Gualtiero eut le sentiment qu'il ne s'agissait pas d'un moine. En effet, il avait des éperons, et la présence d'une épée se devinait sous son habit.

Il était suivi d'une mule montée par un très jeune garçon à la figure sale, au corps maigre, enveloppé d'une esclavine deux fois trop grande pour lui. Le fils du peintre l'observa avec attention et lui trouva des yeux bizarres. En outre, ses traits étaient d'une surprenante beauté. Gualtiero considéra de nouveau le cavalier qui venait de rabattre sa capuche, découvrant une noble tête en partie dissimulée sous une chevelure ébouriffée et une barbe hirsute.

L'homme mit pied à terre, s'avança vers l'abbé et fit une élégante révérence. « Mon nom est Maynard, dit-il avec l'accent français. Je suis à la recherche d'un moine. Il se cacherait ici même.

– Une simple requête est plus qu'insuffisante, répliqua Andrea, pour que je permette à un étranger d'approcher un de mes moines.

– Je saurai vous convaincre, n'ayez crainte, reprit le cavalier. Mais en privé. Dès que vous m'aurez accordé l'hospitalité. »

– 28 –

Sigismond traversait la cour de l'abbaye à grandes enjambées, en secouant rageusement ses rouleaux. Il se taisait et Gualtiero savait que ce mutisme n'augurait rien de bon. Son père était assez malin pour s'abstenir de céder à la colère quand des oreilles étrangères risquaient de l'entendre.

Le garçon ne disait rien non plus. Mais il n'avait pas peur. Il se sentait empli de joie à l'idée de ce qu'avait dit l'abbé – même s'il était forcé de garder ses sentiments pour lui. Et puis il avait hâte d'en apprendre davantage sur le mystérieux voyageur arrivé à cheval. Quelque chose en lui avait éveillé l'admiration de l'enfant qu'il était encore. Quelle fière attitude avait ce cavalier ! Quel courage s'exprimait dans ses gestes !

Dès qu'ils furent à la roulotte, Sigismond jeta ses dessins dans l'herbe et attrapa son fils par le col de son habit. « Misérable ! cria-t-il. Tu m'as fait passer pour un incapable ! Moi, ton père ! Comment as-tu osé ?

– Je ne l'ai pas fait exprès ! se justifia Gualtiero en essayant de se libérer. Je ne voulais pas te faire du tort ! Ni te ridiculiser !

– Vraiment ? reprit le maître peintre dont les yeux étincelaient comme des braises. Eh bien ! Je crois exactement le contraire ! Ta conduite est mesquine ! Tu es un menteur ! »

Gualtiero n'en croyait pas ses oreilles. Gagné par une bouffée de mépris, il répliqua : « C'est ta faute ! Seulement ta faute ! Si tu avais montré à l'abbé de meilleurs dessins, rien ne serait arrivé ! Il suffisait de me demander conseil…

– Quel orgueil ! » siffla Sigismond.

Il lui expédia une claque qui faillit l'envoyer à terre.

Le ressentiment s'empara de Gualtiero, qui se jeta tête la première sur son père. Sigismond heurta la roulotte. Les insultes volèrent des deux côtés. Elles s'interrompirent seulement à l'arrivée de Sapia : « Vous n'avez pas honte ? » L'effroi lui congestionnait les traits. Elle voulut les séparer mais son mari la repoussa. « Femme, reste à ta place ! Tu ignores ce qu'a fait ce malheureux !

– Je n'ai rien fait ! » se défendit Gualtiero en essuyant un filet de sang sur sa lèvre inférieure. Puis il prit une grande inspiration pour tâcher de maîtriser sa colère. C'était la première fois qu'il cédait à la violence, et il fallait que ça tombe sur son père ! Les insultes l'avaient fait sortir de ses gonds, même si l'offense le blessait moins que la jalousie de Sigismond. Il se plaignit à sa mère : « Il m'a traité d'orgueilleux, rien que parce qu'il ne supporte pas que je sois meilleur que lui ! »

Sigismond tremblait de rage. L'espace d'un instant, il parut vouloir frapper à nouveau. Mais il se ravisa. Et il admit : « Tu as du talent, mon fils. C'est sûr. Mais tu es trop impulsif. Ton comportement d'aujourd'hui en est la preuve.

– Tu n'avais qu'à me parler de tes projets hier ! s'exclama Gualtiero en secouant la tête.

– Je n'avais qu'à te parler de rien du tout ! s'obstina Sigismond, ignorant les efforts de Sapia pour le calmer. Tu obéis en silence ! »

Le garçon soutint le regard de son père. « C'est moi qui les ferai, ces croquis ! répliqua-t-il. Que tu le veuilles ou non ! »

Sigismond le toisait en affichant un air supérieur. « Tu les feras, dit-il. Mais seulement parce que je l'ai promis à l'abbé. Et ne compte pas sur moi pour t'aider ! »

Gualtiero répondit par un geste dédaigneux. « La vérité, dit-il, c'est que tu devrais être fier de moi. » Il fit demi-tour pour cacher ses larmes. « Et tu me considères comme un rival ! »

La mère ne put retenir son fils, qui s'enfuit, en quête d'un lieu où se cacher pour donner libre cours à son chagrin.

– 29 –

Isabeau, qui suivait Maynard depuis plusieurs mois désormais, n'aurait pas imaginé qu'ils voyageraient autant ! Mais, au fond, elle en avait l'habitude. Depuis que sa mère lui avait donné le jour sur les berges de la Seine, elle avait parcouru à pied et à dos de mulet toutes les routes d'Île-de-France et du Poitou, dans le sillage de son père. Les places des villages accueillaient volontiers les acrobates et les mimes. Mais une fois la fête finie, l'histrion était regardé comme un étranger, un être bizarre. Aussi, pour ne pas être mêlés à de vilaines affaires, les comédiens se dépêchaient-ils de retourner à leur vie errante. Voilà pourquoi Isabeau se sentait bannie du monde. Cependant elle nourrissait l'espoir de s'enraciner un jour quelque part. Elle se représentait mal ce que voulait dire rester au même endroit : cette chaleur, cette sécurité que la vie lui refusait ; toutefois elle enviait ceux qui pouvaient se le permettre.

Maynard, elle ne le comprenait pas. Il ne voyageait pas par nécessité mais sous l'effet d'un entêtement obscur qui ne lui laissait jamais de repos. Quand il lui avait expliqué que c'était une question de principe, elle avait hoché la tête sans saisir. Pour elle, seule la nécessité de survivre pouvait pousser une personne à affronter jour après jour les rigueurs d'une existence nomade. Ou l'amour, peut-être. Mais Isabeau était trop jeune encore pour en avoir la moindre expérience. Elle savait seulement ce que signifiait aimer ses parents. Et son père, hélas, avait été emporté prématurément par une maladie appelée feu de Saint-Antoine ; quant à sa mère, elle avait suivi un marchand de tissu qui lui promettait une vie aisée.

Quand elle avait rencontré Maynard, elle n'avait de sentiment pour personne. Le chevalier avait ses bizarreries et cependant il était gentil, prévenant. Surtout, il savait se faire respecter. Il avait beau s'obstiner à se vêtir en moine, ce n'était pas un tendre. Elle ne percevait que trop bien l'agitation dont il était la proie, même s'il n'avait plus manié l'épée depuis le jour de leur rencontre. En général, c'était quand ils faisaient étape. Alors il s'asseyait près du feu dans l'attente du sommeil, et ses traits soudain se durcissaient comme sous l'effet d'une indignation noire et secrète.

Elle devinait plus ou moins que les motivations de cet homme avaient leur origine dans une colère à laquelle il ne pouvait donner libre cours. D'où cet entêtement à marcher vers le sud, à franchir des montagnes hostiles, à emprunter la route des pèlerins, la célèbre *Via Francigena*, et à prendre finalement vers l'est, le long d'un grand fleuve. Ils avaient fait étape dans nombre de villes d'Émilie. Le chevalier avait une obsession : retrouver un certain moine. Il avait fini par découvrir que le personnage se cachait vers l'est dans une abbaye, elle-même abritée dans une *insula* couverte de forêts et de marécages, à l'embouchure du Pô, près de la mer. C'était l'*Insula Pomposiæ*.

Celui qu'il cherchait, paraît-il, était là.

Maynard, qui souhaitait s'entretenir seul à seul avec l'abbé, avait prié Isabeau d'aller faire un tour. Non pour le plaisir ! Elle avait une mission : explorer les lieux et être attentive au moindre mouvement insolite ou suspect. Le moine qu'il cherchait était tout sauf une personne de confiance. Une fois découvert, il risquait de vouloir s'échapper.

En cette mi-journée, le soleil répandait sa lumière sur une vaste prairie fermée à l'est par une grande route et, à l'ouest, par des bois et des canaux. Isabeau n'observa rien de spécial, si ce n'est une roulotte arrêtée au bord du chemin. Avisant un puits, elle décida de s'y désaltérer. Elle s'inonda le visage puis chercha un endroit où s'asseoir.

C'est alors qu'elle aperçut le garçon.

Il était à quelque distance mais elle le reconnut à cette façon particulière qu'il avait d'incliner la tête, comme pour tendre l'oreille à une mélodie portée par le vent. Elle ne l'avait pas oublié depuis la première fois qu'elle l'avait vu. L'éclat qui brillait dans son regard lui rappelait les yeux de son acrobate de père quand la foule l'applaudissait, après qu'il avait exécuté un numéro difficile.

Gualtiero, assis dans l'herbe, tournait le dos à l'abbaye. Il serrait ses genoux entre ses bras, à la fois malheureux et absorbé dans ses pensées.

Elle s'approcha, et s'assit devant lui.

D'abord, le garçon parut ne pas vouloir faire attention à elle. Puis il redressa la tête et exprima quelque étonnement : « Je vous ai vue ce matin, avec le voyageur sur son cheval noir. »

Elle approuva. Ces derniers mois, elle s'était familiarisée avec la langue de ces régions. « Je vous ai prise pour un homme », ajouta le garçon. Isabeau, vexée, se leva d'un bond. « Vous êtes un idiot ! » s'exclama-t-elle.

Et elle fit mine de repartir. « Attendez ! » Il regrettait déjà ses paroles. « Vos yeux… »

Isabeau se tourna un instant vers le garçon, lui adressa un mystérieux sourire, puis s'enfuit aussi vite qu'elle était venue.

– 30 –

Le révérend père Andrea prit une cruche en faïence, se servit du vin et soupira : « C'est ce que je craignais : qu'il s'agisse de *lui*.

– La question est d'importance », répéta Maynard à voix basse, tout en observant d'un œil circonspect les vingt moines assis devant eux.

Ils se trouvaient dans le réfectoire, une salle aux murs ornés de fresques, dont une Cène et une Déisis – autrement dit, une représentation du Christ intercédant pour les défunts, en présence de saints en prière, de la Madone et de Jean le Baptiste. Une autre peinture représentait un abbé et un évêque partageant un repas. Le chevalier avait eu tout loisir d'étudier ces œuvres avec intérêt, mais l'une d'elles l'avait particulièrement frappé : on y voyait un moine à son pupitre, en train de réciter un passage de la Bible. C'est ce qui se passait en ce moment même dans le réfectoire, au fond duquel résonnait la voix métallique, quasi hostile, du lecteur déclamant la deuxième Lettre de Paul aux Corinthiens : *« Et pour que je ne sois pas enflé d'orgueil, à cause de l'excellence de ces révélations, il m'a été mis une écharde dans la chair, un ange de Satan pour me frapper… »*

Maynard avait accepté de venir à la table de l'abbé dans l'espoir de partager avec lui non seulement le déjeuner, mais quelque confidence. Les moines de Pomposa avaient pris place aux trois rangées de longues tables rectangulaires. Assez éloignés, ils ne pouvaient entendre l'échange entre leur supérieur et le chevalier. Ils se contentaient de les observer d'un air taciturne. Étant punis, ils ne mangeaient pas.

Le repas, du reste, était frugal, à cause du Carême : des pains et des poissons cuits sur la braise. Maynard, d'abord, n'y toucha pas. Il savait que Facio di Malaspina était là, parmi ces moines, et il trépignait d'impatience. Il redoutait aussi d'être démasqué. Une crainte sans fondement, songea-t-il. Le père Facio et tous ceux qui étaient présents dans cette salle le regardaient comme un voyageur ordinaire accueilli à la table de l'abbé.

« Ne vous illusionnez pas, messire. » Le révérend Andrea parlait avec un filet de voix, en dissimulant sa bouche derrière sa main car il enfreignait la règle du silence. « Il vous faudra me fournir des explications, si vous voulez que je vous autorise à rencontrer ce frère.

– À votre gré », murmura le chevalier en usant du même stratagème. Et il mangea son poisson tout en écoutant la lecture. Il ne reprit la parole qu'après le déjeuner, quand les moines eurent obtenu la permission de se lever et de quitter le réfectoire. « Au moins, dit-il à voix basse, montrez-le-moi. Que je puisse le reconnaître si je venais à lui tomber dessus. »

À cette requête, le père Andrea répondit par une question : « À quel ordre appartenez-vous ? »

Maynard observait la sortie des religieux avec l'œil d'un loup qui voit les brebis lui échapper. Il plongea les doigts dans une cuvette et se lava les mains. « Pour être franc, avoua-t-il, je ne suis pas un homme d'Église.

– Je m'en doutais ! s'exclama l'abbé qui se rembrunit. Mais cet habit, la tonsure…

– Une façon de passer inaperçu.

– Quelqu'un vous a suivi ?

– J'ai pris mes précautions, mais on n'est jamais sûr de rien. »

Le regard du révérend se fit plus dur : « Pourvu que vous n'ayez pas attiré le malheur sur mon abbaye…

– Chassez-moi, je ne vous blâmerai pas. » Mieux valait tuer l'animosité dans l'œuf, et que les choses soient claires. « Cependant, dit Maynard, permettez-moi de vous expliquer les faits. »

Andrea avait quelque peine à garder son calme. Il s'agrippait au rebord de la table comme un naufragé à la lisse du navire en perdition. Dès qu'ils furent seuls, Rocheblanche reprit : « Mon histoire commence voilà une quinzaine d'années. À cette époque, Facio di Malaspina a volé trois objets précieux. L'un d'eux a été retrouvé. Si je suis venu jusqu'ici, c'est pour mettre la main sur les deux autres, afin de les rendre à leur propriétaire légitime.

– De quels objets s'agit-il ?

– Sur ce point, je suis tenu au silence. »

L'abbé le mit en garde : « N'oubliez pas que nous parlons d'un de mes religieux. Un moine que je n'ai pas en grande estime, certes. Mais de là à l'accuser de vol ! Et sans preuve, encore ! Je pourrais y voir de la calomnie.

– Je prends le risque en connaissance de cause. »

Maynard admirait le révérend père pour sa fermeté. Mais il avait anticipé cette discussion, et les voies qu'elle pouvait emprunter. Il avait son objection toute prête : « Néanmoins, s'il advenait que votre moine soit en possession de ce que je cherche…

– Vous avez raison, dut admettre l'abbé. Toutefois, si vous souhaitez aller plus avant, vous devrez m'en dire plus sur l'objet que vous cherchez. »

Le chevalier avait cru pouvoir éviter cette requête. Mais son interlocuteur se montrait têtu. D'ailleurs, comment le laisser dans une complète ignorance ? S'il voulait son appui et progresser dans son investigation, il n'avait d'autre choix que de violer en partie le secret de Mont-Fleur. Il hésita, puis lâcha soudain : « Une coupe et une pointe de lance. Je ne puis en dire plus. Or donc, je vous prie de ne pas insister. Et de rester discret. »

Andrea l'observait d'un œil inquisiteur. « Et ces hommes qui sont à vos trousses ?

– Des sbires. Je leur ai déjà échappé à deux reprises. » Maynard eut un geste évasif : « Je n'en sais pas davantage sur leur compte. À part que la boucle de leur ceinture porte un médaillon. Le blason d'un cardinal. »

Ayant parlé ainsi, il attendit. Devait-il en révéler plus ? Comme l'abbé ne faisait pas de commentaire, Maynard décida de lui montrer la bague à l'effigie du lion. « Vous le reconnaissez ?

– Non, répondit l'abbé après avoir étudié l'objet attentivement.

– Alors maintenant, vous en savez autant que moi. »

Maynard surveillait les expressions du religieux. Il espérait l'avoir convaincu. Il comprit que c'était le cas : Andrea fronça les sourcils et déclara : « J'apprécie vos efforts, mais ma confiance ne vous est pas encore acquise. Pour moi, vous êtes un inconnu qui fait allusion à d'étranges larcins, à de mystérieux poursuivants… Comment pourrais-je vous autoriser à rencontrer ce malheureux moine ?

– Je jure sur mon honneur…

– L'honneur de qui ? » l'interrompit l'abbé en frappant la table.

L'abbé était exaspéré. L'heure était venue de lui offrir des garanties plus solides. Maynard mit fin à ses atermoiements et répondit avec fierté : « L'honneur de la noble maison de Rocheblanche, lignée de Reims dévouée au Christ et à saint Rémi. Comme vous l'avez compris, je ne suis pas un voyageur ordinaire. On m'a fait chevalier ! J'ai combattu les Anglais au service de Sa Majesté Philippe VI de Valois.

– Le roi de France ? » La stupeur envahit la figure du révérend père. Il voulut poser une question, qui se mua en bredouillement et qu'il dut reformuler : « Est-ce lui qui vous envoie ?

– C'est le devoir qui m'envoie. Je me suis trouvé pris malgré moi dans de sombres événements, un complot peut-être. C'est la raison pour laquelle je cache mon identité.

– Et quel rapport avec l'hypothétique larcin commis par Facio ?

– Un rapport plus grand que vous ne l'imaginez. Mais il ne m'est pas permis de m'exprimer librement sur le sujet. Sachez toutefois que j'ai bien l'intention de démasquer les coupables et de rendre justice. »

Saisi d'étonnement, le père Andrea se remit à scruter fermement le faux moine : « Vous affirmez ne pas agir au nom de votre roi…

– Mes motivations sont autres.

– Une arrogance déguisée en vertu, peut-être ? »

Maynard songea que l'abbé n'avait pas complètement tort. Après de longs mois par les chemins, il avait grand besoin de montrer sa valeur, tel un lévrier de course déçu d'entendre son maître le rappeler. Mais comme il l'avait avoué au vénérable Manessier, les sentiments qui agitaient son cœur étaient bien plus profonds encore. « Une épine a été plantée dans ma chair, dit-il, pour m'éviter de céder à l'orgueil. » Il avait prononcé cette phrase d'un ton amer. L'allusion au passage biblique entendu tout à l'heure était claire. Le révérend père demanda :

« Un signe divin, vous voulez dire ?

– Un signe du diable, plutôt. Une faute grave que j'ai commise, et que je voudrais expier en venant à bout de cette mission. » Pour la première fois, il vit l'abbé hocher la tête d'un air compréhensif. Ce n'était plus de la simple complaisance. « Et vous, mon Père ? reprit-il. Puis-je savoir ce qui vous pousse à protéger avec une telle obstination un prêtre pour lequel vous n'avez que mépris ? »

La question déstabilisa l'abbé, qui médita en silence, avec une expression coupable où perçait peut-être un peu de colère. Quand il parla à nouveau, sa voix était celle d'un pauvre pénitent : « Parce que cet homme est mon ennemi. Tel un soldat, j'ai décidé de l'affronter en combat singulier, sans me prévaloir d'aucun avantage.

– C'est vous, à présent, qui montrez de l'orgueil, lança Maynard, sarcastique.

– C'est un péché nécessaire pour qui entend renouer avec la grâce. » Cette réplique ressemblait à une énigme. Andrea allongea le bras, comme pour manifester son désir d'en finir avec cet entretien. « Eh bien ! Messire, dit-il, ma décision est arrêtée. L'occasion que vous recherchez vous sera offerte. Mais pas maintenant. Et certainement pas en mon absence. Demain, je réunirai le chapitre pour affronter un sujet qui me tient à cœur. Jusque-là, je n'ai aucune envie de répandre de l'animosité chez mes confrères. Après, avec toutes les précautions d'usage, je vous consentirai l'autorisation d'interroger le père Facio di Malaspina. »

Maynard s'inclina : « Vous avez ma reconnaissance.

– En attendant, enchaîna l'abbé, installez-vous dans l'hôtellerie réservée aux visiteurs. Elle donne sur le cloître. C'est confortable, et surveillé la nuit par des archers. »

Le chevalier ne put réprimer un léger sourire. La référence aux archers avait beau s'envelopper de courtoisie, elle n'était rien d'autre qu'une mise en garde : Maynard ne devait pas se lancer dans une aventure inconsidérée.

« Et la fille qui voyage avec moi…

– Les femmes ne sont pas autorisées à entrer dans l'abbaye. À moins qu'il ne s'agisse de votre fille, ou d'une parente. »

Rocheblanche allait s'expliquer sur ce point quand il perçut un mouvement fugace au fond de la salle. Il y avait un moine à la porte, en train d'espionner. Un moine à l'aspect bizarre, presque monstrueux, et qui s'enfuit dès qu'il se sut repéré.

Décontenancé, le chevalier se tourna de nouveau vers Andrea, qui n'avait rien remarqué. « Ce n'est pas ma fille. C'est ma sœur.

– Dans ce cas, conclut le révérend père, elle aura la permission de rester avec vous. »

– 31 –

Deus in auditorium meum intende.

Les voix des vingt moines envahirent la nef comme une marée, comme le soupir des marins en partance pour l'inconnu. Le père Andrea laissa son esprit s'abîmer dans ce bruit monotone, majestueux, puis se fondre dans l'âme de ses confrères. Mais une part de lui-même demeurait éveillée. Il attendait que le *magister chori* entonne le psaume neuvième, cet *Ad motu cantici* dont les sonorités argentines s'élevèrent soudain sous l'arche de l'abside.

Confiteor tibi, Domine, in toto corde meo, narrabo omnia mirabilia tua.

Les vingt voix harmonieuses s'unirent à la sienne. Elles lui pénétraient la poitrine avec une telle intensité que son cœur en vibrait jusque dans ses régions les plus intimes, là où s'abritent les songes et les secrets, là où une solitude écrasante remplace la crainte de Dieu.

Il corrigea une discordance et remonta comme un poisson le cours des rêves où il était immergé. Mais son chant sortit sur le mode mineur car le souvenir d'une phrase le perturbait. *C'est vous, à présent, qui montrez de l'orgueil.* Maynard de Rocheblanche ne s'était pas exprimé ainsi pour lui déplaire, cependant il l'avait blessé, et avec une force que l'abbé n'acceptait pas de souffrir. En effet, sans le vouloir, le chevalier l'avait mis face à la vérité. En désignant Facio di Malaspina comme son ennemi, Andrea s'était cru meilleur que lui, il s'était hissé avec une fierté présomptueuse sur le piédestal de la perfection. Oui, il avait péché par orgueil.

Ut quid, Domine, stas a longe, abscondis te in opportunitatibus, in tribulatione ?

Il fut presque surpris par le passage au psaume dixième. Ses pensées s'agitaient dans une sorte de demi-sommeil, comme soulignées par les variations mélodiques. Il poursuivit son examen de conscience. Facio n'était peut-être que le miroir où se réfléchissaient ses fautes, à lui, Andrea. La négligence, l'hypocrisie, la faiblesse de caractère… Le tout dominé par une ambition si démesurée qu'elle étouffait la flamme de sa foi ancienne.

Attribuer de telles fautes à autrui était aussi erroné que d'avoir répandu des illusions dans la communauté, et corrompu les moines.

Mais s'il y voyait enfin clair dans l'origine de ses troubles, ce n'était pas seulement grâce aux propos de Maynard. Gualtiero de'Bruni aussi l'avait remué, poussé à rechercher la ferveur assoupie dans son âme. L'enthousiasme du garçon lui avait permis de revivre l'époque de son entrée au monastère, quand il entendait les anges battre des ailes sous l'ombre des arcades.

Il voyait maintenant dans quels abîmes il avait chuté. Ce n'était pas en imposant son autorité à un moine rebelle qu'il se retrouverait lui-même ! Au contraire, il n'en serait que plus écrasé. Car Facio di Malaspina n'était pas un ennemi qu'il convenait de détruire. C'était un frère qui devait être sermonné avec patience. Comme un fils.

In Domino, confido, quomodo dicitis animæ meæ : Transmigra in montem sicut passer.

Le changement de tonalité du psaume onzième le ramena à la réalité présente. Il observa les cierges dressés près du chœur. « Pauvre sot ! » pensa-t-il avec dégoût. Qu'était-il d'autre qu'une petite flamme au milieu de toutes celles qui se dispersaient dans le firmament de la foi ? Il avait beau être abbé, il ne représentait qu'une particule de cette mosaïque d'existences abritées par Pomposa. Il ne devait donc s'attribuer aucun mérite ; et ce n'était pas non plus par sa faute si ces destins s'entremêlaient.

S'il entendait vraiment entreprendre une réforme spirituelle, il devait commencer par agir à l'intérieur de lui-même.

Pourtant, ce regain d'espérance donnait toujours sur un abîme insondable. L'absence de Dieu ouvrait plus que jamais un gouffre dans son cœur.

« Seigneur, pourquoi m'as-tu abandonné ? »

Tout le temps du *Kyrie*, Andrea s'efforça de cacher ses larmes. Elles durèrent jusqu'aux prières finales.

Puis les voix du chœur diminuèrent. La *schola cantorum* terminée, les vingt moines retournèrent à leur sort quotidien – aux misères des mortels.

*

* *

Après les chants de la neuvième heure, Gualtiero se décida à retourner à la roulotte. Il aurait préféré s'attarder encore un peu, attendre que s'apaisent la colère et le ressentiment, mais l'accord conclu avec l'abbé lui interdisait de céder trop longtemps à l'oisiveté. Il avait une idée en tête : un dessin élaboré qui exigerait des heures d'effort. En outre, il ne connaissait qu'un seul moyen de fuir vraiment le chagrin : s'absorber dans le travail.

« Pourvu que mon père n'ait pas décidé de me mettre des bâtons dans les roues ! » songea-t-il en quittant son lit d'herbes folles. Il se mit en route sous le soleil d'après-midi. La Française occupait encore ses pensées. Elle était partie fâchée et il en était déçu. Il avait laissé les mots s'échapper trop vite de ses lèvres. Mais c'était dû à la surprise : un visage exquis se cachait sous le masque crasseux aperçu le matin.

Et puis ces yeux…

Gualtiero, qui était sensible à la moindre nuance de couleur, songeait à ces iris extraordinaires. L'un était bleu, et l'autre, vert. Il n'avait jamais rien vu de tel. Cette étrangeté le fascinait et le déstabilisait en même temps. Comment une telle chose était-elle possible ? Selon les règles de l'art, il y avait là une aberration. Aucun artiste n'aurait accepté de peindre un visage affecté de deux iris de couleurs différentes ! Le phénomène eût risqué de trahir une âme ambiguë, voire diabolique.

Le garçon, pourtant, avait envie de revoir l'inconnue. Car il savait maintenant que cette bizarrerie pouvait receler de la beauté.

À la roulotte, il trouva seulement sa mère. Elle rangeait l'intérieur que Sigismond, dans sa rage, devait avoir mis sens dessus dessous.

« Où est-il passé ? demanda Gualtiero.

– Allons, tu le connais, répondit Sapia avec un triste sourire. Il est allé délivrer son esprit en ébullition. »

Le garçon se rappelait un village, non loin de là, aux frontières de l'*Insula Pomposiæ*. Sigismond devait s'être mis en quête d'une taverne. « Je suis désolé, je n'avais pas l'intention de…

– C'est ton père, dit-elle d'un ton qu'elle voulut apaisant. Il m'a tout raconté. Crois-moi, il est fier de toi ! Cependant tu ne dois pas oublier ce qu'il a dû supporter jadis. Il a longtemps travaillé aux ordres d'un patron qui le volait sur le mérite et sur les gains. Aujourd'hui, il a conquis son indépendance. Et il veut être à la hauteur de son titre de maître peintre, à tout prix.

– Quitte à faire de l'ombre à son fils ? répliqua le garçon.

– Il craint que tu ne manques d'expérience », ajouta-t-elle en lui caressant la joue.

Gualtiero prit la main de sa mère et la serra entre les siennes. C'était un geste d'amour, mais il redoutait aussi qu'elle ne tente de le dissuader. « J'ai plutôt l'impression qu'il prend plaisir à m'empêcher…

– Tu es injuste, rétorqua Sapia d'un ton de reproche. Qui t'a appris ce que tu sais ?

– Ça ne suffit pas. » Il prit sur le chevalet le portrait exécuté la veille, et le présenta à sa mère pour qu'elle l'admire. « Il veut me freiner ! Me mettre un joug comme si j'étais un bœuf ! Alors que je suis capable d'aller beaucoup plus loin. Je veux lui prouver que mon regard va au-delà de ce qu'il imagine. Non pour l'humilier ! Mais pour l'aider à progresser dans son métier. »

Sapia considéra un instant le portrait. Elle souriait, admirative. Elle hocha la tête : elle comprenait. Elle montra les rouleaux sur l'étagère. « Alors fais-le, dit-elle avec fierté. Si tes mots ne peuvent le convaincre, essaie avec ton talent. »

*

*   *

Maynard se défit de son manteau et le jeta en vrac sur le lit. Il promena son regard autour de lui et grommela : « Et c'est ça, le logement réservé aux hôtes de marque ! J'imagine ce que doivent être les autres.

– On a vu pire », fit observer Isabeau distraitement.

Le chevalier la regarda avec perplexité : « N'avez-vous rien remarqué de suspect ?

– Rien du tout », répondit-elle en haussant les épaules.

Elle avait bien grandi, depuis le jour de leur rencontre. Pourtant, il continuait de voir en elle l'enfant terrorisée, même s'il n'avait aucune peine à imaginer les traits de la femme superbe qu'elle serait un jour. Ce n'est pas pour rien qu'il lui avait couvert la figure de charbon avant leur arrivée à l'abbaye. Pomposa avait beau passer pour un saint lieu, on pouvait craindre de voir la petite exciter les appétits de quelque moine impur. Elle, de son côté, semblait n'avoir aucune idée des risques encourus. Ou, si elle en avait conscience, elle savait le cacher. Pour la énième fois, il la mit en garde : « Il faudra faire bien attention, lors de notre séjour ici. Promis ?

– Oui, messire. »

Maynard détacha la ceinture qui retenait son épée d'estoc et son poignard. Il l'accrocha à un clou planté dans le mur. Et il dit, l'air satisfait : « Demain, je pourrai enfin accomplir ma mission. Après, nous rentrerons en France.

– Et qu'adviendra-t-il de moi ? » demanda Isabeau, impulsivement.

Maynard perçut chez elle une pointe de détresse. Il s'agenouilla auprès d'elle, lui prit le menton et la rassura gentiment : « N'ayez crainte. Et rappelez-vous ma promesse : je veillerai sur vous, je n'ai pas l'intention de manquer à ma parole. »

– 32 –

Reims, couvent Sainte-Balsamie
Le 22 mars

Une lettre de Maynard était arrivée.

Eudeline la lut, puis la reposa sur son écritoire, dans un petit écrin. Elle murmura une prière pour son frère. Il l'informait que sa santé était bonne et que l'enquête avançait, sans s'étendre davantage. Comme il était avare de détails ! Cependant elle s'efforçait de ne pas lui en vouloir.

Les lettres ne mentionnaient même pas le nom des villes d'où elles étaient expédiées ! Mais la révérende mère arrivait tout de même à se faire vaguement une idée de l'itinéraire suivi. Les deux premiers courriers étaient passés de mains en mains : des frères cordeliers du Sud-Ouest, puis un pèlerin qui avait résidé un temps au cloître Saint-Michel.

Maynard avait franchi les Alpes. Mais pour quelle destination ? Eudeline s'inquiétait des risques encourus, et plus encore de l'état d'esprit de son frère. Lors de leur dernière rencontre, il s'était montré si réservé, si ombrageux ! C'est à peine si se distinguait encore le jeune homme exubérant de naguère. Sans aborder le sujet, elle avait senti qu'un remords le tourmentait, une douleur aux racines profondes sur laquelle il préférait se taire.

D'ailleurs, il en allait de même pour elle. Meurtrie par les humiliations subies, elle ne s'était jamais interrogée sur la façon dont Maynard avait vécu leur tragédie. Pour reprendre la main sur sa propre vie, elle avait dû se replier sur elle-même, fuir le souvenir de ces jours affreux. Durant les mois qui avaient succédé au déchaînement de violence, elle n'avait eu le temps ni de penser à Maynard, ni de pleurer sa mère. Les faits l'avaient anéantie. Rendue insensible. Mais comment accepter d'être ainsi dévastée ? Elle avait dû se cramponner à ce qui en elle demeurait intact. Alors seulement elle avait pu relever la tête. Mais l'Eudeline revenue des ténèbres n'était plus la jeune fille insouciante d'autrefois.

À présent, quand elle se rappelait la nuit où son frère l'avait secourue, elle revoyait avec une clarté soudaine la rage qui lui déformait le visage. Il n'était pas seulement tendu mais déchiré par la détresse. Comment croire qu'il n'avait pas été changé par ces événements ?

Certaines phrases de sa première lettre dansaient dans la mémoire d'Eudeline : *« … une importante mission qui, espérons-le, fera de moi un homme meilleur, un homme capable de t'avouer des choses que je ne t'ai jamais dites… »*

Pour fuir ses tourments, elle ouvrit subitement le grand-livre. L'aube arrivait. Il lui fallait encore mettre à jour les comptes des domaines familiaux. Elle avait besoin de reprendre le contrôle d'elle-même. Elle allait se réfugier dans les chiffres, et recouvrer ainsi sa tranquillité.

Mais la tranquillité, semblait-il, ne serait pas pour aujourd'hui.

On frappait à la porte. Elle eut le réflexe de lancer à sœur Claire : « Allez ouvrir. » Cependant elle se souvint que la chapelaine n'était pas auprès d'elle. Elle faisait tellement de bêtises qu'Eudeline l'avait priée de rester dans son coin et de réfléchir à ses erreurs jusqu'à cet après-midi.

Elle quitta son pupitre pour aller ouvrir elle-même. C'était la sœur infirmière. Eudeline devinait déjà tout.

« Vermandois ! Il vous réclame.

– Je pensais avoir été claire ! J'ai dit que je ne voulais pas être dérangée pour cette raison.

– Il veut vous voir, Révérende Mère. Et ce n'est pas comme d'habitude.

– Son état a empiré ?

– Au contraire. Il a recouvré l'usage de ses jambes.

– C'est... stupéfiant...

– Il possède une constitution robuste. » L'infirmière hésitait à en dire plus. Elle s'y résolut finalement : « Mais ce n'est pas ce qui m'a poussée à courir jusqu'ici. »

À quoi donc faisait-elle allusion ?

« La mémoire lui revient, précisa l'infirmière en baissant la voix. Il affirme qu'il se souvient de votre frère. »

*

* *

Sœur Claire était naïve et Aleydis l'avait compris au premier regard. Beaucoup de sœurs la disaient orgueilleuse parce que l'abbesse l'avait choisie comme dame de compagnie, mais la vérité, c'est qu'elle n'était pas curieuse et plutôt réservée. Les mauvaises langues ignoraient que son travail était des plus prenants. La chapelaine devait assister la révérende mère dans des tâches délicates et personnelles. Et la première de ces tâches consistait à tenir en ordre les archives.

Pour cette raison, sœur Claire était la seule religieuse de Sainte-Balsamie à posséder un double de la clef ouvrant le *domus particularis* de sœur Eudeline. Elle le gardait accroché à son cou par une cordelette, bien en évidence. Si Aleydis parvenait à mettre la main dessus, alors elle pourrait fouiller les secrets les plus intimes de l'abbesse, et y trouver sans doute de quoi satisfaire le cardinal.

Elle décida d'agir après les laudes. À ce moment-là, les sœurs iraient dans le *scriptorium* copier les manuscrits conservés par le couvent, et elles y resteraient jusqu'à la troisième heure. Toutes n'étaient pas concernées par cette besogne. La révérende mère distribuait le travail en s'appuyant sur les compétences de chacune : la compilation des codex était réservée aux plus intelligentes, et à celles qui avaient une bonne vue. Les autres consacraient ce temps à la broderie, au ravaudage et au ménage.

Bien que novice, Aleydis s'était suffisamment distinguée pour être admise à cette œuvre fascinante. On l'avait chargée de copier une vie de sainte Scholastique empruntée aux *Dialogues* de Grégoire le Grand. Elle s'était attelée à cette besogne avec patience, page après page. Et elle avait la satisfaction de voir son manuscrit s'épaissir au fil des jours. Eudeline s'arrêtait souvent à sa hauteur pour vérifier son travail et, chaque fois, c'était pour exprimer sa satisfaction d'un signe de tête. Mais les vraies louanges, elle les lui adressait en privé, de crainte d'exciter la jalousie des autres : « Vous êtes douée. Ordonnée, précise. Ce n'est pas le cas de tout le monde. »

Aleydis, à qui personne n'avait jamais fait de compliment, accueillait ce propos comme un cadeau d'autant plus précieux qu'il venait d'Eudeline, un modèle à ses yeux.

Ce n'est pas sans remords qu'elle se prépara à la tromper. Elle savait qu'elle allait devoir saisir une opportunité et se montrer habile, en n'ayant garde de laisser transparaître ses intentions. Car si sœur Claire était naïve, elle n'était pas idiote. On la disait attentive à son travail. Aleydis la surveilla pendant une grande partie de la matinée, sans cesser de copier sa vie de sainte Scholastique. Elle attendait l'occasion d'agir. Et l'occasion se présenta lorsque sœur Claire se leva pour aller remplir son encrier.

Quand Claire passa à côté d'elle, Aleydis laissa tomber à terre sa plume d'oie et se baissa vite pour la ramasser ; dans ce geste, elle renversa l'encrier de sœur Claire et s'écria :

« Mère très sainte ! Je suis désolée…

– Faites silence », murmura sœur Claire. Elle craignait de déranger davantage les autres copistes. Mais son habit et ses mains se couvraient de noir.

« Permettez que je répare », reprit la novice à voix basse. Et, sans attendre la réponse, elle prit sœur Claire par le bras et l'entraîna hors du scriptorium.

Vu les dégâts, la mère bibliothécaire les autorisa à quitter la salle.

« Je n'ai pas besoin de votre aide », dit la chapelaine dès qu'elles se trouvèrent dans la galerie extérieure. Mais Aleydis fit comme si elle n'avait rien entendu. « Quel désastre ! s'exclamait-elle. Il faut vous changer complètement ! » Elle la poussa dans un couloir étroit. « Allez par là ! On ne doit pas vous voir dans cet état ! Si jamais nous venions à croiser la révérende mère… »

Elles atteignirent une pièce qui jouxtait le dortoir. Sœur Claire, jusqu'ici, se laissait faire. Aleydis la pria d'attendre un instant, puis reparut bientôt avec une cuvette d'eau et des vêtements propres.

La chapelaine la remercia. Quand elle voulut retirer la chaîne qui pendait à son cou, la novice lui dit : « Laissez-moi faire. Vous avez les mains sales, vous risqueriez de vous en mettre plein la figure. » C'est ainsi qu'elle retira la clef elle-même. Puis elle retira les épingles qui retenaient le voile de la sœur. Elle dénoua aussi la coiffe, déposant les effets sur le sol.

À genoux, elle entreprit de déboutonner le vêtement.

« Je puis finir toute seule », l'arrêta sœur Claire en rougissant.

Aleydis lui rendit son sourire, non sans y mettre une pincée de malice. « Comme vous voudrez. »

Avant de se relever, elle remplaça la clef par une autre, qu'elle conservait depuis longtemps dans sa manche.

Elle tourna les talons et s'éloigna vivement, en veillant à garder les mains jointes sur sa poitrine.

– 33 –

Avant de pénétrer dans le valetudinarium, sœur Eudeline pria l'infirmière de bien vouloir la laisser seule. Elle franchit la porte à contrecœur, en espérant avoir la force de contenir son émotion. De l'histoire ancienne, se disait-elle. Des mois avaient passé depuis cet embarrassant incident. Elle devrait être capable à présent d'affronter toute situation avec recul.

Elle trouva Robert de Vermandois debout près de son lit, les mains contre le mur. Ses genoux tremblaient sous l'effort, mais il ne semblait pas s'en soucier ; au contraire, il arborait un fier sourire. Il salua Eudeline d'un air ravi : « Madame, je tenais à vous faire bon accueil, comme il convient. »

L'abbesse jeta un coup d'œil à la cicatrice, au-dessus de la tempe droite, et se demanda ce qu'il voulait dire. Avait-il à cœur de lui rendre hommage, ou souhaitait-il se présenter à elle dignement, du haut de sa stature ? « Je suis heureuse de vous trouver en possession de vos forces, messire.

– C'est moi qui suis heureux de *vous* voir. Voilà bien longtemps que vous ne m'avez rendu visite. J'avoue que vous m'avez manqué.

– La vie au couvent est plus prenante qu'il n'y paraît », répondit Eudeline en manière d'excuse. Elle détourna son regard des yeux verts du Picard. Elle savait qu'il avait demandé après elle avec insistance. Mais, jusqu'ici, elle avait refusé de le revoir.

« Vous êtes-vous remise ? »

Cette question surprit l'abbesse. « C'est à moi de m'informer de votre état, répliqua-t-elle en l'observant avec curiosité. À quoi donc faites-vous allusion ? »

La réponse était tellement évidente que Vermandois en fut désappointé. Il s'expliqua : « La dernière fois que vous êtes venue, vous étiez choquée. J'ai interrogé l'infirmière à plusieurs reprises, je voulais savoir ce qui vous affligeait ainsi. Je n'ai pas obtenu de réponse. »

L'abbesse rougit légèrement. « De l'histoire ancienne », dit-elle. La phrase s'adressait à elle-même plus qu'au gentilhomme. Elle revint au motif de sa présence en ce lieu : « On m'a dit que vous aviez recouvré la mémoire. »

Le sourire de Robert retomba : « Pas complètement, hélas ! Mais je sais enfin qui je suis. Quand bien même mes souvenirs s'enveloppent d'une couche de brume.

– Y compris ceux qui se rapportent à mon frère affectionné ?

– Maynard de Rocheblanche. » Vermandois avait prononcé ce nom lentement, comme s'il parlait de l'homme dont il était l'obligé. Il ajouta : « Ce matin, au réveil, j'avais son visage en tête, et la certitude qu'il était mon ami. Je l'ai tout de suite associé à l'infirmerie. Je savais en effet que vous souhaitiez avoir de ses nouvelles. Mais un seul souvenir me revient, je regrette… Nous étions assis l'un en face de l'autre sous une tente. On discutait…

– De quoi parliez-vous ?

– Je l'ignore, Madame. » Prudemment, il s'éloigna du mur et retourna s'asseoir au bord de son lit. « Je me rappelle seulement que nous faisions une partie d'échecs.

– Vous en êtes sûr ? » insiste la révérende mère, espérant stimuler les souvenirs du gentilhomme.

Il la fixa des yeux un petit moment, semblant chercher la réponse sur son visage à elle. Il finit par dire : « Maynard était blessé à la jambe. »

Eudeline repensait à la dernière fois qu'elle avait vu son frère. C'est vrai : il boitait. N'était-ce pas à cause d'une blessure au genou ? Il prétendait n'avoir rien de grave.

Elle ajouta : « Il doit s'agir d'un souvenir récent.

– C'est bizarre. Je vois la disposition des pions sur l'échiquier, comme si je les avais là sous les yeux… Mon cavalier menaçait sa tour. C'est alors qu'il m'a dit quelque chose… » Robert se tut et prit sa tête entre ses mains.

Elle attendait qu'il achève sa phrase, mais elle s'aperçut bientôt qu'il se perdait dans les brouillards de l'amnésie. « Croyez-vous qu'en recommençant à jouer cela vous aiderait à vous souvenir ? » reprit-elle.

Il couvrit de sa main la main d'Eudeline. « Je ne saurais le dire. Pourquoi ne pas essayer ? Voyez dans ma sacoche. Il y a un jeu d'échecs. » Il eut une expression stupéfaite. « Incroyable ! Il y a une minute j'ignorais encore posséder une sacoche !

– Vous voyez ? Vous faites des progrès. » Elle se détacha doucement de lui. Il lui semblait qu'une barrière, en elle, était tombée. Elle n'était plus choquée. Elle n'avait plus peur. Elle éprouvait seulement un agréable sentiment de confiance – une émotion à laquelle elle comprit soudainement qu'elle ne voulait pas renoncer. Elle chercha cette sacoche parmi des vêtements que l'infirmière avait fait laver, les déposant soigneusement au pied du lit. Cependant elle ne la trouva pas. « Vous êtes sûr de ce que vous dites ?

– Vu mon état, je ne saurais être sûr de rien. Pourtant, Madame, j'aurais juré…

– Tranquillisez-vous. Nous avons un jeu d'échecs. »

Un désir venait de surgir dans les pensées de Robert. Il le saisit en disant, amusé : « Vous savez jouer ?

– Oui, messire, dit Eudeline que visitait une légère excitation. Et j'ai bien l'intention de vous défier. »

*

*   *

Aleydis ne put agir avant la pause qui marquait la fin de la matinée et l'appel au réfectoire. Elle attendit en restant sur ses gardes. Elle craignait que sœur Claire ne vienne lui dire qu'elle avait découvert son subterfuge.

Une fois les tâches qui occupaient la première partie de la journée accomplies, les sœurs avaient coutume de regagner le cloître, où elles bavardaient au soleil quand la saison s'y prêtait. La novice avait appris à goûter ces brefs instants de plaisir. Les histoires des religieuses la faisaient sourire. Une telle s'était profondément endormie pendant les laudes, une autre au contraire était restée éveillée après complies pour boire en cachette un verre de vin. Chacune cultivait ses petites envies et ses petits désirs, comme n'importe quelle femme du peuple. Cette découverte, plus que les usages et les exercices spirituels, avait aidé Aleydis à s'adapter à la vie monastique. Elle n'avait pas mis longtemps à se gagner la confiance des sœurs les plus jeunes, au point que celles-ci l'appelaient maintenant *la petite comtesse.* Cela à cause de ses manières un peu prétentieuses, et – pensait-elle – parce qu'elle était regardée comme une des plus jolies.

Mais il n'y avait pas une seule religieuse pour imaginer qu'elle abritait un cœur d'espionne. Dieu seul savait. Avec le cardinal. Et cette réalité la contrariait. Elle lui rappelait qu'elle ne faisait pas vraiment partie de la famille. Les efforts fournis pour se distinguer aux yeux de l'abbesse n'y changeaient rien.

Accrochée à son idée, elle dépassa le cloître et pénétra dans le vestibule qui menait aux appartements de sœur Eudeline. C'est alors que la peur s'empara d'elle.

Arrivée à la porte, elle regarda derrière elle pour s'assurer que personne ne l'avait vue. Elle sortit la clef cachée dans sa manche. Après une dernière hésitation, elle poussa la clef dans la serrure, la fit tourner.

Elle se glissa à l'intérieur et referma.

L'appartement était plus sévère qu'elle ne l'avait imaginé. Pas de tapis. Aucune tenture précieuse. Nul tableau ou candélabre en or. Rien ici ne trahissait une âme hautaine. Le logis se composait de deux pièces spartiates. Des livres et deux écritoires occupaient la première ; la seconde était meublée comme une chambre à coucher. Sœur Eudeline ne menait pas le train luxueux affiché par les abbesses des grands monastères, ces religieuses qui se poudraient comme de nobles dames, recevaient des visiteurs de haut rang ou jouaient avec leur petit chien et autres animaux de compagnie !

L'austérité d'Eudeline ne relevait pas seulement d'une observance rigoureuse de la règle bénédictine. Elle devait avoir sa source dans quelque chose de plus profond, de plus personnel. Mais pour Aleydis, l'heure n'était pas à tirer des conclusions. La révérende mère pouvait entrer à tout moment.

La novice ignora les étagères surchargées de volumes. Elle savait où chercher. L'abbesse devait passer l'essentiel de son temps au pupitre, et c'est là que se trouvaient sans doute les documents essentiels. Aleydis explora les deux pupitres. Sur le plus petit, dressé dans un angle, reposaient quelques parchemins empilés en désordre. C'était la place de sœur Claire, sans doute.

La deuxième écritoire, plus large, se dressait au centre de la pièce, sous la lumière de la fenêtre qui s'ouvrait en face de l'entrée, et d'où s'apercevaient une rangée d'arbres, ainsi que les confins orientaux de la ville. Ce pupitre-là se couvrait d'une pile de documents atteignant un pied de hauteur. La novice eut à cœur de remettre chaque parchemin à sa place. Il s'agissait essentiellement de pièces se rapportant aux propriétés du couvent, de lettres de propriétaires terriens, de rapports rédigés par les émissaires chargés de surveiller les domaines de Sainte-Balsamie au nom de l'abbesse.

Il n'y avait rien sur Maynard de Rocheblanche. Rien non plus sur le mystérieux objet que le cardinal appelait *Lapis exilii.*

Le passage d'une ombre attira Aleydis à la fenêtre. Le ciel commençait à se couvrir d'épais nuages. Le temps passait et ses recherches n'avançaient pas. Vite ! L'occasion de revenir ici ne se présenterait plus. Et la jeune femme avait prévu de restituer la bonne clef à sœur Claire avant qu'elle ne s'aperçoive de la substitution.

En revenant bredouille, elle risquait de s'exposer à de graves ennuis. Elle n'avait aucune chance de s'en tirer avec une simple punition. Le cardinal, ces dernières semaines, avait cédé à l'impatience et à la colère. Il n'accepterait pas un nouvel échec. Nul doute qu'il ordonnerait à Marcus de la battre. Jusqu'ici, elle avait enduré le fouet. Elle avait réussi à dissimuler sous son habit les bleus et les cicatrices. Comment ferait-elle s'ils lui brisaient les os ?

Chassant la détresse de son esprit, elle pria Dieu de lui donner au moins un indice. Eudeline ne pouvait pas ne rien savoir de son frère ! Elle devait forcément avoir quelque chose de lui. Et ce quelque chose était ici, dans cette chambre. Peut-être pas dans les piles de documents, il est vrai. Ni posé bien en évidence, sous le nez de sœur Claire.

Un instant, Aleydis fut tentée de fouiller les étagères de livres. C'est alors que son attention fut attirée par un écrin de bois au bord de l'écritoire. Elle ne l'avait pas vu tout de suite car il se cachait derrière les plumes d'oie et les bouteilles d'encre. Aleydis prit la boîte et l'ouvrit. Elle y trouva des rouleaux de parchemin. Elle en déroula un.

Elle n'avait pas fini d'en lire la première phrase qu'elle portait la main à ses lèvres pour retenir un cri victorieux.

Elle avait trouvé !

La cloche sonnait. C'était sexte. Les sœurs allaient se rendre au réfectoire. Aleydis devait se hâter maintenant, ou son absence risquait d'être remarquée. Mais elle ne pouvait tout de même pas voler ces lettres ! Sœur Eudeline s'en serait aperçue. Elle aurait aussitôt posé des questions… Il fallait inventer un stratagème.

Aleydis avait devant elle tout le nécessaire.

Elle s'assit au pupitre, prit une feuille de vélin et plongea la plume dans l'encrier.

Elle entreprit de recopier les lettres.

– 34 –

Abbaye Sainte-Marie de Pomposa
Le 22 mars

Cette nuit-là, Gualtiero ne put aller au bout de ses croquis. Il s'assoupit sur sa table alors qu'on chantait la vigile à l'abbaye. Au réveil, alors que s'élevaient les laudes, l'aurore pointait derrière la grisaille et les brumes.

Entre-temps, Sigismond était rentré se coucher auprès de sa femme. Il marmonnait dans son sommeil et sa respiration était irrégulière.

Le garçon écrasa un bâillement. Il alluma une nouvelle chandelle de suif et reprit son dessin où il l'avait laissé. Les croquis concernant la partie supérieure de l'abside étaient achevés. Il lui restait à travailler la partie inférieure, qu'il divisa en plusieurs sections égales. Pour les figures, il s'efforçait de coller autant que possible aux descriptions de l'abbé, sans s'empêcher toutefois de laisser libre cours à ses propres idées et variations. Il imaginait des formes qui donnaient au projet davantage de mouvement et de vigueur.

Quand il reposa la plume et le fusain, le soleil était haut. Une telle fatigue l'accablait qu'il n'aurait su dire s'il était ou non satisfait du résultat. Il se tourna vers son père qui le surveillait depuis un moment déjà. La querelle de la veille était-elle apaisée ? « Puis-je savoir quel est ton jugement ? » demanda-t-il.

Sigismond quitta son lit. Il considéra les dessins. Son expression demeura suspendue entre le sourire et la grimace. Il eut ce commentaire : « Trop de détails. »

Redoutant une nouvelle dispute, Gualtiero s'abstint de réclamer des explications. La remarque était sèche et des plus éloquentes. Sigismond eût-il repéré de vrais défauts, il n'aurait pas manqué de le lui dire ! De toute façon, il était trop tard pour se lancer dans des améliorations. L'abbé avait été clair : il voulait ses dessins dans la journée. Le garçon décida de ne pas hésiter davantage.

Il s'aspergea la figure, roula ses feuilles et prit les rouleaux sous son bras. Il allait sortir quand son père le retint :

« Qu'est-ce que tu crois ? Que tu vas aller négocier tout seul ? Gruger le maître peintre ? »

Le jeune garçon vit que sa mère était réveillée aussi. Il la rassura d'un signe puis répondit à son père : « Je pensais que le projet ne t'intéressait plus.

– Que je sache, dit Sigismond avec mauvaise humeur en montrant les rouleaux, ces dessins sortent de ma boutique ! Et je resterais dans mon coin pendant qu'on discute d'une œuvre qui m'appartient ?

– Tu as raison, admit Gualtiero en inclinant gracieusement la tête. Je n'avais pas l'intention de te passer devant, si c'est ce que tu redoutes. »

Pris au dépourvu par cette réaction paisible, Sigismond dut ravaler une méchanceté qu'il avait au bord des lèvres. « Alors, allons-y », grommela-t-il, mal à l'aise.

*

*   *

Le père Andrea observa longuement les croquis avant d'exprimer une opinion.

Comme la veille, la rencontre avait lieu sous la façade du monastère. Gualtiero, qui croisait les bras, était impatient d'avoir une réponse. Pour la première fois de sa vie, il proposait une idée à un client ! Ses dessins tenaient-ils leurs promesses ? L'abbé en percevait-il la beauté ? N'allait-il pas en rire ? Le garçon s'efforçait de ne pas se balancer d'une jambe sur l'autre. Il surveillait discrètement son père, qui, chose curieuse, avait l'air ravi.

Le révérend père releva les yeux. Son visage était sérieux, tendu. « Je suis surpris, commença-t-il…

– Si vous êtes déçu… » murmura le garçon, prêt à faire des excuses.

D'un geste, Andrea le pria de se taire et répéta : « Je suis surpris. Je ne pensais pas que de simples esquisses puissent avoir une telle force d'évocation. »

Sigismond s'exclama triomphant : « Votre Grâce ! Je n'avais aucun doute. Je savais que vous alliez apprécier. »

Quel comédien ! songea Gualtiero. Quel hypocrite ! Il demanda à l'abbé : « Sauf erreur, vous acceptez les dessins ?

– Si la décision dépendait de moi, dit le père abbé qui ne cachait plus son enthousiasme, vous commenceriez la décoration de l'abside aujourd'hui même ! Mais je dois soumettre le projet au chapitre. Et vous allez m'aider, jeune homme.

– Puisque vous appréciez mes croquis, pourquoi ne pas les présenter tout simplement à vos collègues ? Ma présence est-elle si nécessaire ? »

Le père Andrea eut un léger sourire. Il hocha la tête. « Je leur présenterai les croquis, dit-il. Mais d'abord, il faudra les séduire. Comme vous m'avez séduit. »

– 35 –

Le père Andrea décida d'ouvrir la première séance du chapitre de printemps par la situation des rentes annuelles. La manœuvre n'était certes pas des plus habiles. Un administrateur moins naïf aurait gardé les revenus pour la fin, après avoir fait approuver d'abord les dépenses afférentes aux fresques de l'abside. Mais l'abbé n'avait pas envie d'imposer quoi que ce soit. Ni de tromper personne. Ce qu'il voulait avant tout, c'est que ses frères *comprennent* ses motivations.

Il attendit que chacun ait pris place. Quand les moines furent attentifs, il les invita à chanter un *Pater Noster*. Ainsi la grâce du Seigneur veillerait-elle sur leurs travaux. Au fond des stalles, sur le dernier banc, le père Facio l'observait avec une grimace de défi. Andrea l'ignora.

Après la prière, il se transporta au centre de la salle. Impassible, son grand-livre entre les mains, il énuméra les profits de l'année écoulée : cent boisseaux de froment, trois cents de sorgho, de légumes et autres produits de la terre, trois cents pièces de lin, quatre-vingts amphores de vin. Il mentionna aussi les rentrées de bois de chauffage, le gibier pris dans les forêts du monastère, ainsi que les revenus des fermages en provenance d'Émilie et de l'arc alpin. Enfin il délivra sa conclusion : « L'ensemble totalise une valeur générale de mille cinq cent quarante-quatre florins. »

Le mécontentement se répandit sur les visages. Mais comment les blâmer ? songea le révérend père. C'étaient de pauvres résultats, des profits dont les deux tiers serviraient à payer la dîme imposée par la Chambre apostolique ! Et quant au reste, la moitié en avait déjà été dépensée. Le père Andrea savait parfaitement que toutes ces rentrées ne seraient pas converties en monnaie sonnante et trébuchante. Les céréales, par exemple, serviraient à nourrir les familles et les bêtes. Une partie du vin, du lin et du bois serait consommée par la communauté elle-même.

Il s'exprima sans réserve, et sans cacher la vérité : « Il va de soi, mes bien chers frères, que sans argent notre abbaye tomberait dans le malheur. D'un autre côté, je crois inutile d'envisager des coupes dans nos dépenses. Nous menons une existence si frugale que nous ne saurions renoncer à rien de plus. C'est pourquoi je ne vois qu'une seule solution : demandons à être exemptés de la dîme. » Pour la quatrième année de suite, pensa-t-il, mais y avait-il un autre choix ? Il enchaîna : « J'écrirai à cette fin à l'abbé de San Silvestro de Nonantola. Je le supplierai de plaider notre cause en Avignon, comme il l'a fait par le passé. »

Un fort grondement envahit la salle. Tous les regards se concentrèrent sur le père Facio, qui écoutait sans un mot. L'abbé revint à son ordre du jour : « Ne croyez pas que j'aie recours à de tels expédients de gaieté de cœur. Pomposa a vu le jour affranchie de contrôle papal. Mais même si je n'approuve pas son allégeance à Avignon, je n'en suis pas moins tenu de lui rendre des comptes. Mendier pour obtenir une exemption de la dîme, c'est un déshonneur. Toutefois les hivers sont rudes. Le Pô est capricieux. Si nous ne procédons pas ainsi, il ne nous restera plus que la prière. »

Il vit s'élever dans l'assistance des signes d'approbation. Mais ce n'était encore qu'un maigre succès. Et s'il avait réuni ses moines, ce n'était pas seulement pour les informer de la situation comptable. Sa conscience le fustigeait. *Mea culpa. Mea maxima culpa.* C'est seulement alors qu'il trouva le courage d'ouvrir son cœur. Il s'exclama soudain : « Mais prier ne suffit pas ! » Et il tomba à genoux, les mains sur la poitrine.

Les moines se levèrent d'un bond, stupéfaits.

Le père Andrea resta prostré dans une attitude de profonde contrition. Quand l'humiliation et la honte eurent mortifié son esprit orgueilleux, il se sentit libéré de ses chaînes, lui qui s'était cru, à tort, supérieur aux autres. « Je ne suis qu'un homme, pensa-t-il. Un homme face à des hommes. »

Il sentait les regards peser sur lui. Il attendit sans hâte le retour du silence et reprit enfin : « L'orgueil de Lucifer avait déclenché les malheurs du monde, celui d'Adam nous a éloignés de la grâce de Dieu. » Il essuya les larmes qui avaient ruisselé sur ses joues. Une myriade de pensées se précipitaient sous son crâne. Mais il n'avait que peu de chose à dire : « Voici, mes bien chers frères. Je m'humilie devant vous car j'ai péché par orgueil. Oui ! Par orgueil ! Je me suis cru supérieur à vous. À cause du titre que je porte. Et, par voie de conséquence, j'ai commis nombre d'erreurs. Des erreurs dont les retombées se sont fait sentir sur ma vie spirituelle, et surtout sur la vôtre. » Il s'écria : *« Miserere mei ! »* Et il enchaîna : « Je vous demande mille fois pardon. Mille excuses pour ma folie ! Cependant, je ne réclamerai pas votre compassion sans rien offrir pour le rachat de ma faute. Je veux vous dire aussi qu'après toutes ces années le Seigneur m'a enfin consenti d'entrevoir quelque lumière…

– Allons donc ! siffla une voix hostile. Vous croyez peut-être que votre contrition nous aidera à venir à bout de l'impasse financière ? »

C'était Facio di Malaspina. Il était indigné. Il se dressait au milieu des autres. Le père abbé lui adressa un sourire de pitié. N'était-il pas son frère dans l'esprit, comme n'importe qui d'autre dans cette salle ? Ignorant la question, il avoua : « Si vous me voyez dans cet état, c'est que j'ai fait un très beau rêve. Un rêve altéré par l'ambition, hélas ! Et cependant, à l'origine, je vous l'assure, inspiré par Dieu. Il m'est donné aujourd'hui seulement de me rendre compte qu'il n'était pas destiné à moi seul. Il était aussi pour vous. Si nous parvenons à l'accomplir, ce rêve, Pomposa retrouvera sa splendeur de naguère. Le couvent redeviendra un phare pour l'humanité tout entière.

– Je suppose que cet habile préambule n'a d'autre but que de déboucher sur quelque futile requête, et de nous arracher un consentement, ricana le père Facio.

– Nulle requête, dit l'abbé en secouant la tête. Juste une question. » Il promena un regard sur l'assemblée. « Je vous demande, *à vous tous*, d'imaginer ce que serait notre monastère s'il renouait avec la splendeur chère aux pères fondateurs de notre ordre, autant qu'au pape Benoît XII. Où est la futilité ? Il s'agit d'atteindre à la contemplation en empruntant les voies de la beauté. Cette beauté que Dieu, jour après jour, nous invite à rechercher pour rendre le monde meilleur. »

Les moines échangèrent leurs opinions. Puis Facio di Malaspina, redoublant de mépris, recommença ses provocations : « Faut-il en conclure que vous faites encore allusion à vos fresques ? »

Andrea observait attentivement cet individu difforme. Il ne lui en voulait pas. Debout, il s'exclama dans un crescendo de murmures : « Oui ! Ce serait le premier pas en direction d'un profond renouveau. Ce pas, grâce aux images sacrées, nous conduirait à une grande réforme. Non pour satisfaire ma vanité, ou la vôtre, mais pour promouvoir l'amour de cette culture qui depuis l'origine caractérise l'ordre bénédictin ! » Le père Andrea ouvrit les bras et ajouta : « Et faites bien attention à ceci, mes chers frères. La décision ne m'appartient pas. C'est *à vous* qu'elle revient ! À compter de ce jour, je solliciterai souvent vos avis. Votre discernement me servira de guide. Je ne tomberai pas dans l'arrogance qui consiste à vouloir décider seul au nom de tous ! »

Le révérend père dut reprendre son souffle. Voilà des années qu'il ne s'était exprimé avec une pareille ferveur, des années qu'il ne s'était engagé à ce point personnellement. En même temps, il s'interrogeait. Avait-il été assez clair ? Assez précis ? N'y avait-il vraiment rien à ajouter ?

L'éclat des applaudissements interrompit ses pensées. Quelle surprise ! Les moines s'étaient levés. Tels des enfants joyeux, ils frappaient dans leurs mains en cadence. Andrea les considéra, stupéfait. Il savait que ce n'était pas sa péroraison qui inspirait leur enthousiasme, mais le feu de l'Esprit saint. Fermant à demi les yeux, il se laissa pénétrer de leur joie.

Puis les applaudissements cessèrent. Alors, dans le silence, s'éleva une voix hostile. Facio était livide, saisi de fureur : « Êtes-vous tous devenus stupides ? Allez-vous vous laisser embobiner comme des rustres sur un marché ? Avez-vous l'intention de creuser encore nos dettes ? D'aggraver une situation déjà précaire ?

– Si le chapitre décide que la fresque doit être réalisée, répliqua l'abbé d'un ton pugnace, alors je m'emploierai immédiatement à régler le salaire des artisans sur mes propres deniers, sans toucher à la caisse de Pomposa. » Sur ces mots, il gagna la porte et l'ouvrit à deux battants. « À présent, donnons la parole au jeune artiste qui a su déployer pour moi une vision si merveilleuse. Cette vision qui, je l'espère, saura vous plaire à votre tour. »

*

*   *

Gualtiero franchit les portes du chapitre dans le grondement de l'assemblée, et eut l'impression qu'une chape de plomb s'abattait sur ses épaules. C'est au prix d'un terrible effort qu'il gagna le centre de la pièce. Il vit que le révérend Andrea lui tendait la main. Ayant baisé l'anneau, il s'inclina devant l'assistance.

Il était si nerveux qu'il en laissa tomber ses rouleaux de dessins. Rouge de honte, il se hâta de les ramasser au milieu des rires et des moqueries.

Il regarda brièvement vers les portes : Sigismond le surveillait par un guichet. Gualtiero s'éclaircit la gorge et commença : « Que vos paternités se montrent patientes. Je n'ai pas l'habitude de m'exprimer devant un auditoire de vénérables frères. » Le silence se fit autour de lui, ce qui l'aida à reprendre courage. « Je suis quelqu'un qui s'exprime ordinairement par des images. C'est donc d'images qu'il sera question. »

L'abbé posa la main sur l'épaule du garçon, puis retourna s'asseoir avec ses confrères. À présent, Gualtiero était seul. Les regards des moines étaient si intenses qu'il se sentait comme un intrus. Mais quand ses yeux se posèrent sur les fresques de la salle, la pression diminua. Il était dans son élément, le monde des *picturæ*, un univers qu'il comprenait mieux que quiconque. Il pouvait s'exprimer comme bon lui semblait : « Je vois les murs de votre abbaye comme les pages d'un livre où tout peut s'écrire, dit-il avec un certain détachement. Et la première page, celle qui doit attirer l'attention, c'est l'abside. Elle doit captiver l'âme au point de lui faire oublier le monde extérieur. D'où mon idée d'y représenter ma vision du Paradis. Ainsi les figures ne seront pas de simples images, mais les symboles de la dévotion. »

Gualtiero observa un instant l'auditoire. Ayant éveillé la curiosité des moines, il se sentit encouragé à poursuivre. Il déroula son premier dessin : « Voici, reprit-il au milieu des cris de stupéfaction. Comme vos paternités peuvent le constater, ce dessin représente le Christ Pantocrator. Autour de lui, figure une cour de bienheureux parmi lesquels seront dépeints les saints que Pomposa vénère le plus. Cet expédient permettra de déployer un calendrier *in figura* à même de couvrir toute l'année liturgique du 12 janvier au 20 juillet, de la Saint-Sébastien à la Saint-Apollinaire. D'après moi, cet *horologium*, pour être complet, devra intégrer, à côté du Christ, une représentation de la Vierge. Je l'imagine en royauté, vêtue de blanc. La *domina Angelicata* ! Au-dessus de la cour, dans les airs, flottera une double théorie d'anges contemplant le Seigneur. »

Il souleva son dessin, afin que tous puissent le voir. Puis, alors que le silence s'était établi, il en déroula un deuxième, ce qui déclencha une stupeur encore plus grande. Il reprit la parole : « Ensuite, je délimiterai la voûte de l'abside à l'aide d'un trumeau. Ainsi, elle sera séparée du mur. Notez que le trumeau supportera les bustes des prophètes. » Soucieux de convaincre, il improvisa en s'inspirant des fresques présentes sur les murs de la salle : « Douze prophètes, disons. Comme ici même. » Il énuméra les noms : « Joël, Habacuc,

Jérémie, Isaïe, David, Moïse, Sophonie, Amos, Osée, Daniel, Zacharie et Jonas. »

Il ne fit aucune erreur et les frères hochèrent la tête, impressionnés par une telle aptitude à reconnaître les saints de la Bible.

Gualtiero était certain d'avoir conquis son auditoire. Il déploya fièrement un troisième dessin : « Le mur situé sous l'arc de l'abside, derrière l'autel. Il se divisera en quatre niches pour les quatre évangélistes, chacun à son pupitre en train d'écrire. À côté d'eux, des images représenteront les tétramorphes ailés décrits dans les visions d'Ézéchiel : l'Homme, le Lion, le Taureau et l'Aigle. »

Après ce discours, il s'inclina. « C'est tout, vos vénérables paternités, dit-il en commençant de rouler ses dessins. Quelle que soit votre décision, permettez-moi de vous dire l'honneur qui est le mien d'avoir pu m'exprimer devant vous, même maladroitement. »

Le père Andrea se leva. Il se tourna vers ses confrères. Ouvrant les bras, il les invita à donner leur avis.

Mais la réponse était déjà dans leurs regards.

*
* *

Maynard, par une ouverture en forme de niche, avait tout observé. Il avait tendu l'oreille aux discours, et celui du garçon l'avait émerveillé. Cependant il avait gardé les yeux fixés sur les moines attentifs. Caché parmi eux, se trouvait Facio di Malaspina. Maynard aurait bientôt le loisir de l'interroger.

Alors qu'il scrutait les visages, il vit que l'un des moines s'était avisé de sa présence. C'était un homme pâle de figure, aux yeux plissés, qui gardait ses longs bras croisés sur sa poitrine. Maynard l'avait vu provoquer l'abbé, sans toutefois réussir à le déstabiliser.

Et ce moine, maintenant, l'observait, lui, Maynard.

Avec curiosité. Avec inquiétude aussi.

Le chevalier s'interrogeait. *C'est mon ennemi*, avait dit le père Andrea. Et si c'était lui ?

Il n'eut pas le temps d'approfondir l'hypothèse. Un soupçon brilla dans le regard du moine. Ainsi qu'une lueur de crainte, peut-être. Quoi qu'il en soit, le moine se leva soudain et s'en alla, au grand dam de tous. Il gagna la sortie.

Maynard se savait découvert.

– 36 –

Facio di Malaspina était furieux. Et terrifié aussi. Furieux d'avoir dû quitter la réunion du chapitre avant la fin et la queue basse. Terrifié de se savoir espionné par un inconnu. Pas tout à fait un inconnu, d'ailleurs : c'était ce moine français débarqué à Pomposa quelques jours plus tôt. Facio l'avait vu déjeuner à la table de l'abbé. Il doutait en fait qu'il s'agisse d'un vrai religieux. Il avait trop fière allure, et les épaules trop larges. Il faisait plutôt penser à un écuyer. Sans parler de son cheval, un superbe frison qu'il avait confié aux soins du palefrenier. On disait en outre qu'il était armé.

Mais ce qui l'épouvantait surtout, c'était le secret dont ce visiteur s'entourait. On finissait toujours par savoir qui étaient les gens de passage, et d'où ils venaient. Or, de cet homme-là, on ignorait tout. À commencer par son nom. La chose en soi n'avait rien d'inquiétant, mais Facio jugea qu'il n'y avait qu'une seule explication possible à ces secrets.

Depuis le temps qu'il vivait caché, il avait appris à reconnaître un chasseur au premier coup d'œil. Beaucoup avaient déjà tenté de le débusquer. Mais il était plus rusé qu'eux : il avait toujours réussi à leur échapper. Désormais, il était las du danger. Et il avait un pressentiment étrange. Ce faux moine n'avait rien d'un sbire ordinaire.

Il traversa le cloître, tête basse, en se retournant sans cesse pour s'assurer de n'être pas suivi. N'importe quel moine, à sa place, aurait réclamé des explications à l'abbé, mais lui ne pouvait le faire. Le père Andrea lui était hostile. Et il semblait de mèche avec cet individu. Facio allait être obligé d'en appeler à une autorité supérieure, au seul homme à qui il avait juré une fidélité éternelle.

« Il faut que je monte au pigeonnier, se dit-il. Un message doit partir. »

Il ne s'était même pas rendu compte qu'il marchait droit sur quelqu'un. Il sursauta : « Qu'est-ce que… » Il était surpris. Il avait devant lui une jeune fille. Elle était blonde, très jeune. Qui était-elle ? Il se souvint de certains bruits qui couraient parmi les frères. On disait que le Français avait débarqué à Pomposa avec une drôle de pucelle dont les yeux n'étaient pas de la même couleur.

Il la dévisagea. Elle recula, craintive. La première impulsion de Facio fut de l'attraper par les cheveux et de l'interroger, mais il se retint. D'abord le message : c'était sa priorité. Il passa son chemin et se dépêcha de gagner une petite tour délabrée au fond du cloître.

Il en franchit l'entrée, grimpa péniblement les marches de bois, puis arriva en haut à bout de souffle. La pièce était plongée dans la pénombre. Il y régnait une forte odeur d'excréments. Dans les murs, s'alignaient des dizaines de niches d'où s'échappaient des roucoulements.

Le père Facio s'approcha d'une table vermoulue sur laquelle reposait de quoi écrire. Il rédigea brièvement un message, puis ouvrit une cage et attacha le message à la patte d'un pigeon. Une fenêtre regardait l'occident.

Facio tint le volatile à deux mains et le libéra dans les airs. Le battement d'ailes résonna comme l'amen d'une prière.

Le plus gros était fait. Il ne restait plus qu'à rechercher une bonne cachette où attendre la suite. Facio allait se retourner pour partir quand on le saisit. Une main étrangla son cou maigre.

« Bonjour, mon père ! dit Rocheblanche. Je suis venu vous présenter des hommages. De la part de l'abbé de Mont-Fleur. »

– 37 –

« Je n'avais jamais vu Facio di Malaspina filer avec un tel empressement ! avoua l'abbé en quittant la salle du chapitre en compagnie de Gualtiero. Vous lui avez cloué le bec, semble-t-il. Et devant tout le monde.

– Vous m'embarrassez », répondit le jeune homme qui n'aimait pas recevoir des louanges en présence de son père. Il s'arrêta à l'enceinte du cloître, encore excité. Son discours avait été salué par des applaudissements et des bénédictions. Mais il y avait plus important encore. Gualtiero s'était rendu compte qu'il possédait une capacité dont il n'aurait pas soupçonné l'existence : l'art de la persuasion. D'un côté, la chose lui faisait plaisir, mais, de l'autre, il craignait d'avoir été moins apprécié pour son talent de peintre que pour ses facultés oratoires. Il se sentait un peu amer, et un peu malhonnête.

S'il préférait ne pas se gausser de ces compliments, c'était aussi pour une autre raison. Le père Andrea avait beau faire bonne figure, il était exténué, comme un homme qui vient de remporter une victoire en en payant le prix fort. Gualtiero était assez intelligent pour deviner que le projet de fresque reposait sur des ambitions bien plus élevées.

L'abbé continua de couvrir de compliments le jeune garçon, qui se contentait de sourire d'un air réservé.

« Il reste encore aux frères à exprimer un avis unanime, reprit Andrea, mais je vous assure qu'ils sont enchantés. » Il se tourna vers Sigismond : « Votre fils promet de devenir bien plus qu'un simple artisan. »

Le maître peintre répondit fièrement, comme si le mérite lui revenait : « Bon sang ne saurait mentir. » Il eut un rire gras, puis ajouta : « Au fait… Quand aurons-nous la réponse des moines ?

– Je dois vous prier d'être patient », répondit l'abbé. Il leva les yeux vers le campanile. La cloche allait bientôt sonner. Il reprit : « Le service du soir. Il me faut vous quitter. Je vous promets de vous tenir informé dès que la décision sera prise. »

Gualtiero s'inclina. Du coin de l'œil, il surprit une présence. C'était la Française. Elle contournait les arcades en serrant dans ses poings les pans de sa robe, comme si elle était pressée. Elle prit directement vers le vieux pigeonnier qu'éclairait le couchant, prête à disparaître derrière une écharpe de brume.

L'espace d'un instant, le garçon songea à la suivre. Mais son père, d'un ton bourru, lui ordonna de rentrer à la roulotte.

*

* *

« La coupe et la pointe de lance, répéta Maynard, menaçant. Je sais qu'elles sont en votre possession…

– Vous ne savez rien du tout… » Le moine difforme essayait de se libérer du bras qui l'étranglait. « Qu'est-ce qui vous fait penser que je…

– Quand j'ai prononcé le nom de Mont-Fleur, vous avez tressailli comme si j'étais le diable en personne. »

Maynard repoussa Facio contre le mur percé de niches à l'odeur fétide. « Ça m'a suffi pour comprendre, dit-il. Vous êtes l'homme que je cherche ! Facio di Malaspina…

– Maudit… » râla le frère.

Rocheblanche relâcha légèrement sa prise. « Parlez-moi de la coupe et de cette pointe de lance. »

Facio aspira une bouffée d'air tout en jetant à Maynard un regard haineux : « Vous ne savez pas de quoi vous parlez… Je le lis sur votre figure…

– Ce que je sais me suffit…

– Ça vous suffit peut-être à reconnaître un homme ! Mais de là à percer la vérité. »

Le chevalier n'avait aucune intention de lui donner satisfaction. Il se contenta de l'interroger des yeux. Le moine reprit d'un air méprisant : « Votre façon de parler de ces objets sacrés montre que vous êtes un profane. » Il étudia le chevalier attentivement, comme s'il voulait fouiller dans ses pensées, puis il ajouta subitement, d'un ton mielleux : « Aidez-moi à devenir abbé, et je vous dirai tout. Je vous le promets. »

Maynard fut saisi d'un sentiment de dégoût. Au cours des mois passés, il s'était plus d'une fois interrogé sur le secret de Mont-Fleur, mais il n'avait aucune intention de trahir le révérend Andrea. « Parlez d'abord, dit-il en retirant son bras.

– À quoi bon ? répliqua Facio, adossé au mur.

– Ne tenez-vous pas à la vie ?

– Vous tueriez un serviteur de Dieu ? »

Après cette provocation, le religieux se tut, puis eut un petit rire rentré. « Ma mort vous ferait tort, gardez bien ça en tête. Je suis le seul à connaître l'identité de celui qui veille sur les reliques.

– Vous les avez donc dérobées pour le compte de quelqu'un…

– Quelqu'un qui ne tardera pas à voler à mon secours. »

Le moine eut un bref regard vers la fenêtre.

« Vous croyez me faire peur ? » reprit Maynard en lui jetant ce regard sans pitié qu'il réservait à ses ennemis sur le champ de bataille. Il était las de tergiverser. Mais il devinait aussi que l'usage de la force ne suffirait pas à venir à bout de cet homme. Il lui restait la ruse. Il mentit donc : « L'abbé Andrea m'a donné toute licence pour faire de vous ce que je voudrais. Il me l'a dit de son plein gré. Il en était même soulagé. » Pour souligner son propos, Maynard dégaina son poignard, dont la lame brilla. « Vous souhaitez toujours faire le mystérieux ? »

Facio eut un mouvement de recul. Il grimaça un rictus de haine irréductible. Mais l'arme se rapprochait. Il décida de réciter dans un filet de voix : *« Je suis le Maître des perfections et je viens effacer tes doutes. Tes doutes et ceux de toute personne qui voudra lire… »*

Le chevalier fronça les sourcils. « Vous vous moquez de moi ?

– Ne me dites pas que cette citation vous laisse indifférent ! fit le moine en secouant la tête.

– Et ?

– Et elle provient du *Codex Millenarium.* » Facio ajouta avec l'emphase de qui révèle un impénétrable secret : « Ce livre, voilà quelque deux cents ans, a été échangé contre l'Évangile de Jésus par l'historien Geoffroy de Monmouth. »

Maynard se demanda quel crédit accorder à de telles paroles.

Le religieux profita de cette hésitation pour s'écarter. Il se mit à tourner autour du chevalier en laissant pendre ses grands bras. Après l'avoir observé attentivement, il lâcha d'un ton où perçait le sarcasme : « J'avais raison.

L'abbé Manessier vous a laissé dans l'ignorance. D'ailleurs comment le blâmer ? Seuls les initiés connaissent le *Codex Millenarium*. Et rares sont ceux qui peuvent se vanter de l'avoir lu. C'est dans les pages de ce livre qu'il est fait allusion à la coupe et à la pointe de lance. Oui ! à ces objets que vous cherchez… Ainsi qu'au *Lapis exilii*… »

À ces mots, le chevalier écarquilla les yeux. Il céda à un élan de curiosité : « Vous l'avez vu, n'est-ce pas ? On m'a dit que vous aviez pénétré dans la crypte, à Mont-Fleur…

– La pierre mystique, murmura le moine en approuvant avec fierté. La pierre qui enflamme le phénix pour le faire renaître de ses cendres.

– Vous vous exprimez par énigmes !

– Celui qui sait comprend…

– Ou bien vous cherchez à m'embrouiller avec des mensonges ! » Maynard fit un pas en avant, la lame pointée sur le thorax du moine. « Avouez ! Pour qui avez-vous volé les reliques de Mont-Fleur ? »

Facio reculait à petits pas vers la sortie. « Il ne vous servirait à rien de le savoir, croyez-moi… »

Le Français s'approcha davantage. Il voulait sa réponse. « Dites-moi son nom ! cria-t-il, prêt à le transpercer.

– Ce nom ne vous sera d'aucune utilité…

– À vous non plus, alors ! »

Facio baissa les yeux vers le couteau toujours plus proche. Il était trempé de sueur, pâle comme un linge. Toutes ses émotions semblaient s'être concentrées dans ses yeux noirs. Il finit par dire : « Je n'ai pas eu le temps de les lui remettre, comprenez-vous ? Je parle des reliques… On me les a prises. Après m'avoir torturé.

– *Qui* vous les a prises ? »

À cet instant, une ombre franchit le seuil du pigeonnier. C'était Isabeau. Maynard eut à peine le temps de la voir. Le moine la saisit par les cheveux et l'attira contre lui.

« Arrière ! cria-t-il au chevalier. Ou je lui tords le cou ! »

Il se servait de la malheureuse comme d'un bouclier. Isabeau était épouvantée. Maynard leva son couteau : « Si vous osez…

– Je jure que je la tuerai ! » répliqua Facio en se dirigeant lentement vers la porte sans lâcher sa proie. Il répéta : « Arrière ! » et quitta la pièce. Avec un ricanement scélérat, il referma la porte d'un coup de pied.

Maynard voulut se lancer à ses trousses mais la porte refusait de se rouvrir ! Elle était verrouillée de l'extérieur ! « Traître ! » murmura le chevalier. Il attaqua le battant à coups d'épaule. À chaque essai, il était comme aveuglé par une lueur d'où surgissait le visage flou d'Eudeline. Une Eudeline jeune, sans défense, à la merci de leur père. L'Eudeline que lui, Maynard, n'avait pas réussi à sauver.

« Ne vous avisez pas de lui faire du mal ! » cria-t-il à gorge déployée tandis que le monde, autour de lui, se transformait en un ténébreux vertige. « Ne la touchez pas ! »

Pour toute réponse, il entendit craquer le bois.

– 38 –

Reims, valetudinarium de Sainte-Balsamie

Sœur Eudeline observa la progression du pion blanc sur l'échiquier, puis releva les yeux vers le joueur qui l'avait déplacé. Robert de Vermandois n'était pas ce que l'on appelait un bel homme. Brun, la mâchoire carrée, il appuyait son menton sur ses mains croisées – des mains noueuses faites pour tenir une arme, non pour caresser. Ses gestes trahissaient pourtant une indiscutable élégance. Une grâce martiale, quasi impérieuse, dont la révérende mère s'aperçut qu'elle la préférait aux délicatesses des nobles fréquentés dans sa jeunesse.

Ils se trouvaient dans le valetudinarium, de part et d'autre d'une table qui servait d'ordinaire à la consultation des recueils médicaux. Ils y avaient déposé un vieil échiquier d'ébène et d'ivoire, un des rares biens qu'Eudeline avait conservés de sa vie passée. Il lui venait de son grand-père maternel, qui l'avait rapporté d'un pèlerinage en Terre sainte. L'espace d'un instant, l'abbesse sombra dans la contemplation des ornements et des arabesques des pièces. Puis elle considéra de nouveau le baron picard.

Si elle lui avait lancé ce défi, ce n'était pas seulement pour l'aider à recouvrer la mémoire. Elle avait usé de ce prétexte pour se mettre elle-même à l'épreuve, face à un étranger qui la troublait, la fascinait peut-être. Et Robert, sans même le savoir, semblait nourrir quelque intérêt pour elle. Eudeline l'avait deviné tant il insistait pour la voir, et tant sa voix avait changé. Mais elle décida de garder ses distances, et de continuer à jouer sans se laisser trahir par ses émotions.

Robert, depuis le début de la partie, observait une stratégie défensive. Il déployait ses pions avec l'appui des cavaliers. L'abbesse avait réagi habilement : ses fous avaient déjà mangé des pièces importantes, et mis plusieurs fois le roi blanc en échec.

Vermandois n'était pas très fier de tempérament. Contrairement aux autres hommes, qui acceptaient difficilement de voir une femme prendre l'avantage, il hochait la tête avec satisfaction après chaque mouvement. Et sœur Eudeline pestait par-devers elle. Elle se sentait exposée à de subtiles attaques qui dépassaient le cadre géométrique de l'échiquier. Le baron avait-il deviné qu'il la troublait ? Elle en fut convaincue quand Robert, sans se départir d'un galant sourire, lui prit un fou grâce à l'action combinée de deux pions. « Vous vous battez comme une lionne, dit-il. Vous prenez plus de risques qu'on n'en attendrait de la part d'une religieuse.

– Ne vous laissez pas égarer, se hâta de répliquer la révérende mère. Les jeux sont de purs artifices. Saint Bonaventure nous met en garde contre le pouvoir qu'ils ont de brouiller l'ordre social, et l'ordre religieux. »

Il secouait la tête. « Et s'ils révélaient ainsi notre vraie nature ? » dit-il. Il observait intensément le fou noir tout juste capturé qu'il faisait tourner entre ses doigts.

« L'audace de vos attaques est une réalité, Madame, nullement une illusion. Vous êtes pure. Vous avancez sans masque. »

L'abbesse se raidit. Comprenant subitement que leur relation risquait de s'approfondir, elle songea à une chanson. C'était celle de la belle Rosalinde, la joueuse d'échecs qu'un cavalier avait séduite, puis trompée. Elle reprit d'un ton peu amène : « Penser découvrir la vérité par le truchement d'un jeu ! Autant commettre l'erreur d'Adam et Ève. Car c'est par jeu qu'ils ont orgueilleusement péché contre Dieu. »

Robert ne fut pas assez vif pour percevoir l'irritation d'Eudeline. Il répondit distraitement : « Ève était peut-être douée pour les échecs. Au moins autant que vous. »

L'abbesse se leva d'un bond et toutes les pièces se renversèrent. « À quoi vous permettez-vous de faire allusion, messire ? »

Le Picard était stupéfait. « À rien d'offensant, Madame. » Il se leva aussi. Appuyé au bord de la table, il aurait voulu l'apaiser.

Eudeline, rouge de dédain, se sentait si échauffée qu'elle aurait voulu arracher son voile et sa guimpe. Comment cet homme osait-il montrer une pareille assurance ? Elle le transperça d'un regard réprobateur avant de lâcher, distante : « Nous nous égarons. Il semble que votre mémoire ne s'améliore pas… » Elle le salua d'un geste et fit mine de prendre congé.

Vermandois la retint par le poignet. « Que craignez-vous de moi ? »

Elle fut tentée de se libérer, mais ne le fit pas. Elle éprouva la pression de cette grande main rugueuse, et la chaleur émanée de Robert se propagea jusque sous sa peau à elle. « Je ne crains rien », dit-elle. Elle ne pouvait se résoudre à cacher ses sentiments derrière de longs discours. Elle ajouta : « Vous ne comprenez donc pas ? C'est là, justement, qu'est le problème… *Je ne vous crains pas !* »

Robert entrouvrit les lèvres mais aucun mot ne s'en échappa. Il la regarda, surpris. Il baissa les yeux vers l'échiquier. Ils s'y égarèrent un instant. C'était un regard sans expression. Puis quelque chose parut capter l'intérêt de Robert, qui eut l'air de reprendre vie, comme visité par de nouvelles images. Il s'exclama en tremblant : « La fin de la partie… Le voyage…

– De quoi parlez-vous ? demanda l'abbesse en s'approchant instinctivement de lui.

– Je me rappelle à présent… Je me rappelle ! » Il posa la main sur l'échiquier et attrapa des pions. « Nous avons attendu que votre frère soit remis de sa blessure, et nous sommes partis avec le roi. Oui, ça me revient… Maynard voulait prendre la direction de Reims, mais… Mais un fait étrange s'est produit…

– L'embuscade ?

– Non, non… Je vois un chariot. Un chariot où se cachait un piège encore plus dangereux. Nous étions toujours dans la suite du Valois. Un homme a sorti la tête du chariot pour observer Maynard attentivement… »

Oubliant leur dispute, Eudeline pria Robert de s'asseoir. Elle avait besoin d'en savoir davantage. Après avoir patienté plus que son âme inquiète ne l'aurait voulu, elle rompit le silence : « Qui était cet homme ? »

Robert de Vermandois souleva un sourcil et, d'une voix coupante comme le fer, prononça un nom : « Son altesse Karel de Luxembourg. »

*

*   *

Aleydis n'arrivait pas à se calmer. L'instant se rapprochait. Sœur Claire allait avoir besoin de sa clef. Et la novice n'avait pas encore réussi à faire l'échange. Maintenant qu'elle avait une copie des lettres de Maynard, aucune erreur n'était plus permise. Si elle voulait que sa visite dans la chambre de l'abbesse demeure un secret, il fallait absolument que la bonne clef retourne au cou de la chapelaine. Sinon, Aleydis était perdue.

Elle s'efforçait de se dominer. Elle comptait sur la pause du soir. Elle trouverait bien une occasion de s'approcher de sœur Claire. Elle savait déjà comment. Sous prétexte de s'excuser encore pour l'incident de ce matin, elle la prendrait à part. Alors elle inventerait un moyen d'échanger les clefs.

Mais quand l'heure d'agir fut venue, on la réclama à l'infirmerie.

La jeune femme gagna le valetudinarium en se demandant ce qu'on pouvait bien lui vouloir. Pourvu qu'on ne la retienne pas trop longtemps !

La sœur l'attendait dehors avec des ordres tout prêts : « Vous arracherez les mauvaises herbes du jardin.

– Maintenant ? dit la novice, prise au dépourvu.

– Vous préférez peut-être agir à votre guise ? reprit l'infirmière d'un ton sarcastique, les poings sur les hanches.

– Pardonnez-moi, ma mère… Mais est-ce que ça ne pourrait pas attendre ? »

La religieuse secoua la tête. « Obéissez ! » cria-t-elle. Et elle lui tourna le dos.

Restée seule, Aleydis coula un regard vers le jardin et manqua s'évanouir. Les mauvaises herbes avaient tout envahi ! Cette besogne allait l'occuper jusqu'au soir ! Elle réfléchit. Comment y échapper ? Elle comprit qu'elle n'avait pas le choix. Il ne lui restait plus qu'à se dépêcher.

Elle prit un seau et commença d'arracher furieusement le chiendent arrivé avec la belle saison, qui menaçait d'étouffer les plants d'herbes officinales.

De temps en temps, l'infirmière sortait pour surveiller l'avancée du travail, et elle lançait à Aleydis des compliments, ignorante des motivations qui animaient la novice et lui donnaient tant de cœur à l'ouvrage.

Prise de frénésie, Aleydis continua de baisser la tête et de travailler sans se soucier de se blesser les doigts. Elle finit par venir à bout de sa tâche. Alors, les reins brisés, elle prit congé et se hâta de regagner le cloître.

Les nonnes étaient encore occupées à leurs bavardages. Aleydis poussa un soupir de soulagement. En sueur, les mains pleines de terre, elle se mit en quête de la chapelaine.

Au même instant, elle la vit. Sœur Claire essayait d'ouvrir la porte de l'abbesse en se servant de la mauvaise clef !

*
*   *

Sœur Eudeline quitta le valetudinarium en proie à une grande agitation de pensées. Sa curiosité concernant le *Lapis exilii* était à son comble, de même son ignorance sur la mission de Maynard. Mais il y avait plus désormais, il y avait ce nom prestigieux : Karel de Luxembourg. « Son Altesse », comme avait dit Robert – et non pas « Majesté ». En effet, son amnésie était antérieure au couronnement de celui que le monde, voici quelques jours encore, connaissait comme Charles de Bohême, le « roi des prêtres ».

Toutefois le vrai dilemme consistait à découvrir ce que cherchait un homme de la trempe de Maynard. À ce sujet, le Picard ne se souvenait de rien. Il se rappelait seulement l'hostilité voilée de ce personnage. Et Eudeline avait préféré ne pas faire allusion au *Lapis exilii*, en tout cas à la mission dont son frère était chargé.

Elle avait donc laissé Robert de Vermandois se reposer. Son intention était de se retirer dans ses appartements car elle souhaitait être seule, ayant besoin de réfléchir. Elle voulait tenter d'établir un lien, si possible, entre les rares indices dont elle disposait, tout en ne pouvant écarter l'hypothèse d'un complot dont l'existence aurait été confiée à Maynard peu avant son départ. Un complot qui aurait visé le noble père de Karel.

Elle arrivait chez elle quand elle trouva sœur Claire à la porte. « Que se passe-t-il ?

– La clef… » La chapelaine était dans l'embarras. Elle bredouillait : « Elle n'ouvre pas… La serrure doit être… »

L'abbesse, irritée, s'approcha comme un faucon. « Je ne comprends rien de ce que vous dites !

– J'ai voulu entrer, afin de m'avancer dans mon travail… » Sœur Claire s'exprimait en baissant les yeux. « Et voilà que la serrure est coincée… Je n'arrive pas à… »

La révérende mère la toisa d'un air dédaigneux. Plongeant la main dans une poche de son habit, elle en tira sa propre clef. Elle l'enfila dans la serrure. Elle la tourna d'un geste sec. La porte s'ouvrit. « C'est bien ce que je pensais, dit-elle. La serrure n'est pas du tout coincée. »

La religieuse rougit, et balbutia : « Un peu de rouille, peut-être…

– Ou peut-être ai-je besoin d'une autre chapelaine », répliqua l'abbesse avant de lever les yeux au ciel et de se diriger vers l'écritoire chargée de paperasses.

– 39 –

Abbaye Sainte-Marie de Pomposa

Dans la roulotte, à quelque distance du couvent, Gualtiero et Sigismond racontaient ce qui s'était passé au chapitre. Sapia écoutait avec grande fierté le récit de son fils, mais le maître peintre lui conseillait de ne pas céder trop vite à l'enthousiasme. « Il est encore trop tôt pour le féliciter, dit-il en croisant les bras.

– Il faut que l'abbé nous donne la réponse des moines, confirma le garçon.

– Alors nous prierons le Seigneur », conclut Sapia.

Et elle se mit à la préparation du dîner. D'un sac de toile, elle tira des poireaux sauvages qu'elle mit de côté. Ayant considéré ses provisions, elle décida de réaliser une polenta de millet. Elle prit un récipient de céramique, l'emplit d'eau et voulut sortir pour aller le mettre sur le feu.

C'est alors qu'un cri les fit sursauter.

« Qu'est-ce que c'était ? s'exclama Sigismond.

– Une femme », dit Gualtiero, sur ses gardes.

Père et fils se précipitèrent dehors. Ils eurent à peine le temps de voir un cheval gris s'élancer au galop dans la brume. Il était monté par un moine caché sous sa capuche. Mais ce qui frappa la famille du peintre, c'est la jeune fille couchée à plat ventre, en travers du cheval. Elle remuait les jambes, criait et se révoltait contre son sort. Le cavalier faisait tout ce qu'il pouvait pour l'obliger à se tenir tranquille, tout en tirant sur les rênes avec sa main droite. L'opération n'était pas aisée ! Il dut ralentir sa course pour ne pas perdre l'équilibre.

C'est alors que Gualtiero reconnut la fille. Il fut aussitôt tenaillé par l'angoisse. « Ce ne sont pas mes affaires », songea-t-il. Il s'efforçait de résister à l'envie de voler à son secours. Après tout, le moine n'était peut-être pas animé par une mauvaise intention. Pourtant, l'instinct du garçon lui soufflait le contraire, et il se sentit honteux d'assister impuissant à la scène. Voyant le frater arrêter son cheval, il eut encore une hésitation. Se dresser devant un homme d'Église, c'était encourir une punition… Puis le visage de la fille lui traversa l'esprit. Il revit les yeux étranges. Pris d'un élan de courage, il s'élança pour attraper les brides du cheval. Mais l'animal s'emballa. Gualtiero fut jeté à terre. Il roula sur le sol pour ne pas être piétiné. Il vit Sigismond qui accourait, affolé.

Le moine reprit le contrôle de sa monture, jura et donna de l'éperon. Cependant le cheval n'eut pas le temps de repartir au galop : Gualtiero, qui s'était relevé, parvint à retenir le cavalier par la jambe. « Pourquoi la retenez-vous prisonnière ? » cria-t-il, menaçant de lui faire vider les étriers.

« Fiche-moi le camp, paysan ! » siffla le religieux en tâchant de maîtriser la fille qui se débattait désespérément. Mais il était de plus en plus déstabilisé. À la fin, il dut lâcher sa captive, sous peine de tomber, puis il poussa un cri de rage et fit claquer ses rênes.

Le père et le fils furent expédiés à terre par le bond du cheval gris quand il reprit en hennissant sa course vers la forêt.

« Es-tu devenu fou ? gronda le maître peintre en se relevant à grand-peine. Si je n'étais intervenu, tu serais mort à l'heure qu'il est ! »

Le garçon s'excusa d'un geste rapide, et courut auprès de la fille. « Allez-vous bien ? »

Elle avait l'air choquée. Avait-elle reçu un coup au crâne ? Gualtiero lui écarta les cheveux du visage, et l'invita à poser la tête sur ses genoux. Il voulait s'assurer qu'elle n'était pas blessée.

Peu à peu, Isabeau recouvra ses sens et bredouilla en jetant des regards autour d'elle : « J'étais montée dans le colombier… Ce moine s'y trouvait. Puis est arrivé Maynard… »

Gualtiero secoua la tête. Il n'y comprenait rien. Sigismond intervint d'un ton de reproche : « Ne te mets pas dans les ennuis ! Qu'est-ce qui t'est passé par la tête ? Tu ne sais pas vers quels malheurs tu risques d'être entraîné ! »

Le garçon ne pouvait lui donner tort. Il avait réagi de façon impulsive, sans penser aux conséquences. Mais il avait assisté à un enlèvement ! Comment contrôler son instinct ? À présent, sans trop savoir pourquoi, il avait le sentiment d'être intervenu non seulement pour elle, mais aussi pour lui-même. Fuyant cette pensée, il réfléchit rapidement à ce qu'il convenait de faire maintenant.

Il prit la fille dans ses bras et dit à son père : « Tu m'aides à la porter jusqu'à l'abbaye ? »

*
* *

Le soir venu, la brume se transforma en un brouillard si épais que toute chose échappait aux regards. Maynard guidait son frison entre des arbres dressés comme des spectres évanescents. Il s'éclairait à l'aide d'une torche.

La silhouette d'un cheval se matérialisa sur le côté, et fit trembler la flamme. Une voix s'éleva. C'était celle d'Andrea : « Le père Facio n'a pas quitté l'*Isola Pomposiæ*, j'en suis sûr. Nous avons interrogé les sentinelles le long de la voie romaine. Tous les points qui permettent de traverser le Pô ont été contrôlés.

– Cependant, objecta le Français, ne m'avez-vous pas dit que l'*Insula* possédait un port sur la mer ?

– Le *Portus Abbatis*. Il est à la tour de la Lanterne. Aucun moine n'a le droit de s'y embarquer sans ma permission. Ayez confiance, messire. C'est ici, dans cette forêt, qu'il se cache.

– Mais dans ce brouillard, soupira Maynard, même le diable n'arriverait pas à le débusquer.

– Si seulement vous ne l'aviez pas laissé filer ! Sauf erreur, je vous avais prié d'attendre mon intervention pour lui parler. »

Rocheblanche haussa les épaules. « J'ai dû improviser. Cette canaille a vu que je le surveillais au chapitre. Ce qui a éveillé ses soupçons. Je l'ai suivi : c'était la seule solution raisonnable. » Sans cesser de scruter la grisaille, attentif au moindre mouvement, il expliqua ce qui s'était passé : « En le voyant quitter la salle du chapitre, je suis descendu de mon poste d'observation et j'ai gagné la sacristie. J'ai parcouru la nef et j'ai fait le tour du bâtiment pour tenter de le prendre par surprise. Et je l'aurais attrapé, croyez-moi ! Mais il a fallu qu'Isabeau intervienne ! » À cette pensée, sa voix s'adoucit. « Heureusement, elle est saine et sauve…

– Vous pouvez remercier Gualtiero de'Bruni, le réprimanda le religieux. Il a volé à son secours et l'a ramenée au monastère sans une égratignure.

– Aucun doute, c'est un garçon courageux. Et intelligent, par-dessus le marché. Il a su tout de suite dans quelle direction votre moine allait s'enfuir. »

Dissimulé dans le brouillard, le père Andrea laissa échapper une imprécation : « Facio s'est conduit d'ignoble façon ! Prendre une jeune fille en otage… Oh ! Seigneur ! »

Le chevalier approuvait du chef. Un détail important lui revint en mémoire : « Et s'il a eu le temps d'envoyer un message ?

– Un message ? dit l'abbé d'un ton préoccupé.

– À qui l'aurait-il fait parvenir ? Avez-vous une idée ?

– Le père Facio a de puissants amis près de Ferrare, dans la noble famille d'Este. Mais il n'avait encore jamais fait appel à eux. En tout cas jusqu'ici… Il semble que vous lui ayez vraiment fait très peur.

– Au contraire, murmura Maynard. C'est lui qui m'a fait peur.

– Comment donc ?

– En me parlant de choses inconnues de moi. »

*

*   *

En sécurité dans la maison d'hôte, Isabeau aurait voulu attendre le retour de Maynard, mais elle était si épuisée qu'elle céda au sommeil. En dépit des dangers encourus ce jour, elle fit des rêves paisibles, associés au visage du jeune garçon qui avait accouru à son secours. Elle connaissait son nom, à présent ; et ce nom retentissait dans le flou de ses pensées pleines de visions lumineuses.

Perdue comme elle l'était dans les limbes de l'inconscience, elle ne pouvait savoir qu'une silhouette s'était introduite dans sa chambre, à la lueur d'une chandelle.

C'était le père Facio. Il s'approcha furtivement. Grande était la tentation de l'enlever à nouveau. Il ne doutait pas que cette fille fût en mesure de lui procurer des informations utiles. Mais ses hurlements risquaient fort d'attirer l'attention des gardes ! Et puis le Français pouvait entrer d'un instant à l'autre. Facio décida qu'il se contenterait de fouiller la pièce. Il y trouverait peut-être des indices. Il avait absolument besoin de découvrir quelque chose d'utile sur son nouvel ennemi.

Il n'y avait qu'une seule malle, et Facio n'y trouva rien. Une sacoche pendait au mur. Il la fouilla aussi. Elle contenait une grosse bague en or. À la lumière de sa chandelle, il étudia le blason gravé sur le chaton… Il faillit pousser un cri d'horreur.

« Le lion d'argent ! » se dit-il en tremblant.

Voilà des années qu'il ne l'avait vu. Pourtant, la terreur s'empara de lui. La simple présence de ce blason en ces lieux lui donnait l'envie de fuir à toutes jambes le plus loin possible. « Il ne m'aura pas ! se dit-il aussi. Plutôt mourir ou n'importe quoi d'autre… »

Cherchant à recouvrer une lueur de lucidité, il dissimula la bague dans sa coule et repartit à pas de loup vers la porte.

Il était trop tard, désormais, pour rêver encore de devenir abbé. Il allait devoir faire une croix sur ses ambitions. Ce qu'il lui fallait, c'était un refuge, un abri sûr. Et la protection d'un allié puissant. Il devinait que des événements atroces allaient très bientôt se produire.

D'ailleurs il connaissait bien l'homme qui possédait ce sceau. Son souvenir était gravé dans sa mémoire, et même dans sa chair – ses membres difformes et douloureux se chargeaient de le lui rappeler.

Quatorze ans avaient passé depuis qu'il l'avait torturé devant Ferrare. Et aujourd'hui encore, Facio tremblait à la seule évocation de son nom.

– 40 –

Reims, couvent de Sainte-Balsamie
La nuit du 22 mars

Après complies, dès que les religieuses se furent retirées au dormitorium, sœur Claire se rendit auprès d'Aleydis. Elle la trouva au puits du jardin, en train d'apaiser avec de l'eau les égratignures de ses mains.

La novice sursauta en voyant la chapelaine surgir des ténèbres.

Claire se contenta de lui montrer la clef qu'elle avait au cou et de lui dire d'un ton glacial : « Croyez-vous que je ne me suis aperçue de rien ? Je savais que c'était vous ! »

Aleydis, qui avait attendu ce moment toute la journée, avait eu le temps de réfléchir à une réaction. Elle fut surprise de sa propre capacité à rester calme. Elle secoua la tête, l'air de ne pas comprendre.

Mais sœur Claire avait trop besoin d'obtenir satisfaction pour accepter d'être traitée ainsi. « Pourquoi avez-vous fait ça ? Vous voulez prendre ma place ? » lui cria-t-elle à la figure. Puis elle se tint immobile dans le noir. Et soudain, elle fondit en larmes.

La novice en fut sincèrement désolée. Au fond, cette pauvre nonne n'était qu'une victime inconsciente de ses machinations à elle, Aleydis. Elle ne méritait pas d'être ainsi abusée. Aleydis voulut la consoler. Elle espérait que l'affaire se trouverait résolue avec des excuses et quelques mots de réconfort.

Mais la chapelaine la repoussa vivement. « Je sais que l'abbesse vous aime ! murmura-t-elle, les joues trempées de larmes. Mais ne vous faites pas d'illusions ! Vous n'êtes rien ! *Vous...* » Elle avait une mine révoltée. « Vous vous croyez la plus belle parce que vous êtes vaniteuse... *La petite comtesse !* Vous pensez que je n'ai pas des yeux pour voir ? Vous ne savez pas que tout le monde rit dans votre dos ? »

Aleydis la considérait, incrédule, blessée par tant de mépris. Tout en maîtrisant sa colère, elle réfléchissait à une issue. Quelqu'un risquait de les voir ! « Ma Mère, apaisez-vous, dit-elle à voix basse. Je vous assure que...

– Taisez-vous ! cria sœur Claire. Aujourd'hui, on m'a humiliée une fois de plus ! Et c'est à cause de vous ! » Elle eut un rire mêlé de rage. « Mais ça ne se produira plus ! Je vous traînerai aux pieds de la révérende mère, et vous serez bien obligée de dire la vérité ! »

La novice lui prit la main et l'implora : « Ne faites pas ça... »

Pour toute réponse, la chapelaine lui envoya une gifle.

Aleydis eut le réflexe de la repousser avec violence contre le mur. Des os craquèrent dans l'obscurité du cloître.

Aleydis étouffa dans son âme un cri d'angoisse. Elle se baissa vers la religieuse, tenta de la faire revenir à elle. Ses doigts touchèrent un liquide poisseux sur la nuque de Claire. Même si elle fut envahie aussitôt par un incontrôlable sentiment de culpabilité, elle songea que sœur Claire ne révélerait son secret à personne. Sinon, peut-être, à la Mort.

TROISIÈME PARTIE

L'aigle blanc

– 41 –

Abbaye Sainte-Marie de Pomposa
Le 26 mars

Perchés sur l'échafaudage dressé derrière l'autel, Sigismond et Gualtiero piquaient à coups de marteau et de burin la lunette de l'abside. Ce même jour, à la pointe de l'aube, le révérend Andrea était venu à la roulotte les informer de la bonne nouvelle : les moines consentaient aux travaux. Depuis, ni le père ni le fils ne s'étaient accordé une minute de repos.

Il fallait commencer par détruire la fresque existante afin de retrouver le mur d'origine. Le garçon souffrait d'avoir à massacrer une œuvre, mais c'était nécessaire. On ne pouvait peindre que sur une surface propre couverte d'un bon enduit. Quoi qu'il en soit, Gualtiero œuvrait d'arrache-pied. Il avait hâte de parvenir à l'étape suivante : l'application d'un mortier grossier, puis d'un crépi blanc où tracer l'esquisse de la scène. Le dessin serait réalisé en rouge de Sinope. Puis, une fois obtenue l'approbation de l'abbé, ce premier essai serait recouvert d'un autre crépi qui constituerait la base proprement dite de la fresque finale.

À la fin de la matinée, le garçon avait les reins brisés et le bras droit endolori. Mais il ne semblait pas vouloir s'arrêter pour autant. Il continuait de suivre le rythme de son père, lequel s'acharnait sur le visage du Pantocrator.

Le maître peintre ruisselait de sueur. Il plissait le front et les yeux car ses coups de marteau faisaient jaillir des éclats de crépi. Son attitude trahissait un tempérament dur qu'accentuaient encore une expression hargneuse et sa barbe noire saupoudrée de poussière blanchâtre. C'est dans ces moments-là que son fils l'aimait le plus : quand ils travaillaient en silence, unis par une même passion.

Sigismond était un homme de grand mérite, dur à la peine, et qui pouvait se targuer d'une longue expérience dans différentes villes et ateliers. Il vénérait ce qu'il avait appris étant jeune, et c'est précisément ce qui l'empêchait de s'affranchir des traditions. Le garçon supportait mal cet aspect de la personnalité paternelle. L'art pictural était pour Gualtiero un langage destiné à évoluer, non à rester prisonnier de règles intangibles.

Le succès rencontré auprès des moines le confirmait dans cette opinion. L'abside de Pomposa se préparait à cueillir les fruits de sa jeune inventivité ! Rien de tel ne serait arrivé s'il s'était contenté d'obéir aux ordres de son père, et il en concevait une pointe d'amertume. Il savait qu'il n'avait aucune chance de partager jamais cette satisfaction avec l'orgueilleux Sigismond.

Sa tête était pleine aussi de réflexions concernant l'abbé Andrea. Pourquoi leur avait-il communiqué le verdict du chapitre avec tant de froideur, sur un mode si expéditif ? C'était à se demander si les événements étranges des derniers jours ne l'avaient pas perturbé. Gualtiero en avait été informé par la petite Française.

Manifestement, le moine qui avait voulu l'enlever s'était enfui.

Gualtiero n'entendait plus frapper le marteau de son père. La partie supérieure du mur était entièrement piochée. Ils allaient devoir descendre de l'échafaudage et attaquer la partie basse.

Sigismond s'essuya le front. Il souriait d'un air content.

« On aura fini ce soir.

– Alors l'enduit, ce sera pour demain. »

Le père confirma d'un hochement de tête. Assis sur la planche, il but une gorgée d'eau à sa gourde.

« Si on faisait une pause ? proposa-t-il. Je meurs de faim.

– Moi aussi ! »

Le sourire du maître peintre fut brisé par une quinte de toux : trop de poussière flottait dans l'air. « Alors dépêche-toi d'aller prévenir ta mère, qu'elle nous prépare quelque chose. » Il encouragea son fils d'une petite tape sur l'épaule. Le garçon lui rendit son geste et sauta de l'échafaudage.

Finalement, il passait une bonne journée.

*

* *

Gualtiero, en franchissant la grande porte de l'église, eut la surprise de tomber sur une délégation de cavaliers en armes. Un enseigne arborait un étendard bleu où figurait un aigle blanc. Les autres étaient vêtus de bleu et de blanc. Un seul portait une tunique jaune et un scapulaire rouge auquel s'attachait une longue et fine capuche.

Qui étaient ces hommes ? Le garçon continua son chemin sans se faire remarquer. Il trouva Sapia devant la roulotte. Elle observait les nouveaux venus avec une expression apeurée. Gualtiero n'avait jamais vu sa mère à ce point effrayée. Il la reconnaissait à peine. Mais il n'eut pas le temps de l'interroger.

En effet, quatre moines sortaient du bâtiment attenant au cloître. La délégation était conduite par le révérend Andrea. L'abbé paraissait énervé, hostile, résolu à en découdre. Il s'arrêta face aux cavaliers et croisa les bras sans saluer personne. De sorte que l'homme en jaune lui lança :

« On ne s'incline pas, mon Père ?

– Ma cour est pleine du crottin de vos bêtes ! répliqua l'abbé. Et il faudrait encore vous faire des manières ? »

Le cavalier émit un gloussement désagréable. « Si vous saviez à qui vous vous adressez, reprit-il, vous vous dispenseriez de vos insolences.

– Il me suffit de voir qui vous accompagne ! enchaîna Andrea en enveloppant les cavaliers d'un geste méprisant.

Maffeo de Brescia était le capitaine général des milices de Ferrare. Et il était flanqué de sbires peu recommandables : Gabriotto de Canossa et Niccolò de'Roberti, deux émissaires du marquis Obizzo III d'Este, un homme qui osait se définir comme protecteur de ces terres…

– Nous ne représentons pas seulement Sa Seigneurie, reprit l'homme en jaune, mais aussi Son Excellence l'évêque de Ferrare…

– L'évêque ! répéta l'abbé, nullement intimidé. Êtes-vous son stipendié ?

– Son vidame, précisa l'homme en montrant le crucifix incrusté de pierres accroché à son cou. Superanzio Orsini est mon nom. Je vous le dis pour que vous vous le rappeliez lorsque nous nous reverrons.

– Qui que vous soyez, sachez que l'évêque n'a aucune autorité juridictionnelle sur ces lieux. Et ses serviteurs encore moins.

– Vous prétendez me dicter ma conduite ? » Le ton de Superanzio demeurait railleur et menaçant. « Comme je vous l'ai laissé entendre, je suis venu à Pomposa pour une affaire concernant soit l'évêque, soit le marquis Obizzo. » Il marqua une courte pause. Il dévisageait le religieux du haut de son cheval. « Il semble qu'un de vos moines se soit adressé à Sa Seigneurie, afin de dénoncer des irrégularités dans la gestion de cet établissement.

– De quel moine parlez-vous ? répondit Andrea en invitant au silence les frères qui l'accompagnaient.

– Le père Facio di Malaspina.

– Le père Facio s'est enfui. Nous ne l'avons pas vu depuis quatre jours.

– Son message nous est parvenu voilà quatre jours, précisément, dit le vidame. Grâce à un pigeon voyageur. Le père dit que l'on gaspille ici l'argent pour peindre des fresques.

– Gaspille ? s'exclama le révérend en plissant le front. Je devrais peut-être amasser les richesses, comme font les usuriers ? La cupidité est un péché.

– Jeter l'argent par les fenêtres en période de disette est autrement plus grave, répliqua Superanzio d'un ton sévère. Surtout quand on est débiteur de la Chambre apostolique. Ce qui est votre cas, si je ne m'abuse. »

Andrea avait pâli. « À supposer qu'il en soit ainsi, fit-il, en quoi l'évêque de Ferrare est-il concerné ?

– Son Excellence se doit de vous faire savoir qu'il désapprouve votre conduite, dit le vidame avec un sourire visqueux. Mais en qualité de vicaire du pape, le marquis Obizzo III d'Este est parfaitement en droit d'encaisser votre dette. Or il a décidé de le faire. En commençant par prendre la somme que vous aviez décidé, fou que vous êtes, de dépenser pour votre fresque.

– C'est ridicule ! La somme dont vous parlez est si petite qu'elle ne pourrait couvrir même un dixième du débit…

– Néanmoins, le coupa Superanzio, nous commencerons par là. »

L'abbé serrait les poings, s'efforçant de garder son calme. Il protesta : « C'est un abus de pouvoir ! J'en référerai à l'évêque de Bologne… Et même à Sa Sainteté en personne…

– Écrivez à qui vous chante, mon père. Ma mission était de vous prévenir, c'est tout. » Sur ces mots, l'émissaire de l'évêque se tourna brièvement vers les hommes en armes, puis continua : « À la minute présente, vous devriez avoir d'autres sujets d'inquiétude. Car la lettre du père Facio, en vérité, dit aussi que vous donnez refuge à des ennemis de Ferrare. »

L'abbé eut une expression déçue : « Ainsi, vous prêtez foi aux calomnies d'un fuyard, plutôt qu'à mes propres paroles.

– Je ne prête foi à rien, croyez-moi. Je suis juste venu vérifier des informations avec les hommes du marquis. Toutefois, puisque le message de Facio ne mentionne aucun nom, je vous demanderai la permission d'inspecter le… » La phrase de Superanzio Orsini resta en suspens. Son regard s'était arrêté sur la roulotte arrêtée non loin de là. Et la stupéfaction le laissait bouche bée.

Gualtiero, qui avait écouté en se tenant à l'écart, sentit peser sur lui le regard de cet homme. Avait-il attiré l'attention ? Il se dépêcha d'esquisser un geste d'excuse. Mais ce fut pour s'apercevoir que ce n'était pas lui que le vidame observait. C'était sa mère.

Chose plus étrange encore, Sapia soutenait le regard du vidame. La voyant troublée, Gualtiero prit les mains de Sapia et murmura : « Mère, mère ! M'expliquerez-vous… »

C'est l'émissaire de l'évêque qui répondit d'un ton incrédule : « Que faites-vous ici ? » Puis, s'adressant à l'officier : « Capitaine Maffeo di Brescia ! Arrêtez cette femme ! »

Un fouet claqua. Une agitation se produisit dans la troupe. Le capitaine général aboya un ordre. Trois cavaliers se dirigèrent vers la roulotte.

Tout alla trop vite. Gualtiero n'eut pas le temps de comprendre ce qui arrivait. Voyant les soldats venir à leur hauteur et mettre pied à terre, il voulut prendre la défense de sa mère. En même temps, il l'implorait avec des accents de détresse : « Expliquez-moi ! »

Sapia avait-elle perdu l'usage de la parole ? Elle se contentait de le regarder avec une expression d'amour et de désespoir. Puis, fixant les soldats des yeux, elle fit disparaître toute émotion de son visage, lequel devint un masque impassible. De nouveau, Gualtiero eut le sentiment de ne plus la reconnaître. Il secouait la tête. Que se passait-il donc ? On l'écarta sans ménagement. Puis un homme l'immobilisa. Et Sapia fut emmenée.

Elle n'opposa aucune résistance aux soldats qui, l'ayant prise par les bras, la traînèrent devant le vidame. Elle ne disait rien. Elle ne se plaignait pas. Dès qu'il l'eut en face de lui, Superanzio murmura : « *Vous !* Je vous croyais morte, et voilà que… » Bouleversé, il se passa la main sur la figure, sans cesser d'observer Sapia. « Comment est-ce possible ? » dit-il.

Elle ne cilla pas. Elle se tenait droite, immobile, les mains croisées sur la poitrine. Gualtiero l'admirait de pouvoir se dominer en pareille circonstance. Pourtant, l'attitude de Sapia avait changé. On aurait dit soudain une femme de la noblesse. Mais le garçon était trop retourné pour pouvoir réfléchir. Il avait peur. Il redoutait que l'on n'emmène sa mère.

« Oui ! reprit alors l'émissaire de l'évêque. C'est bien vous, Madame. Il n'y a pas d'erreur. » Il se tourna vers Maffeo de Brescia et enchaîna en brandissant le poing : « Capitaine, faites monter cette vipère sur un cheval. C'est à elle que faisait allusion le message de Facio. Impossible d'en douter. »

Gualtiero tenta d'échapper au soldat qui le maîtrisait fermement, et cria à l'abbé : « Elle n'a rien fait ! Je vous en supplie, mon Révérend ! Intervenez ! Prenez sa défense ! »

Le père Andrea n'eut pas le loisir de donner son avis. Superanzio Orsini poussa un cri, tomba subitement de cheval et atterrit dans le crottin. La stupeur fut générale. Sigismond dominait Superanzio et le menaçait avec son marteau en rugissant : « Ne vous avisez pas de la toucher ! » Son visage exprimait une rage méprisante. « C'est ma femme, par le Christ ! Ne vous avisez pas… Ne vous avisez pas… »

Gualtiero cria à son tour en direction de son père tout en se débattant pour se libérer. Mais les soldats étaient en train de maîtriser Sigismond et le rouaient de coups tandis qu'il criait : « Révérend Père Andrea ! Je vous en conjure ! » Il reçut alors un coup au côté et finit face contre terre, où on le frappa de nouveau à la nuque.

Avant de perdre connaissance, il eut le temps de voir Superanzio Orsini essuyer tant bien que mal le crottin qui souillait son habit, puis remonter en selle, écumant de rage.

Alors l'envoyé de l'évêque montra le maître peintre en disant : « Celui-là aussi, capitaine. Arrêtez-le. »

– 42 –

Gualtiero se réveilla couché dans l'ombre d'une cellule, près d'une silhouette encapuchonnée. Qui était-ce ? Appuyé sur ses coudes, il attendit de sortir de sa torpeur. Mais la mémoire, déjà, lui revenait.

« Ma mère ? demanda-t-il en tremblant. Mon père ?

– Ne vous agitez pas, mon fils, dit le moine en posant la main sur la poitrine du garçon. Vous avez reçu un vilain coup à la tête. »

C'était la voix du père Andrea. « Je vous en prie, répondez-moi ! reprit Gualtiero en s'efforçant de s'asseoir. Qu'est-il advenu de mes parents ?

– Arrêtés », répondit le révérend père en inclinant la tête.

Le garçon fut happé dans un gouffre noir. Il revit l'arrestation de Sapia et de Sigismond, et le désespoir grandit en lui. Pour partie, il refusait de croire que ces événements s'étaient produits. N'était-il pas victime d'un cauchemar ? Non : le triste regard de l'abbé le ramenait à la réalité.

« Me voilà seul au monde… » Que faire ? Qui appeler au secours ? Pour la première fois, le garçon allait devoir se débrouiller par lui-même. Il n'avait plus le choix. Il aurait voulu dominer son angoisse, mais l'idée de sa mère aux mains des soldats lui tirait des larmes. « Pourquoi ? pensait-il. Pourquoi ont-ils été arrêtés ? »

Il était sur le point d'interroger l'abbé quand une autre question lui vint à l'esprit, encore plus grave. Et la colère, alors, s'empara de lui. « Pourquoi n'êtes-vous pas intervenu ? dit-il avec un soudain mépris. Je vous ai supplié, pourtant ! Vous n'avez pas bougé le petit doigt !

– Je ne pouvais rien faire », se justifia le révérend père, le visage à l'abri sous sa capuche.

Gualtiero bondit sur ses pieds et attrapa l'abbé par un pan de sa tunique. « N'avez-vous pas affirmé que Pomposa était affranchie de l'autorité de l'évêque ?

– Je l'affirme toujours, répondit le moine en essayant de se dégager. Mais le monastère n'est pas affranchi de celle du marquis.

– Au diable ces arguties ! » s'écria le garçon qui n'arrivait pas à recouvrer son calme. Il se sentait trahi. Il croyait avoir établi avec ce religieux une relation qui dépassait la commande d'une fresque. Du reste, c'était Andrea lui-même qui avait placé sa confiance en lui, non sans lui laisser entendre qu'il possédait un talent spécial. Tout cela pour lui tourner le dos en un moment crucial ! Comme s'il n'était qu'un inconnu ! Gualtiero s'exclama, farouche : « Mes parents sont innocents ! Et vous… vous… Vous les avez laissés partir au-devant d'un injuste sort !

– Je n'avais pas le choix, se défendit l'abbé en lui faisant signe de baisser la voix. Le vidame a reconnu en votre mère une ennemie de Ferrare.

– C'est impossible !

– C'est pourtant le cas. Et c'est la raison pour laquelle je n'ai pu prendre sa défense. L'accusation est très grave. Je regrette, mon fils. Vraiment, je regrette. »

Gualtiero n'en croyait pas ses oreilles. Le père Andrea semblait sincèrement désolé mais ce qu'il disait n'avait aucun sens. « Où l'ont-ils emmenée ? demanda-t-il soudain.

– À Ferrare. Le marquis Obizzo décidera de son sort à l'issue d'un conseil des Sages. » L'abbé soupira et couvrit de sa main la tête du garçon. « Il va vous falloir du courage : la vidame a réagi d'une façon qui laisse penser qu'il ne s'agit pas d'une erreur.

– Qu'insinuez-vous ? Je ne connaîtrais pas ma propre mère ? explosa Gualtiero. Au contraire ! C'est bien d'une erreur qu'il s'agit ! Orsini l'aura prise pour une autre ! » Il s'aperçut en prononçant ces mots qu'il n'en était peut-être pas si sûr. Au moment de son arrestation, Sapia affichait un tel détachement ! On aurait dit une étrangère. Gualtiero sentit monter en lui le désarroi, en plus du désespoir. Il était soudain comme dépossédé de sa propre vie. Et là n'était pas son seul souci. Il demanda après un bref silence : « Et mon père ? Pourquoi l'ont-il emmené aussi ?

– Parce qu'il a tenté de leur résister. Superanzio Orsini n'a pas pardonné l'humiliation. »

Gualtiero observa l'abbé d'un œil mauvais. « Pour lui non plus, vous n'avez rien fait… »

Andrea, las d'essuyer la rancœur du garçon, lui fit signe de se taire. Il s'éloigna du lit et lança, mécontent : « Sachez qu'il n'a déjà pas été simple de vous sauver *vous*. Vous vous étiez évanoui mais les soldats voulaient vous emmener aussi. J'ai dû user de toute mon autorité pour convaincre le capitaine Maffeo de Brescia de vous laisser libre. »

Le garçon eut alors le sentiment d'être un ingrat. Mais ce remords fut passager ; ce qui l'accablait, c'était de penser à ses parents. Il se prit les cheveux à deux mains. « Et maintenant, que vais-je faire… »

Le moine l'enveloppa d'un regard plus doux. « Vous allez demeurer ici, dit-il en se penchant vers lui, dans l'hôtellerie du monastère. Je vous accorde l'hospitalité, en attendant de savoir ce qu'il adviendra de ces événements. J'écrirai à l'archevêque de Ferrare. J'implorerai sa clémence pour votre mère et votre père. Au fond, vous avez raison. J'ai ma responsabilité dans ce qui est arrivé.

– Je n'ai pas l'intention de profiter de vos largesses, mon révérend, murmura le garçon. Il est vrai que je suis désespéré, mais comment pourrai-je vous dédommager ?

– Nous trouverons un moyen, dit Andrea pour le tranquilliser. Dans l'immédiat, reposez-vous. Et priez le Seigneur. »

– 43 –

Maynard avait fouillé en vain les abords de l'abbaye. Il savait maintenant qu'il ne retrouverait pas Facio non plus sur la route des pèlerins qui traversait l'*Insula Pomposiæ*. Le trafic y était trop dense. Elle reliait Venise à Ferrare en passant par tant de villages, de relais et de monastères qu'il ne pourrait tout inspecter. Mieux valait changer de stratégie. L'abbé lui conseillait d'orienter ses recherches sur les rives du Pô. Elles offraient nombre d'opportunités à qui voulait fuir sans être vu. Sans compter les marais où il était aisé d'effacer ses traces.

D'un autre côté, Maynard avait matière à anticiper les déplacements du fugitif. Facio di Malaspina était trop habile pour marcher à découvert, il userait de n'importe quelle ruse et chercherait refuge auprès d'amis capables de lui offrir abri et protection. Or, à quel genre d'amis pouvait-il s'adresser ? Il y avait fait allusion lui-même : *Quelqu'un qui ne tardera pas à voler à mon secours.* Autrement dit, une personnalité puissante. Pour l'abbé Andrea, il s'agissait forcément d'un membre de la noble famille d'Este, établie à Ferrare.

Maynard pensait atteindre cette ville dans la journée. Ayant quitté l'abbaye aux aurores, il avait éperonné son frison sur les chemins et les collines qui bordaient le

Pô. Le fleuve serpentait vers l'ouest. Le chevalier allait dans cette direction quand le soleil, haut dans le ciel désormais, illumina autour de lui des plaines et des forêts.

Comment s'y prendrait-il pour approcher le marquis sans éveiller ses soupçons ? Il n'en savait rien encore. Prendre langue avec un de ses protégés ne serait pas une mince affaire. Mais il avait encore le temps d'y penser. Une fois sur place, il trouverait bien un moyen de débusquer ce serpent. Alors il le forcerait à rendre les reliques volées.

Pour le moment, d'autres soucis l'accaparaient. Il doutait de la sincérité du père Facio quand celui-ci parlait du *Lapis exilii* et du mystérieux *Codex Millenarius*. Ce livre lui permettrait-il vraiment de résoudre l'énigme du parchemin qui l'avait attiré à Mont-Fleur ?

L'énigme de l'ange jetant la meule dans la mer.

Cette prophétie était devenue une obsession pour Maynard. Chaque fois qu'elle se présentait à sa mémoire, il la rattachait au rêve des trois cavaliers. À ce rêve qui l'avait visité sur un champ de bataille, au milieu des morts. Il ne pouvait s'agir d'une coïncidence.

Et cette conviction s'était encore affirmée à Mont-Fleur, quand Manessier lui avait parlé des trois premiers hérauts de l'Apocalypse. Leurs fulgurantes couleurs symbolisaient la malgouvernance, la guerre et la famine. Maynard, certes, avait souvent connu ces fléaux. En remettant la main sur cette pierre d'exil, ne risquait-il pas de les déclencher à nouveau ?

Il s'essuya le front. Il avait chaud. Le soleil cognait dur. Du sol, s'élevait une humidité malsaine. Il prit la direction d'un campanile aperçu à quelque distance. Il y aurait sûrement là-bas un puits auquel se désaltérer.

Bientôt, apparurent de pauvres habitations en contrebas du fleuve. L'église et son campanile se dressaient au milieu d'elles. Maynard avisa un jeune prêtre qui bêchait un jardin :

« Révérend père ! J'ai soif ! Auriez-vous de l'eau ? »

Le religieux releva la tête. Ses traits vulgaires semblaient ceux d'un manant, plus que d'un homme d'Église. « D'où venez-vous, messire ?

– De Pomposa, répondit le chevalier en mettant pied à terre. Je me rends à Ferrare. Est-ce encore loin ?

– Tout dépend de votre cheval et de ses jambes. » Le prêtre reposa sa bêche, s'essuya les mains dans sa tunique et indiqua un seau. « Vous êtes ici près de Caput Gauri, précisa-t-il. Autrement dit, vous n'avez pas encore fait la moitié... » Comme il se tournait pour mieux observer le visiteur, le prêtre sursauta à la vue des armes. Maynard les portait à sa ceinture, et elles étaient bien visibles maintenant qu'il était descendu de sa monture.

Rocheblanche fut surpris par cette réaction. D'un signe, il le pria de poursuivre.

Le prêtre hésitait cependant. Il finit par dire en essayant de dissimuler son embarras : « Voilà... Voyez-vous... Il n'y a pas longtemps, une troupe de cavaliers s'est arrêtée ici...

– Mais encore ?

– Ils allaient en sens inverse : de Ferrare à Pomposa. D'où mon étonnement. »

Maynard ne voyait pas ce que ce fait avait d'étonnant. L'homme devait lui cacher quelque chose. Le chevalier prit la louche plongée dans le seau et se désaltéra. Il adressa au prêtre un sourire menaçant : « Auriez-vous l'amabilité de me dire qui étaient ces gens ?

– Ce sont des personnes sur lesquelles on ne pose pas de questions.

– Vous disiez pourtant savoir d'où ils venaient.

– J'ai reconnu leurs uniformes, c'est tout. La couleur des habits.

– À savoir ?

– Blanc et bleu. Des soldats des Este. »

Maynard but une autre gorgée d'eau sans quitter des yeux son interlocuteur. « La couleur des uniformes vous aurait informé de leur destination…

– Quelqu'un a dû laisser échapper un mot…

– Pourrais-je savoir ce qui vous effraie à ce point ? »

Le prêtre ravala sa salive. Il bredouilla quelque chose. Il avait la figure trempée de sueur. « Ils ont dit, reprit-il, qu'ils allaient à Pomposa pour arrêter quelqu'un. »

Rocheblanche eut un sourire forcé. Il tendit la louche au prêtre et souleva le seau pour faire boire son cheval. « Même si c'était moi, dit-il, qu'ils allaient arrêter, vous n'auriez rien à craindre. » Quand le frison eut fini de boire, Maynard salua et se remit en selle.

Mais avant de s'éloigner, il se demanda si Facio n'était pas derrière ce transport de troupes. C'était lui, Maynard, qu'ils recherchaient. Presque certainement. Dans tous les cas, cette hypothèse ne pouvait être négligée.

Il songea à Isabeau. Il l'avait laissée à l'abbaye, pensant qu'elle y serait en sécurité. À présent, il n'osait imaginer ce qu'il risquait d'advenir d'elle quand les soldats des Este découvriraient qu'elle était arrivée à Pomposa avec l'homme qu'ils recherchaient.

« Facio attendra », se dit-il.

Et, tirant sur les rênes, il reprit la direction de l'orient. Il éperonna le frison. Il retournait à Pomposa.

Où il parvint à la nuit tombée. Ayant mis son cheval aux écuries, il se dépêcha de gagner l'hôtellerie. Mais il fut arrêté par le gardien : « L'abbé souhaite vous parler, messire.

– Je dois d'abord m'assurer que ma sœur est saine et sauve, répondit Rocheblanche.

– Vous n'avez aucune raison de vous inquiéter de son sort, le rassura le moine. Vous la verrez après. »

*

* *

Le révérend Andrea s'était retiré sous les arches et les colonnes du *palatium* qui jouxtait le monastère. Des flambeaux en éclairaient l'entrée. Des fenêtres polyphores s'alignaient au-dessus du portique. Maynard songea que l'abbé, sans doute, souhaitait l'entretenir des Este et de leurs soldats. Il ne se sentait pas en danger puisque personne n'avait fait mine de vouloir l'arrêter à son arrivée.

Il atteignit une porte cloutée et frappa. Au troisième coup de heurtoir, un proche d'Andrea le fit entrer. Maynard fut conduit au fond du vestibule. Une porte s'ouvrit sur une pièce tapissée de tentures, éclairée seulement par un bout de chandelle brûlant sur une table.

Maynard distingua, dans un angle de cette pièce, la silhouette d'Andrea penché sur un écrin. L'abbé le salua d'un signe tout en continuant de fouiller dans l'écrin. Il finit par en extraire une grosse bourse de cuir, laquelle émit un tintement significatif, puis il se dirigea vers la table où reposaient des lettres marquées d'un sceau.

« Vous préparez-vous à fuir ? » ironisa le Français. Andrea le mit en garde : « Je ne vous ai pas fait venir pour entendre vos sarcasmes. Où étiez-vous passé ? »

La voix trahissait une forte contrariété. Maynard vit à la lumière de la bougie que des rides plissaient la figure de l'abbé. « J'étais à la poursuite du père Facio, comme les autres jours. » Il ne donna pas davantage de précisions. « Le père Facio ! s'exclama le religieux en jetant la bourse sur la table. Par votre faute, cet infâme a décidé de répandre le malheur dans toute l'abbaye !

– Expliquez-vous, je vous prie.

– Il a envoyé un message, exactement comme vous l'aviez prévu. Et ce message a eu pour effet d'attirer sur Pomposa l'attention des seigneurs de Ferrare ! » Andrea, toujours plus mécontent, couvrit la bourse de sa main. « Pour les calmer, je vais devoir débourser plus d'argent que je n'en ai !

– Je ne pensais pas qu'il s'agissait d'une question d'argent… s'étonna Maynard, perplexe.

– Et ce n'est qu'un début, messire ! Les soldats du marquis Obizzo III ont débarqué ici sous prétexte d'encaisser des sommes. En fait, ils cherchaient des suspects.

– C'est ce que j'ai entendu dire, en effet.

– Facio avait l'intention de vous dénoncer, bien entendu, poursuivit l'abbé en hochant la tête. Mais il ignorait votre nom… Allons continuer dehors : ainsi, le vent emportera nos paroles. » Puis, sans crier gare, il éteignit la flamme et se dirigea vers la porte.

Rocheblanche resta dans l'ombre de la pièce, en proie à mille pressentiments, avant de sortir à son tour.

L'abbé referma à clef. Ayant franchi le portail, il pénétra dans la nuit étoilée. Le Français le rejoignit après avoir décroché du mur un flambeau. Et les deux hommes reprirent la direction du monastère. « Le père Facio aura sûrement rédigé son message en des termes trop vagues, déclara Andrea. Ce qui a généré un grave malentendu. Cependant l'affaire est très complexe. Pour faire court, messire, je dirai que des personnes ont été arrêtées à votre place. »

Le chevalier eut un haut-le-corps. « Qui ? demanda-t-il.

– Les parents du jeune peintre, Gualtiero de'Bruni.

– Pour quel motif ? »

L'abbé ne répondit pas tout de suite. Il s'arrêta pour scruter les cieux. Son visage éclairé par la torche trahissait une profonde frustration. « Vous souhaiteriez entendre la vérité, n'est-ce pas ? dit-il entre ses dents. Eh bien ! Je ne la connais pas. Que je sache, les seigneurs de Ferrare n'ont rien à craindre de ces humbles gens. Sauf que le vidame a affirmé le contraire. Pour lui, la femme du peintre représentait une menace.

– Une menace », répéta Maynard, toujours plus perplexe. Certes, il ne pouvait prétendre que le sort de ces malheureux lui causait de la peine. C'est à peine s'il les avait croisés. Mais comment tolérer que des gens souffrent à cause de lui ? Et puis, il connaissait le jeune Gualtiero. Il avait entendu sa plaidoirie passionnée devant le chapitre. Il avait même hâte de pouvoir admirer sa fresque ! « Et le garçon ? demanda-t-il.

– Il est ici, à l'hôtellerie.

– Que va-t-il advenir de lui ? »

L'abbé eut enfin l'air de s'apaiser un peu. Il adressa au chevalier un semblant de sourire. « J'ai des projets pour lui. »

Maynard tenta de deviner à quoi le révérend père faisait allusion mais le religieux s'enferma dans une expression hermétique. « Dites-moi, reprit Rocheblanche, sait-il pour le malentendu ?

– Il ignore qu'il est victime d'une intrigue dont vous êtes la cause, si telle est la question.

– J'espère pouvoir réparer...

– Je m'y emploie déjà. »

Comme ils s'approchaient du monastère, l'abbé reprit : « J'ai l'intention d'écrire à l'évêque de Ferrare et au marquis Obizzo III d'Este. »

Maynard eut subitement une idée : « Permettez que je leur porte ces lettres moi-même. »

L'abbé se fit soupçonneux : « Et pour quelle raison ?

– Je pense que Facio doit avoir cherché refuge dans la famille Este.

– C'est en effet possible. Nullement certain, toutefois. Et alors ? »

Le chevalier répondit sur le ton de la confidence : « Sous prétexte de leur délivrer ces courriers, je pourrais les approcher, mener mon enquête…

– Je comprends. » Andrea médita un instant la proposition, puis poursuivit : « Retrouver Facio pourrait être utile. Pas seulement pour vous. Tant qu'il sera en liberté, ce moine sèmera la discorde et jettera une méchante lumière sur mon action. Cependant… vous devrez attendre un peu avant de vous rendre à Ferrare.

– Avez-vous connaissance d'un obstacle ?

– À ce qu'il me semble, l'évêque sera absent de la ville dans les jours qui précèdent le vendredi saint. En vous montrant durant cette période, vous éveilleriez les soupçons du vidame. »

Maynard hocha la tête. « Autrement dit, mon Père, il me faut patienter. »

*
* *

Caché derrière un arbre, Gualtiero épiait les deux hommes à la faveur de la nuit. Quand ils eurent disparu dans le noir, il rejoignit la roulotte à l'abandon. Il y pénétra furtivement. L'espace d'un instant, il eut l'espoir d'y trouver Sapia et Sigismond endormis. Mais il ne fut accueilli que par des odeurs familières et par un silence qui lui glaça le sang.

Il s'approcha du chevalet et étudia à la lumière d'une lanterne le portrait qu'il avait réalisé de sa mère. Jamais il n'aurait imaginé être dévoré d'une telle angoisse.

Un malentendu. C'est ce qu'avait dit l'abbé au Français. *Une intrigue.*

Que signifiaient ces mots ? Il l'ignorait. Mais il devinait que ses parents avaient payé pour quelqu'un d'autre. Pourtant, tout n'était pas si simple, semblait-il. Superanzio Orsini n'avait pas exigé l'arrestation de n'importe qui. C'est bien Sapia qu'il avait visée. Et il ne l'avait pas emmenée en cédant à un caprice, ni parce qu'il avait trouvé un bouc émissaire.

Il l'avait fait parce qu'il avait reconnu en elle une ennemie. Avec certitude.

Gualtiero fixa longtemps le tableau des yeux, comme s'il voulait le faire parler. Il n'était plus très sûr de reconnaître le visage qu'il y voyait figuré.

« Qui es-tu ? Qui es-tu vraiment ? »

Avant que ne s'éteigne la flamme de sa lanterne, il prit le tableau sur le chevalet, l'enveloppa soigneusement dans une toile, et l'emporta avec lui.

– 44 –

Reims, couvent de Sainte-Balsamie
Le 27 mars

Sœur Claire avait disparu depuis cinq jours.

À trois reprises, Eudeline avait fait fouiller le couvent de fond en comble. Sans résultat. La trace de la sœur s'était perdue le 23 mars. Ce jour-là, elle n'était pas venue chanter les matines avec les autres. Toutes ses affaires étaient restées dans sa cellule, y compris le manteau dont elle aurait dû se couvrir pour sortir. Tout était là, sauf elle.

Elle avait disparu dans le néant. C'est en ces termes que l'abbesse avait décrit la situation à deux émissaires de l'évêque appelés *advocati*, venus à Sainte-Balsamie pour élucider ce mystère. Ces hommes avaient échangé un regard perplexe. Puis ils avaient haussé les épaules, l'air de croire qu'il n'y avait pas grand-chose à faire en pareil cas. Ce n'était pas la première fois qu'une femme disparaissait à Reims. Les épouses fuyant un mari violent étaient légion. De même les pucelles qui décidaient de suivre un étranger de passage. Sans parler des prostituées qui s'évanouissaient aux confins de la ville… Et cette sœur, maintenant, enfuie de son couvent !

« Elle ne s'est pas enfuie », avait objecté Eudeline, par fierté plus que par conviction. Elle ne voyait pas sœur Claire quitter le cloître volontairement. C'était impossible. Claire était une fille douce, obéissante, dévouée à une foi authentique.

Mais les deux fonctionnaires ne l'entendaient pas de cette oreille. L'affaire avait même l'air de les amuser. L'un d'eux s'était fendu d'un commentaire ironique : « Elle ne serait pas des fois tombée amoureuse ? »

Tombée amoureuse d'un crétin de votre espèce, peut-être ? C'est ce que la révérende mère avait failli répliquer. La colère s'emparait d'elle. Toutefois elle avait préféré leur donner congé avec courtoisie. Non sans les prier de bien vouloir présenter ses hommages à l'évêque, ainsi que ses remerciements pour avoir délégué chez elle des serviteurs aussi avisés.

Puis elle s'était réfugiée dans le silence. Elle avait besoin de réfléchir encore. Et l'aube s'était épanouie comme un regard divin.

Cette angoisse prenait toute la place dans son cœur. Elle en aurait presque oublié son frère, et ses sentiments pour Vermandois. Il avait dû se passer quelque chose d'effrayant pour que sœur Claire décide de partir ainsi. Mais quoi ? La jeune chapelaine s'était toujours montrée émotive, impressionnable. Elle avait l'art de transformer un petit rien en tragédie… Eudeline se rappelait leur dernière rencontre. Elle l'avait réprimandée sévèrement, au point de la faire fondre en larmes.

« Quelle sottise ! » songea-t-elle. Ce n'était certes pas la première fois. Elle l'avait déjà grondée si souvent ! Surtout dans les périodes de travail intense. Mais s'il fallait être vraiment sincère, Eudeline devait reconnaître qu'elle s'était montrée de plus en plus dure avec elle, ces derniers temps. Il lui était même arrivé de la blesser sans raison.

L'abbesse eut quelque peine à admettre cette vérité, puis elle en fut comme libérée, changée. Avait-elle renoncé à la paix de l'âme pour devenir une vieille fille aigrie ? Ne faisait-elle pas qu'accabler autrui de ses propres frustrations ? Pauvre sotte. Voilà bien longtemps qu'elle s'était juré de renoncer à jamais aux émotions, de devenir un cœur dur, à l'écart des tourments du monde. Que Dieu lui pardonne, elle avait oublié ce serment à la minute de sa rencontre avec Robert ! Cet homme rude et galant avait ouvert une brèche en elle. Il avait fait renaître la femme cachée sous le voile. Une femme fragile.

Elle détourna les yeux de la lumière matinale. Un sentiment de culpabilité l'oppressait. Elle avait blessé sœur Claire. Elle l'avait humiliée une fois de plus.

« Quel genre de personne suis-je en train de devenir ? » se demanda Eudeline. Elle ne s'était jamais considérée comme une méchante femme. Comme une victime, plutôt. Comme la survivante d'une tragédie qui n'avait jamais cessé de la terroriser. Après toutes ces souffrances, elle n'avait eu d'autre choix que de se protéger contre d'autres douleurs à venir. Et elle ne s'était même pas rendu compte qu'elle pouvait elle-même faire souffrir les autres.

Cependant elle comprenait, à présent.

Elle sursauta quand retentit la cloche des laudes. Subitement elle se sentait incapable d'affronter le regard de ses sœurs. Elle avait besoin de rester seule encore un moment. Elle irait s'asseoir en un lieu isolé afin de poursuivre son examen de conscience. Elle gagna le fond du jardin. Approchant la margelle du vieux puits, elle vit quelque chose briller dans l'herbe.

La révérende mère se baissa. Elle glissa les doigts sous les plantes enchevêtrées et ramena un objet lisse, fuselé, coiffé d'un fin crénelage.

Une tour en ivoire.

Une pièce d'échecs. Comment pouvait-elle être arrivée ici, près d'un puits abandonné ? Elle devait se trouver là, sous les plantes, depuis quelque temps. À qui appartenait-elle ? L'abbesse était la seule à posséder un jeu d'échecs.

À genoux, elle chercha d'autres pièces. « Je dois vraiment avoir perdu tout bon sens ! se disait-elle. Une de mes sœurs a disparu et je suis là, en train de fouiller dans les herbes pour y retrouver d'hypothétiques pièces d'échecs ! »

L'espace d'un instant, elle fut de nouveau la fillette insouciante qui partait à la chasse au trésor dans le jardin. Mais elle ne trouva rien. Elle se fit l'impression d'être stupide. Elle se dépêcha de se relever. Si quelqu'un venait à la surprendre dans cette position ! Elle chassa les herbes de sa robe. Elle était sur le point de retourner à ses soucis quand ses yeux s'arrêtèrent sur le puits. Elle n'avait pas cherché là. Elle considéra la margelle de pierre grise. Le muret était bas. Saisie d'un pressentiment, elle s'y pencha.

C'était un puits peu profond, asséché de longue date. La lumière matinale ne parvenait pas jusqu'au fond. Eudeline distinguait seulement une masse sombre. Elle continua de scruter la cavité en attendant que le soleil monte un peu. Elle songeait à tout ce qui avait dû être jeté dans ce puits au fil des années ! Petit à petit, les rayons du soleil en effacèrent l'obscurité, qui se transforma en une mosaïque d'ombres diverses. Eudeline crut apercevoir tout en bas une forme volumineuse.

« Comme c'est étrange », songea-t-elle en essayant d'accommoder son regard aux ténèbres. La lumière se fit de plus en plus intense. Les contours de la forme devinrent plus nets. C'était une forme humaine.

Une légère odeur de décomposition montait des profondeurs. Eudeline fut prise d'épouvante.

Elle se mit à hurler.

*

* *

Le valet remonta. Il hocha tristement la tête. C'était bien le corps de sœur Claire.

Eudeline ordonna qu'on la remonte à l'aide d'une corde et qu'on la transporte à l'intérieur, loin des regards. Raide face au puits, elle assista à l'opération sans ciller. Elle souffrait. Deux poignards perçaient sa poitrine. Le premier était une lame de douleur ; le second, le violent désir d'apprendre la vérité. Elle était si bouleversée qu'elle n'avait pas encore réfléchi au moyen d'annoncer la nouvelle à la communauté. Seuls lui venaient à l'esprit des mots vides.

Le cadavre se décomposait. Il était souillé de boue. L'abbesse adressa à sœur Claire un salut muet. Elle allait repartir quand le valet la rappela : il avait trouvé une sacoche sous le corps. Il suggéra qu'elle avait peut-être appartenu à la chapelaine.

Eudeline prit la sacoche et, sans répondre, rentra chez elle. Elle ne préparerait pas les obsèques tout de suite. Elle attendrait l'expertise de l'infirmière. Non qu'elle eût besoin d'un avis médical pour le décès d'une sœur tombée dans un puits. Mais elle devait cela à sœur Claire. Ainsi qu'à elle-même. Elle entendait éliminer tous les doutes possibles sur le caractère accidentel de l'affaire. Dans le cas contraire, il faudrait parler de suicide, donc de damnation éternelle.

Dans sa chambre, Eudeline posa la sacoche sur l'écritoire et l'observa un long moment. Elle avait presque peur d'en découvrir le contenu. Elle voyait bien que l'objet n'appartenait pas à une femme. C'était un sac trop grand, d'aspect trop militaire. Il ressemblait à ces besaces que les cavaliers accrochaient à leur selle.

Quel rapport avec sœur Claire ?

Eudeline ne put se retenir davantage. Elle ouvrit la sacoche. Stupéfaite, elle écarquilla les yeux.

Un jeu d'échecs au complet.

Elle prit les pièces une à une et les disposa sur l'écritoire. Puis elle sortit de sa poche de son habit la petite tour en ivoire.

Elle recommença de fouiller la sacoche et finit par y trouver tout au fond une bague de fer ornée d'un sceau arborant un blason de noblesse. Eudeline n'eut pas besoin de l'examiner davantage pour savoir à qui appartenait cet anneau.

Elle avait encore à l'esprit les mots que Vermandois avait arrachés à son amnésie voilà quelques jours.

Voyez dans ma sacoche. Il y a un jeu d'échecs.

Eudeline avait trouvé la sacoche.

Comment avait-elle pu finir au fond d'un puits, sous le cadavre d'une sœur ?

– 45 –

« On l'a tuée. » Tel fut le jugement de l'infirmière.

Eudeline en resta interdite. Elle considéra le cadavre étendu sur la table du valetudinarium. On l'avait déshabillé, lavé avec soin et couché dans une position convenable. Cependant Eudeline trouvait Claire encore plus effrayante qu'au sortir du puits. Sa peau, qui avait pris une coloration verdâtre, était tuméfiée par endroits. Le ventre et la gorge étaient gonflés. Le visage lui-même présentait des signes de décomposition.

La révérende mère surmonta sa répulsion. Elle aurait voulu s'attacher à ce qui subsistait des traits de sœur Claire, mais l'odeur la força à reculer. « Poussière, pensa-t-elle. Si seulement nous pouvions redevenir poussière, du moins cette humiliation extrême nous serait-elle épargnée. » Elle ravala ses larmes. Elle méditait les paroles de l'infirmière. « Tuée, dites-vous. Comment pouvez-vous en être sûre ?

– J'ai examiné le corps, se contenta de répondre l'infirmière.

– Je ne vois pas trace de votre bistouri.

– Il n'a pas été nécessaire. » Gardant une expression impassible, la sœur appuya les index sur les tempes de sœur Claire, dont elle souleva la tête. À la base du crâne, sous les cheveux noirs coupés court, on distinguait une plaie. « Le décès a été causé par un coup à la nuque, expliqua la sœur infirmière. L'os est enfoncé. Suite à un choc contre un angle de mur, probablement.

– Il peut donc s'agir d'un accident, avança l'abbesse en s'efforçant de garder une voix égale. Sœur Claire aura glissé…

– Si c'était le cas, la margelle du puits aurait présenté des traces de sang, rétorqua la religieuse. Je doute que cette blessure soit la conséquence d'une chute…

– Sur quoi s'appuie ce raisonnement ?

– C'est simple. J'ai interrogé le valet. Il assure que le fond du puits était meuble : de la boue, des feuilles mouillées. Si sœur Claire était vivante au moment de sa chute, je pense qu'elle aurait survécu.

– On ne peut cependant exclure que sa tête ait heurté quelque pierre, tout au fond, dans le noir…

– En effet. Mais si c'était le cas, la blessure serait différente.

– Comment cela ?

– Sœur Claire n'est pas tombée à la renverse, mais sur le flanc gauche. C'est dans cette position qu'elle a été retrouvée. » Ayant reposé délicatement la tête de la défunte, l'infirmière pointa une baguette vers les régions de la hanche et de l'épaule. « Ces contusions me confirment dans mon jugement. On ne le voit pas à l'œil nu, mais j'ai procédé à des manipulations qui ont révélé la présence de fractures osseuses. Des fractures advenues lors de l'impact sur le sol. Ce point ne fait aucun doute.

– Eh bien ! Quelle est la cause de la mort ?

– À cette question, je ne puis répondre, dit la religieuse. Mais je ne sache pas qu'une sœur morte puisse se jeter toute seule dans un puits… »

Eudeline conclut en frissonnant : « Quelqu'un l'a fait. »

L'infirmière hochait la tête. « La personne qui a provoqué le décès », dit-elle.

L'abbesse, stupéfaite, sentit monter en elle une étrange excitation. Un assassin se cachait-il au couvent ? Pareille idée ne la terrorisait pas. C'est la curiosité qui maintenant l'emportait. Elle connaissait bien ses religieuses. Elle doutait fort qu'aucune fût capable d'une telle cruauté. Alors qui ? Pourquoi ? L'abbesse allait devoir réfléchir en prenant du recul.

Mettant fin à la discussion, elle congédia la sœur infirmière d'une petite tape sur l'épaule.

*

* *

Robert de Vermandois avait obtenu l'autorisation de quitter le valetudinarium à condition de se tenir dans les espaces les moins fréquentés par les sœurs. Il pouvait aussi se rendre à l'hôtellerie, et dans les enclos réservés aux bêtes.

Eudeline le trouva à l'entrée des écuries. Il s'occupait d'étriller son cheval. Il avait recouvré l'usage de ses jambes et sa vigueur. Même sa mémoire était en progrès.

L'abbesse, avant de lui adresser la parole, prit le temps de l'observer. Elle était ravie de le voir au travail et le cœur léger. Le Picard avait beau porter le titre de baron, ses manières étaient celles d'un homme simple. Il s'était enveloppé la tête dans un linge pour cacher sa cicatrice à la tempe. Avec ses culottes et son pourpoint de coton, on aurait dit un artisan. Le port, toutefois, était altier. Et c'est avec grande douceur qu'il soignait le cheval.

Eudeline hésitait à s'approcher de lui, tant les événements récents la troublaient. Elle s'obligea pourtant à lui dire : « J'ai retrouvé votre jeu d'échecs, messire. »

Vermandois se retourna. Son sourire retomba dès qu'il vit la mine affligée de l'abbesse. Baissant les yeux, elle ajouta : « Il était au fond d'un puits. Avec une sacoche. Sous le corps sans vie de ma chapelaine. »

Le Picard en resta pétrifié, l'étrille à la main. « Mon Dieu… Je ne comprends pas…

– Les sœurs ne le savent pas encore, avoua la révérende mère. Mais il est probable qu'un crime a été commis dans ces murs…

– Dans un couvent de bénédictines… En êtes-vous sûre ?

– Je ne suis sûre de rien, hélas. »

Robert s'approcha d'elle. Quand il la prit par les épaules pour la réconforter, elle s'abandonna. Elle eut le sentiment d'être protégée. Le monde ne pouvait plus l'atteindre… Se rendant compte de ce qu'ils faisaient, elle se détacha vivement de lui.

« Asseyez-vous, dit-il en indiquant à Eudeline un tabouret près de la porte. Vous êtes toute pâle. »

Elle consentit. Elle était exténuée. Trop d'émotions l'avaient éprouvée. Impossible de se cacher plus longtemps derrière cette fausse assurance. Du reste, c'était bel et bien pour cette raison qu'elle était venue à lui. Avec Robert, elle pouvait se montrer faible, comme n'importe quelle femme. C'est alors qu'elle repensa à la pauvre Claire. Aussitôt elle lâcha la bonde à la détresse qu'elle avait essayé de dominer jusque-là. Les coudes sur les genoux, elle fondit en larmes.

Vermandois, qui n'osait plus rien faire, se contenta de murmurer : « Je suis là. » Il se tenait auprès d'elle. « Je suis là, à vos côtés. » Il attendait patiemment qu'elle se reprenne. Quand les sanglots eurent cessé, il demanda : « Aurez-vous la bonté de m'expliquer ? »

C'est avec un sentiment de gratitude que la révérende mère lui dit ce qui était arrivé.

– 46 –

Reims, appartements privés non loin de l'abbaye Saint-Rémi

Aleydis, au même moment, attendait que le cardinal ait fini de lire. Après cinq jours entiers passés à refouler sa nervosité et ses remords, elle pouvait enfin cesser de dissimuler. Elle était assise devant lui. Elle avait les traits tirés et les yeux rougis par les nuits d'insomnie. La nausée et le dégoût la tourmentaient sans répit. Jusqu'ici, mentir ne lui avait jamais posé problème. Elle avait vu la peur se répandre dans le couvent après la disparition de sœur Claire. Elle avait participé aux recherches comme les autres. Elle avait partagé leur angoisse – du moins en apparence. Dans le secret de son cœur, elle espérait qu'aucune d'elles n'aurait l'idée d'aller se pencher sur le vieux puits. C'est là qu'elle avait caché le corps. L'endroit lui avait paru indiqué. Si tout allait bien, de longues années passeraient avant que l'on s'aperçoive de quoi que ce soit

Les états d'âme d'Aleydis indifféraient le cardinal. Ayant fini de lire, il referma son dossier et posa sur elle un regard attentif. « Êtes-vous certaine d'avoir bien recopié ces lettres ?

– Oui, Votre Grâce. Je sais écrire parfaitement.

– Et vous n'en avez point trouvé d'autre ?

– Ce sont les seuls courriers adressés par Maynard à sa sœur.

– Je vous fais mes compliments, reprit le cardinal. Cependant les informations que vous m'avez fournies ne permettent pas de retrouver Rocheblanche. »

Devait-elle s'attendre à une nouvelle punition ? La jeune femme avait peur. Et plus peur encore d'entendre le cardinal lui ordonner de reprendre le cours de l'enquête. Depuis la disparition de sœur Claire, le couvent vivait en état d'alerte. Elle savait qu'il lui serait impossible de se déplacer comme si de rien n'était, et encore plus de s'introduire dans les appartements de l'abbesse.

« Le problème devra être résolu par d'autres, et de façon plus expéditive », dit-il. Aleydis fut surprise. « Il est évident, poursuivit-il, que la révérende mère est habile à dissimuler les secrets de son frère. Trop habile pour vous.

– Mais je suis la seule à pouvoir… »

L'homme secoua la tête. « D'importantes affaires m'appellent ailleurs, déclara-t-il, et m'obligent à trouver rapidement une solution. » Il parcourut rapidement les copies des lettres de Maynard, en les frappant du bout du doigt. « Je vois entre ces lignes des allusions au *Lapis exilii*, aucun doute là-dessus. Rocheblanche parle clairement d'un certain lieu suggéré par l'énigme… L'*énigme*, comprenez-vous ? Sœur Eudeline ignore peut-être où est son frère, mais ces lettres démontrent qu'elle a connaissance elle aussi du parchemin que je cherche. »

La novice ne comprenait pas. Ces derniers mois, on ne lui avait fourni que les informations strictement nécessaires à l'accomplissement de sa mission. Elle ignorait tout de ce dont parlait Son Éminence.

Mais le cardinal était trop absorbé par ses propres raisonnements pour remarquer l'expression de la jeune femme. « Plus d'hésitation possible », conclut-il. Et soudain un violent désir le saisit. « Je vais faire enlever l'abbesse de Sainte-Balsamie. Ainsi, je pourrai l'interroger moi-même. »

Aleydis sursauta. « Mais comment… Quand…

– Cette nuit même. Marcus s'introduira dans le couvent. Et pendant que les sœurs dormiront sur leurs deux oreilles, il emmènera la révérende mère. »

La jeune femme faillit se jeter aux pieds de Son Éminence pour l'implorer de renoncer à ce projet. Mais elle se retint. Elle ne voulait pas s'infliger à elle-même pareille humiliation. Pas après ce qui s'était passé avec sœur Claire. Cependant sœur Eudeline s'était montrée bonne avec Aleydis. Elle ne méritait pas de subir la tyrannie du cardinal.

« Je vous vois troublée », murmura le prélat. Arrachée à ses pensées, Aleydis s'exclama : « Pas du tout, Votre Grâce. Je suis fatiguée, c'est tout…

– Alors tâchez de récupérer, dit-il les mains jointes, en croisant ses doigts ornés de bagues, car c'est vous-même, passé minuit, qui devrez ouvrir à Marcus la porte du couvent. »

*
* *

Prise d'une violente nausée, Aleydis se précipita dehors et courut en se retenant de vomir. Puis, pliée en deux, elle rendit à même le sol. Le soulagement fut bref. Quand elle releva les yeux, elle vit que Marcus se dressait devant elle, tenant son cheval par la bride. Il avait tout vu.

« Vous êtes d'une pâleur cadavérique ! lui lança-t-il avec son insolence coutumière.

– Occupez-vous de vos affaires, répliqua-t-elle en sortant un mouchoir pour s'essuyer les lèvres.

– Au contraire. Dans l'état où vous êtes, vous risquez de faire échouer la mission de cette nuit. »

Aleydis le fixait sans comprendre.

« Alors vous savez déjà ? »

Il ricanait. « L'opération était programmée depuis des semaines. Il a suffi à Son Éminence de m'adresser un signe par la fenêtre pour m'informer que le moment était venu.

– Je doute d'être à la hauteur…

– Votre mission est essentielle mais facile. »

Le pied à l'étrier, il tendit la main à la jeune femme. « Venez, maintenant. En selle. Je vous expliquerai en route. »

– 47 –

Abbaye Sainte-Marie de Pomposa

Gualtiero avait assisté la veille à l'arrestation de ses parents. Il était à présent assis dans l'herbe, le dos tourné à l'abbaye, les yeux fixés sur la roulotte – ce vestige d'un temps à jamais enfui. Le père Andrea, s'il s'était bien occupé de lui, n'avait rien su lui dire du sort réservé à Sigismond et Sapia.

L'attente était pour Gualtiero un fardeau lourd à porter, et ce qu'il avait entendu n'était pas fait pour le rassurer. Il aurait voulu demander des explications à l'abbé, mais il craignait d'éveiller ses soupçons, voire de s'en faire un ennemi.

Il s'aperçut qu'on lui tendait une fleur.

Levant les yeux, il vit que c'était la Française.

« Pour vous », dit-elle dans sa langue.

Ce geste prit le garçon au dépourvu. Il accepta le cadeau et remercia.

La fille restait debout, à l'observer. « J'ai appris ce qui est arrivé, déclara-t-elle d'une voix douce, en roulant légèrement les *r*. Je suis désolée. »

Gualtiero tournait la fleur entre ses doigts. Les mots ne lui venaient pas. Trop de soucis l'accablaient. Il n'avait pas le cœur à la conversation. Pourtant cette compagnie le flattait. Il étudia la fille aux yeux énigmatiques et se demanda si elle connaissait les secrets de l'homme avec qui elle avait voyagé jusqu'à Pomposa. D'ailleurs, quel mal y avait-il à lui poser tout simplement la question ? Mais il n'eut pas le temps de prononcer un mot : elle lui fit un baiser sur la joue, et dit avec un sourire :

« Je m'appelle Isabeau. »

Gualtiero mit la main à l'endroit du baiser. L'espace d'un instant, tous ses tourments furent effacés. Il était comme envoûté par l'invisible lien qui l'unissait à Isabeau. Puis un bruit de pas se fit entendre.

Un moine s'approchait dans la lumière.

C'était l'abbé. Le garçon bondit sur ses pieds. Et il vit aussitôt, avec une pointe de regret, que la fille s'enfuyait vers les arbres.

« Elle est plus farouche qu'un faon », fit observer le père Andrea. Le garçon approuva. Puis il revint à la réalité. « Avez-vous des nouvelles de mes parents ?

– Hélas ! toujours pas. »

Gualtiero, désespéré, baissa les yeux.

« Si je suis venu vous chercher, reprit le révérend, comme pour distraire le garçon de ses angoisses, c'est parce que je souhaite vous parler d'une affaire. » Il le prit par l'épaule et l'invita à le suivre jusqu'au palais qui jouxtait le monastère.

Gualtiero aurait préféré demeurer seul avec son chagrin, mais comme il ne voulait pas contrarier l'abbé, il lui emboîta le pas. Quand ils furent sous le porche, Andrea reprit : « Dites-moi, êtes-vous jamais entré dans un scriptorium ?

– Non, de toute ma vie.

– Alors préparez-vous. » L'abbé affichait un mystérieux sourire. Il ajouta : « Ce que vous allez voir, peu l'ont vu. »

*

* *

Le second étage du *palatium* se divisait en deux salles. Dans la première se trouvait une bibliothèque. La seconde était la pièce où travaillaient les moines. Ils étaient une dizaine. Le père Andrea précéda le garçon. Il lui fit observer que la moitié des religieux seulement étaient des copistes. Gualtiero nota qu'ils œuvraient avec un soin pointilleux. Il s'intéressa aussi à leurs instruments. Il y avait des plumes de différentes formes, des calames, des grattoirs et de petits outils qui éveillèrent en lui une sensation familière et nouvelle à la fois. L'abbé le laissa un instant à son admiration. Puis il l'entraîna dans l'autre salle, celle qui abritait les volumes.

La seule source de lumière était ici une fenêtre bifore impuissante à chasser toutes les ombres et les poussières en suspension dans l'air. Andrea s'arrêta devant une rangée d'armoires. Il en ouvrit une pour montrer au garçon les ouvrages qu'elle contenait. « Ce n'est pas la bibliothèque de Bobbio, dit-il, ni celle de Mont-Cassin, mais elle est assez fournie pour rivaliser avec nombre de fonds prestigieux.

– La bibliothèque de Pomposa doit être très ancienne, murmura le garçon.

– C'est le cas, en effet. Elle a été créée voilà trois cents ans par l'abbé Hieronymus. Et elle s'est enrichie depuis ! Trois cents ans ! Imaginez-vous la passion qu'il a fallu déployer pour réunir un tel patrimoine ? » L'abbé se tut un instant, comme pour permettre à Gualtiero de méditer ces vues. Puis il reprit d'un ton théâtral : « Dans ces armoires, sont conservés les textes fondateurs du christianisme, ceux des docteurs de l'Église : Augustin, Ambroise, Jérôme, Grégoire le Grand, Thomas d'Aquin…

Ce que vous voyez là, c'est un labyrinthe composé de commentaires bibliques sur la dogmatique trinitaire de saint Hilaire de Poitiers et de Didyme d'Alexandrie, dit l'Aveugle, sur les préceptes de Fulgence, de Paschase Radbert, et même de Nicétas de Rémésiana. Mais attention, mon fils ! Nous ne parlons pas seulement de *scientia Ecclesiæ*... » L'abbé baissa la voix et poursuivit sur un ton qui était presque celui de la confidence : « Ici, il est même possible de se familiariser avec l'*Historiarum Alexandri Magni Libri* de Curzio Rufo, avec l'*Ab Urbe Condita* de Tite-Live, avec la sagesse d'un Sénèque, d'un Orose, d'un Eutrope...

– Permettez que je dise mon émerveillement », dit Gualtiero pour lui faire plaisir. La plupart des noms qui venaient d'être prononcés étaient inconnus de lui. S'il était curieux de quelque chose, c'était de savoir pourquoi le père abbé l'avait amené ici. « Vous vous donnez de la peine pour moi, dit-il.

– J'aurais voulu vous montrer ces lieux lors de notre première rencontre, avoua Andrea. Ou, pour être précis, quand vous avez fait allusion à ce lien entre les représentations des saints et le calendrier liturgique. Vous avez exprimé la chose avec une telle intelligence ! Me sont revenus en mémoire certains passages du *De ecclesiasticis officiis*, l'ouvrage d'Amalaire de Metz.

– Insinuez-vous que j'aurais pu feuilleter ce livre ?

– Non, mon fils. Ce que j'insinue, c'est que vous avez trop d'intelligence pour consacrer votre vie seulement à la peinture. Ce serait gâcher vos talents. »

Gualtiero fut touché dans sa fierté. Pourquoi rabaisser ainsi ses ambitions, et le plus noble métier du monde ? « Avec tout le respect que j'ai pour vos volumes, répliqua-t-il, l'art des images exige de longues études, plus longues que vous ne l'imaginez...

– Je n'en doute pas, dit le religieux, nullement offensé. Cependant réfléchissez à celles que vous pourriez concevoir en vous inspirant de saint Augustin, de Bède le Vénérable ! Vos fresques s'enrichiraient de symboles si raffinés que vous vous élèveriez bien au-dessus d'un simple artisan !

– Je vois où vous voulez en venir », admit le garçon, séduit par ce propos. Pourtant, il se rembrunit bientôt : « N'oubliez pas que les fresques dont vous parlez ne pourront être peintes. Elles ne le seront jamais. »

Mais Andrea ne s'estimait pas vaincu. « Votre père a été arrêté, c'est vrai. Et ils m'ont pris mes florins. Cependant vous avez du talent, ne l'oubliez pas. »

Le garçon devinait que ce propos n'était pas destiné seulement à le consoler. « Que voulez-vous dire, exactement ? »

Le religieux prit appui contre une des armoires, s'accorda un bref silence, puis s'expliqua : « L'autre jour, vous vous demandiez comment me remercier pour l'hospitalité que je vous offre. Eh bien ! J'ai apprécié vos dessins et votre génie. Je pense que vous feriez l'affaire ici, dans ce scriptorium.

– Mais Révérend, bredouilla Gualtiero, stupéfait…

– C'est un don que je vous fais, comprenez-vous ? insista l'abbé. Je n'ai plus beaucoup de moines capables de copier les manuscrits. Vous avez vu le scriptorium ? Il est presque désert ! Et vous… Vous…

– Je ne possède pas le savoir nécessaire pour copier des codex ! protesta le garçon qui ne savait plus s'il devait se sentir flatté ou redouter la suite. Je ne connais pas le latin. Et d'ailleurs, je ne suis pas moine…

– Vous n'aurez pas à prononcer les vœux, se hâta de le rassurer Andrea. Et je ne souhaite pas vous confier un travail de copiste.

– Alors pardonnez-moi, Révérend, mais je n'y comprends plus rien… »

L'espace d'un instant, Gualtiero crut avoir instillé un doute dans l'esprit du révérend père. Puis il le vit tirer de l'armoire un épais volume. Andrea se tourna vers lui avec un mystérieux sourire.

« Les livres ne sont pas faits que de mots », dit-il. Ouvrant le traité, il lui montra les superbes illustrations qui emplissaient les marges, puis ajouta : « Et si ma mémoire est bonne, le scriptorium de Pomposa n'a pas eu de miniaturiste depuis au moins quatre siècles. »

– 48 –

Reims, couvent de Sainte-Balsamie
La nuit du 27 mars

Blottie derrière le portail, Aleydis attendait le signal de Marcus. Elle s'était glissée là discrètement, après que la vieille sœur gardienne s'était retirée dans le dormitorium. À présent, seule dans le noir, elle ne savait plus que faire. D'un côté, elle avait hâte de voir arriver l'écuyer du cardinal. Mais de l'autre, elle priait pour qu'il ne vienne pas. Hier encore, elle aurait fait face sans hésiter. Cependant elle était une autre femme, à présent. Sœur Claire n'était plus et la jeune novice en portait le remords comme un fardeau. Et elle s'en voulait terriblement d'avoir trahi l'abbesse.

Après la récitation des vêpres, Aleydis avait vu Eudeline monter en chaire le visage baigné de larmes, puis annoncer aux sœurs que le corps de la chapelaine avait été retrouvé. Au milieu de tant de chagrin, la novice s'était soudain rendu compte qu'elle se trouvait à présent dans une impasse. Saisie de culpabilité, elle aurait voulu tout avouer à la révérende mère. Mais Eudeline n'était pas en état de l'écouter.

Depuis lors, Marcus occupait toutes les pensées d'Aleydis. À l'approche de minuit, elle avait gagné le portail, où elle attendait le signal prévu.

Elle avait beau être bouleversée, la partie rationnelle d'elle-même lui commandait d'obéir au cardinal. Cet homme, après tout, ne l'avait-il pas sortie de la misère ? Et puis que pesait une abbesse de Reims face à un cardinal d'Avignon ? Son Excellence visait sans doute de nobles fins, sinon un saint objectif. Ses intentions échappaient probablement à l'intelligence d'une fille inculte comme elle.

Mais la novice ne pouvait nier ses propres torts. La révérende mère, tout en étant sévère, demeurait une bonne personne. Elle l'avait accueillie, protégée. Elle lui avait appris l'honneur et le respect. Grâce à cet exemple, Aleydis avait compris qu'une femme peut être autre chose qu'un instrument voué au plaisir ou à la procréation. Elle savait désormais qu'une vie cloîtrée pouvait se révéler moins stérile qu'une existence passée à la merci d'un homme. « Je ne veux pas qu'on lui fasse du mal », songea-t-elle soudain. N'était-il pas encore temps d'arrêter cette folie ?

Elle sursauta en entendant un bruit.

« Êtes-vous là ? » murmura une voix de l'autre côté de la porte.

Aleydis se tut.

« Êtes-vous là ? » répéta Marcus avec une pointe de nervosité.

La novice regardait le verrou. Rien de plus simple que de tendre la main et ouvrir. Devait-elle le faire ? Elle hésitait. Mais l'ancienne Aleydis, déjà, émergeait d'un recoin de son âme, la traitait de sotte et chuchotait dans l'ombre : « Il est trop tard pour changer de route, trop tard pour devenir un ange… »

Marcus frappait contre la porte. Le temps filait.

« Sale chienne ! siffla le sbire. Je sais que vous êtes là ! »

Aleydis s'éloigna du portail. Elle redoutait presque d'être vue de Marcus. Elle l'imaginait à genoux dans le noir, en train de souffler et de serrer les dents. Puis un bruit lui parvint. Le bruit d'une lame frottant le bois. Elle frissonna.

Et c'est la peur qui décida pour elle.

Elle débloqua la serrure. Le portail s'ouvrit sur la grimace de cet homme sans pitié.

– 49 –

Sœur Eudeline était exténuée, pourtant elle ne trouvait pas le sommeil. Elle se tourmentait sans repos. Son esprit s'était-il transformé en un prisme ? Elle ne cessait de revoir les instants passés près du puits, près du corps, en chaire…

Mais c'est le doute qui nourrissait son angoisse. Elle n'arrivait pas à se défaire de l'idée que la mort de Claire pût être accidentelle. « Ou bien elle s'est suicidée, se dit-elle. Et tout est ma faute… »

Elle tournait dans son lit. Son visage était profondément enfoncé dans l'oreiller de plumes. Le béguin qui lui emprisonnait la tête la serrait si fort qu'elle en avait des vertiges. Eudeline ne résista pas à cette sensation. Au contraire, elle s'y abandonna. Et c'est ainsi qu'elle glissa dans le sommeil.

Elle eut une vision de sœur Claire debout devant le puits…

Une main ferma la bouche de l'abbesse, qui fut arrachée au sommeil pour être précipitée dans un cauchemar. Soudain tous ses sens furent en alerte. Et l'épouvante s'abattit de nouveau sur elle – cette horreur qu'elle aurait tant voulu ne plus connaître.

Un homme se penchait vers elle dans le noir.

Elle eut le réflexe de vouloir se lever mais l'homme l'en empêcha. Elle étouffa un cri. L'intrus fit remonter ses doigts sous les plis de la robe, et posa la main sur le sein d'Eudeline.

« Vous allez venir avec moi…

– Non ! » se rebella-t-elle. Elle se jeta en avant et tendit les mains vers la figure de l'inconnu. Ses ongles s'enfoncèrent dans les joues piquées de barbe. On eût dit que l'abbesse essayait d'arracher un masque d'horreur surgi du passé.

L'homme eut une réaction brutale : il extirpa violemment la révérende de son lit.

La tête d'Eudeline heurta le sol. Ignorant la douleur, elle se mit à quatre pattes et s'efforça de hurler. Mais ce fut en vain car la panique l'étouffait.

Elle tenta de quitter la chambre pour gagner l'autre pièce. Comment une telle chose pouvait-elle se produire ? Comment était-ce possible *ici* ? La rage s'emparait d'elle. Pourquoi était-elle une femme ? Comment faire rendre gorge à cclui qui violait son intimité ?

Terrorisée, elle entendait des pas derrière elle. Elle regarda vers la porte dont le battant était entrouvert sur la clarté d'une lanterne et sur des yeux écarquillés… « Ces yeux… » Elle cria pour appeler à l'aide.

Mais la main de l'inconnu lui attrapa la nuque, lui arracha sa coiffe.

Les cheveux d'Eudeline tombèrent dans son dos. Et le noir se fit autour d'elle.

*
*   *

Elle reprit conscience dans l'air nocturne.

Elle émergeait de sa torpeur. Une silhouette familière

se découpait devant elle : l'abbaye Saint-Rémi. Eudeline, repensant à ce qui venait d'arriver, voulut pousser un cri de détresse, mais elle était bâillonnée, et ligotée sur un cheval.

« Taisez-vous », dit l'homme qui la maintenait en croupe.

Il lui couvrit la tête d'un manteau.

Elle ne fut autorisée à regarder autour d'elle qu'après un long moment, quand le cavalier arrêta sa monture dans un faubourg occupé par des taudis et des ruines. S'étant assuré que personne ne les voyait, il mit la captive sur son dos et la transporta dans une vieille tour de garde.

Franchi le seuil de la tour, Eudeline perdit tout repère. Puis, l'obscurité diminuant peu à peu, elle découvrit les murs d'un couloir étroit. Tout au fond, brûlait une flamme. L'homme s'arrêta. Il déposa sa prisonnière, qui se retrouva étendue sur le flanc.

Un autre homme était présent. Il brandissait un flambeau mais ses traits étaient invisibles dans l'ombre. C'était un individu de grande taille, légèrement voûté, vêtu d'une robe sacerdotale. « Êtes-vous sœur Eudeline de Rocheblanche ? »

L'abbesse ne pouvait parler. Elle hocha la tête.

« Vous êtes ici par la faute de votre frère. »

Eudeline fut frappée d'étonnement. Puis on lui retira son bâillon. L'homme au flambeau poursuivit : « Un frère qui détient de nombreux secrets. »

La révérende mère s'efforçait de dominer sa peur et sa sidération. « Qui êtes-vous, dit-elle, pour oser terroriser une mère supérieure en pleine nuit ?

– Continuez de l'ignorer. C'est mieux. Parlez-moi plutôt de l'énigme tombée entre les mains de Maynard.

– S'agissant de mon frère, dit-elle avec une feinte assurance, la seule chose qui devrait vous importer, c'est qu'il ne tardera pas à voler à mon secours, et à vous châtier pour ce méfait.

– Le parchemin ne lui appartient pas, reprit l'homme, indifférent aux menaces. Rocheblanche n'a pas le droit de poser son regard sur de tels secrets. Ils pourraient lui valoir une accusation d'hérésie, comprenez-vous ? Dites-moi où il est, et tout sera oublié. »

La sœur s'agitait sur le sol glacé. Ses liens lui faisaient mal. Mais elle avait beau se sentir impuissante, ce duel l'aidait à recouvrer son sang-froid. Elle comprenait maintenant ce qu'on lui voulait. Tout était lié au mystère du *Lapis exilii*, le trésor caché dans la crypte de Mont-Fleur. Mais le piège se révélait bien plus grave qu'une accusation d'hérésie. C'est la vie de Maynard qui était en jeu ! Elle répliqua d'un ton méprisant : « Mon frère, affirmez-vous, n'a pas le droit. Et vous ? Quel droit avez-vous sur ma personne ? Si vous étiez un homme de bien, cette conversation se déroulerait ailleurs, et sur un autre ton. »

Elle reçut en retour un rire sardonique. « Mieux vaut me dire ce que vous savez, si vous tenez à votre salut. »

Au prix d'un violent effort, la révérende mère parvint à se mettre à genoux. Elle était toute décoiffée. Ses vêtements étaient sales. Elle fixa ses regards sur la silhouette à contre-jour. « Je n'ai rien à vous dire, reprit-elle en redressant le menton avec insolence. Cependant, messire, sachez que j'accepte volontiers de mourir plutôt que de trahir mon propre sang…

– Vous vous croyez encore dans votre couvent, vénérable Mère ? » Le mystérieux bourreau, à présent, la raillait. « Ici, vous n'êtes pas en position de dicter les règles. Ni de vous conduire avec honneur. Peut-être êtes-vous restée trop longtemps sous le voile. Vous ne vous rendez plus compte. » Riant à nouveau, il eut un geste autoritaire.

Eudeline fut soulevée du sol. On la força à se retourner. Elle put voir alors, sous la lueur du flambeau, l'homme qui l'avait amenée ici. Elle sursauta : « Vous ! » C'était celui qui venait chaque semaine au couvent chercher Aleydis pour la conduire auprès de son confesseur. Eudeline ne s'était pas trompée ! C'est bien le visage de la novice qu'elle avait entraperçu tout à l'heure par la porte entrebâillée !

« Oui ! C'est moi ! » ricana le sbire. Et, d'un geste, il dépouilla Eudeline de son vêtement de nuit.

« Non ! » cria l'abbesse. Elle était nue, subitement. Nue sous le regard lubrique de Marcus. « Non !

– Eh bien ! tonna l'homme au flambeau. À présent, parlez-moi du *Lapis exilii* ! Je sais que vous avez connaissance de cette relique ! Je le sais ! »

La religieuse aurait voulu échapper aux regards du soldat qui la toisait d'un air lubrique tout en déplaçant la flamme de sa torche. Elle se sentait au bord de l'abîme, prête à être précipitée dans une terreur infantile. Elle allait céder au désespoir quand elle perçut quelque chose en elle. Au-delà de la peur, au-delà de ce retour de violence, un feu brillait tout au fond de son âme. Eudeline serra les poings. Elle pouvait presque sentir ce feu entre ses doigts, en éprouver la chaleur. C'était celui de la colère. Une haine féroce dirigée contre l'être abominable qui l'avait violée jadis. Ce feu, des années durant, s'était consumé en silence. Eudeline, tout ce temps, avait attendu sa vengeance. « Je ne vous dirai rien ! hurla-t-elle. Rien du tout ! »

L'homme recula d'un demi-pas. Il ne semblait pas surpris le moins du monde. Au contraire, sa curiosité était comme excitée. L'abbesse vit clairement ce qui lui arrivait, comme si une part d'elle-même fût demeurée lucide. En même temps, elle se sentait réduite à néant. La forme nue qui se débattait entre les bras de Marcus n'avait plus rien à voir avec la noble Eudeline de Rocheblanche, encore moins avec l'honorable mère supérieure de Sainte-Balsamie. La rage, apparemment, l'emportait-sur la peur, la raison et toute chose. Ne restait plus qu'une créature transformée en proie, et un instinct bouleversé.

« Vous croyez peut-être m'impressionner ? chuchota l'homme dans son manteau de pénombre. Vos ardeurs auront tôt fait de se calmer. » Il s'approcha, plongea son regard dans les yeux d'Eudeline et ajouta : « Alors, vénérable abbesse, vous ne serez que trop *heureuse* de me complaire ! »

Elle vit surgir de l'ombre le visage et reconnut la vieille concupiscence : les pupilles enflammées, les lèvres gonflées, morbides. Elle dut se détourner de cette grimace perverse. Puis elle fut traînée entre les murs de la tour, vers des ténèbres où cliquetaient des fers et des chaînes.

*

* *

Deux silhouettes enveloppées de manteaux s'éloignèrent discrètement de la tour. Marcus ne comprenait pas bien.

« Pourquoi ne pas l'avoir soumise à la torture ? demanda-t-il. Elle aurait parlé.

– J'en doute, répondit le cardinal qui marchait en s'aidant d'un bâton. Elle est encore hors d'elle. Folle de rage. Et c'est une femme noble, habituée à donner des ordres. Elle n'aurait pas plié facilement. »

L'écuyer caressa ses joues griffées. « Allons donc. Il eût suffi de la confier à mes soins, protesta-t-il avec un ricanement vulgaire.

– Croyez-moi, reprit le cardinal, c'est un autre genre de femme. Vous n'auriez fait que la rendre plus folle encore. Et dès lors, elle se serait enfouie dans un silence impénétrable.

– Vous pensez qu'en la gardant captive…

– Nue, sans rien à boire ni manger… *Intra arctos muros.* C'est la méthode dont use l'Inquisition pour ramener les hérétiques à la raison. Demain soir, vous verrez, elle sera mieux disposée… Alors nous aurons la vérité, et nous pourrons nous mettre en route.

– Oui ! Cette importante affaire qui vous attend à Metz…

– Karel de Bohême. En échange de mon aide, il est prêt à me céder la pointe de lance. »

Marcus hocha la tête. « Mais cette femme… » Ce n'est pas sans crainte qu'il revenait à ce sujet. « Elle m'a reconnu, dit-il. Ne l'oubliez pas si vous la libérez… »

Son Excellence l'observait d'un air déçu, puis un sourire mauvais se dessina sur ses traits. « Elle est fascinante, reprit-il. Aucun doute. Cependant son destin est fixé. »

– 50 –

Abbaye Sainte-Marie de Pomposa
Le 28 mars au lever du soleil

Maynard sortit des écuries en tirant la bride de son cheval sellé. Il portait toujours la tunique noire. Cependant il s'était taillé la barbe et coupé les cheveux, afin d'être présentable quand il lui faudrait paraître devant les seigneurs de Ferrare.

Il s'arrêta car le père Andrea venait à sa rencontre.

« J'apprends que vous êtes sur le départ.

– Vendredi saint arrive dans deux jours. S'il est vrai que l'évêque, alors, sera à Ferrare, ça me laisse juste le temps d'y aller et d'y trouver un logement.

– Demandez asile à l'hôpital de la Miséricorde. C'est à San Leonardo, passé la tour des Lions. Vous serez tout près.

– Je garderai votre conseil à l'esprit.

– Et voici les lettres. » Le révérend remit à Maynard deux parchemins fermés de leur sceau. « La première, dit-il, est destinée à Son Excellence l'évêque. La deuxième est pour le marquis Obizzo III. Dans l'une comme dans l'autre, j'exige qu'on m'explique le pourquoi de cette arrestation – les parents de Gualtiero. Et j'implore leur clémence. » Le Français glissa les parchemins dans son sac. L'abbé poursuivait à voix basse : « Ce n'est pas tout…

– Parlez franchement », l'encouragea Rocheblanche qui se demandait pourquoi l'abbé hésitait tant.

Le père Andrea laissa échapper un soupir d'amertume. « Je profite de l'occasion, reprit-il, pour vous prier de bien vouloir porter à Ferrare le premier règlement de la dette que l'on m'oblige à solder.

– Votre confiance m'honore.

– En confiant cette mission à un de mes frères, je l'exposerais à être victime des bandits de grand chemin. Et quant à mes archers, ce sont des mercenaires. Je ne saurais leur faire confiance… Pensez ! Deux cents florins…

– Je suis heureux de vous servir, le rassura le chevalier. À qui dois-je remettre cet argent ? »

Le religieux détacha de sa ceinture une bourse bien garnie. « Au marquis Obizzo III d'Este. En mains propres ! C'est le vicaire du Saint-Père.

– Fort bien, dit Maynard en attachant la bourse à sa propre ceinture, près de son poignard. À propos, j'ai moi aussi une faveur à vous demander… » Ayant pris dans l'étui de sa selle un objet long enveloppé d'une toile, il le confia au prieur en disant : « Mes épées. Elles sont trop encombrantes. Elles m'empêcheraient de circuler incognito. Celle-ci, ma lame d'estoc, j'y tiens particulièrement. Je ne voudrais pas que les gardes me la confisquent à l'entrée de la ville. »

Andrea, soulevant un morceau de toile, découvrit le pommeau de l'arme la plus courte. Il s'ornait d'un blason : celui des Rocheblanche. « Je la mettrai en lieu sûr dans la crypte du monastère, où elle attendra votre retour. »

Maynard exprima sa reconnaissance d'un sourire. « Il faudra veiller aussi sur Isabeau », dit-il. L'abbé feignit de ne pas comprendre. Maynard insista : « Je ne puis me fier qu'à vous seul. Je vais au-devant de redoutables embûches. Je ne tiens pas à lui faire encourir des périls. Je préfère la savoir en sécurité, protégée par un honnête homme. »

Andrea médita ce qu'il venait d'entendre, en serrant entre ses mains les lourdes épées. Les armes, il avait accepté de les prendre sans hésiter. Mais une jeune fille… « Vous pouvez compter sur moi, finit-il par dire.

– Ne croyez pas que j'essaie d'abuser de votre bonté, ajouta le chevalier pour que tout soit bien clair. Je reviendrai la chercher dès que possible. Vous avez ma parole. Et je ne suis pas un ingrat. »

Il mettait déjà le pied à l'étrier.

« Retrouvez Facio di Malaspina ! répondit l'abbé. Ce sera ma meilleure récompense. »

D'un bond, Rocheblanche monta en selle. Il allait éperonner le frison quand une silhouette s'approcha en courant.

Le jeune peintre.

« Attendez, messire ! » Gualtiero s'arrêta, reprit son souffle et dit : « Je vous supplie de m'emmener avec vous ! »

Le chevalier était stupéfait. Il échangea un regard avec le père Andrea. Le père, embarrassé, s'adressa au garçon à voix basse : « Mon fils, que dites-vous ?

– J'ai apprécié votre offre, mon Révérend, répondit Gualtiero en rougissant. Mais je ne saurais m'attacher au scriptorium de Pomposa sans savoir ce qu'il advient de mes parents. »

L'abbé mit la main sur l'épaule de l'enfant et commença de le repousser doucement. « Nous nous chargeons de ce problème, déclara-t-il.

– Je le sais ! avoua Gualtiero en s'écartant de l'abbé pour s'adresser de nouveau au chevalier. Je vous ai observé à votre insu. Oh ! je n'en suis pas fier. Mais j'avais besoin d'entendre parler des miens. Vous avez fait allusion à un voyage à Ferrare, à des lettres à porter…

– Je ne vais pas à Ferrare seulement pour porter des lettres », l'interrompit Maynard. Il s'exprimait avec froideur, dans l'espoir de décourager le garçon.

Mais Gualtiero était résolu. « Je le sais aussi ! répondit-il. Le malentendu… Le complot… Peu importe ce dont il s'agit : je ne vous serai d'aucun dérangement. Tout ce que je veux, c'est savoir où mon père et ma mère sont retenus captifs, et pour quelle raison.

– Vous risqueriez de vous faire arrêter aussi ! intervint le père Andrea.

– Ce risque, je le prends volontiers ! s'obstina Gualtiero, les poings sur les hanches.

– Mon fils… »

Le prieur était contrarié.

« Ne gaspillez pas votre salive », soupira le chevalier.

Il regardait l'abbé franchement. Il voyait bien que ce garçon ne changerait pas d'avis ; il se rappelait la passion avec laquelle Gualtiero avait exprimé ses vues devant le chapitre. Il était pugnace ! Brave. Doté d'un courage instinctif, certes, sans rapport avec un tempérament guerrier, mais qui emportait la sympathie. « Ce garçon a pris sa décision », déclara Maynard. Et il ajouta en adressant au jeune peintre un sourire confiant : « Un compagnon de voyage, voilà qui pourrait peut-être se révéler utile. Cependant, s'il advient que vous représentez un poids…

– Ça n'arrivera pas, messire ! » rétorqua vivement Gualtiero.

Le père Andrea en avait le souffle coupé. Il leva les yeux au ciel, puis conclut : « Je vois qu'il ne me reste plus qu'à vous recommander au Seigneur. Et à vous conseiller de voyager par bateau. Allez à la tour de la Lanterne. Embarquez. Et remontez le Pô. En une journée, vous serez à destination. »

– 51 –

Au *Portus Abbatis,* à l'embouchure du Pô, le chevalier et le garçon attendirent le bac qui traversait le fleuve. Autour d'eux, s'étendait une plage désolée, broussailleuse. Ils se blottirent à l'abri du vent sous une masure de pêcheur où pendaient des filets. Derrière eux, la tour de la Lanterne, qui avait brillé toute la nuit, continuait de jeter ses feux, et d'encourager les marins aux prises avec la tempête.

Ils restèrent une demi-journée à scruter la surface des eaux. Enfin arriva la barque à fond plat qui remontait le fleuve. Le bateau avait des voiles et des rames. Et ses dimensions étaient assez considérables pour lui permettre d'embarquer ensemble sa cargaison de sel, du bétail et des passagers. Pendant l'accostage, le timonier annonça qu'il faisait route directement pour Pavie, avec escale à Ferrare.

Maynard avait horreur de voyager sur l'eau. Pourtant, dès qu'il fut à bord, il comprit qu'il avait eu tort, quelques jours plus tôt, de vouloir faire le trajet à cheval. Ayant attaché le frison au grand mât, il s'accouda à la lisse en compagnie de Gualtiero, et tous deux observèrent les paysages de roseaux, d'arbres noueux, et d'immenses terres marécageuses disciplinées par le soc de la charrue.

Le Pô était longé de majestueux rivages où des collines verdoyantes, parfois, empêchaient de voir la plaine. Dans ces moments-là, Gualtiero gardait la tête basse. Le cœur plein de chagrin, il observait les eaux boueuses. Rocheblanche, en général, respectait le silence du garçon. Mais quand il apercevait dans les buissons une volée d'oiseaux aux longues pattes élégantes, il attirait son attention sur leur beauté. Et le jeune peintre, alors, écartait les bras en disant : « En temps normal, j'en aurais profité pour remplir mon carnet ! Mais là, j'ai l'esprit ailleurs.

– Un carnet ? s'étonna le Français la première fois.

– Mon carnet de dessins. Il ne me quitte jamais.

– Accepteriez-vous de me le montrer ?

– Ce sont de simples esquisses, dit Gualtiero, gêné.

– Trop tard pour chercher des excuses, insista Maynard d'un air complice. Vous avez piqué ma curiosité.

– Dans ce cas... »

Le garçon ouvrit le sac qu'il portait en bandoulière et en tira une tablette de bois à laquelle étaient fixées des feuilles. Après une dernière hésitation, il la tendit à son compagnon de voyage.

Les dessins bouleversèrent le chevalier. C'étaient des esquisses, en effet, mais exécutées avec une telle maîtrise que le regard en était aussitôt conquis. Dans ces liasses de feuillets, il y avait de tout : des paysages, des animaux, des paysans surpris dans leur labeur, des visages avec leur auréole, des anges aux ailes déployées et des études du corps humain. Chaque dessin était exécuté avec un soin extrême. Le jeune artiste usait d'un fusain ou, plus rarement, de l'encre et du pinceau. Plus Maynard considérait ces croquis, plus il était frappé d'admiration. Ce qu'il avait sous les yeux représentait une petite partie de l'univers figuratif de Gualtiero de'Bruni ! Quelles visions extraordinaires devaient peupler son esprit ardent !

Le chevalier s'émerveilla encore davantage quand il découvrit, dans les marges d'une feuille, un portrait de l'abbé Andrea. Il était fidèle, bien que réalisé en trois coups de fusain. On y reconnaissait sans peine le front plissé du prieur, ses sourcils arqués par la méditation.

Maynard feuilletait les dessins. Il tomba de nouveau sur un visage familier. « Isabeau », murmura-t-il, non sans une pointe de malice.

Le garçon avait sursauté légèrement. Il s'abstint de commenter.

Rocheblanche feignit de ne pas voir l'embarras du garçon. Il continua d'étudier les esquisses. Soudain il éclata de rire : « Mais c'est moi ! » Un voyageur à la barbe hirsute, à la tête couverte d'un capuchon. Gualtiero approuva d'un hochement. Maynard observa le dessin avec plus d'attention, et conclut qu'il n'avait rien de réjouissant. Le portrait était plus ressemblant qu'une image dans un miroir ! Le jeune artiste avait réussi à saisir, sous l'aspect extérieur, un tempérament complexe. Le résultat donnait un être sombre, endurci par l'adversité, dont l'ardeur se teintait d'espérance et de mélancolie. « Ainsi, voilà ce que je suis devenu, songea le chevalier avec quelque amertume. Je ne m'étais pas rendu compte que vous m'observiez.

– Je n'ai pas eu besoin de vous observer. Je suis capable de garder pour moi ce que je vois. Ensuite, je le reproduis de tête.

– Un artiste qui obéit à ses images. » Maynard essayait de concevoir la sensibilité d'une âme portée à de telles occupations. Il s'assombrit soudain : « Vous auriez peut-être mieux fait de suivre les conseils du père Andrea.

– Je sais me débrouiller tout seul, protesta l'enfant.

– Je n'en doute pas. »

Le chevalier jeta un coup d'œil sévère à des marins qui lorgnaient déjà son escarcelle. « Ce qui vous manque, dit-il, c'est l'expérience. L'expérience de qui sait se méfier de son prochain. » Gualtiero se taisait. Maynard, de nouveau, fut traversé par un courant de sympathie. Il ajouta : « Savez-vous au moins où chercher ?

– Je comptais me renseigner sur place.

– Et attirer l'attention sur vous ? Croyez-moi, il vaut mieux enquêter par soi-même. L'endroit que vous cherchez se trouvera sûrement sur la grand-place. C'est là que je vais, moi aussi. »

Le garçon leva vers lui un regard chargé d'espoir. « Alors je pourrai rester avec vous ? »

Le Français lui adressa un clin d'œil. « À condition de ne pas être dans mes jambes ! » Et, comme pour sceller un pacte, il lui rendit ses dessins.

Gualtiero le remercia d'une révérence. Il ouvrit son sac pour y glisser les feuilles. À l'intérieur, une figure colorée éveilla la curiosité de Maynard.

« Qu'est-ce ? demanda-t-il.

– Rien.

– Ce n'est pas un croquis. »

Le garçon sortit un tableau, un portrait de femme. « C'est ma mère. »

De nouveau, il s'accouda à la lisse. Et son regard se perdit encore dans le tourbillon des eaux brunes.

– 52 –

Vieille tour de garde dans les faubourgs de Reims
Le 28 mars au coucher du soleil

Sœur Eudeline avait perdu toute notion du temps. Nue, rencognée dans une cellule sans air, elle écoutait les rats trottiner dans le noir. Plus encore que la peur, c'est l'idée de dormir au milieu de ces ignobles créatures qui la tenait éveillée. L'odeur de pourriture émanant du sol et des murs soulevait en elle une écœurante sensation de saleté. Elle s'efforçait pourtant de rester lucide. Mais elle était si nerveuse qu'elle semblait possédée.

Qui étaient ses geôliers ? Le sbire qui l'avait enlevée, elle l'avait reconnu. Mais elle ignorait tout de l'homme au flambeau. Âgé et cependant vigoureux. Un religieux, apparemment. À en juger d'après son langage, et d'après le parfum d'encens dégagé par ses habits. Et surtout, il l'avait accusée d'hérésie. La menace était caractéristique. Seul un représentant de l'Église pouvait placer l'anathème avant la mort, la ruine et l'ignominie.

Était-ce un inquisiteur ? « Improbable », se dit-elle. Depuis les restrictions imposées par le concile de Vienne, les excès de l'Inquisition étaient fortement surveillés. Et si tel était le cas, Eudeline ne se serait pas vue emprisonnée dans une tour en ruine. On l'aurait expédiée dans les prisons de l'évêque.

Plus probablement s'agissait-il d'un de ces dangereux individus auxquels Maynard avait échappé. Il avait fait allusion à des *tueurs* quand il lui avait parlé du *Lapis exilii*, cette énigme à laquelle il semblait se dévouer corps et âme. « Mon frère adoré, songea l'abbesse, pourquoi tant de secrets ? »

Elle savait pourtant quelque chose. Elle s'en souvint d'un coup. Karel de Luxembourg, le roi des prêtres. Cette information était la seule qui eût émergé des souvenirs en lambeaux de Vermandois.

Le nom était célèbre. Eudeline se demanda si le vieillard au flambeau n'était pas au service de ce monarque. Du reste, Karel traînait la réputation d'un personnage ambigu. Très lié aux plus hautes sphères de l'Église, ce fanatique trouvait une forme de soulagement dans sa passion pour les reliques. N'avait-il pas entendu parler du *Lapis exilii* ? Peut-être avait-il décidé qu'il le voulait absolument pour lui…

Non. Eudeline s'égarait. Elle poursuivait des fantasmes. Mieux valait se concentrer sur des certitudes. Mais elle n'en avait aucune ! Tout ce qu'elle savait, c'est qu'Aleydis était impliquée…

C'est alors qu'elle comprit.

Le bienfaiteur inconnu, la dot déboursée pour le noviciat de la fille, ces confessions hebdomadaires… Tous ces faits s'enveloppaient de mystère. Au début, ils avaient intrigué l'abbesse. Puis elle les avait mis de côté, ayant trop à faire. À présent, les soupçons lui étreignaient la gorge comme un nœud coulant. Quelle naïveté avait été la sienne ! On avait envoyé Aleydis au couvent pour enquêter sur elle, Eudeline, et sur Maynard…

Avec quelle facilité Marcus s'était-il introduit dans ses appartements privés ! « Il est entré sans faire de bruit, songea-t-elle, comme s'il avait eu les… »

Le souvenir traversa l'esprit de l'abbesse comme un éclair : Claire se plaignant de ne plus arriver à ouvrir avec sa clef. La veille de sa disparition ! Comment croire à une coïncidence ? Eudeline se couvrit le visage de ses mains. Une affreuse idée la visitait. Elle se mit à sangloter. « Aleydis, Aleydis… Qu'as-tu fait… »

Un bruit de pas lui parvint.

Eudeline se colla à la paroi. Elle se souvint brusquement qu'elle était nue, sans défense. Comment oublier la jouissance cruelle avec laquelle Marcus avait promené sur son corps les clartés de sa torche ? Allait-elle devoir endurer de nouvelles humiliations ? Elle aurait voulu disposer d'un poignard. Elle eût arraché la vie à cet homme… Dieu aurait compris et, dans Son infinie miséricorde, pardonné le geste.

Le verrou claqua, la porte s'ouvrit, une silhouette grise se découpa sur le seuil.

« Monseigneur va venir, ricana Marcus, mais nous avons un peu de temps… »

Eudeline le vit s'avancer. Elle vit aussi briller dans son regard l'éclat de l'avidité. « Ne vous approchez pas !

– Vous êtes belle, chuchota l'homme en lui saisissant les poignets. Trop belle pour une sœur… »

L'horreur allait croissant. La révérende mère sentit la prise du sbire se relâcher. Son haleine fétide se dissiper. Le corps de Marcus s'abattit sur le sol. Une ombre se dressa derrière lui.

Eudeline était pétrifiée. Une lame étincela entre les plis d'une robe écarlate. La flamme d'un briquet jaillit. À la lumière de la torche, apparut un visage mauresque que fendait un regard de lynx.

Elle n'eut pas le temps d'interroger l'inconnu. Déjà une main aux longs doigts l'aidait à se relever. L'abbesse se souvint de l'automne précédent. Elle se rappela les rues de Reims. Le chariot tiré par des bœufs qui avait failli la renverser. Eudeline bredouilla : « Le bon Samaritain…

– Venez. »

Il l'emmena dehors.

Mais elle résistait. Elle était nue !

L'homme, d'un signe, lui fit savoir qu'il avait compris. Il ôta son manteau rouge et s'en servit pour couvrir le corps d'Eudeline. Puis il répéta vivement : « Venez. Votre couvent est loin. »

*

* *

En arrivant à la vieille tour, le cardinal comprit qu'il était arrivé quelque chose. Le silence était palpable. L'obscurité aussi. On ne distinguait même pas la lueur d'une lanterne, ni la moindre plainte…

Il progressa avec prudence. Il avait dégainé la miséricorde cachée sous son habit en apercevant à l'entrée le cheval de Marcus. Le sbire ne pouvait être loin. Ce qui était rassurant. Marcus avait reçu l'ordre de terroriser l'abbesse, de la mettre en condition de parler…

Mais où était-il donc ? Le cardinal avait garde de faire le moindre bruit. La lame pointée en avant, il se dirigea vers la cellule d'Eudeline.

Il en trouva la porte ouverte et comprit. L'odeur du sang et le silence lui servirent d'explication.

La fureur le frappa comme un coup de fouet glacé. Il endura le choc sans rien dire. Il trouva même quelque plaisir à ce violent retournement de situation. Le cardinal n'avait pas l'habitude d'exprimer ses émotions, même dans les moments de grande solitude. Il ravala sa haine. Aspira de l'air entre ses dents serrées, et lâcha des imprécations.

Le cadavre qui gisait sur le sol était trop grand pour être celui d'Eudeline.

Le cardinal promena dans la cellule un regard parfaitement inutile. Une femme seule ne pouvait avoir eu raison de Marcus. Le mieux était donc de filer au plus vite.

– 53 –

Le pont Barbacane à l'entrée de Ferrare
Le 29 mars

Maynard et Gualtiero arrivèrent à destination avec une demi-journée de retard : le Pô ayant grossi, leur bateau avait été contraint d'amarrer pour la nuit au port de Fiscalia. Au matin, les eaux s'étaient apaisées. La navigation avait pu reprendre. Les voyageurs avaient vu enfin apparaître sur le rivage des palissades et, au-delà, une ville dans ses murs. On avait jeté l'ancre de l'autre côté. Le débarquement pouvait commencer.

Les deux compagnons traversèrent un village dont les maisons se pressaient autour d'une église – l'église Saint-Georges. Avec d'autres passagers, ils atteignirent un pont de bateaux. Ils le franchirent prudemment. Les planches bougeaient sous leurs pieds. De retour sur la terre ferme, ils trouvèrent une porte percée dans les fortifications de Ferrare.

Au-delà, Maynard et Gualtiero progressèrent dans un dédale de quartiers constellés d'églises, de palais et de maisons en bois. Maynard insistait pour que le garçon garde en mémoire certains repères : c'était la meilleure façon de ne pas se perdre. Menant son cheval par la bride, Rocheblanche pénétra dans une longue avenue parallèle aux murailles de la ville. Il bifurqua vers le nord, longea un fossé, et laissa en arrière un groupe de nobles demeures entourées de jardins. Vinrent ensuite des canaux. Les passants étaient nombreux et d'extractions diverses, de sorte que nul ne s'intéressa aux deux arrivants.

Désormais, Maynard et Gualtiero ne marchaient plus sur la terre battue mais sur des pavés. Une cathédrale se dressa devant eux. La façade de l'édifice, en marbre blanc présentait un portail flanqué d'arcades. Ses niches et ses statues étaient orientées vers la place. Le quartier se composait d'importantes constructions, moins hautes et majestueuses toutefois que l'église. Grâce aux enseignes qui pendaient de leurs toitures crénelées, Rocheblanche reconnut le palais de la Raison, où siégeaient les juges et les notaires. Il vit aussi un autre palais, celui de la Seigneurie.

Suivi de Gualtiero, il continua d'avancer dans une foule toujours plus épaisse qui semblait converger vers un étalage dressé aux confins de la place. Il marcha dans cette direction en baissant la tête, ne lâchant pas la bride du frison, et surveillant du coin de l'œil les gardes postés au coin des rues. Il n'aurait pas été surpris de tomber sur Malaspina, l'homme au corps difforme. C'est pourquoi il montrait grande prudence. « Vite, murmura-t-il. Allons plus loin… »

Mais le garçon le retint par la manche. « Ne disiez-vous pas qu'une fois arrivés au palais où se tient la justice…

– Pas encore ! répondit-il en forçant Gualtiero à avancer. Avant d'agir, commençons par trouver un logement, et réfléchissons à ce qu'il convient de faire. »

Ils allaient toujours vers le nord, en prenant comme repère une tour de garde coiffée d'une paire de lions couronnés. Au pied de cette tour, s'ouvrait un mur d'enceinte percé d'une arche. Et au-delà de l'arche, s'étendait un autre quartier.

« Si je me rappelle bien les indications du père Andrea, dit Maynard, nous y sommes. Il faut chercher l'hôpital… » Mais Gualtiero était fasciné par la tour. En effet, on y voyait quatre pendus. Pour détourner le garçon du macabre spectacle, Maynard lui rappela gentiment qu'il avait ses propres ennuis : « Inutile de vous attarder sur ce qui ne vous concerne pas. »

Le bourg San Leonardo était limité au nord par un miroir d'eaux stagnantes et sur les autres côtés, par des églises. La plus importante correspondait à la description de l'abbé. Des gamins en guenilles jouaient et se bagarraient devant la façade de l'édifice, dans les flaques d'eau et les ornières creusées par les chariots.

Rocheblanche attacha son cheval à un anneau et le confia à la surveillance de Gualtiero. Il frappa au portail. Le frère qui vint ouvrir avait un aspect bizarre. Il ressemblait davantage à un moine soldat qu'à un religieux. Sur son habit noir, était cousue au niveau du cœur une croix bleue en forme de « T ». Il eut un geste affable. « Bienvenue chez les chanoines de Saint-Antoine, dit-il. Quelle raison vous amène ? »

Ce frater avait l'accent français. « Je demande l'hospitalité, répondit le chevalier. Pour moi et mon compagnon de voyage.

– Vous devrez vous contenter de peu.

– Nous ne sommes pas exigeants. »

Le religieux haussa les épaules. Il indiqua une maison vétuste en face de l'église. « L'hôpital de la Miséricorde, expliqua-t-il, a coutume d'accueillir les enfants sans famille, les *petits bâtards*, comme on les appelle. Mais l'endroit, depuis quelques jours, est occupé par une soldatesque venue de loin. »

Voilà pourquoi il y avait tellement d'enfants dehors, livrés à eux-mêmes. Maynard nota la présence d'une dizaine de chevaux devant la maison en question. Tous harnachés et caparaçonnés. « Nous avons seulement besoin d'un coin où nous reposer », dit Maynard, tout en se demandant ce qu'un Français pouvait bien faire dans une église aussi méridionale. La curiosité fut la plus forte : « Pardon si je me montre indiscret… Mais d'où venez-vous ?

– De Vienne, répondit le chanoine, non sans fierté. Comme la plupart de mes frères. Ces murs abritent notre ordre depuis cent ans. On nous apprécie pour notre dévotion à saint Antoine, et pour notre médecine. Nous guérissons les malades qui ont le feu sacré.

– Vienne, répéta le chevalier.

– Oui, Vienne. Raison pour laquelle les écuyers d'en face ont choisi notre hôpital. Beaucoup sont originaires de cette même ville. »

Maynard nota en effet que les harnachements des chevaux arboraient un blason qu'il n'avait pas vu depuis longtemps. De quelle noblesse s'agissait-il ? Il n'eut pas le temps d'y réfléchir. Des soldats dont l'uniforme portait ces mêmes couleurs quittaient la maison. Ils avaient la barbe broussailleuse. Leur surcot s'ornait d'une croix. Le plus grand d'entre eux était un homme âgé aux cheveux d'argent ; il parut remarquer la présence de Maynard, et murmura un juron à voix basse.

Le chevalier eut un haut-le-corps. « Pas possible ! » s'écria-t-il.

L'homme s'approcha à grands pas. Il s'arrêta devant Maynard, le prit par le col et s'exclama à son tour : « Le diable m'emporte si ce n'est pas Maynard de Rocheblanche ! »

– 54 –

À la grande surprise de Gualtiero, Maynard éclata de rire et étreignit l'inconnu comme un vieux camarade. « Que faites-vous donc ici ?

– C'est plutôt à *vous* qu'il faut poser la question ! Pour ma part, je suis en mission. J'arrive du Levant. »

Avant d'aller plus loin dans la discussion, Rocheblanche se tourna vers le jeune peintre qui continuait de fixer d'un œil sidéré cet inconnu à chevelure d'argent. « Lui, c'est Bastien des Baux, un frère mineur du comte de Montescaglioso ! expliqua Maynard d'un ton emphatique. Il fut mon maître d'armes ! » Le garçon avait-il compris ? Il ne réagissait pas. Maynard se remit à parler avec son ami. « Je vous croyais toujours à Paris.

– J'ai quitté Paris pour prendre la Croix, répondit Bastien. Je suis allé à Smyrne faire couler le sang turc. »

Le chevalier avait remarqué que la pommette bronzée de Bastien s'ornait d'une nouvelle estafilade. « Il m'était venu aux oreilles que le pape annonçait une nouvelle croisade, dit-il. Mais j'ignorais que quiconque fût parti.

– La nouvelle ne sera pas parvenue jusqu'au roi de France. Il est bien trop occupé à combattre les Anglais. Pourtant, la campagne est menée par un de ses fils, le noble Humbert de la Tour du Pin, dauphin de Viennois…

– L'époux de votre nièce, si ma mémoire est bonne. »

Des Baux se rembrunit et se tut un instant, avant d'expliquer : « Je précède son retour. Je m'assure que les sauf-conduits du pape sont bien arrivés. Sans eux, impossible de traverser sans encombre les terres de la Vénétie, de Gênes et de Milan. Voilà vingt jours que le marquis d'Este me fait lambiner. Il dit qu'il n'a toujours rien reçu. »

Écoutant ces explications, Maynard commença de voir se dessiner un plan. « Vous connaissez Obizzo III ?

– De vue seulement. » Réponse décevante pour Maynard. Mais Bastien poursuivait déjà : « Jusqu'ici, mes compagnons et moi avons eu affaire à ses bureaucrates, c'est tout. » Puis il céda vite à la curiosité : « Et vous, donc ? Après tant d'années, il m'a suffi de vous voir de loin pour vous reconnaître ! Comme naguère, vous gardez la main droite sur la boucle de votre ceinture, prête à glisser vers la garde du poignard.

– Comme vous me l'avez appris », rétorqua le chevalier.

Bastien se fit plus sérieux : « Mais vous ne m'avez toujours pas dit, Rocheblanche, ce qui vous amène si loin de chez vous. Habillé en moine, de surcroît ! »

Si Maynard ne tenait pas à trop en dire, il ne pouvait non plus se soustraire à quelque explication. Des Baux avait renforcé chez Maynard non seulement l'art des armes, mais le courage et la noblesse d'âme, ces valeurs auxquelles sa mère avait commencé de le familiariser dès son âge tendre. « Je suis à la recherche d'un homme.

– Quel rapport avec le marquis d'Este ?

– Je n'ai pas dit qu'il y avait un rapport, fit le chevalier en s'efforçant de cacher sa surprise.

– Croyez-vous vraiment pouvoir m'embobiner ? dit le maître d'armes en donnant à Maynard de petites tapes sur la poitrine. Je reconnais votre façon de soulever les sourcils, comme quand vous vous préparez à feinter… Le marquis vous intéresse. Je l'ai deviné au premier regard. »

Rocheblanche jeta un coup d'œil vers les soldats restés de l'autre côté de la rue, puis vers le chanoine de Saint-Antoine au seuil de l'église. Jugeant que nul ne risquait de l'entendre, il reprit : « L'homme que je cherche se cache dans l'entourage du marquis. J'en suis convaincu.

– Ce ne sera pas facile, dit Bastien. Sans un prétexte valable, vous ne pourrez vous introduire à la cour.

– Je suis chargé d'une lettre. Voilà qui devrait suffire… »

Le maître d'armes secouait la tête d'un air dubitatif. « Ils vous enverront à la chancellerie. C'est ce qui m'est arrivé. Ne vous bercez pas d'illusions. Le marquis ne reçoit que des nobles de haut rang. »

Le chevalier réfléchissait. C'est bien ce qu'il craignait. Cependant il refusait de s'avouer vaincu. Une simple lettre n'était peut-être pas suffisante pour s'approcher du marquis, mais il y avait l'argent. La dette de Pomposa pouvait se révéler un meilleur prétexte. Bastien l'arracha à ses pensées :

« Il y aurait peut-être une solution…

– Laquelle ? »

Il n'eut pas le loisir d'écouter la suggestion de son ami. En effet, quelque chose attira son attention. Le cheval était toujours attaché à son anneau, et le bon père de Saint-Antoine toujours sur le seuil. Tout paraissait tranquille, donc… Pourtant… « Quel idiot ! » songea Rocheblanche en laissant filer son regard vers la rue qui menait à la place. Où donc était passé Gualtiero ?

Il avait disparu.

*
* *

Le garçon en avait assez de rester planté là pendant que Maynard discutait avec son ami dans une langue à laquelle il ne comprenait goutte. Surtout qu'il avait des soucis en tête ! Certes, le chevalier lui avait recommandé la prudence, mais ce n'étaient pas les parents du chevalier que le vidame avait arrêtés ! Le garçon ne le blâmait pas. Il le jugeait comme un homme avisé et valeureux. Mais ce qui lui importait le plus, à la minute précise, c'était de ne pas gaspiller un temps précieux. Son père et sa mère étaient enfermés dans l'obscurité d'une geôle ! Cette idée le hantait. Il se sentait coupable de n'avoir pas encore réussi à leur porter secours.

Ayant mis à profit la distraction de Rocheblanche, il s'éloigna du quartier San Leonardo et revint sur la place. Les palais y étaient imposants. Il avait la certitude que la capitainerie des prisons devait se trouver ici même.

Mais dès qu'il fut dans les murs de la ville, il vit que la situation avait changé. La foule avait tellement augmenté qu'il était quasi impossible d'avancer. Il essaya néanmoins, en progressant lentement dans un vacarme toujours plus puissant. Il espérait trouver un point d'où observer les édifices. Cependant, plus il avançait, plus il y avait de monde.

Comme emporté par un fleuve en crue, Gualtiero se retrouva du côté oriental de la place. La foule s'y rassemblait pour chanter et prier.

Que se passait-il ? Il n'en savait rien. Bientôt, une procession déboucha d'une rue latérale. Ceux qui participaient à ce défilé étaient vêtus de blanc. Ils se flagellaient et se donnaient des coups de bâton. Ils marchaient derrière une croix immense où était attaché un christ en sang. Deux moines agitaient des encensoirs.

Dès que la procession fut en vue, le peuple fut pris de délire. Des cris jaillissaient, le vacarme était à son comble. Des gens se fustigeaient, à l'imitation des pénitents blancs.

Le garçon, craignant d'être entraîné dans cette hystérie collective, voulut rebrousser chemin. Mais c'était partout la panique et les hurlements. Impossible d'aller à contre-courant. Au contraire, il fut poussé en avant avec une telle force qu'il tomba et se retrouva à plat ventre sur un individu aux vêtements lacérés, au dos sanglant.

Étourdi par le choc, désorienté, il se laissa submerger par la cohue.

Il disparut sous une marée plus sombre que la mort.

– 55 –

Reims, couvent de Sainte-Balsamie

Une journée s'était écoulée depuis qu'Eudeline était retournée au couvent enveloppée dans le manteau de son mystérieux sauveur. Elle était hantée par le contact de ce brocart rouge qui lui inspirait un sentiment de sécurité, et d'où émanait un parfum chaud et lointain. C'était incroyable ! Ce souvenir semblait effacer les traces laissées dans son esprit par l'expérience de l'enlèvement et de la geôle. Incroyable aussi de voir comment la vie pouvait reprendre facilement son cours. Certes, l'énigme subsistait, mais du moins Eudeline avait-elle pu rassurer ses sœurs.

Le bon Samaritain l'avait accompagnée jusqu'au portail sans prononcer un mot. Puis il s'était évanoui dans le noir comme un spectre. La révérende mère ignorait jusqu'au nom de celui qui avait pris tant de risques pour elle, et n'avait pas hésité à tuer un homme pour la tirer d'affaire.

Et d'autres questions, encore plus graves, attendaient leur réponse dans les cryptes de Sainte-Balsamie. Eudeline voulait savoir. Munie d'une lanterne, elle descendit les marches des souterrains. Elle gagna un renfoncement dont une grille fermait l'accès. La grille était elle-même bloquée par des chaînes et un cadenas.

Telle était la première mesure qu'elle avait prise dès son retour.

Faire enfermer Aleydis.

Eudeline la trouva blottie dans un coin, les yeux cernés par l'insomnie. Tout signe de détresse avait quitté les traits de la novice qui désormais grimaçait d'épuisement.

L'abbesse n'éprouva aucune compassion. Elle en avait appris davantage sur cette fille en quelques heures qu'en cinq mois de présence au couvent. Elle n'avait aucune envie de se laisser apitoyer. « Je sais ce que vous ressentez, dit-elle d'un ton de vengeance. J'ai vécu la même chose. Très récemment. »

Aleydis releva la tête et fixa sur l'abbesse un regard de victime.

Eudeline l'aurait battue. Elle la mit en garde : « Ne vous cachez pas dans l'ombre. Je vous ai vue la nuit dernière à la porte de ma chambre. » Elle rapprocha sa lanterne de la novice. « Est-ce bien vous qui avez fait entrer cet homme ?

– Franchement, ce n'est pas moi qui…

– Ne mentez pas ! siffla l'abbesse. Je l'ai parfaitement reconnu. Cet écuyer sournois ! Je sais donc que vous êtes mêlée à l'affaire. »

La fille sortit de la lumière. Elle ne savait que répondre. Pendant un instant, elle parla à voix basse, comme si elle s'adressait à une amie cachée dans l'obscurité. Avec un geste résigné, elle se tourna vers sa geôlière. « Je ne voulais pas qu'ils vous fassent du mal, dit-elle en joignant les mains. Voyez, je… » Baissant la tête, elle se mit à sangloter.

Toutefois l'abbesse se détourna, indifférente à ses larmes. « Vous m'avez trahie, Aleydis. À présent, il faut tout me dire. Tout ! » Ayant attendu que l'écho de ses paroles se fonde dans le noir, elle s'agenouilla. « Mais d'abord, j'attends votre confession pour un crime plus grave encore.

– Je n'ai plus de raison de vous cacher quoi que ce soit, répondit la prisonnière en s'essuyant les joues.

– La clef.

– Quelle clef ?

– La clef de mes appartements ! Il n'en existe qu'un seul double. Et ce double, je l'ai trouvé aujourd'hui même dans vos affaires. Vous l'avez dérobé à sœur Claire, n'est-ce pas ? »

Aleydis secouait la tête. Elle niait l'évidence. Mais pour Eudeline, c'était plus qu'un aveu. Elle revit le corps désarticulé de Claire au fond du puits. Partagée entre la colère et le deuil, elle se frappa la poitrine. « Quand je pense que j'ai accueilli dans mon couvent une personne aussi malveillante ! Et qu'il me revient de punir un acte aussi scélérat !

– Je ne l'ai pas voulu ! protesta Aleydis en pleurant à nouveau. Un malheur est arrivé ! Un accident ! »

Tant d'obstination exaspérait l'abbesse. « Qui donc se cache derrière ce masque ? » se demanda-t-elle avant de s'écrier : « Vous êtes une menteuse ! »

La captive se leva d'un bond et se cramponna à la grille de sa cellule. « Je n'ai pas voulu la mort de sœur Claire ! » Elle avait hurlé si fort que la révérende mère sursauta. « Si je le pouvais, je reviendrais en arrière et je recommencerais tout depuis le début… Mais c'est impossible, par la sainte Vierge ! C'est impossible !

– Vous pensez que je vais vous croire ? répliqua Eudeline. Soyez maudite ! Et vos tromperies aussi ! Je ne suis pas venue m'apitoyer. Ni pour me montrer clémente. Ce que je veux, c'est la vérité ! Et vous avez intérêt à être sincère. » Elle lui jeta un regard plus menaçant encore. « Sinon, je jure de vous confier au bourreau de l'évêque !

– Non ! Pas la torture ! » implora Aleydis. Son visage semblait sur le point de se liquéfier. Les sourcils, les poches sous les yeux, la commissure des lèvres – tout s'affaissait, tout en elle exprimait une peur mêlée d'épuisement. « C'est lui, finit-elle par avouer. Lui ! Il m'a forcée ! Comprenez-vous ? Il voulait savoir… »

L'abbesse se saisit de la main d'Aleydis cramponnée à la grille. « Je suppose que vous parlez de votre bienfaiteur… » L'homme au flambeau. Eudeline frissonna en s'exhortant au courage. « Dites-moi qui c'est. Sinon, c'est la torture.

– Je vais vous le dire. » La novice ne pleurait plus. Sa voix s'apaisait, devenait égale. « Mais d'abord, je voudrais que vous compreniez.

– C'est absurde. Vous êtes prétentieuse. » Le sourire d'Eudeline était plus cinglant qu'un coup de fouet. « Et vous n'avez pour moi que mépris. »

Soudain, la prisonnière saisit la main de l'abbesse et la serra entre les siennes. Elle voulait absolument être entendue. Elle reprit d'un ton chargé de remords : « Au début, vous ne comptiez pas pour moi ! Je vous voyais comme une petite dame qui avait eu la vie trop facile. Comme toutes les autres sœurs. Moi, je venais du ruisseau. J'avais vécu dans une misère que vous n'imaginez même pas. Et j'aurais fait n'importe quoi pour prendre votre place. N'importe quoi ! Mais après… Après, quelque chose a changé. *J'ai* changé. J'ignore si c'est dû aux rigueurs du cloître, ou à votre exemple, mais c'est un fait : je ne suis plus la même personne. J'ai appris à vous respecter. À tel point que j'ai voulu devenir comme vous… Je vous supplie de me croire ! Mon remords est sincère. Donnez-moi ma chance, et vous verrez que… »

L'abbesse se libéra de l'emprise d'Aleydis. « Vous dites que vous avez changé. Et pourtant vous avez agi avec méchanceté.

– Je vous dis qu'il m'a forcée !

– Vous pouviez refuser… » *Et venir m'en parler*, faillit ajouter la révérende mère qui se tut subitement sous le coup de la stupeur et de la gêne. Aleydis, soudain, s'était retournée ; elle avait retiré ses vêtements pour apparaître entièrement nue.

Eudeline considéra le dos de la novice. D'abord, elle ne comprit pas. Puis elle baissa les yeux vers les reins d'Aleydis. Ils étaient couverts de dizaines de cicatrices plus ou moins profondes qui allaient du rouge vif au noir. L'abbesse, songeant aux souffrances et aux humiliations subies par cette malheureuse, en oublia sa propre fureur. Ce qu'elle avait sous les yeux, c'étaient des semaines, des mois de supplice… Elle eut un mouvement de recul en songeant à la folie sadique de celui qui en était l'auteur.

C'est la novice qui rompit le silence. Immobile, la mine aussi ravagée qu'une vieille statue abîmée, elle ajouta : « Maintenant, vous savez qui c'est. »

*

*   *

Peu après, Eudeline retrouva Vermandois dans l'hôtellerie. L'entretien avec Aleydis avait épuisé ses dernières forces. Mais elle ne voulait pas s'accorder de repos avant d'accomplir une importante et dernière mission.

Elle avait quelque chose à demander à Robert. Étant donné la confiance qui s'était établie entre eux, elle le voyait comme la seule personne à même de comprendre ses angoisses. Une partie de ses angoisses, du moins.

« Et c'est maintenant seulement que vous m'en parlez ! s'exclama le Picard. On vous retient prisonnière une journée entière et personne ne m'en avise !

– Personne ne savait, se justifia l'abbesse en s'efforçant de paraître rassurante. Du reste, c'est fini, à présent.

– Quel ignoble bâtard a osé vous traiter ainsi ? tonna le chevalier, nullement apaisé. Dites-le-moi, que je l'envoie nourrir les vers !

– C'est autre chose que j'attends de vous, messire. Et si vous acceptez, il faudra vous montrer discret. Et habile.

– Je vous écoute. »

La révérende mère se demanda un instant encore s'il ne serait pas plus sage de laisser tomber et de changer de sujet. Était-ce honnête de profiter de l'ascendant qu'elle avait sur cet homme, de la fascination qu'elle lui inspirait ? Mais il était trop tard, désormais, pour faire machine arrière. Et Robert frémissait déjà de curiosité. « Il faudrait enquêter sur celui qui m'a fait enlever, dit-elle en mesurant son propos. Il s'agit d'un cardinal. Il est établi depuis quelques mois près de l'abbaye Saint-Rémi. Je souhaiterais connaître ses déplacements, les noms des personnes qu'il fréquente et… »

Robert de Vermandois ne put cacher sa stupéfaction. Dieu sait qu'il ne s'était pas attendu à une telle requête ! D'un autre côté, après des mois d'inaction, il avait grande envie de dégourdir ses membres. « Avant d'enquêter sur ce prélat, reprit-il, j'aimerais savoir pourquoi il s'intéresse à vous.

– Je crains de ne pouvoir vous le dire. » Elle tenait à rester discrète sur le *Lapis exilii* et sur le secret de Maynard. « Ce n'est pas un caprice, messire. J'ai juré de garder le silence. Il y va de la vie d'êtres qui me sont chers. »

Vermandois comprenait. La surprise cédait devant la réflexion et le calcul. « Opérer à l'aveuglette, déclara-t-il, risque de n'être pas facile. Obtenir des informations sur ce prélat, pourquoi pas ? Mais dans quel but ? »

L'abbesse aurait préféré le lui dire après coup. Elle voyait pourtant qu'elle n'obtiendrait pas le consentement de Robert si elle ne lui faisait pas un tant soit peu confiance. Plissant le front, elle répondit : « Le but est de décider comment et quand lui rendre la monnaie de sa pièce. »

Le Picard, de nouveau, était sidéré. « Avez-vous l'intention de… de l'enlever ? » demanda-t-il.

La révérende mère, à cet instant, fut sur le point de renoncer. « Excuse-toi et supplie-le d'oublier cette conversation ! » pensa-t-elle. Elle s'en voulait d'avoir cédé à son instinct. Mais elle songeait aussi à ce qu'elle avait enduré à cause du cardinal. Oubliant toute hésitation, elle hocha vigoureusement la tête. « À présent, messire, vous comprenez pourquoi je me tourne vers vous, et non vers les avocats de l'évêque. »

Il méditait.

« Le ferez-vous ? »

La réponse de Robert ne vint pas tout de suite. Il était tenté d'accepter. Cependant il considérait l'abbesse d'un air circonspect. « Je ne suis pas un idiot, semblaient dire ses yeux verts. Je suis à votre service, mais jusqu'à un certain point… » D'ailleurs, Eudeline n'ignorait pas que sa demande outrepassait les devoirs attachés à la chevalerie. Elle en appelait à une complicité fondée sur des sous-entendus et des non-dits. Une complicité que Vermandois avait le pouvoir de développer, ou d'abolir à jamais.

Il lui prit la main et murmura : « L'audace, vous rappelez-vous ? » Il mima le déplacement des pièces sur l'échiquier. « Ne vous ai-je pas déjà dit que je la devinais en vous, quitte à vous fâcher ? Et la voilà qui se manifeste à nouveau ! La lionne… prête à jeter un cavalier contre un cardinal. » Il eut un fier sourire, comme s'il lui lançait un défi. « Vous exigez beaucoup de moi, Madame. C'est un fait. Mais c'est aussi un honneur.

– Le ferez-vous ?

– Pour vous, je le ferai. »

Eudeline sourit à son tour devant le courage, la loyauté et la force de cet homme. « Autre chose, ajouta-t-elle, revenant à ses plans. Je voudrais que vous vous mettiez en chasse aussi… d'un homme à la peau brune dont j'ignore le nom et l'origine, mais dont je pense qu'il pourrait vivre dans cette ville. Tout ce que je puis dire, c'est qu'il est vêtu avec élégance et de façon voyante. C'est lui qui m'a libérée.

– Voilà qui est extravagant, dit Vermandois, perplexe. Comment voulez-vous que je retrouve sa trace ?

– Je doute qu'il y ait beaucoup de Sarrasins à Reims, répondit-elle. Peut-être qu'en cherchant aux bons endroits… »

Robert haussa les épaules. « Qui ne tente rien n'a rien, dit-il, mais ne vous bercez pas d'illusions…

– Je me fie à vous, messire.

– Et quant à votre cardinal, reprit-il en se levant, vous avez omis de m'indiquer son nom.

– Son Éminence Bertrand du Pouget, répondit la révérende mère, comme on place sur l'échiquier une pièce en position d'attaque. Cardinal de Saint-Marcel. »

– 56 –

Ferrare, une taverne du bourg San Leonardo

Maynard se détourna un instant de Bastien des Baux pour observer par la fenêtre la rue qui passait devant l'église. Dehors, le soir tombait et Gualtiero ne donnait pas signe de vie. L'instinct de Maynard lui commandait de partir à la recherche du garçon. Il s'en voulait de ne pas l'avoir fait tout de suite, au lieu de continuer à discuter avec son maître d'armes. Mais l'irritation, alors, l'avait emporté sur le bon sens.

« Méfiez-vous des Génois, lui rappela Bastien en attaquant la galette de pois chiches qu'on venait de lui servir. Et méfiez-vous aussi des Vénitiens. »

Le regard du chevalier revint à l'intérieur de la taverne, un décor qui convenait parfaitement à l'expression sévère du vieil écuyer. Têtes penchées sur leur écuelle, joueurs de dés – des Baux préférait manifestement cette compagnie à celle des chanoines de la Miséricorde. S'il avait choisi d'habiter chez eux, c'est parce qu'on y parlait français.

« Les Génois, dites-vous ? Et les Vénitiens ? Je croyais que vous aviez rallié Smyrne pour faire rendre gorge aux Turcs.

– En effet. *Exercitus christianorum contra turchos !* s'exclama des Baux. À bord du *Sancta Crux* d'Humbert de Viennois, j'ai vu la ville de Zara, les rudes falaises de Morée, l'île d'Eubée et la funeste Mytilène. » Il rayonnait de fierté. « Que n'étiez-vous des nôtres, mon ami ! Plus de deux mille fantassins le long de la mer ! Cent cavaliers ! Pour affronter les Turcs du baron Mitaometto. Nous sommes sortis victorieux du combat. Parce que nous étions supérieurs en nombre. Et non sans en payer le prix en vies humaines. »

Rocheblanche ne put s'empêcher d'éprouver une pointe de jalousie. « Les héros meurent avec les honneurs, au nom du *sacrum facere* », dit-il en prenant dans le plat une part de galette.

Mais Bastien secouait la tête. « Il n'y a aucun honneur dans la mort. Et il n'y en a eu aucun dans notre triomphe. Vu que Viennois a fait assassiner une centaine de prisonniers comme s'il s'agissait de vulgaires brigands.

– J'ai assisté à des actes bien plus ignobles, croyez-moi.

– Vraiment ? »

Le chevalier soupira tristement. « J'ai vu Philippe VI de Valois céder Calais à l'Anglais rien que pour avoir la vie sauve. »

Des Baux était troublé par ce qu'il venait d'entendre. « Et moi, Humbert de Viennois supplier les infidèles d'accepter une trêve, quelques mois à peine après Mytilène. » Il eut un geste de découragement. « Nous ne rentrons pas au pays couverts de gloire…

– Quand je pense que j'ai failli vous envier… J'ai toujours rêvé de vivre l'épreuve d'une geste légendaire. »

Le maître d'armes porta un verre de vin à ses lèvres. « La guerre ne plaît pas à Dieu, quoi qu'aient pu écrire Gratien et Laurentius Hispanus, dit-il avec une grimace douloureuse. Et ne vous trompez pas. Si je vous ai appris le respect de l'honneur et de la loyauté, ce n'était pas pour faire de vous un chevalier, mais un *homme.* C'est à vous, et à nul autre, de choisir vos batailles.

– Comment pouvez-vous parler ainsi après vous être mis au service d'un félon ? »

Bastien plissa les yeux. Une vague de colère montait en lui. « Si je l'ai fait, répondit-il à voix basse, c'est pour défendre ma nièce, Marie ! » Plusieurs clients coulèrent des regards vers lui. « Marie des Baux, reprit-il. L'épouse d'Humbert de Viennois. Embarquée dans cette galère sur décision de son fou de mari ! » Il s'accouda à la table et baissa la tête pour cacher sa fureur. « Mais Dieu a réduit mon intervention à néant. Marie a péri à Rhodes, sur le chemin du retour. Elle a succombé à un mal mystérieux… »

Rocheblanche à présent s'en voulait d'avoir jugé son vieux camarade un peu légèrement. Il l'avait entendu jadis exprimer son affection pour cette nièce. Et il savait quel supplice c'était que d'être impuissant face aux malheurs qui frappent les êtres chers. Comme le vaillant des Baux avait dû souffrir ! Maynard attendit que le malaise se dissipe. Puis il vit que son ami s'essuyait les yeux. Et il préféra orienter la conversation vers un sujet moins douloureux : « Ne disiez-vous pas qu'il existait une possibilité de rencontrer Obizzo III ? »

Le maître d'arme sut gré à Maynard de son geste. « Humbert de Viennois ne tardera pas à débarquer à Venise, répondit-il. Il rendra visite à Mastina della Scala, à Vérone, et peut-être au seigneur de Padoue. Mais ensuite, il descendra en Émilie. Je sais avec certitude qu'il entend profiter de l'hospitalité du marquis d'Este. Alors il y fera venir aussi sa suite.

– Et vous serez donc admis à la cour.

– Vous aussi, s'il vous plaît de rester à mes côtés. »

Maynard mesurait l'avantage qu'il y aurait à pénétrer le cercle de Viennois. Il pourrait enquêter. Poser des questions sans éveiller aucun soupçon. En tâchant de n'être pas reconnu de Facio di Malaspina. « Je vous remercie, dit-il cependant, mais je ne voudrais pas risquer de vous compromettre. Ni profiter à ce point de votre générosité. Je songe à une autre façon de parvenir à mes fins sans mettre en danger aucun de mes amis… » Il repensa à Gualtiero et regarda par la fenêtre.

« Quelque chose vous préoccupe ? demanda des Baux.

– Le garçon, répondit le chevalier. Il est parti depuis trop longtemps. » Se levant brusquement de table, il s'excusa d'un geste vif et prit congé.

« Comme il vous plaira, Rocheblanche, marmonna le maître d'armes. Si vous changez d'avis, vous savez où me trouver. »

*

*   *

Gualtiero gagna le bord de la rue, souillé de boue et couvert de bleus. La foule en délire s'était dissipée, de même que la procession des pénitents blancs. Il se releva avec peine, tout en se massant les reins. Ses membres étaient douloureux. Il n'arrivait pas à se rappeler ce qui lui était arrivé après qu'il était tombé au milieu de la foule. Un trou noir le séparait de cet instant. Il était encore sous le choc. Il dut prendre plusieurs grandes inspirations pour recouvrer ses esprits.

La lumière du soir enveloppait la place d'une atmosphère métaphysique que renforçait un absolu silence. Cette vision aida le garçon à reprendre le contrôle de ses émotions. Il était entouré d'édifices aux proportions impressionnantes. Soudain tout semblait calme, réconfortant.

Il se souvint tout à coup des raisons de sa présence en ces lieux.

« Ce n'est peut-être pas le moment d'hésiter », se dit-il. Il ne devait pas se trouver très loin de l'endroit où ses parents étaient retenus captifs. Contournant la cathédrale d'un pas vif, il s'aperçut qu'elle était flanquée de palais. Le plus proche possédait une entrée à l'enseigne de la cité. Deux fantassins armés de lances s'y tenaient en sentinelle.

Gualtiero les salua d'une révérence. « Est-il permis de vous demander, messires, où se trouve la capitainerie des prisons ?

– Tu n'as pas d'autre endroit où passer la nuit ? » répliqua l'un des gardes en usant d'un ton menaçant.

Le garçon joignit les mains : « Je souhaiterais me renseigner sur deux personnes, un homme et sa femme...

– Fiche le camp, gredin ! » cria l'autre soldat en repoussant le garçon avec le manche de sa lance.

Gualtiero tomba sur le pavé. Quelle brutalité ! Et les ricanements des deux factionnaires lui promettaient une volée de coups ! Pourtant, il n'avait nulle intention de battre en retraite. Il avait envie de se relever immédiatement et de faire valoir ses droits.

Mais quelqu'un s'approchait. Les sentinelles reculèrent d'un pas et exécutèrent un salut. Le pan d'un habit effleura le garçon. Un homme vêtu d'un froc lui prit la main et l'aida à se remettre debout.

« Venez, dit Maynard. Je vais vous aider à trouver la prison. En veillant à ce qu'on ne vous assassine pas avant le lever du jour. »

– 57 –

Le commandant de la prison était un homme sec, au caractère méfiant, au nez crochu, vêtu d'un habit noir qui lui donnait l'air d'un corbeau. Il sembla d'abord n'avoir aucune intention de rendre service à ces deux étrangers. Il avait toute une provision d'excuses à sa disposition, à commencer par l'heure tardive et le surcroît de travail. À l'en croire, il y avait à Ferrare beaucoup de prisonniers répartis dans divers quartiers. Et par les temps qui couraient, la gestion des détenus coûtait cher.

C'est seulement après avoir empoché quelques pièces d'argent qu'il parut se rappeler ses devoirs. Il parla alors des registres où l'on inscrivait quotidiennement les noms des « nouveaux résidents ». Ces personnes étaient orientées dans tel ou tel quartier de la ville selon la gravité du crime commis. Et quant aux rebelles, aux ennemis de la cité, on les pendait haut et court.

Il frappa de la main un volume de parchemin qui reposait sur la table. Quel nom devait-il chercher ?

« Sigismond de'Bruni et Sapia, son épouse, répondit Gualtiero avec impatience. Leur arrivée à Ferrare date de ces derniers jours. »

Le capitaine ouvrit son registre à la dernière page. Il parcourut les noms à la lumière d'une chandelle. Il fronça son nez de corbeau. « Je vois un *Sigismond pictor*, inscrit en date du 26 mars, déclara-t-il au terme d'une lecture attentive, mais la femme, je ne la trouve pas.

– C'est impossible ! s'exclama le garçon. Ils ont été arrêtés ensemble.

– Peut-être une erreur d'enregistrement, reprit le capitaine avec un haussement d'épaules. Dans la précipitation, il peut arriver que plusieurs malfaiteurs soient incarcérés sous un seul et même nom.

– Mes parents ne sont pas des malfaiteurs ! » protesta Gualtiero.

Maynard, d'un froncement de sourcils, le pria aussitôt de se taire.

Le capitaine des prisons leur jeta alors un regard indifférent, avant de conclure d'une voix fort peu encourageante : « D'après ce registre, le peintre est dans une cellule du *Burgus superior*. C'est près du château Tedaldo.

– Pourriez-vous nous y conduire ? demanda Rocheblanche.

– À cette heure ?

– Je comprends, ajouta le chevalier en lui donnant une autre pièce d'argent. La nuit, votre temps est encore plus précieux. »

*

* *

Le bourg Supérieur s'étendait au sud-ouest de la cathédrale, sous l'enceinte dressée le long du Pô. C'était le quartier le plus ancien de Ferrare. Le capitaine, qui s'était muni d'une lanterne, précéda Maynard et le garçon dans les ruelles à l'abri des remparts. Il passa devant les boutiques fermées en s'orientant grâce aux clochers crénelés. Ils débouchèrent sur une place occupée par une église solitaire.

Gualtiero promenait ses regards alentour. À peu de distance, se trouvait un château perché sur une colline. Était-ce là que ses parents étaient mis au secret ?

« Par ici », indiqua le capitaine. Ils longèrent le rivage d'un *scorsuro*, comme les habitants de Ferrare appelaient les fossés qui déversaient dans le Pô les eaux de pluie mêlées à leurs ordures. L'odeur était à vous retourner le cœur. La silhouette du capitaine se glissa sous une voûte, puis reparut sous l'éclairage d'une fenêtre percée dans une maison touchant les fortifications.

« C'est ici ? » demanda Maynard.

Pour toute réponse, l'homme posa sa lanterne à l'entrée. Il donna un coup de heurtoir contre la porte. Un gardien ouvrit. « Entrez », dit enfin le capitaine.

Il précéda Maynard et Gualtiero dans une chambre où brûlait une torche. Le gardien était retourné s'asseoir sur son tabouret. Le capitaine se dirigea vers le fond de la salle. Il ouvrit une trappe ménagée dans le sol. « Un seul de vous deux ! » ordonna-t-il. Et il descendit en s'éclairant de sa lanterne.

Gualtiero consulta le chevalier d'un regard. Puis il s'avança en tâchant de dominer son angoisse. Ses parents étaient-ils enfermés dans les ténèbres de cette cave abominable ? Du moins les avait-il retrouvés. Il pouvait remercier le Seigneur. Il s'engagea dans la trappe. Aussitôt il sentit s'élever une odeur affreuse. Cette senteur piquante et rance, mêlée de sueur, donnait une idée de l'état physique et moral des captifs enfermés dans ces murs.

Le garçon descendit en s'efforçant d'ignorer cette pestilence. Il trouva un couloir privé d'air dont la superficie dépassait celle de la maison. Le capitaine éclaira une porte fermée par une barre, puis appela : « Sigismond de'Bruni ! » Gualtiero s'avança vers la grille du judas. Au-delà, s'étendait une obscurité insondable. Le garçon, au début, ne put rien entendre. Puis un bruit sourd retentit dans la cellule. Un visage apparut.

« C'est moi, messire », dit le prisonnier.

Il écarquillait les yeux et exprimait une si étrange soumission que Gualtiero eut peine à reconnaître dans cette attitude le caractère de son père. Cependant, la voix était bien celle de Sigismond. Le garçon étudia les traits du visage. Aucun doute n'était plus possible. « Père !

– Mon fils ! s'exclama le peintre avec un brusque soulagement. Loués soient saint François et la Madone ! Tu vas bien ?

– Oui, père, je vais bien, le rassura le garçon sans pouvoir retenir ses larmes. Mais toi…

– Tu m'apportes à manger ? »

Gualtiero était stupéfait. Il avait un millier de questions à poser à son père, et une envie folle de l'embrasser ! Mais devant un regard si implorant, il dut retenir ses effusions. Fouillant son sac, il en tira le reste du pain noir qu'il avait pris pour le voyage.

Sigismond passa la main par la grille et s'empara du pain, avant de disparaître un instant. Il mastiqua rapidement dans le noir. Puis il dit : « Ici, ils nous font crever de faim… »

Gualtiero attendit que son père eût fini de manger ce misérable repas. « Et ma mère ? demanda-t-il.

– Ta mère… » Le prisonnier lâcha un soupir et reparut derrière la grille. « Je ne sais pas…

– Que veux-tu dire ? questionna Gualtiero en se précipitant sur la porte.

– Ne vous approchez pas ! intervint le capitaine en le retenant par le bras. Qu'est-ce qui vous prend ? »

Le garçon se maîtrisa. Mieux valait obéir. Il s'excusa d'un geste et se dépêcha de répéter : « Pardon ! Pardon ! » Le capitaine lui lâcha le bras. Gualtiero s'adressa de nouveau à son père : « Tu dois pourtant bien savoir quelque chose ! Qu'est-il advenu d'elle ?

– Je l'ignore ! répéta Sigismond en donnant un coup de poing contre le bois. Ils l'ont emmenée aussitôt le mur franchi…

– Sur ordre de qui ?

– Sur ordre de Superanzio Orsini.

– L'envoyé de l'évêque », dit le garçon. Il repensait à l'intérêt manifesté par le vidame à l'égard de Sapia. Cherchant à nouveau le regard de son père, il vit que le capitaine des gardes s'était placé devant la grille du judas. Il exprimait une grimace menaçante, manifestement pressé d'en finir. Il alla jusqu'à effleurer le manche de sa dague.

« Fin de la conversation, dit-il en repoussant Gualtiero.

– Attendez ! » Le garçon ne savait à quoi attribuer ce changement d'attitude. « Que va-t-on faire de mon père ?

– J'ai dit que c'était fini ! » répliqua l'homme avec plus de brutalité encore. Sa main s'était refermée sur le manche de la dague.

La fureur s'empara de Gualtiero, qui cependant fut contraint de s'éloigner tandis que résonnait dans le noir la voix désespérée de son père :

« Gualtiero ! Rapporte-moi du pain ! »

*

* *

Maynard et le garçon remontèrent à San Marco et prirent la direction de la place. Ils marchèrent en silence pendant une partie du trajet. Puis le chevalier, voyant combien son jeune compagnon était affligé, se décida à lui demander ce qui s'était passé dans ces caves. Gualtiero lui fit un récit complet. Il parlait sans pouvoir retenir ses larmes. Son père lui était apparu dans un état si misérable ! Et il ignorait tout du sort réservé à sa mère…

Rocheblanche, espérant le consoler, le poussa à réfléchir à la situation. « Êtes-vous sûr que le capitaine a changé de comportement dès qu'il a été fait allusion au vidame ?

– Oui, répondit le garçon. Dès qu'il a été question d'Orsini, il est devenu très méchant. »

Maynard médita ce propos. Puis son visage s'assombrit. « Demain, dit-il, vous rentrerez à Pomposa.

– Pas question ! s'exclama Gualtiero.

– Faites fonctionner votre cervelle, mon jeune ami, insista le chevalier. Vous ne pouvez rien faire pour les vôtres. Et comment espérer survivre dans cette ville ? Vous n'avez ni argent ni travail. C'est moi qui ai payé le capitaine des gardes. Oh ! je l'ai fait volontiers, mais quand il faudra compter sur vos propres ressources… »

Furieux contre Rocheblanche, le garçon cessa de marcher. « Vous aimez à donner des conseils ! dit-il en pointant le doigt sur le chevalier. Malheureusement, j'ai surpris votre discussion avec l'abbé, voilà quelques jours. Vous rappelez-vous, messire ? Si les soldats des Este sont venus à Pomposa, c'était pour vous arrêter, *vous* ! C'est votre faute, si mes parents ont été jetés en prison ! Et vous osez maintenant m'imposer des règles ?

– Vous avez raison, avoua Rocheblanche avec humilité. Je vous présente mes excuses. Cependant le devoir m'impose de vous mettre en garde. L'affaire est plus importante que vous ne l'imaginez. Si vous n'y prenez garde, elle vous emportera vous aussi…

– J'y suis déjà mêlé ! protesta Gualtiero en prenant Maynard par le col. Je n'ai plus d'autre choix que de m'exposer au danger ! Je veux retrouver ma mère ! »

Maynard fut touché par tant de courage. Il s'éloigna doucement. « Permettez que je me charge de la retrouver moi-même », dit-il. Et, tout en se remettant en route, il ajouta : « J'ai l'intention de rester quelque temps à Ferrare. Quand je serai à la cour, j'essaierai d'obtenir des informations sur Orsini et sur votre mère. »

Une lueur d'espoir éclaira le visage du garçon. « Vraiment ?

– C'est le moins que je puisse faire pour vous dédommager des ennuis que je vous ai causés. »

Ils marchèrent en silence, chacun absorbé par ses propres pensées. Ils traversèrent la place et continuèrent vers San Leonardo. Gualtiero s'apaisait quelque peu, même si une angoisse secrète continua de le tourmenter jusqu'à l'hôpital de la Miséricorde.

« Et mon père ? demanda-t-il, comme on arrache une épine de son cœur.

– Je veillerai à lui faire parvenir tous les jours de quoi manger, répondit Maynard. Dès que la nouvelle de sa libération me parviendra, je vous en informerai. »

– 58 –

Dès le début de la matinée, ce vendredi saint s'annonça difficile.

Après qu'ils eurent dormi à la Miséricorde, Maynard dut encore essayer de persuader Gualtiero. Le garçon, en effet, avait changé d'avis : il refusait de quitter Ferrare tant qu'il ne saurait pas la vérité sur sa mère.

« Sur mon honneur, dit le chevalier, je vous jure de tout faire pour la retrouver ! »

Il était sincère, Dieu en était témoin. Le sort du garçon lui tenait à cœur. Comme celui d'Isabeau. Des années durant, il avait fréquenté des hommes de guerre ; aujourd'hui, la compagnie de ces jeunes gens commençait à combler quelque peu le vide laissé en lui par la colère et le ressentiment, ce vide qui semblait se nourrir de tout, même de son amour tourmenté pour Eudeline.

Alors qu'ils parcouraient en sens inverse le chemin de la veille, Rocheblanche s'arrêta plusieurs fois pour tâcher de dissuader le garçon de tenter le diable. « Croyez-moi, disait-il, ce qu'il faut, c'est de la patience et de la perspicacité. »

Ils se remirent en route et gagnèrent rapidement le pont de Barbacane.

Le jeune garçon résista jusqu'au bout, tout en sachant que Maynard n'avait pas tort. Les aventures de la veille lui avaient ouvert les yeux sur beaucoup de choses. Le chevalier renouvela sa promesse et parvint finalement à le convaincre de rentrer à Pomposa, et d'y attendre de ses nouvelles.

Après que Gualtiero eut posé le pied sur l'autre rive du Pô, Maynard fit demi-tour et retourna sur la place. Il pouvait à présent déclencher la première partie de son plan.

Livore eius sanati sumus, avait dit le prophète Isaïe : « Dans ses blessures, notre guérison. »

Dans la cathédrale noire de monde, résonnait la liturgie de la Passion. Revêtu de la chasuble violette, l'évêque monté en chaire prononçait le sermon du vendredi saint en fixant du regard le peuple amassé sur les bancs, le long des murs et dans le narthex.

Maynard se mêla aux multiples fidèles qui franchissaient la porte aux sculptures figurant les mois de l'année. Il emprunta une nef latérale sans se laisser distraire par les beautés architecturales. Il espérait que Son Excellence resterait à Ferrare assez longtemps pour lui accorder audience. Pour le moment, il devait concentrer son attention sur le plus important : cette famille du marquis d'Este si soucieuse d'apparaître au premier rang de la cérémonie.

Obizzo III était un homme de grande taille, de complexion robuste, vêtu d'une toge bleue aux manches bouffantes. Il avait les cheveux longs et une barbe noire. Son expression était celle de ces chiens de garde à l'œil mélancolique, prêts à vous mordre au moindre geste. Il avait à ses côtés ses trois fils imberbes. Derrière lui, une femme rousse portait un enfant dans les bras.

Rocheblanche n'envisageait certes pas d'aborder le marquis en pleine messe. Il voulait seulement se faire une idée du personnage. De son entourage, aussi, où il aurait peut-être la chance d'apercevoir un visage familier. Mais ce ne fut pas le cas. Facio di Malaspina n'était pas en vue.

Quand la messe eut pris fin, le chevalier s'éclipsa en se frayant un chemin dans la foule. Son idée était d'arriver au palais avant le marquis. Il avait sur lui la lettre du père Andrea, et les deux cents florins destinés à solder la dette du couvent envers la Chambre apostolique.

Des gardes surveillaient l'entrée du palais. Rocheblanche leur fit part de son intention de rencontrer Sa Seigneurie. Prudent, il évita de se présenter par son nom. « Je suis le frère Mainardo », dit-il. Il ajouta qu'il venait de loin et qu'il était porteur d'importants documents. On le dirigea vers une salle du deuxième étage où il fut prié d'attendre.

« C'était moins difficile que Bastien ne l'avait prévu », songea-t-il avec une certaine satisfaction. Il ne lui restait plus qu'à patienter jusqu'au retour d'Obizzo.

Mais, à sa grande surprise, un valet vint tout de suite le chercher. Maynard fut conduit dans une petite pièce occupée par cinq copistes penchés sur des piles de documents. « C'est une farce ! s'écria-t-il. J'ai demandé à voir le marquis en personne ! »

L'un des copistes lui jeta un regard furieux. « Un peu de respect, messire ! Vous vous trouvez ici devant la *Cancelleria domini marchioni* ! » Il pointait sur Maynard sa plume d'oie. « Vous avez un pli à remettre ? Une somme d'argent ou quoi que ce soit ? Inutile de déranger Sa Seigneurie.

– Chez moi, on ne s'adresse pas à de simples *secretarii* pour traiter des affaires importantes !

– Nous sommes des notaires, précisa le scribe, affectés à l'administration de la Cour. Et si vous êtes venu pour nous traiter avec mépris… » Ayant pris une clochette sur la table, il la fit sonner.

Cette réaction déstabilisa Maynard. Un bruit de pas retentit dans l'escalier. Deux gardes apparurent au seuil de la pièce.

« Et maintenant, messire ? » lui lança le notaire d'un air de défi, avec un sourire triomphal.

Rocheblanche renonça à la tentation de répliquer sur le même ton. Il était forcé de s'avouer vaincu. Il avait envie de tout, sauf de se donner en spectacle. C'eût été risquer de révéler à Facio di Malaspina sa présence entre les murs du palais. Maynard s'excusa d'un air crispé. Et il consentit à déposer ici les florins de l'abbé, non sans réclamer un reçu attestant de son versement. Il confia aussi aux notaires la lettre dans laquelle il demandait des explications sur l'arrestation des parents de Gualtiero. « J'insiste, dit-il. Il s'agit d'une question à régler rapidement. Sachez qu'en l'absence de réponse, je me rappellerai au souvenir du marquis Obizzo, et demanderai une audience.

– Vous pouvez compter sur notre diligence », répliqua le bureaucrate en congédiant Maynard d'un sourire sarcastique.

Le chevalier quitta le palais. Il n'arrivait pas à croire qu'un simple fonctionnaire pût se conduire de façon aussi humiliante. Si de tels individus devaient remplacer l'honneur et la chevalerie, alors c'était à désespérer de l'avenir du christianisme. Mais ce qui le rendait plus furieux encore, c'était de savoir que la requête de l'abbé ne parviendrait peut-être jamais aux oreilles du marquis.

Il se reprochait à présent de s'être montré naïf et orgueilleux. Et la honte s'empara de lui quand il songea à la promesse faite à Gualtiero. Une nouvelle stratégie s'imposait. Un plan qui lui permettrait d'espionner l'intérieur du palais, et de retrouver celui qui avait violé les secrets de Mont-Fleur.

Il s'arrêta à la tour des Lions et se souvint qu'une autre tâche attendait d'être accomplie pour le compte d'Andrea. La lettre adressée à l'évêque. Autant s'en occuper tout de suite.

De retour à la cathédrale, il la trouva déserte. Un serviteur qui balayait les abords de l'autel lui apprit que le prélat s'était retiré avec sa cour dans un palais du quartier San Romano, près de la place.

Toujours sous le coup de l'offense que lui avaient infligée les bureaucrates, il emprunta une rue longée d'habitations imposantes. Il levait les yeux vers les façades pour apercevoir les bannières de l'évêque. Il trouva ce qu'il cherchait à San Romano, en effet : un palais arborant le blason épiscopal.

– 59 –

Contrairement au marquis d'Este, l'évêque Guido di Baisio ne se déroba pas quand Maynard lui demanda audience. Il accueillit le visiteur chez lui. Le chevalier le trouva dans un fauteuil garni de coussins, enveloppé de vêtements noirs qui masquaient difficilement un corps anguleux, usé par les ans. Mais ce prêtre dégageait une impression de volonté. À chaque respiration, il émettait un sifflement têtu, presque rageur, qui témoignait d'un attachement à la vie insolite à cet âge.

Le Français lui présenta ses hommages et ajouta :

« Je suis porteur d'une lettre de l'abbé de Pomposa…

– Pomposa, répéta Son Excellence avec un triste sourire. C'est un endroit fort paisible.

– C'était. Jusqu'à ce qu'un fâcheux incident s'y produise.

– Quel incident ?

– Une femme a été arrêtée, répondit Rocheblanche. Une femme du peuple que votre vidame aura prise pour une autre, sans doute. Le mari de cette malheureuse a été fait prisonnier aussi. Or ces gens sont inoffensifs. »

D'un signe, Guido di Baisio fit savoir à Maynard qu'il avait compris de quoi il retournait. Pourtant il eut envie d'en apprendre un peu plus. « Et l'abbé ? Dans quelle mesure est-il concerné ?

– Il est saisi de pitié. Le sort de cette famille lui tient à cœur.

– Voilà qui est conforme à la réputation du révérend, dit le vieillard avec une moue déplaisante. Cependant, ces personnes dépendent des autorités civiles. »

Maynard le soupçonna de chercher à éviter le sujet. « Je me suis rendu à la chancellerie du marquis, dit-il. Et quant à l'ordre d'arrêter ces gens, il est venu de votre homme de confiance.

– Vraiment ?

– L'abbé en est témoin ! »

L'évêque remua dans ses coussins, en quête d'une assise plus confortable. Puis il réfléchit. Sur son visage, la surprise cédait maintenant devant l'inquiétude. On aurait dit qu'il scrutait à l'horizon la venue d'une tempête. « Laissez-moi du temps, dit-il d'un ton sec. Je réside à Bologne, c'est pourquoi je néglige les questions… disons secondaires. J'espère que vous comprenez. Et que vous saurez l'expliquer au père Andrea. » L'évêque tendit les mains à Maynard. « Donnez-moi la lettre. Je ferai mon possible. »

Et sur ces mots, il donna congé au chevalier.

*

* *

Une fois seul, l'évêque parcourut la lettre. Il s'ensuivit un temps de méditation au terme duquel l'inquiétude avait gagné du terrain. Il décida finalement de convoquer Superanzio Orsini, lequel se présenta sans attendre, et fit une révérence obséquieuse.

« Quels sont vos ordres, Excellence ? »

Guido di Baisio se dressa sur son fauteuil et scruta son vidame d'un œil interrogateur. « On vient de me rapporter une version des faits qui diffère de la vôtre », dit-il.

Le vidame fit une grimace. « À quel sujet ?

– Au sujet de votre visite à Pomposa.

– L'abbé s'était mis en tort vis-à-vis de la Chambre apostolique. En tant que représentant de votre Excellence, j'ai jugé qu'il convenait d'accompagner… »

L'évêque, d'un geste, lui imposa le silence. « Je sais fort bien qu'en mon absence vous aimez faire la loi aux côtés des Este ! Mais c'est de *l'autre* problème dont je parle.

– Ah ! L'arrestation.

– Oui. L'arrestation. Êtes-vous certain d'avoir capturé la bonne personne ? »

Orsini ne répondit pas tout de suite. Il jeta un coup d'œil suspicieux vers la lettre qui reposait sur les genoux du prélat. « J'en suis absolument certain, Excellence, dit-il sans hésiter. Du reste, elle est passée aux aveux. »

Les lèvres de Baisio laissèrent échapper un soupir douloureux où s'exprimaient des soucis jusqu'alors tenus secrets. « Un homme est venu de Pomposa me poser des questions. Ce n'est peut-être rien. Mais un doute m'a traversé. Et si l'abbé connaissait l'identité de cette femme ?

– C'est totalement exclu, dit le vidame d'un ton rassurant. Les crimes qu'elle a commis sont antérieurs à la nomination du révérend Andrea. Et à la vôtre, si ma mémoire est bonne. »

Le vieillard hochait la tête. « À cette époque, j'étais encore évêque de Rimini. Ce n'est que deux années plus tard que je suis venu à Ferrare.

– Où j'étais déjà au service du diocèse, enchaîna Superanzio Orsini avec autorité. Je n'ai pas oublié cette vipère. Ni les méfaits auxquels elle est associée. Croyez-moi, il vaut mieux qu'elle reste à l'ombre. »

L'évêque joignit les mains sur son ventre. « Me suggérez-vous de ne pas en parler à l'abbé ? »

Le vidame se couvrit les lèvres d'un geste qui voulait dire : « Silence. » Puis il murmura : « Je doute que Votre Excellence ait besoin de mes conseils. »

– 60 –

Assis sur les marches de l'église San Leonardo, Bastien des Baux sculptait un cheval dans un morceau de bois. Il se servait d'un couteau à manche d'ivoire dont Maynard observa la lame incurvée, gravée de caractères pareils à de minuscules serpents. Un souvenir de Smyrne, sans doute, médita Rocheblanche qui cherchait à se défaire d'un sentiment de malaise. Il avait informé son ami de ses vaines tentatives, moins pour obtenir un conseil que pour se délivrer d'un poids. À présent, il regardait Bastien sans plus rien dire, tandis que les copeaux se détachaient silencieusement de la statuette.

« En somme, tout s'est passé comme prévu », lâcha Bastien d'un ton laconique.

Le chevalier ne put qu'approuver. « Durant ma vie, dit-il, j'ai été désarçonné par des hommes à cheval. Des soldats m'ont infligé des blessures… Mais jamais un notaire ne m'avait encore imposé de me taire…

– Et vous n'avez guère mieux réussi avec l'évêque.

– Du moins Son Excellence m'a-t-il reçu. Il a exigé que je lui remette la lettre.

– Une façon courtoise de vous congédier au plus vite. » Le maître d'armes, ayant reposé le couteau sur son genou, examina le résultat de son travail sous la lumière d'après-midi. « Les yeux, murmura-t-il.

– Comment ?

– Ils manquent de profondeur », dit l'homme aux cheveux d'argent en attirant l'attention de Maynard sur la tête du petit cheval. Et il recommença à sculpter. Il s'absorbait tellement dans sa besogne qu'il en aurait presque oublié la présence de son ancien disciple. Mais au bout d'un moment il reprit la parole, sans toutefois se détourner des mouvements de sa lame : « Maintenant, accepterez-vous mon offre ?

– Ma décision n'est pas encore prise, répondit le chevalier en secouant la tête.

– Rien ne presse.

– À vrai dire, je compte retrouver mon homme avant le retour d'Humbert de Viennois. »

Le maître d'armes leva les yeux. Le ton résolu de Maynard l'intriguait. « J'en conclus que vous avez un plan…

– Ce n'est pas un plan. » Maynard repensait à l'abominable Facio di Malaspina. Le besoin de l'appréhender le rongeait. Facio avait-il trouvé refuge chez les Este ? Ce n'était pas sûr. Mais c'était l'hypothèse la plus probable. « J'ai l'intention d'espionner discrètement, jusqu'à retrouver sa trace. »

Bastien des Baux souffla sur les derniers copeaux accrochés à sa statuette, et examina son œuvre d'un air satisfait. « Ou jusqu'à vous retrouver à terre, dit-il, avec deux lames d'acier plantées dans le corps. »

– 61 –

Reims, couvent Sainte-Balsamie
Le 23 avril

« Ils l'appellent l'Arabe, dit Vermandois. Personne ne connaît son vrai nom. Nul ne sait d'où il vient. »

Ses recherches duraient depuis un mois et sœur Eudeline désespérait de le voir ramener la moindre information sur le mystérieux individu qui l'avait sauvée. Pourtant, ce matin-là, au retour d'une nuit passée dans les ruelles de Reims, il l'avait fait venir sous le prétexte d'une partie d'échecs. « L'avez-vous retrouvé ? demanda-t-elle.

– Non, avoua Vermandois en poussant une tour sur l'échiquier. Et je ne suis même pas certain qu'il s'agisse du Maure que vous cherchez. Toutefois, un homme correspondant à votre description s'est montré dans les parages. »

La révérende mère eut un léger haut-le-corps. « Ce qui signifie…

– Qu'il se cache en ville. » Vermandois détourna son regard du jeu. La réaction d'Eudeline l'étonnait. « C'était évident depuis le début, Madame. La nuit de votre évasion, le Maure vous a ramenée au couvent. C'est qu'il sait où vous vivez. Il vous connaît. Il vous surveille, peut-être. »

Eudeline comprit qu'elle avait péché par naïveté. Les émotions de ces dernières semaines l'avaient aveuglée. « Avez-vous appris quelque chose sur cet… Arabe ?

– C'est un solitaire, dit Robert en hochant la tête. On le voit au marché. Du côté des épices, principalement. Un garde de la ville affirme être tombé sur lui un soir ici même, près du couvent. C'était il y a quelques jours. Il lui a ordonné de circuler. »

L'abbesse réfléchissait. Elle résista à l'attaque de la tour en avançant un pion. Voyant Robert cligner des yeux, elle craignit d'avoir commis une erreur.

« Et je ne vous parle pas de votre cardinal ! reprit Vermandois. Le prélat d'Avignon. Il est encore plus fuyant. À l'abbaye Saint-Rémi, personne ne veut rien dire. Sauf les domestiques. Il s'est caché dans ces murs des mois durant, avant de partir sans crier gare.

– Après mon évasion de la tour, je suppose.

– Bertrand du Pouget », dit Robert. Il déplaça un cavalier, ce qui obligea Eudeline à éloigner sa reine et à ouvrir une brèche dans la défense du roi. « Je me suis documenté sur son compte. Et je n'ai pas aimé ce que j'ai appris. Il semble qu'il soit l'allié de Karel de Luxembourg. Et de son père. Une alliance conclue de longue date. »

Eudeline se rappelait le récit confus de Robert : Maynard et le noble Karel s'étaient rencontrés après la défaite de Crécy. Elle reprit à voix basse : « Donc votre souvenir… » Elle cherchait à comprendre la portée de l'affaire à laquelle elle se trouvait mêlée.

« Oui, dit Robert. Il existe un lien avec votre frère. » Il lança son fou à l'attaque : échec et mat. Le Picard scruta l'abbesse d'un œil inquisiteur : « Un lien que vous m'aviez caché, mais que je pense avoir mis au jour. »

Eudeline se leva d'un bond. « J'ai promis de garder le secret ! » rétorqua-t-elle pour sa défense.

Elle ne put battre en retraite : Robert se dressa devant elle. « Ce ne sont pas vos secrets qui m'inquiètent », dit-il. Il lui prit le bras et la força à le regarder droit dans les yeux. « C'est votre insistance. Croyez-vous que j'aie accepté de prendre des risques par simple courtoisie ? » Sa voix se faisait grave, presque douloureuse. « Si je l'ai fait, Eudeline, c'est *pour vous* ! Pour ce regard que vous posez sur moi. Pour vos hésitations, pour cette façon qui est la vôtre de peser vos paroles lorsque nous sommes ensemble ! Me croyez-vous assez sot pour n'avoir rien remarqué ? »

Elle aurait voulu à toute force ignorer ces yeux verts qui se rapprochaient toujours davantage de son visage, mais résister lui fut impossible. Elle n'était plus l'abbesse de Sainte-Balsamie, la religieuse dans son habit de nonne. Elle n'était plus non plus la jeune fille obsédée par la cruauté de son père. Elle était Eudeline de Rocheblanche. Une femme.

« Si je l'ai fait, continuait Vermandois en communiquant à l'abbesse le propre frémissement de sa main, c'est pour avoir quelque chose à partager avec vous. Même si c'est peu, trop peu pour me sentir payé de retour. »

Il s'approcha encore et lui donna un baiser.

Jamais Eudeline n'aurait cru éprouver une telle émotion au contact d'un homme. Une douce chaleur à laquelle rien ne la préparait. Ni la prière ni les années d'ascèse n'avaient touché son âme aussi intimement.

D'instinct, elle se détacha de cette étreinte. Il y avait quelqu'un au seuil de la pièce.

L'infirmière.

« Révérende Mère… » L'intruse était embarrassée. Elle ajouta : « Des nouvelles en provenance de la crypte. »

Rouge de confusion, l'abbesse s'éloigna de Robert et tenta de reprendre contenance. C'est presque un cri qui s'échappa de ses lèvres : « Eh bien ! Quoi ?

– La prisonnière, répondit l'infirmière… Je viens de me rendre compte qu'elle cachait une chose importante. »

– 62 –

Metz, non loin de la Porte des Allemands
Le 23 avril

« Son Éminence, Monseigneur Bertrand du Pouget ! » lança l'écuyer en faction à l'entrée.

Le cardinal pénétra dans une salle cachée sous l'enceinte de la ville, entre les fondations d'une tour qui surveillait le duché de Haute-Lotharingie. Il avait commencé par refuser de rencontrer Karel de Bohême ici à Metz, dans cette citadelle hostile aux Français et aux princes de l'Église. La mort inattendue de Marcus n'avait pas fait que le priver d'un précieux homme de main, elle l'avait alerté sur les risques qu'il y avait à sous-estimer l'ennemi, et à se fier à ses alliés. Cette leçon lui avait déjà été apprise naguère, en Émilie et en Romagne, puis il l'avait oubliée en Avignon, durant ses années oisives. Trop de loisirs et d'inaction avaient éloigné de lui tout sentiment de vulnérabilité. Son seul souci alors était d'occuper son temps. Mais, à Reims, il avait redécouvert l'aiguillon de la peur. Il avait pris aussitôt ses jambes à son cou, quitte à laisser en plan ses projets concernant Eudeline de Rocheblanche. L'abbesse devait s'être lancée à ses trousses. Et comme il était encore tenu d'opérer dans l'ombre, il avait finalement accepté l'invitation de se rendre à Metz où l'attendait un rendez-vous clandestin avec le nouveau roi de Bohême. Le cardinal faisait d'une pierre deux coups : il brouillait les pistes, et pourrait peut-être lancer la seconde partie de son plan.

Il s'avança dans une salle nue aux parois taillées dans la roche. Le plafond voûté se composait de blocs de pierre. La seule personne présente dans cette pièce n'était autre que Karel de Bohême. Assis dans un angle, le souverain se tenait éloigné de la fumée des torches.

Le cardinal s'avança d'un pas prudent. Il s'efforçait de retrouver sur le visage de son interlocuteur les traits du jeune homme qu'il avait connu quatorze ans plus tôt devant Ferrare. Or Karel avait changé. C'était impressionnant. Ce front haut, ce regard exorbité trahissaient un caractère dominé par un océan d'ardentes obsessions où semblait revivre Jang de Blannen. Bertrand se savait fortement responsable de cet état. Tout en se tenant à distance, il l'influençait depuis des années. Il le faisait surveiller par ses espions. Il le manipulait pour l'amener à trahir son père. Karel était sa créature. L'ayant salué d'une révérence obséquieuse, il lança : « J'ai quelque peine à vous reconnaître dans cet angle sombre, Majesté ! »

Le roi émit un petit rire nerveux. « Il faut savoir tirer avantage de la cécité des autres, comme vous me l'avez enseigné vous-même. »

L'allusion à son noble père était évidente. Le cardinal ayant appris que Jang de Blannen projetait de détruire le secret du *Lapis exilii*, il avait aussitôt lancé contre lui une conspiration. Il avait forcé Karel à administrer à son père un poison capable de le rendre aveugle. Et Jang avait perdu la vue à Crécy, lors de la dernière charge. L'héritier en avait tiré avantage en montant sur le trône. Mais lui, Bertrand, n'avait toujours pas remis la main sur le parchemin de l'énigme ! Il feignit l'indignation : « Vous faites comme si vous aviez devant vous un futur ennemi ! N'oubliez pas que cette rencontre a lieu à votre initiative ! »

Karel lui jeta un regard arrogant. Puis l'orgueil céda devant l'intelligence. « Je l'avoue, dit-il : j'ai besoin de vos conseils. »

Sans en avoir obtenu la permission, Bertrand du Pouget prit un siège face au souverain. « C'est aussi ce que je pense, Majesté », dit-il d'un ton conciliant. Il se rappelait les lettres de Karel. « Toutefois, même si le pape a approuvé votre couronnement, Aix-la-Chapelle et Cologne tiennent à vous demeurer hostiles, tout comme les grands électeurs d'Allemagne.

– Ils préfèrent s'allier avec cet hérétique ! Ce Louis de Bavière que le Saint-Père a pourtant frappé d'une excommunication éternelle…

– N'accusez pas les autres de vos propres faiblesses », l'interrompit le cardinal. Il n'ignorait pourtant pas que Karel avait le goût des dissertations religieuses. Il reprit : « La vérité, c'est que vous ne sauriez gouverner en vous appuyant seulement sur le duc de Saxe et l'archevêque de Mayence. Ce sont des instruments entre les mains d'Avignon. Votre autorité n'en tirera aucune substance. »

Le roi eut une expression mécontente. « Que faire, à part en appeler à l'Église ?

– C'est un dilemme peu difficile à résoudre, l'aiguillonna le cardinal. Mais avant toute chose… » Il promena dans la pièce un regard impatient. « Avez-vous apporté ce que je vous ai demandé dans mes lettres ?

– Je l'ai avec moi, dit Karel en laissant percer pour la première fois quelque excitation. Cependant, Votre Grâce, je ne comprends pas. C'est vous qui me l'avez confiée le premier. Et si vous doutez qu'elle soit en sécurité entre mes mains… »

Le cardinal, d'un signe, laissa entendre qu'il comprenait. « Je sais combien vous êtes attaché à ce genre d'objets, dit-il. Je connais votre dévotion. Et votre passion pour le sacré. Toutefois, je souhaite la reprendre. »

La réaction du roi se fit attendre. Il se leva, puis se dirigea avec grande précaution vers un autre coin d'ombre, où il se saisit d'un coffret en marqueterie de forme rectangulaire. Revenu s'asseoir, il le déposa sur ses genoux et le caressa d'un air de regret, comme on répugne à se séparer d'un objet précieux. « Eh bien, la voici. »

Bertrand du Pouget était fasciné. Aussitôt il voulut prendre le coffret ; et les réticences de Karel ne firent qu'exciter son envie. Enfin il l'eut à son tour entre les mains. Il en fit sauter le petit verrou, souleva le couvercle, puis admira à la lumière de la torche la pointe de lance et son arc harmonieux. La dernière fois qu'il l'avait vue remontait à il y a si longtemps ! C'était une nuit, dans la forêt de Saint-Georges. Mais il en avait gardé un souvenir d'une précision parfaite. L'objet, d'où s'échappaient des reflets métalliques, possédait la même aura que la coupe : sa matière était attaquée par une sorte de corruption mystique – une sombre alchimie. Cependant Bertrand ne nourrissait pas le moindre doute. Ce qu'il avait sous les yeux, c'était la lance qui avait percé le flanc du Christ, l'arme qui avait tué la chair. C'était bien l'objet mentionné dans l'énigmatique *Codex Millenarius*.

Le cardinal se réservait de l'admirer avec davantage d'attention. Pour le moment, il se contenta de dissimuler son enthousiasme derrière un impénétrable sourire. Il referma le coffret en murmurant : « Bien joué, Majesté. Et maintenant, revenons à vos priorités. »

Le roi ayant consenti d'un signe, Bertrand reprit : « Peut-être l'ignorez-vous, mais vos ennemis sont moins soudés qu'il n'y paraît. Par exemple, je me suis laissé dire que plusieurs électeurs de la maison de Wittelsbach étaient disposés à traiter avec vous. À condition qu'on leur fasse un peu la cour…

– Wittelsbach ? s'étonna le roi en prenant une mine pleine de dégoût. Êtes-vous en train de me suggérer une alliance avec la même maison que le Bavarois ? »

Bertrand souleva un sourcil et enchaîna d'un ton évasif : « Ne dit-on pas qu'il faut prendre le taureau par les cornes ? »

Le souverain n'était pas d'humeur à goûter les pointes d'ironie. « Voilà des années que je vous donne satisfaction, dit-il. J'ai toléré la présence de vos espions. J'ai mis en œuvre vos plans… Était-ce pour vous entendre me parler ainsi ?

– Je ne suis pas venu jusqu'ici pour aller au-devant de vos caprices, répliqua le cardinal. Je viens vous proposer une solution. Et c'est la seule possible, Majesté, que cela vous plaise ou non. Vous allez devoir chercher un accord avec des excommuniés, quitte à déplaire au pape. »

Karel le fixait d'un air dédaigneux ; son regard était celui d'un chat sauvage. « Je crois percevoir chez vous quelque satisfaction, dit-il. N'auriez-vous pas décidé de vous servir de moi contre le pontife qui vous a condamné à l'ignominie ? »

Ce que Bertrand jugeait plaisant, c'était l'esprit dont faisait preuve son interlocuteur. Mais il protégea ses sentiments derrière le masque de la diplomatie. « Clément VI survivra à un schisme, si schisme il y a. Mais je n'en dirai pas autant de vous, si vous refusez de montrer votre indépendance à la noblesse allemande. » Il ajouta avec toute la force de persuasion dont il était capable : « Ce n'est pas le prélat d'Avignon qui vous parle, mais votre mentor. L'homme qui naguère vous prédisait un destin d'empereur. L'auriez-vous oublié ? Moi pas ! Eh bien ! Si ce rêve vous occupe encore, montrez que vous pouvez être le souverain de *tous* ! Y compris de ceux qui en ce moment s'opposent à vous. »

Le roi de Bohême médita longuement ce propos. De temps en temps, il jetait un regard vers les ombres de la pièce, comme s'il craignait de voir s'y matérialiser soudain des obsessions secrètes. « Vous me demandez de vendre mon âme au diable, reprit-il d'une voix douloureuse. Mais en dépit des apparences, il y a du bon sens dans votre discours. Toutefois, agir ainsi serait m'exposer à des risques…

– Pas si vous trouvez refuge à Prague, le rassura le cardinal. Là-bas, vous serez à l'abri. Et je vous ferai parvenir la liste des personnes sur lesquelles exercer votre autorité. Vous ferez partir des messagers, vous distribuerez des promesses, vous nouerez des alliances secrètes… » Le cardinal se leva puis esquissa une révérence. « En attendant l'heure de vous imposer, Majesté. »

Tout en marchant vers la sortie, le précieux coffret sous le bras, Bertrand se représenta les sombres pensées qui devaient au moment même se former dans l'esprit de Karel. Dans un monde tissé d'intrigues, chacun ne devait-il pas ourdir la sienne ? Déjà le cardinal s'immergeait dans ses propres ambitions. Il avait la coupe. Il avait la pointe de lance. Il ne lui restait plus qu'à trouver la relique – l'objet le plus important.

Dès lors, nul ne pourrait l'empêcher de devenir pape.

– 63 –

Abbaye Sainte-Marie de Pomposa
Le 24 avril 1347

Le Christ Pantocrator défiguré rappelait à Andrea le visage de Job couvert de pustules par la volonté de Satan. C'était de sa part une réaction purement doctrinale où n'entrait aucun sentiment. Il en était gêné, du reste. Même le dernier des rustres, pour peu qu'il eût un tant soit peu la foi, n'aurait pu retenir une larme en voyant l'abside ainsi enlaidie. Un vrai massacre ! Quasiment une insulte. L'abbé n'avait plus sous les yeux qu'une vieille fresque abîmée pour les siècles des siècles. Il ne voulait pas scruter son âme pour tâcher d'y retrouver la crainte de Dieu. Il doutait que la lumière divine y fût encore présente. Même Pâques le priverait de toute ferveur. Comme les autres années, le sang de l'Agneau se répandait à flots sur une terre stérile où rien ne poussait jamais. Seule demeurait cette horrible destruction. Et l'avertissement qu'elle semblait contenir : il est vain de chercher dans les événements l'expression d'un dessein supérieur inspiré par la grâce du Père.

Pourtant Andrea n'acceptait pas l'idée de retomber dans le gouffre de la résignation. Il s'était senti si proche d'un sursaut ! Il avait cru pour de bon que l'arrivée de Gualtiero de'Bruni, ce garçon au génie naissant, était un signe envoyé par le Seigneur pour lui montrer le chemin de la conversion et de la foi. Du reste, au fond de son cœur, il en était toujours persuadé. En tout cas, il avait l'illusion de l'être.

Rentré de Ferrare, le jeune garçon avait accepté de travailler au scriptorium en tant que miniaturiste. Vingt jours durant, il s'était penché infatigablement sur les manuscrits. Il avait affiné son dessin et sa maîtrise des couleurs. Il avait fait de tels progrès que les scribes, ses collègues, en demeuraient stupéfaits. Combien de fois n'avaient-ils pas abandonné leur besogne pour venir admirer le travail du jeune artiste : ses lettrines, ses enluminures et ses *grilli*, ces petits êtres grotesques, anthropomorphes, dotés de multiples têtes, dont il parsemait les marges. Ces êtres bizarres naissaient-ils de l'imagination ou de la folie ? Nul ne savait le dire. Mais ils fascinaient tout le monde. Et l'on n'en admirait que plus celui qui en était l'auteur.

L'abbé n'était pas homme à céder facilement à l'enthousiasme. Il savait que Gualtiero avait accepté ce travail en attendant d'avoir des nouvelles de ses parents. Dès que possible, il quitterait Pomposa pour aller reprendre le cours de sa vie là où il pensait l'avoir laissé. Andrea n'avait que peu de jours pour l'amener à changer d'avis, pour l'orienter vers un destin plus digne de son talent que la vie d'un simple artisan. Un destin dont il avait déjà une idée, et qui rejoignait ses propres espérances, en dépit des déceptions récentes. « Ah ! se disait-il parfois, si seulement le jeune de'Bruni voulait bien m'écouter ! Quel moine extraordinaire il ferait ! »

Puis un message avait anéanti tous ses projets. La lettre, arrivée le matin même, venait de Maynard. Elle s'adressait à Gualtiero. Le père Andrea s'était longuement demandé s'il convenait de la lui remettre. Gualtiero menait enfin une vie paisible, après l'épreuve représentée par l'arrestation de ses parents. Mais l'abbé savait que le garçon n'était heureux qu'en apparence. Il savait aussi que le fait de ne pas lui délivrer son courrier était le fruit de l'égoïsme : Andrea voulait le garder auprès de lui.

Il pénétra dans le scriptorium en ruminant son *mea culpa*. Il gagna directement la table du jeune artiste.

Gualtiero était penché sur une copie *in folio* du *De Fructibus carnis et spiritus*, un ouvrage probablement écrit par Hugues de Saint-Victor. Il achevait de représenter l'arbre du vieil Adam, symbole des péchés capitaux nés du genre humain. Il procédait en suivant son imagination. Modifiant le thème originel, il avait remplacé les sept fruits corrompus par sept têtes monstrueuses suspendues aux branches.

L'abbé, devant ces images, hésitait entre admiration et répugnance. Il salua Gualtiero. Il montra Adam couché sur le sol, ses viscères perforés par les racines de l'arbre. « Dites-moi, mon fils. Savez-vous de quelle graine naît ce poison ? » Il chuchotait pour ne pas déranger les autres copistes.

Gualtiero considéra le dessin, puis secoua la tête.

« L'orgueil », dit Andrea.

Le garçon leva vers lui un regard dubitatif. « Je croyais que la souillure d'Adam, c'était d'avoir couché avec Ève.

– Saint Ambroise enseigne que la concupiscence de la chair fut le premier pas vers la rébellion de l'intellect. » L'abbé, sans même s'en rendre compte, parlait maintenant à voix haute. « L'esprit, en s'affranchissant des lois divines, a commis le funeste péché qui devait nous condamner à la misérable condition de mortels. Le péché d'orgueil ! » Ce discours, Andrea le destinait à lui-même, mais il jaillissait de sa bouche avec une violence qui ébranlait tous les présents. « Stupide est celui qui se croit indemne de l'orgueil ! C'est un péché plus puissant que la gourmandise et la luxure ! Par orgueil, on ment, on se laisse corrompre, on cède aux bas instincts, on se vautre dans les plaisirs éphémères… Plus on progresse dans la vertu, plus il est difficile d'ignorer les séductions de ce péché. »

Il se tut, quelque peu embarrassé par le silence qui régnait autour de lui. Ce n'était plus l'habituelle et laborieuse *taciturnitas* des moines. C'était un silence attentif, né d'un sermon plein de ferveur.

Andrea parcourut des yeux les visages, et s'arrêta sur celui de Gualtiero.

« Venez, dit-il. Je dois vous entretenir d'une question très urgente. »

*

* *

« Ainsi il a tenu parole ! exultait Gualtiero. Messire Maynard m'a écrit ! »

L'abbé et le garçon traversaient la cour.

« Oui, répondit Andrea. Toutefois, mon fils, ne vous réjouissez pas trop vite. Rocheblanche s'exprime en peu de mots, et il ne dit rien de précis.

– Il dit vouloir me parler dès que possible de mes parents ! Il a appris quelque chose, c'est sûr.

– C'est probable. Vous le verrez demain. À l'heure des vêpres. »

Gualtiero ne pouvait plus détacher les yeux de la lettre. « Devant le monastère des Serviteurs… Où est-ce ?

– Je vous le dirai. Êtes-vous certain de vouloir vous rendre à ce rendez-vous ? Je puis fort bien envoyer quelqu'un à Ferrare à votre place. »

Gualtiero n'en croyait pas ses oreilles. L'abbé cherchait-il à l'offenser ? « Mais Révérend Père… Il s'agit de mes parents ! »

Andrea s'excusa d'un geste vif. « Alors permettez-moi de vous recommander la plus grande prudence. Demain, c'est la fête de saint Georges martyr, le saint patron de Ferrare. Une grande agitation régnera dans la ville.

– Je ferai attention. »

Mais les yeux du jeune Gualtiero brillaient d'un éclat impétueux.

*

* *

Perchée sur la branche d'un frêne, Isabeau avait entendu toute la conversation. Elle était grimpée dans l'arbre pour admirer un nid d'hirondelles, à l'imitation de son père qui avait l'habitude de se livrer à des acrobaties. Puis, voyant passer l'abbé et Gualtiero, elle avait tendu l'oreille.

Le petit peintre lui plaisait. Il n'était pas grand, il n'avait pas la force d'un chevalier, toutefois il l'avait conquise par ses manières aimables et innocentes. Après que Maynard l'eut abandonnée à son sort, elle avait eu la consolation de voir au moins le garçon revenir à Pomposa. Non qu'il pût vraiment lui tenir compagnie : il était occupé au scriptorium. Mais elle s'intéressait à lui. Elle étudiait ses habitudes, ses petits gestes quotidiens. La vie de Gualtiero lui inspirait beaucoup plus que de la sympathie…

Malgré l'insistance de l'abbé, le garçon avait refusé d'habiter au *dormitorium*. Il tenait à coucher dans la roulotte de ses parents. En tout cas, à y passer la nuit. Une nuit sans sommeil, en général. Isabeau, à la faveur de l'obscurité, s'était souvent approchée de la roulotte. Elle avait vu le garçon aux prises avec ses démons : il dessinait et peignait jusqu'à l'épuisement, à la lueur d'une flamme.

Elle aurait tout donné pour pouvoir entrer et admirer les œuvres du jeune peintre. Mais elle n'avait jamais osé violer cette intimité où perçait un désespoir qui lui était, à elle, si familier.

Apprenant que Gualtiero allait partir, elle sentit grandir en elle un soudain désarroi. Comment ferait-elle pour attendre le retour de Maynard, quand Gualtiero ne serait plus là ? À l'idée de se retrouver seule dans ce sinistre monastère, sans autre distraction que la cloche des offices, elle se sentit perdue.

« Non ! Je ne le laisserai pas s'en aller ! »

Couchée sur sa branche comme un chat somnolent, elle entreprit d'élaborer un plan.

– 64 –

Ferrare, bourg Supérieur
Le 25 avril

À la frontière occidentale de la ville, là où l'enceinte regardait le Pô, s'ouvrait une porte protégée par le vieux Castel Tedaldo. Les notables ferrarais avaient pris place sur une tribune décorée de tentures, sous les guirlandes. C'était la mi-journée et il faisait très chaud. Obizzo III d'Este siégeait au centre. Des enfants l'entouraient. Sa famille était présente, ainsi que des patriciens appartenant à sa lignée et venus des villes les plus florissantes d'Émilie et de Romagne. On apercevait parmi eux Taddeo de'Pepoli et Lodovico Gonzaga, seigneurs de Bologne et de Mantoue : ils se déplaçaient chaque année pour assister aux courses de chevaux, spectacle donné *in festo beati Georgi.* Il y avait aussi un invité d'honneur : Humbert de Viennois. Il avait débarqué deux semaines plus tôt au port de Venise, après un voyage exténuant au large de la Morée et de la Dalmatie. Son arrivée-surprise avait poussé le marquis à donner davantage d'éclat à la fête du saint patron de la ville. Ainsi, le chef de la croisade, de retour dans la mère patrie, pourrait en porter témoignage en Avignon auprès du siège pontifical.

Humbert avait reçu l'invitation sans grand enthousiasme. Son périple l'avait éprouvé et il avait perdu sa femme. Quand il prit place à la tribune, un air absent flottait sur son visage. L'entouraient les hommes de sa suite, parmi lesquels Maynard de Rocheblanche : il s'était introduit discrètement dans la compagnie du dauphin grâce à la complicité de Bastien des Baux.

Toujours vêtu de sa tunique noire, le poignard à la ceinture, Rocheblanche pouvait passer pour un moine soldat rentré de Smyrne avec les combattants français. Il était à la cour depuis deux jours. Il y jouissait d'une relative liberté de mouvement. Il avait déjà pu se livrer à de discrètes incursions dans les salles du palais.

Les vingt jours qu'il avait passés en ville à la recherche de Malaspina n'avaient rien donné, et il avait dû accepter finalement l'aide de son vieux maître d'armes, même s'il lui en coûtait. Les bénéfices ne s'étaient pas fait attendre. Pas plus tard que la veille au soir, alors qu'il errait dans les méandres du palais, il avait vu un moine difforme marcher d'un pas vif dans le quartier des notaires. Puis ce serpent s'était dirigé vers les étages inférieurs, que les hôtes du marquis n'avaient pas le droit de fréquenter. Mais Rocheblanche savait maintenant qu'il se trouvait au bon endroit. Il mettrait bientôt la main sur Facio di Malaspina. Ce n'était plus qu'une question de temps.

Les fêtes en l'honneur de saint Georges lui offraient un autre terrain de chasse, l'occasion de mieux surveiller sa proie. À la tribune, dans la compagnie des notables, on remarquait la présence de nombreux hommes d'Église. Maynard aperçut l'évêque Guido di Baisio, les chanoines de la cathédrale et de San Romano, les augustins de Santa Maria in Vado et les religieux du château Curtensi. Facio devait être là également. Rocheblanche le cherchait des yeux, alors que tout le monde regardait le secteur qui s'étendait entre la partie orientale de la ville et la porte du Castel Tedaldo. Dans un instant, les cavaliers allaient surgir. Ils s'affronteraient pour conquérir un fanion brodé d'or. C'était le moment le plus important de la fête. En même temps, aux quatre coins de la ville, se dérouleraient des joutes à cheval et des combats populaires.

Maynard était inquiet. Avec toute cette agitation, Gualtiero risquait d'avoir du mal à rejoindre le lieu de leur rendez-vous. Ce n'est pas de gaieté de cœur que le chevalier l'avait attiré à Ferrare un jour comme celui-là. Mais il avait connaissance d'événements graves dont le garçon devait absolument être informé. L'épreuve qui attendait Gualtiero était rude. Elle allait changer pour toujours le cours de son existence.

Une silhouette bossue s'approcha du marquis d'Este. Pensant avoir enfin retrouvé son homme, Maynard observa les gens de l'entourage d'Obizzo. Il avait appris à reconnaître ses fils : Aldovrandino, Niccolò et Ugo, des bâtards mis au monde par une superbe dame assise à côté de l'épouse, Lippa Ariosti. Maynard la fixa un instant des yeux. Leurs regards se croisèrent. La femme lui adressa un sourire malicieux. Gêné, Maynard se détourna. La silhouette bossue avait disparu.

Le chevalier murmura un juron entre ses dents. Il était certain de ne pas faire erreur. C'était bien Facio qu'il venait d'apercevoir ! Comment avait-il pu s'évanouir aussi vite ? Maynard brûlait d'envie d'approcher à son tour la famille du marquis, mais c'eût été enfreindre l'étiquette. Et il ne voulait pas se trahir. Il se contenta d'ouvrir l'œil. C'est alors qu'il entendit s'élever derrière lui la voix d'Humbert de Viennois. Dès lors, toutes ses inquiétudes se réveillèrent.

« Un cavalier surnaturel venu de nulle part, pareil à une apparition. » Ainsi parlait le dauphin. Il s'adressait à son voisin. « C'était il y a deux ans, poursuivit-il. Sur le champ de bataille, entre Smyrne et Altoluogo. Deux cent mille chrétiens étaient encerclés par des Turcs six fois plus nombreux. Soudainement, tous l'ont vu lancer l'attaque et charger sur son cheval blanc. *Surgite*, criait-il, *et viriliter ad pugnam mecum venite !* C'est lui, ce mystérieux héraut, qui a conduit les fidèles à la victoire. Puis il a disparu comme par miracle, tel un ange du Seigneur. »

Maynard, entendant ce propos, se rappela les trois cavaliers qui lui étaient apparus en rêve. Peut-être était-ce Jupiter traçant dans son lumineux sillage une destinée incertaine, anticipant la venue de Mars et de Saturne… Ou bien c'était le cavalier du premier sceau, le vengeur apocalyptique qui, d'après saint Jean, affronterait le Malin à l'approche du Jugement dernier. Maynard était troublé…

Mais un vacarme de sabots heurtant le sol attira son attention vers l'espace de terre battue qui traversait le bourg Supérieur. Au fond, là où la rangée de palais formait un tournant, venait d'apparaître un groupe de cavaliers lancés dans un galop furieux. Ils excitaient leurs montures frémissantes tout en secouant les rênes. Le peuple debout les encourageait en poussant des cris de joie. Le marquis Obizzo comptait parmi les spectateurs les plus fervents. Pepoli et Gonzaga, qui ne l'étaient pas moins, poussaient leurs propres cavaliers à arriver les premiers.

Maynard domina ses émotions. Il se remit à observer les notables à la tribune. Le bossu était de retour ! Il passait la tête entre les tentures. « Renard de malheur ! songea Rocheblanche. Tu croyais pouvoir filer sans être vu ! »

Le chevalier décida d'exploiter son avantage. Il se précipita dans la foule et se lança aux trousses de Facio.

Cette fois, personne ne pourrait l'arrêter.

*

* *

En prenant garde de ne pas se faire surprendre, Rocheblanche suivit sa proie vers le nord du Castel Tedaldo. Ils atteignirent un secteur qui jouxtait la muraille d'enceinte, appelé San Marco. Facio jetait autour de lui des regards anxieux. Il se dirigea vers un jardin derrière une église. Maynard décida de ne pas se saisir de lui tout de suite : il était trop curieux de savoir pourquoi Facio avait quitté la fête à l'improviste, et où il avait l'intention de se rendre.

Apparut un deuxième personnage, un homme à tête de boucher et aux habits criards. Maynard, caché dans l'ombre, vit cet homme saluer Facio d'un geste bref.

« Vous n'auriez pas pu choisir un moment plus propice ? protesta Facio, nerveux.

– Tant que l'évêque est à Ferrare, répliqua l'inconnu, je suis contraint de me déplacer discrètement.

– Et de me pousser à prendre des risques à l'insu du marquis !

– Vous avez une dette envers moi, dit l'homme en haussant les épaules.

– Une dette depuis longtemps soldée.

– Il en est qui ne se soldent jamais. Si ça dépendait de moi, vous seriez en train de moisir dans les geôles de l'évêque précédent. Vous rappelez-vous ? »

Le père Facio eut un rictus de mépris. « Vous m'avez aidé à fuir en me faisant payer le prix fort, autant qu'il m'en souvienne. À condition que je vous révèle mon plus précieux secret.

– Eh bien ! Le connaître ne me suffit plus.

– C'est votre problème.

– Le vôtre plus que le mien, dit l'homme en frappant d'un doigt inquisiteur la poitrine de Facio. Pourquoi avez-vous fui Pomposa récemment ? Vos vieux secrets ont-ils refait surface ? Avouez ! »

Facio di Malaspina recula d'un pas. « Laissez-moi tranquille ! protesta-t-il à voix basse. Le marquis me protège…

– Le marquis, n'est-ce pas ? ricana l'autre. Il paraît qu'il vous oblige à vivre dans les souterrains du palais, avec les rats ! Voilà qui doit être humiliant pour un homme qui occupait jadis une position élevée. Une position que vous pourriez peut-être reconquérir un de ces jours, si ça se trouve…

– Ma foi… Vous m'avez attiré ici pour vous moquer de moi ?

– Ne seriez-vous pas intéressé par un échange ? »

Les deux hommes pénétrèrent plus avant dans le jardin, soucieux qu'ils étaient d'échapper aux regards. Maynard dut quitter sa cachette. Il les suivit discrètement. Il voulait absolument entendre la suite. Qui était l'interlocuteur de Facio ? Leur propos demeurait obscur en de nombreux points, mais il s'agissait à coup sûr d'une affaire importante. Maynard s'accroupit sous les branchages d'un saule. De là, il pourrait entendre la suite.

« Que voulez-vous dire exactement ? demanda le père Facio.

– Que je pourrais vous rendre l'abbaye de Pomposa.

– Cette charge est occupée par d'autres.

– Croyez-moi, le révérend Andrea est dans une position fragile. La Chambre apostolique le considère comme insolvable, et peut-être complice d'une délinquante arrêtée près de son couvent. Son bâton pastoral, il ne l'a plus pour longtemps. »

Facio voyait se dessiner une perspective alléchante. Cependant il demeurait sceptique. « Admettons, reprit-il, que vous disiez vrai. Vous n'avez pas le pouvoir de me confier une telle charge.

– Raison pour laquelle j'en appellerai à certains prélats de ma connaissance… »

Facio di Malaspina regardait autour de lui. Avait-il repéré la présence de Maynard ? Il revint aussitôt à son interlocuteur et demanda d'un ton soupçonneux : « Que demandez-vous en échange ?

– Je vous l'ai dit. Votre trésor. Le *Lapis exilii.* C'est ainsi qu'on l'appelle, je crois… »

Rocheblanche étouffa une exclamation stupéfaite. Ainsi il n'était pas le seul, à Ferrare, à connaître les secrets de Mont-Fleur ! La mosaïque se mettait en place.

« Le *Lapis exilii*, dit Facio, n'est pas en ma possession.

– Certes, mais j'imagine que vous savez où le trouver.

– Quelles garanties auriez-vous à offrir ?

– Le moment n'est pas encore venu. Mais ayez confiance. Après le coucher du soleil, je saurai vous satisfaire. Si vous êtes intéressé, venez à la taverne de Gusmaria. Je vous y attendrai. »

Ils se quittèrent sur ces mots, et partirent dans des directions opposées.

Maynard, à cet instant, aurait pu facilement s'emparer de Facio, mais il s'abstint de le faire. Son but principal n'était pas de capturer ce serpent, mais de retrouver les reliques volées à Mont-Fleur, et de découvrir le lien qui les unissait à Jang de Blannen. Pour cela, il lui suffirait de se trouver lui aussi, à l'heure dite, à l'endroit fixé…

La cloche sonnait la neuvième heure. Il était temps pour Maynard de rejoindre Gualtiero de'Bruni.

– 65 –

Le couvent des Serviteurs de Marie était situé près du Castel Tedaldo et du Pô. Gualtiero avait réussi à le trouver avant même que sonnent les vêpres. À présent, il reprenait son souffle à l'écart de la foule, et attendait Maynard.

En route pour Ferrare, son angoisse n'avait fait que grandir. Était-ce d'avoir quitté la paix du couvent ? Il avait fini par s'habituer à la vie monastique. Le travail au scriptorium l'avait aidé à endurer l'absence des siens, et à dompter la révolte née en lui des injustices subies par sa famille. Sa retraite ayant duré presque un mois, il ne lui fut pas facile de se réacclimater à la foule. On le bousculait. On criait autour de lui. Il se sentait accablé de fatigue. Il avait dû embarquer au *Portus Abbatis* sur un bateau surchargé de voyageurs pressés qu'attiraient les festivités de la Saint-Georges. Leurs manières brutales et malpolies l'avaient obligé à se réfugier à la poupe, près du gouvernail.

Et c'était pire encore quand il avait posé le pied sur la terre ferme. La ville grouillait de monde. Il avait craint d'être renversé et piétiné par la populace déchaînée, comme précédemment. Mais il voulait absolument avoir des nouvelles de ses parents, et il avait puisé dans ce désir la force de se frayer un chemin entre les passants.

Ayant reconnu la masse imposante du Castel Tedaldo, il avait pris la direction du monastère. Toutefois il continuait d'avoir le ventre noué. Les rues étaient pleines de voleurs et de canailles dont le nombre et l'agressivité augmentaient à l'approche du soir. D'ailleurs, il se sentait espionné depuis le début de son voyage. Pendant la traversée, il avait noté la présence d'une silhouette gracile cachée parmi les passagers. Ensuite, il l'avait vue réapparaître en ville… Pour se donner du courage, il s'était dit que son imagination devait lui jouer des tours.

Assis à l'entrée du couvent, il surveillait les alentours quand une main se posa sur son épaule. Il sursauta, puis s'exclama en se tournant vers un homme vêtu de noir : « Messire Maynard !

– Vous êtes seul ?

– Oui.

– Alors suivez-moi. Il n'y a pas de temps à perdre. »

Il trouva la voix du chevalier inquiétante, mais il obéit sans hésiter. Ils prirent vers le nord à grands pas, en se montrant aussi discrets que possible.

« Votre mère n'est plus à Ferrare, finit par murmurer Maynard.

– En êtes-vous certain ? »

Le chevalier hocha la tête. « J'ai enquêté sur votre affaire. Il semble qu'elle ait été emprisonnée au-delà du bourg Supérieur, au château des Curtensi, et qu'elle y soit restée jusqu'à… » Il inclina la tête et eut un geste contrarié.

« Parlez donc ! » le pressa le garçon, en proie à une angoisse insupportable.

Maynard répondit enfin : « Ils l'ont transférée en Avignon. »

Gualtiero était accablé. Il fixa le chevalier des yeux et lui toucha le bras pour s'assurer que ce n'était pas un mirage.

« En Avignon ?

– Je tiens l'information d'un fermier de San Pietro qui me l'a vendue au prix fort.

– Je ne comprends pas… C'est impossible ! Vous êtes sûr qu'il parlait bien de ma mère ?

– Aucun doute, mon ami. »

Gualtiero mit la main sur son cœur. Il était terrorisé. Avignon ! Le siège de la papauté ! Comment ferait-il pour aller là-bas, pour voyager dans ces terres inconnues ? Mais une autre question dominait toutes ses pensées : *Pourquoi ?*

Maynard cessa de marcher et l'arracha au vertige de ses bouleversantes questions : « Vous penserez à votre mère plus tard. Si je vous ai fait venir à Ferrare, c'est pour une autre raison aussi.

– Laquelle, messire ?

– Votre père. » Rocheblanche ne put retenir une grimace de douleur. « Il sera pendu aujourd'hui même, reprit-il. Après la fête. Au Pré des Fourches… »

ÉPILOGUE

Memento mori

– 66 –

Reims, couvent Sainte-Balsamie

Sœur Eudeline s'effleura les lèvres du bout des doigts. Elle n'arrivait pas à ressentir le moindre remords. Aux yeux de n'importe quel confesseur, ce baiser représentait un péché mortel. Pourtant, elle n'avait pu y résister. Elle avait même répondu à l'étreinte, emportée par le désir de la prolonger autant que possible. Ce n'était pas qu'elle eût le goût de la chair ! Elle n'avait pas non plus cédé à l'avidité de son soupirant. Elle avait seulement voulu éprouver une douceur jusque-là inconnue. *Ce plaisir était si fort qu'il m'était impossible de le haïr.* Elle comprenait maintenant les mots scandaleux qu'Héloïse avait adressés à Abélard. Même si elle n'était pas emportée dans le vertige de la passion, comme c'était le cas de ces valeureux amants. Elle comprenait aussi les reproches de Maynard quand elle avait décidé de prendre le voile. Mais aujourd'hui pas plus qu'hier elle ne souhaitait rompre ses vœux. Abstraction faite de ses sentiments pour Robert, elle était convaincue que le cloître était pour elle le seul choix possible. Elle ne s'imaginait plus vivant hors ces murs, dans un monde livré au désordre et au désarroi. Un monde qui était pour elle celui de la perdition.

À Sainte-Balsamie, elle avait trouvé ce qu'elle cherchait. Elle pouvait se protéger elle-même, et ses sœurs, contre les menaces venues de l'extérieur. Sous quelque forme qu'elles se présentent.

Elle descendit dans les cryptes en réfléchissant à ce que l'infirmière lui avait appris la veille. Le secret d'Aleydis. Elle en était restée bouleversée : une émotion de plus dans une journée déjà fort troublée.

Elle s'approcha de la cellule fermée par le cadenas. La flamme de sa chandelle éclaira la forme recroquevillée dans l'ombre derrière les barreaux. « On m'a informée de votre état », dit-elle d'un ton impassible.

La captive leva les yeux. Elle observa la révérende mère depuis son antre de douleurs. « Alors aidez-moi, je vous en supplie... » Elle sanglotait. « Les vomissements et les malaises ne me laissent aucun répit...

– Je vous aiderai », répondit l'abbesse.

Elle sortit de son habit une petite clef.

Le bruit du cadenas fit sursauter la prisonnière. « Suis-je libre ?

– Ne vous méprenez pas, dit Eudeline en ouvrant la grille. Je ne fais que vous installer en un lieu plus confortable, du moins jusqu'à...

– Jusqu'à ce que je sois guérie ? »

L'abbesse la fixa des yeux, stupéfaite. « L'infirmière ne vous a donc rien dit ?

– Elle ne m'a rien dit du tout, répondit Aleydis, perdue. Elle est venue me voir, elle est restée muette comme une tombe et elle est repartie... Pitié ! Ne me laissez pas à votre tour sur les charbons ardents ! Est-ce grave ?

– Peut-être », dit l'abbesse d'une voix laconique. Partagée entre la pitié et le mépris, elle lui fit signe de la suivre.

« Vous attendez un enfant », annonça-t-elle enfin.

– 67 –

Ferrare, Pré de la Fourche
À la tombée du soir

Après le couvent des Serviteurs de Marie, une porte percée dans le mur d'enceinte donnait sur le pont de bateaux menant à San Giacomo, sur l'autre rive du Pô. Le fleuve roulait des eaux sombres. Noire aussi était la procession des tristes figures qui progressaient sur les planches : quatre condamnés escortés d'un détachement en armes. À leurs gémissements se mêlaient le bruit des eaux et les cris de la petite foule de curieux qui avait envahi le rivage. Plus loin, se dressait le gibet.

Gualtiero se fraya un chemin dans cette foule. Il tendait le cou pour voir les visages des condamnés. Bientôt, ils furent tout près et le garçon reconnut son père. Son cœur cessa de battre. Sale, congestionné par la peur, Sigismond allait les mains liées sous le fouet des soldats.

Le garçon ne put s'empêcher de courir au-devant de lui. Mais ce fut pour se heurter à un groupe de frères noirs qui eux aussi attendaient l'arrivée de la procession. *« Congregatio mortis »*, murmura l'un d'eux. Leur rôle consistait à fournir quelque réconfort aux condamnés.

« Mon père est innocent ! » répliqua Gualtiero dans l'espoir d'éveiller leur pitié.

Le frère auquel il s'était adressé produisit une grimace de compassion plus blessante qu'une insulte. Mais le garçon ne céda pas longtemps à l'indignation. Les hommes destinés au gibet n'étaient plus très loin.

« La décision est sans appel, lui avait expliqué Maynard. Il n'y a aucune clémence à attendre. »

Pourquoi s'acharnait-on sur ses parents ? La procession arrivait sur la terre ferme. Les frères noirs se hâtèrent d'entourer les prisonniers. Ils leur donnèrent leur bénédiction en les aspergeant d'eau bénite. Puis ils les laissèrent continuer vers le centre de l'esplanade.

Gualtiero voulut en profiter pour rejoindre son père, mais un soldat le retint.

Toutefois, Sigismond s'aperçut de la présence du garçon. « Mon fils ! cria-t-il à gorge déployée. Loué soit le Seigneur ! Toi au moins tu es sauf… »

Le soldat, pris de pitié, laissa passer Gualtiero.

« Père… » Le garçon ne trouvait rien d'autre à balbutier. Transporté d'émotion, il étreignit Sigismond et se serra contre lui en lâchant un cri de désespoir.

Le maître peintre s'efforçait de lui sourire. Le masque sale qui lui couvrait la figure se stria de larmes. « J'ai été injuste avec toi », dit-il d'une voix résignée, comme un homme arrivé au terme de son destin.

Il ne put rien ajouter. On le forçait à marcher. Le garçon dut le laisser partir. Il le regarda monter sur le gibet : quatre fourches dressées sur un ciel sans étoiles. Un ciel où ne régnaient ni Dieu ni la Justice.

Gualtiero souffrait tellement qu'il crut perdre l'esprit. La rage s'était emparée de lui. L'angoisse l'étreignait comme un serpent. Il ne put détourner les yeux du bourreau qui passait maintenant le nœud coulant au cou de Sigismond. Gualtiero se fit violence et s'approcha du gibet dans l'intention d'assister le malheureux.

C'est alors qu'il entendit Sigismond prononcer la dernière phrase de son existence : « Je ne suis pas ton père. »

Elle n'avait aucun sens.

La corde se tendit brusquement. Le condamné fut pris de spasmes.

Dans une alternance indescriptible de douleur et d'épouvante, le garçon assista à l'agitation frénétique qui secouait les jambes du supplicié. Il vit les yeux écarquillés sur le néant, la bouche tordue en une grimace grotesque, inhumaine. À la fin, il se détourna. Il n'aurait jamais cru être un jour à ce point atterré.

Je ne suis pas ton père.

À chaque douleur s'ajoutait une nouvelle douleur. Chaque question soulevait une autre question.

Ses forces quittèrent Gualtiero. Sa vue se brouilla. Il s'effondra à terre. Vaincu. Exténué. Jusqu'à ce que deux mains s'avancent dans le noir et se glissent sous sa tête pour la soutenir.

Quand Gualtiero rouvrit les yeux, un jeune visage était penché sur lui.

Le plus beau visage qu'il eût jamais contemplé.

Un visage aux iris étranges.

– 68 –

Ferrare, quartier de Gusmaria
Nuit

Maynard regrettait amèrement de n'avoir pu accompagner le malheureux Gualtiero à l'exécution de son père. Mais à l'heure de la pendaison, les traces de Facio di Malaspina l'avaient conduit à l'autre bout de la ville. Il priait pour que le garçon trouve la force de supporter l'épreuve. Et il sc promettait de retourner dès que possible auprès de lui.

Le quartier de Gusmaria s'étendait au sud de Ferrare, après la porte du même nom. Rocheblanche longea les ruelles en s'éclairant d'une torche, et se dirigea vers la taverne.

Il la reconnut grâce à la vieille enseigne qui pendait obliquement au-dessus de la porte. Les murs de l'établissement étaient défoncés et son toit menaçait de tomber en ruine. Il devait y avoir belle lurette que les clients le désertaient. Maynard faillit passer son chemin, pensant qu'il y avait sans doute erreur. Puis il se dit qu'il s'agissait d'une rencontre assez importante pour se tenir dans un endroit sûr et désert. Or cette maison délabrée offrait l'abri idéal.

Il n'y avait aucun bruit à l'intérieur. Le Français songea qu'il était en avance. Il décida d'entrer et d'y trouver une cachette d'où espionner les autres. Il avait l'intention d'enregistrer chaque mot qui sortirait de la bouche de Facio et de son mystérieux associé. Puis il se montrerait et s'emparerait du moine difforme. Il avait son poignard. Il était confiant.

Il colla l'oreille à la porte pour s'assurer une dernière fois qu'il ne se passait rien dans ces murs. Il entra, la lame à la main. Il progressa dans le noir. L'atmosphère était étouffante. Des relents de moisissure flottaient dans l'air. Mais il perçut aussi une odeur de fer qui l'alerta d'un danger.

N'était-il pas arrivé trop tard ? Il tourna sur lui-même en éclairant la salle avec sa torche. Il tomba alors sur un spectacle terrifiant.

Il crut d'abord à un mannequin, avant de comprendre que c'était un homme en chair et en os. Un homme assis dans un coin, à la seule table de la taverne. Ses longs bras pendaient. Sa tête était penchée jusqu'à toucher la table. Une langue démesurée jaillissait de la bouche ouverte : on l'avait tirée de force et clouée sur la table avec un couteau.

Facio était mort au terme d'un martyre.

Rocheblanche s'approcha du cadavre avec précaution. Il l'étudia à la lumière de sa torche. Que s'était-il passé ? Il songeait aussi à l'inconnu qu'il avait vu s'entretenir tout à l'heure avec le moine. Il ignorait tout de lui. Il ne savait où le trouver. Et il se demandait s'il avait réussi à obliger Facio à lui révéler les secrets de Mont-Fleur.

« J'ai été stupide, se réprimanda le chevalier. J'aurais dû l'arrêter à la première occasion. » À présent, tout devait être repris depuis le début. Il allait devoir chercher des traces, le moindre indice, recommencer l'enquête.

La table présentait une tache de sang frais qui s'écoulait vers le bord. Maynard remarqua aussi des mots gravés dans le bois. Ils devaient avoir été inscrits avec ce même couteau à présent planté dans la langue de Facio le menteur – sinistre plaisanterie à l'adresse de celui qui désormais se tordait de douleur en enfer.

MONACHVS SVPERBVS

Un bruit de pas à l'entrée attira l'attention de Maynard. Il découvrit une silhouette cachée dans l'ombre. Quelqu'un l'observait.

« Qui va là ? »

L'espion s'enfuit.

Le chevalier se lança à ses trousses.

Note de l'auteur (histoire et *mystery*)

Ce premier livre contient des clefs qui trouveront leur explication à la fin de la saga. Cela précisé, l'intrigue de l'*Abbaye des cent péchés* repose sur des événements amplement documentés, et sur d'autres, nés de mon imagination. Ces derniers comprennent l'histoire des familles Rocheblanche et de'Bruni. Vermandois, Aleydis, Superanzio Orsini et Bastien des Baux sont aussi des personnages fictifs. Cependant, je me suis efforcé de ne jamais perdre de vue la vraisemblance. J'ai essayé d'illustrer un mode de vie (monastique et laïque) en vigueur dans les temps anciens. C'était même mon souci principal. Je commencerai donc par proposer un éclairage sur le passage du temps, tel qu'il se déroule dans ces pages.

Au Moyen Âge, le lever du soleil correspondait à la première des douze heures diurnes – lesquelles étaient suivies du même nombre d'heures nocturnes. La durée de ces heures était imprécise. Elle variait selon la saison. Autrement dit, les douze heures composant la nuit hivernale étaient plus longues que celles de la journée, et c'était le contraire en été. Étant donné le manque de précision des instruments régulateurs – la méridienne, la clepsydre –, on avait coutume de se fier aux heures de la liturgie. En effet, les églises et les monastères sonnaient les heures de la prière : matines ou vigiles (vers 3 heures du matin), laudes (avant l'aube), prime (au lever du soleil), tierce (vers 10 heures du matin), sexte (à midi), none (autour des 15 heures), vêpres (au coucher du soleil) et complies (avant d'aller dormir).

Pour ce qui concerne les *consuetudines* de la vie monastique – y compris celles du couvent fictif de Sainte-Balsamie –, j'ai respecté la règle de saint Benoît, non sans m'autoriser toutefois un petit écart : le jeune âge de l'abbesse Eudeline. Il est vrai qu'après Boniface III, seules les religieuses de plus de trente ans étaient autorisées à devenir prieures. Mais il pouvait arriver que la fortune de l'intéressée fasse tomber ce critère de l'âge. Ce fut le cas par exemple d'une fille du comte de Suffolk. L'historien Gabriel le Bras (*Institutions ecclésiastiques de la chrétienté médiévale*, Paris, 1976) nous apprend qu'elle fut élue supérieure à vingt-deux ans.

Voyons maintenant les faits et les personnages historiques. La bataille de Crécy, le premier des grands combats qui marquèrent la guerre de Cent Ans, vit la déroute de Philippe VI de Valois, dont l'armée perdit environ quatre mille hommes. C'est aussi la première fois que la cavalerie française fut défaite par de simples archers. C'était la fin d'une époque. Et sans doute le début du déclin pour l'idéal chevaleresque. Parmi les braves qui perdirent la vie dans cette débâcle, figure Jang de Blannen, le roi Jean de Bohême. Jang est mort pendant une dernière charge désespérée. Son corps fut retrouvé le lendemain sur le champ de bataille. À en croire certaines sources, il était handicapé par sa cécité. L'âge, peut-être, l'avait rendu aveugle, ou quelque poison. Le lien qui l'attachait au cardinal Bertrand du Pouget est un fait historique. Il date de 1333, année qui vit le prélat chercher une alliance avec le roi de Bohême (venu en Italie défendre Brescia contre Milan et Vérone) dans le but de placer les provinces d'Émilie et de Romagne sous domination avignonnaise. Ferrare, assiégée, dut repousser en 1333 un ennemi qui avait réussi à atteindre la grand-place de la ville. En mars 1334, une insurrection éclate à Bologne et le légat est contraint de fuir vers la France. Dans l'entre-temps, Jang de Blannen a noué dans les hautes sphères de l'Église des alliances permettant de garantir l'accession au trône de Karel, son fils.

Bertrand du Pouget fut élevé à la pourpre cardinalice avec le titre de Saint-Marcel le 17 décembre 1316. J'ai puisé nombre de références à ce sujet dans un ouvrage de François Duchesne : *Histoire de tous les cardinaux françois de naissance*, Paris, 1660. On trouve dans ces pages le blason « léonin », différent de celui qui représente aujourd'hui le cardinalat de Saint-Marcel. On a beaucoup parlé de liens familiaux unissant ce prélat au pape Jean XXII (des liens qui incluent notamment Pétrarque). On dit que Jean XXII était son oncle, voire son fils. On retiendra de Bertrand qu'il a « tourné casaque » au détriment de Ferrare en 1333. Avant de déclencher les hostilités qui devaient le pousser à occuper Ferrare et la Romagne, il avait déjà pesé sur le sort de la cité padouane avec une bulle émise en Avignon le 2 juillet 1329. Le pape accordait aux marquis d'Este (les frères Rinaldo II, Obizzo III et Niccolò I) le vicariat de la ville ; cette décision mettait un terme à une période d'excommunication au cours de laquelle ils avaient dû subir une « croisade » lancée par le pape pour les punir de leurs sympathies hérétiques à l'égard des Gibelins.

Un autre personnage de mon roman a réellement vécu : Facio. Je n'ai gardé que le prénom du moine. Malaspina est une invention de mon cru. Je me la suis autorisée. Cet homme administrait l'abbaye de Pomposa en 1325. Par la suite, il fut accusé par l'évêque de Ferrare de soutenir les Este, alors « hérétiques » ; l'année précédente, ils avaient « occupé le monastère pomposien, avec toutes ses maisons, terres, gains et revenus. Des moines furent chassés. D'autres jetés en prison [...] Pendant ce temps, des hommes infâmes se livraient au pillage, à l'escroquerie [...] détournaient les biens du monastère. » (Archives secrètes du Vatican : *Instrumenta miscellanea*, 878). En 1329, Facio quitta son poste, après que l'évêque de Ferrare, Guido da Cappello, lui eut infligé une punition.

Le père Andrea di Fano, lui, régna sur l'abbaye de Pomposa de 1336 à 1361. On lui doit le cycle de fresques bibliques qui orne l'abbaye, une œuvre achevée en 1351, comme en témoigne une inscription dans l'abside. Sous cette inscription, ce même Andrea est représenté à genoux auprès de la « Madone angélique » et du médaillon figurant le Christ Pantocrator. Mais si les fresques de l'abside ont été peintes par le maître Vitale de Bologne, on ne sait pas grand-chose sur le cycle contemporain figurant l'Ancien et le Nouveau Testament, y compris l'Apocalypse. Ces fresques-là occupent les murs de la grand nef. Certains spécialistes les attribuent à un peintre de l'atelier de Vitale ; pour d'autres, elles sont d'Andrea de'Brunio, ou d'Andrez de'Bartoli. La question n'est pas réglée. En tout cas, elle m'a inspiré l'idée d'un roman décrivant les mésaventures du mystérieux artisan auteur de cette œuvre. Le présent volume raconte seulement le début de cette histoire.

La légende fait de Pomposa le *monasterium in Italia primum* dressé à mi-chemin entre les centres bénédictins du Mont-Cassin (Montecassino) et de Cluny. Née au XIe siècle, elle mêle les figures d'Otton III, de saint Pier Damiani et du grand abbé Guido de Pomposa, vénéré en tant que saint. À l'époque, le couvent abritait une centaine de moines menant une vie prospère. Ils aimaient la culture et le chant sacré (c'est là que se sont développées les premières théories sur le chant et la notation pneumatique du musicien Guido d'Arezzo). Mais le fleuron du monastère, c'était sa bibliothèque. Elle est aujourd'hui dispersée. Il en reste un catalogue dressé par un clerc du XIIe siècle du nom d'Enrico. Pomposa a connu trois siècles de splendeur avant de commencer son déclin. La crise économique à laquelle le roman fait allusion est historiquement attestée et documentée. Le bénédictin cassinois Placido Fererici l'a soigneusement décrite au XVIIe siècle dans une œuvre monumentale dont une partie seulement est imprimée : *Rerum Pomposianarum historia monumentis illustrata*, tome 1, Rome, 1781. Le manuscrit existe encore sous forme de codex aux Archives de

Montecassino. La Biblioteca Ariostea de Ferrare en a réalisé un fac-similé.

L'action de l'*Abbaye des cent péchés* se situe également à Ferrare. J'ai dû en « reconstruire » l'architecture. Outre la littérature urbanistique contemporaine, j'ai utilisé l'historiographie locale de l'ère moderne, notamment *Memorie istoriche delle chiese di Ferrara e de'suoi borghi*, d'Antenore Scalabrini, Ferrare, 1773, et *Memorie per la storia di Ferrara*, tome V, Ferrare, 1809, d'Antonio Frizzi. Sans oublier *Chronica parva ferreriensis* de Riccobaldo de Ferrare (XIVe siècle) et le *Disegno in pianta della città di Ferrara*, dû au crayon de l'architecte Bartolino da Novara, un homme qui était au service des Este en 1373.

Ferrare, en ce temps-là, comptait trente-sept églises. Elle s'entourait d'une enceinte comprenant dix-huit tours et une dizaine de portes. La partie la plus ancienne de la ville s'étendait entre deux châteaux. À l'est, celui des Curtensi (*Castrum Curtisiorum* ou encore *Curiatium*) remontait à l'ère byzantine. À l'ouest, le Castel Tedaldo était attribué par la tradition à Tedaldo di Canossa. Le premier délimitait une vaste zone urbaine qui enfermait les paroisses San Pietro, San Salvatore et San Gregorio. Il avait la forme d'un fer à cheval. On y accédait par la porte San Pietro. Du second, il ne subsiste aucune trace : il fut démoli au XVIe siècle pour permettre la construction de la Fortezza pontificale. La cathédrale se dressait depuis 1135 entre les deux et formait le cœur du quartier San Giorgio. Elle donnait au sud sur la place (1273). Sa façade regardait le palais de la Seigneurie (1283) et celui de la Raison (1326). Le « Castel Estense », qui devait fortement contribuer à la célébrité de Ferrare, fut construit par la suite, en 1385.

Deux ponts permettaient de franchir le Pô (le *Padus*, selon l'appellation antique) : celui de Barbacane (ou de San Giorgio) et celui du Castel Tedaldo. Ils se situaient au sud de la ville. C'étaient des ponts de bateaux conçus pour résister aux crues.

Les plans d'urbanisme utilisés pour mes recherches n'ont pas la prétention d'être précis au détail près, ni même complets. Leur but est d'orienter le lecteur en décrivant les principaux repères d'une ville très complexe divisée en quatre quartiers (Santa Maria in Vado, San Romano, San Nicolò et Castel Tedaldo) auxquels s'ajoute une myriade de secteurs labyrinthiques sillonnés de ruelles et de canaux.

La procession des pénitents blancs sur laquelle tombe Gualtiero vient de l'hôpital de Santa Maria Novella, siège d'une fraternité créée en 1243, et qui avait coutume de se flageller le vendredi saint en mémoire de la Passion du Christ.

Impossible enfin de conclure cet aperçu de Ferrare sans faire allusion au « *Palio* », des courses de chevaux dont la tradition était antérieure à la domination des Este. Elles sont mentionnées dans les archives de la ville dès 1279, lesquelles précisent qu'elles doivent se tenir pendant les fêtes de saint Georges (le 25 avril) et de la Madone (à la mi-août). Les chevaux s'affrontaient le long de la Via Grande, la rue principale, entre le quartier de la Pioppa et le Castel Tedaldo. Le vainqueur gagnait le fanion brodé d'or appelé *palio*, ainsi qu'un coq et une *porchetta* – un cochon de lait désossé et vidé.

Un dernier mot pour parler de la croisade de Smyrne. Elle est parfaitement décrite dans un essai de K.M. Setton, *The Papacy and the Levant*, vol.1, Philadelphie, 1976, pp. 196-218. Humbert de Viennois fut sans conteste accueilli par Obizzo III alors qu'il partait pour l'Orient, en octobre 1345. Il arrivait alors à Ferrare accompagné des fils de Taddeo de'Pepoli, seigneur de Bologne. Le marquis le reçut « avec tous les honneurs » et lui fit même cadeau de splendides chevaux (*Chronicon Estense*, 1345). Il n'est pas certain toutefois que le dauphin ait séjourné à Ferrare au retour de l'expédition. Mais des sauf-conduits émis par la Chancellerie papale, en date du 19 mars 1347, autorisent des voyageurs à traverser en toute sécurité les terres gouvernées par le doge de Venise ; ces documents concernent Obizzo d'Este (Ferrare), Taddeo de'Pepoli (Bologne), Giovanni et Lucchino Visconti (Milan), Mastino della Scala (Vérone) et beaucoup d'autres.

Quant à l'apparition miraculeuse d'un cavalier sur un destrier blanc, en pleine bataille, entre Smyrne et Altoluogo, elle est mentionnée dans une lettre de 1345, signée du roi Hugo IV de Chypre et adressée à Giovanna Ire de Sicile.

Reste ouverte la question du *Lapis exilii* et du mystérieux *Codex Millenarius*. Mais je ne saurais en parler ici sans anticiper sur la suite d'un récit dont je ne souhaite pas déflorer l'issue car, dans le domaine de la fiction, c'est un péché mortel…

Remerciements

D'abord, merci au professeur Ranieri Varese, professeur d'histoire de l'art et directeur du Département des sciences historiques de l'université de Ferrare. Il a trouvé le temps et eu la patience de répondre à mes questions insistantes sur les techniques picturales en vigueur au Moyen Âge. Si des erreurs ont réussi à se glisser dans mon récit sur le sujet, j'en suis le seul coupable.

Merci à mes éditeurs, Raffaello Avanzini et Alessandra Penna. À Roberta Oliva et Silvia Arienti, mes infatigables agents. Également au groupe Newton Compton pour quatre années de soutien et de fidèle collaboration.

Merci encore à ma famille. À ma mère, Rosaura, surtout, qui a su m'apprendre le goût du détail et de la précision. J'ai recours à ses conseils chaque fois qu'il est nécessaire.

Merci enfin à Giorgia pour sa présence ; elle m'offre chaque jour une raison de plus de serrer les dents et d'aller au combat.

Composition PCA
44 400 – Rezé

IMPRIM'VERT®

PEFC 10-31-1510

Imprimé en France

par Corlet Imprimeur
14110 Condé-sur-Noireau
Dépôt légal : octobre 2016
N° d'impression : 184356
ISBN : 978-2-7499-2917-0
LAF 2211